STEVEN SAVILE

PRIMEVAL

IM SCHATTEN DES JAGUARS

Aus dem Englischen
ins Deutsche übertragen von
Christian Langhagen

cross cult

Die deutsche Ausgabe von PRIMEVAL: IM SCHATTEN DES JAGUARS wird herausgegeben von Amigo Grafik, Teinacher Straße 72, 71634 Ludwigsburg. Herausgeber: Andreas Mergenthaler und Hardy Hellstern, Übersetzung: Christian Langhagen; Lektorat: Peter Osteried; verantwortlicher Redakteur und Lektorat: Andreas Mergenthaler; redaktionelle Mitarbeit: Christian Humberg; Satz: Amigo Grafik; Druck: GGP Media GmbH, 07381 Pößneck. Printed in Germany.

Titel der Originalausgabe: PRIMEVAL – SHADOW OF THE JAGUAR
Published by Titan Books. A division of Titan Publishing Group Ltd, London

ISBN 978-3-941248-11-3 März 2009

WWW.CROSS-CULT.DE

Für Sarah und Lee.
Nehmt dies als „Ich komme um Weihnachts- und Geburtstagsgeschenke rum“-Gutschein.
Für die nächsten … ähm … fünf Jahre.

In Liebe,

Bruv

EINS

Nur die Stimme des Tieres hallte einsam über den Berghang. Der melancholische Laut rollte über den Baldachin aus nassen Blättern hinweg und erstarb auf den von den Bäumen baumelnden Ranken, längst aller Nachhaltigkeit beraubt, bevor er an die Ohren des Bruders gelangte. Doch das war ohne Bedeutung.

Der Regenwald raunte mit den Zungen peruanischer Teufel, eintausend Klänge, die um Aufmerksamkeit buhlten, und unter ihnen verborgen tausend weitere, ebenso begierig darauf, Gehör zu finden. Dieser Ort war reich an Leben, erfüllt vom Gewusel der Insekten; dem tiefen Quaken der gelb gesprenkelten Kröten, dem heiseren Krächzen der farbenfrohen Vögel, die hoch im Geäst stolzierten und sich putzten; dem Krabbeln von Tukoko, Faultier und Opossum durch die üppige Vegetation; dem Gleiten der *lachesis muta* durch die dichten Gräser; dem leisen Flüstern der Blätter und dem seidenweichen Rauschen des Regens, der zwischen ihnen niederfiel.

Selbst in der Abenddämmerung war die schwüle Szenerie voller Leben und permanent in Bewegung. Doch die Nacht nahte rasch unter dem dicken, belaubten Baldachin.

Es war heiß. Unerträglich heiß. Die Baumwolle haftete an Cams Haut. Mit klebrigen Fingern nestelte er an ihr herum. Diese widerlich feuchte Luft hier war durch und durch ungastlich. Er fuhr sich mit den Fingern durchs Haar, doch das hatte sich zu fettigen Knoten verfangen und erwies sich als undurchdringlich.

„Ich sag's dir, Jaime, es war, als würden Eissplitter träge in der Luft hängen." Cam schüttelte seinen Kopf, im Bewusstsein, dass seine Worte nicht einmal annähernd dem nahe kommen konnten, was er gesehen hatte.

„Stimmt", bestätigte sein jüngerer Bruder mit einem ironischen Grinsen auf den Lippen.

„Wolken aus Eis hier mitten im Regenwald, und du behauptest immer noch, dir keinen Joint reingezogen zu haben?"

„Hör schon auf, Jaime. Ich mein's ernst. Das war höchst merkwürdig."

„Na, da widerspreche ich nicht." Trotz der Witzeleien seines Bruders war sich Cam sicher, dass er Jaime neugierig gemacht hatte. „Hast du versucht, eins anzufassen? Ich meine, wie haben die sich angefühlt?"

Die offensichtlichste aller Fragen. Er hätte sie auch gestellt, wenn ihre Rollen vertauscht gewesen wären. Und doch hatte er keine Antwort parat.

Cam starrte über das Feuer hinweg seinen Bruder an. Wie konnte er zugeben, dass er sich beim Anblick des seltsamen Phänomens fast in die Hose gemacht hatte? Er markierte hier den starken Mann, aber die Vorstellung, die Hand auszustrecken und dieses unheimliche Licht zu berühren, hatte ihm eine Gänsehaut über den Rücken gejagt.

„Nein, ich habe es nicht angefasst", gab er zu, und ein Teil von ihm hoffte, dass Jaimes Fragen nun aufhören würden.

Er hob einen Ast auf und stocherte im Feuer herum, um es atmen zu lassen. Die Flammen waren fast erstorben und erwachten nun wieder zum Leben. Sie warfen sonderbare Schatten über die kleine Lichtung inmitten der Bäume und brannten schnell wieder herunter, zu Kohle verglüht. Die Schatten schrumpften, zu buckeligen Kadavern verkommen, während sie über das allgegenwärtige Laubwerk irrlichterten.

Jenseits von ihnen lauerten noch undurchdringlichere Schatten, in den Eingeweiden des uralten Inka-Tempels, den sie auf einem nahen Gipfel entdeckt hatten. „Entdeckt“ traf es aber nur im weiteren Sinne des Wortes, denn es war beileibe nicht so, dass sie die ersten Menschen gewesen wären, die einen Fuß an diesen Ort gesetzt hätten. Dennoch fühlte es sich so an, angesichts der Isoliertheit dieses Ortes, an den nicht einmal ein ausgetretener Pfad führte.

Da der Abend rasch aufzog, hatten sie beschlossen, erst am nächsten Morgen mit der Erforschung der steinernen Ruine fortzufahren. Ohne den Luxus elektrischen Lichts wog das Risiko schwerer als ihre Neugier. Also hatten sie nach dem Abstieg ihre Zelte für die Nacht aufgeschlagen, in freudiger Erwartung des Abenteuers, das sie am nächsten Tag erwarten würde.

Im letzten Licht hatten sie noch genug Holz gesammelt, um ein Lagerfeuer zu entzünden – mehr als Abwehrmittel gegen die Insekten, denn als Wärmequelle. Dann hatte Cam jenes eigentümliche Licht bemerkt.

Er hob einen verkohlten Ast auf, der zerbrach und seine Fingerspitzen mit schwarzem Ruß färbte. Dieses Zeug hatte es in sich, die Essenz von Leben und Tod in zerbröckelndem Holz. Während er das Stück Kohle anstarrte, kam es ihm so banal vor, und doch ließ sich alles, das ihn umgab, bis hin zu seinem Bruder, auf Ruß reduzieren, Kohlenstoff, denn ohne den gab es kein Leben.

Er schüttelte den Kopf.

Jaime gab ein Grunzen von sich und war ganz offensichtlich alles andere als erfreut darüber, dass ihm sein Bruder auswich, auch wenn er sich längst daran gewöhnt hatte.

„Du warst also kein bisschen neugierig?“, gab er nicht auf. „Das ist nicht der Cam Bairstow, den ich kenne und liebe. Teufel auch, du klingst fast wie der alte Herr. Üben wir schon für eine politische Laufbahn, ja?“

„Im Leben nicht“, antwortete Cam und grinste nun wie sein Bruder. Er schob den Dreck zu seinen Füßen beiseite und rammte den Ast in den Boden. Dann fischte er in seinem Rucksack nach einer Wasserflasche, drehte den Verschluss ab und nahm einen tiefen Schluck warmen Wassers. Er vermisste den einfachen Luxus von Eiswürfeln.

„Ich stell mal ’ne Runde Wasser weg“, sagte Cam, während er sich hoch rappelte und die Hände an seinen Shorts abwischte. „Versuch, hier nichts abzufackeln, während ich weg bin.“

Weiter vom Feuer entfernt, war die Luft vom Summen der Moskitos erfüllt. Einer strich gegen sein Gesicht. Die Flügel des Insekts kitzelten an seinen Lippen, dann war es verschwunden. Noch vor einer Woche hätte er das kleine Wesen zerquetscht oder fortgejagt. Eine ganze Reihe von Bissen und Ausschlägen später, war er schlauer geworden und hatte begriffen, dass tote Moskitos nur weitere Artgenossen anzogen. Jetzt genügte es ihm, das Insekt die Wärme seines Gesichts inspizieren und dann weiterziehen zu lassen, im Vertrauen darauf, dass der Moskito ihn verschonen würde.

Cam schob einen herabhängenden Ast beiseite und die Blätter legten sich um ihn, während er sich weiter von der Sicherheit des Lagerfeuers entfernte. Nach einem Dutzend Schritte umgaben ihn die Bäume so zahlreich, dass die Nacht alle Details verschluckte und in Schwärze erstickte. Das tote Holz auf dem Boden knirschte unter seinen Schritten, während er blind vorwärts stolperte, den Arm ausstreckend, bis er einen Baum und dicke Äste ertastete. Er knöpfte seine Shorts auf und grunzte zufrieden, während er sich gegen den Baum erleichterte.

Einen sich dahin ziehenden Augenblick lang fühlte sich Cam unbedeutend, gemessen an der schieren Größe des Amazonasriesen. Ein lieblicher Moment des Rollentausches – jetzt war er der Moskito, und dankbar dafür, dass ihn der Baum nicht zerquetschen konnte.

Wenn ein Mann in den Regenwald pinkelt und niemand in der Nähe ist, der es hört, macht es dann überhaupt ein Geräusch? Der Gedanke ließ ihn lachen. Sein Geist driftete in letzter Zeit häufig auf höchst bizarre Weise ab, zweifelsohne ein Symptom dafür, tausende Meilen von der Zivilisation entfernt zu sein, nur umgeben von Affen, Ratten und seinem Bruder. Nach einem Monat in Madre de Dios, einem Öko-Reservat im Herzen des peruanischen Regenwaldes, schätzte er alle drei auf derselben evolutionären Stufe ein.

Eine nach der anderen verstummten die natürlichen Harmonien in seiner Umgebung, bis nur zu hören war, wie der Regen in der Höhe auf die Blätter klatschte, und sein Urin unten auf den Boden.

Cam knöpfte sich die Hose wieder zu.

Etwas stimmte nicht.

Er wusste es instinktiv. Irgendein primitiver Teil seines Verstandes reagierte auf die plötzliche Stille. Der Regenwald war ein lebendiges Wesen. Dass es mit einem Mal kein Geräusch von sich gab, konnte nur eines bedeuten: dass etwas dort draußen in der Dunkelheit war, das der Fauna Angst einjagte.

„Jaime?“, rief Cam.

Doch dann schüttelte er seinen Kopf und lächelte darüber, wie albern es war, dass stinknormale Stille ihm Angst gemacht hatte.

Wie als Antwort darauf, hörte er das kurze Rascheln einer Bewegung, die das verworrene Buschwerk in Aufruhr versetzte, als etwas Schweres in der Finsternis auf Jagd ging. Er drehte sich in Richtung des Geräusches um, aber dort war nichts zu sehen. Durch die Finsternis seiner Sehkraft beraubt, versuchte er stattdessen, dem Laut mit seinem Gehör zu folgen.

„Jaime, hör auf, Verstecken zu spielen. Das ist nicht lustig.“

Obwohl er hoffte, dass sein Bruder dahinter steckte, konnte Cam sich doch nicht überwinden, mit voller Lautstärke zu sprechen. Irgendetwas sagte ihm, dass das keine gute Idee wäre.

Diesmal erklang ein leises, kehliges Knurren unweit seines Ohres. Das Geräusch, das ein Raubtier von sich gibt, das seine saftige Beute ins Auge gefasst hat. Cam wirbelte herum, sich sicher, dass das Tier hinter ihm lauerte, doch da war gar nichts.

Zu seiner Linken ließ das laute Knacken von zersplitterndem morschem Holz seine ohnehin zum Zerreißen angespannten Nerven schier bersten. Panisch starrte er in die Schichten von Schwärze, die zwischen den Ästen waberten.

„Großer Gott“, murmelte er schweratmig. „Hör auf mit dem Scheiß, Jaime.“

Sein Herz hämmerte gegen den Käfig seiner Rippen. Warme Schweißtropfen liefen die Krümmung seiner Wirbelsäule hinab. Es war bedeutungslos, dass er nichts sehen konnte – er konnte es *spüren*. Er war nicht allein.

Und er wusste, dass es nicht sein Bruder war, der dort draußen lauerte.

Die Bewegungen dort draußen bargen einen klar erkennbaren Rhythmus, als bewege sich etwas auf allen Vieren, dicht am Boden. Es erinnerte ihn an eine Katze, die ihre Beute umkreiste, was ihn zwangsläufig zur Maus machte.

Cam verfluchte sich dafür, keine Fackel mitgenommen zu haben. Die Sicherheit des Lagerfeuers fühlte sich plötzlich verdammt weit weg an.

Er wagte es nicht, sich zu bewegen.

„Jaime“, sagte er betont leise, immer noch in Betracht ziehend, dass es sich doch nur um seinen Bruder handelte, der ihn auf die Schippe nahm.

Das Tier bewegte sich langsam durch die Dunkelheit. Sein Schreiten, bei dem es an Ranken und Blättern vorbei strich, war ein bedrohliches Flüstern.

Und dann war es fort – das Untier zog weiter. Er war allein mit der erdrückenden Stille.

Merkwürdigerweise war das noch viel schlimmer. Schlagartig fühlte sich der Dschungel unglaublich klaustrophobisch an und die turmhohen Bäume und baumelnden Ranken drängten auf ihn ein, den Lärm des Regens auf dem Blätter-Baldachin verstärkend. Die Nacht gewann so eine albtraumhafte Note. Ein Angstschauer prickelte auf seiner Haut.

„Jaime?", sprach Cam wieder, erhielt aber keine Antwort.

Da platzten die Laute unsäglicher Gewalt in die Finsternis. Und er hörte, wie sein Bruder anfing zu schreien.

Cam fing an zu laufen, blind durch das Dickicht taumelnd, fast so, als bewege er sich wie in Zeitlupe. Er fegte Äste beiseite, die in sein Gesicht peitschten, und duckte sich unter dem Angriff von Stacheln und Dornen hinweg. Die Schreie seines Bruders drehten ihm den Magen um.

Schlimmer war nur noch das unvermittelte Abreißen der Geräusche.

„Jaime!" Cam rief jetzt laut und brach ungestüm durch das Buschwerk.

Das Lagerfeuer war verwüstet worden, Holzbündel lagen qualmend herum, kaum genug Licht abgebend, um die Nacht zurückzudrängen. Und doch zeigten sie zu viel.

Sein Bruder lag inmitten der verheerten Lagerstatt auf dem Rücken. Dunkle Flecken übersäten seinen Körper, dort wo Reißzähne und Klauen sein Fleisch aufgerissen hatten. Die Wildheit des Angriffes stand geschrieben in Blut und Schatten. Cam machte einen wackeligen Schritt in Richtung der Leiche, unfähig, den Blick von dem zermalmten Körper seines Bruders abzuwenden, alle Gedanken an Inka-Ruinen nunmehr in weiter Ferne.

Bevor er einen zweiten Schritt folgen lassen konnte, sprang ihn eine große, vor Muskeln strotzende Kreatur an, und die schiere Wucht ihres Angriffes warf ihn ins Unterholz, während riesige Fangzähne nach seinem Gesicht schnappten.

ZWEI

Der Anruf ging um Mitternacht ein. Die Stimme am anderen Ende bestellte James Lester zur Residenz des Staatssekretärs. Er wusste, dass er sich wegen der fortgeschrittenen Uhrzeit besser nicht beschweren sollte. Je mächtiger ein Mann war, desto weniger schlief er.

Lester zog sich schnell an. Er brachte seine maßgeschneiderte Weste in Form und rückte den Knoten seiner einfarbigen Seidenkrawatte zurecht. Es galt, den schönen Schein zu wahren. Er schlüpfte in Jackett und Übermantel, um dann zum bereits wartenden Auto zu gehen.

Miles, sein Fahrer, nickte und hielt ihm die hintere Tür auf. Das Wageninnere war angenehm warm, verglichen mit der Kälte der Nacht. Miles hatte ganz offensichtlich die Standheizung laufen lassen, während Lester sich wieder in Schale geworfen hatte.

„Wohin, Sir?“

„Zum Staatssekretär im ehrwürdigen Stadtteil Belgravia, City of Westminster, Hort der Diplomaten.“

„Sehr wohl, Sir.“

London mag noch nicht schlafen, aber es döst schon, dachte sich Lester, als die South Bank hinter ihm zurückblieb und der Wagen über die Themse fuhr, um anschließend auf die Strand zu ziehen. Ruhig lag der Weg da, gebadet in das gelbe Licht der Straßenlampen. Der Legal District lag wie ausgestorben da, obwohl ein paar der üblichen Anlaufpunkte der Touristen sich als isolierte Enklaven der Betriebsamkeit ausnahmen.

Er spähte hinaus in die Nacht und war sich sicher, dass irgendein Pseudo-Wissenschaftler in eben diesem Augenblick die sozialen Schichten der Stadt studieren und zu demselben Schluss kommen musste, zu dem auch Anthropologen gelangten, die im tiefen Afrika Affen studierten. Der Mensch war auch nur ein Tier. Bei Nacht zeigte die Stadt mit ihren Aufschneidern, die sich in den Pubs, Clubs und Restaurants herumtrieben, besonders deutlich, wie wenig sich die Spezies in Wirklichkeit entwickelt hatte.

Es war eine andere Gattung, die sich hier nach Einbruch der Dunkelheit herumtrieb. Die Stadtstreicher, bei Tage unsichtbar, lagen nun in Hauseingängen zusammengekrümmt, mit schäbigen Laken und Zeitungen bedeckt, während die rund um die Uhr Feierwilligen tanzten, tranken und sich aufführten, als gehöre ihnen die Stadt. Sie besaßen all die Rituale ihrer Gegenstücke aus dem Dschungel und klopften sich auf die Brust, um paarungswilligen Anschluss zu finden.

Alles ziemlich mitleiderregend.

Der Wagen kurvte um Charing Cross herum und bog dann auf die Pall Mall. Hier hatte sich die Straße viel der Würde bewahrt, die sie in den Tagen der Gentlemen Clubs und Hansom-Droschken besessen haben musste. Selbst zu so später Stunde standen tadellos gekleidete Portiers neben den glänzenden Säulengängen – die Wächter dieser letzten Bastion des Anspruchs. Hinter diesen Türen lagen andere Welten voller Anmut und altem Geld. Diese Portale waren, dachte Lester ironisch, nicht minder paradox als jene Anomalien, die sich in das Perm öffneten. Die wohlfeile Gesellschaft besaß ihre eigenen magischen Risse, die nur eine besondere Art Reisender betreten durfte und wo der gemeine Pöbel ebenso willkommen war wie eine Heuschreckenplage.

Sie bogen rechts auf die St. James und waren nun im Herzen Belgravias.

Sir Charles Bairstow residierte in einem dreistöckigen Townhouse aus der Ära Eduards VII. Im Umkreis von hundert Yards war es so, als wären sie in ein Land gereist, das die Zeit vergessen hatte. Alles war wie verwandelt, bis hin zu den Gasbefeuerten Straßenlaternen und Übertöpfen, aus denen Drillingsblumen in den sattesten Lavendeltönen hingen, deren Blumenblätter wirkten, als seien sie aus Seidenpapier gefertigt.

Miles fuhr an den Kantstein heran und hielt den Wagen im Leerlauf, während Lester hinausstieg. Auf dem Bordstein stehend, blickte er sich in beide Richtungen um, nicht sicher, was genau er eigentlich erwartet hatte.

Die Straße war leer.

Er ging zum Eingang und klopfte mit dem einem Löwenkopf nachempfundenen Messing-Türklopfer daran. Das Geräusch hallte erschreckend laut durch die Wohnstraße, als hätte er eine Waffe abgefeuert oder ein Auto eine Fehlzündung. Lester zuckte zusammen und erwartete fast, dass ein Dutzend Vorhänge entrüstet aufgezogen würden, um den Störenfried ausfindig zu machen.

Er hörte, wie jemand an der Sicherheitskette fummelte, dann den Riegel beiseite zog und schließlich die Tür öffnete.

Bairstows Haushälterin lugte kurzsichtig hinaus auf die dunkle Straße.

„James Lester für Sir Charles“, erklärte Lester und korrigierte den Sitz seiner Krawatte. „Ich werde erwartet.“

„Ja, ja, treten Sie ein, Mr. Lester. Sir Charles hat sich in das Raucherzimmer zurückgezogen. Er erwartet Sie. Darf ich Ihnen Ihren Mantel abnehmen?“

Lester bewegte sich in die Wärme des alten Hauses und trat sich seine Schuhe ab, obwohl er wusste, dass die Sohlen tadellos sauber waren. Er gab seinen Übermantel der alten Frau, die daraufhin sagte: „Zweite Tür links, im ersten Stock.“

Sie nickte in Richtung der schmalen Treppe.

Bevor er seinen Weg antrat, blickte sich Lester einen Moment lang um. Rasch fiel ihm auf, wie exorbitant der Champagner-farbene Teppich auf den sorgsam gebohnerten Holzdielen, wie prahlerisch der schwere Kronleuchter und wie erlesen das Mobiliar war. Diverse große Ölgemälde säumten die Treppe, auf denen die familiäre Ähnlichkeit klar zu erkennen war, vom gegenwärtigen Sir Charles die Treppe hinauf, die Generationen abhakend bis hin zu seinen Perücke tragenden Vorfahren.

Eine weitere Anomalie.

Lester nickte der Haushälterin zu und ging hinauf. Eine Nachtleuchte illuminierte den ersten Treppenflur. Die zweite Tür war leicht angelehnt. Er stieß sie auf und betrat den Raum.

Der alte Mann saß mit geschlossenen Augen in einem Chesterfield-Lehnstuhl, dessen Flügel an eine Fledermaus erinnerten. Brennende Holzscheite prasselten und knackten im offenen Kamin. Sie sorgten für das wenige Licht in dem Zimmer. Der Raum war die lebende Verkörperung der Viktorianischen Ära, die Wände behangen mit uralten Landkarten und Büchern in Ledereinband. Die Bücherregale waren ausgeschmückt mit einer Vielzahl daran montierter ausgestopfter Tiere und anderer Sonderbarkeiten. Eine Vitrine mit gläserner Front barg zahlreiche Schmetterlinge, deren dünne Flügel der düsteren Kulisse vereinzelte Farbtupfer verliehen.

Lester hüstelte höflich in seine Hand.

Sir Charles Bairstow stellte für sich genommen auch einen Rückfall in diese längst vergangenen Tage dar. Er saß in seinem Raucherjackett aus Plüsch neben der Feuerstätte und hielt eine fette Zigarre in seinen nicht minder fleischigen Fingern. In dem kleinen silbernen Aschenbecher, den er auf einer Stuhllehne balancierte, türmten sich die Überreste gerauchter Tabakwaren auf. Er hatte silbergraues Haar und dichte, buschige Koteletten. Jedes seiner 61 Lebensjahre stand ihm tief ins Gesicht geschrieben, als er seine Augen öffnete.

„Ah, James, kommen Sie nur, kommen Sie nur." Der alte Mann deutete auf den zweiten, leeren Sessel.

„Sir Charles", sagte Lester und gesellte sich neben den Hausherrn ans Feuer. Bairstow sah müde aus, mehr noch, als man es der nachtschlafenden Zeit zuschreiben konnte. Diesen Grad an Ermüdung hatte er über mehrere Tage hinweg zusammengetragen. Er erkannte in Bairstows Augen die Anzeichen für Schlaflosigkeit, wie auch an der blassen Haut des alten Mannes. Dunkle Schatten zeichneten sich auf Bairstows Wangen ab, was vermuten ließ, dass er sich seit wenigstens einem Tag nicht mehr rasiert hatte. Und doch strahlte er trotz seiner Erschöpfung Würde aus.

„Ein Kurzer genehm?" Sir Charles zog den Verschluss von einer verzierten Kristallkaraffe ab, in der bernsteinfarbener Brandy ruhte, und goss sich einen Finger breit in sein gleichermaßen verziertes Glas.

„Es ist ein wenig spät für einen reinen Höflichkeitsbesuch", merkte Lester an.

„In der Tat, doch wir sind zivilisierte Männer, James. Wir können unserem Handwerk nachgehen, und dabei die Etikette wahren, oder nicht?"

Lester neigte sein Haupt zustimmend.

Sir Charles füllte ein zweites Glas und schob es über den Tisch. Lester hob es hoch und wiegte es in seiner Hand, die gehaltvolle Flüssigkeit sanft gegen die Innenwände des Gefäßes schaukelnd, bevor er es an seine Nase hob und inhalierte. Schon der Duft war berauschend. Er nippte am Brandy und stellte das Glas beiseite.

„Ich nehme an, dass es einen Grund für die späte Uhrzeit gibt, wie auch für den Treffpunkt?", wagte er sich vor.

„So ist es", lehnte sich Sir Charles in seinem Stuhl vor. „Es mutet alles sehr geheimniskrämerisch an, ich weiß, aber ich möchte Sie um einen Gefallen ersuchen." So wie der alte

Mann „Gefallen“ sagte, zweifelte Lester nicht mehr daran, dass man ihn gleich um die Sorte Gefallen bitten würde, die er nicht ablehnen durfte.

„Haben Sie Kinder, James?“, wollte Bairstow wissen.

„Drei“, sagte Lester.

„Ah, dann werden Sie es verstehen, da bin ich mir sicher. Ich habe zwei Söhne. Cameron und Jaime. Junge Kerle, idealistisch, mit Hummeln im Hintern. Sie wissen ja, wie das ist.“ Lester nickte. „Wir bekamen sie spät, haben sie selbstverständlich vollständig verzogen, wie die meisten alten Eltern. Sie waren unsere kleinen Wunder.“ Sir Charles‘ Gedanken schienen sich in Nostalgie zu verlieren. Ganz offensichtlich wollte er auf etwas hinaus, und es war ebenso offensichtlich, dass er sich noch sträubte, es in den Mund zu nehmen.

„Cameron hat unlängst seinen Abschluss in Archäologie in Cambridge gemacht, Jaime beginnt bald sein letztes Semester. Dieser Tage ist selbst ein akademischer Grad keine Garantie für eine Anstellung und Archäologie würde wohl niemand als sonderlich lukrativ bezeichnen, also dachten Mae und ich uns, es wäre weise, den Jungs auf die Sprünge zu helfen. Schließlich ist Erfahrung alles. Ein Mann ist nicht mehr als die Summe seiner Erfahrungen, Sie wissen schon.“

„Absolut“, pflichtete Lester ihm bei und gönnte sich noch einen Schluck des aberwitzig teuer schmeckenden Gesöffs.

„Wissen Sie, wie sagenhaft umkämpft dieses Ausbuddeln alter Knochen ist? Und wofür all das? Für die Gelegenheit, in einem Zelt zu schlafen und Tütensuppe zu genießen?“ Er sagte dies mit dem rund um den Globus gewählten Unterton von Vätern, die ihre Jungs Jungs sein lassen.

„Scheinbar“, sagte Lester. Er sah verstohlen auf seine Uhr und versuchte dann einen Augenblick zu lang, dic Geste zu kaschieren.

„Ah, ich langweile Sie“, sagte Sir Charles. „Verzeihen Sie mir, ich fürchte, ich verstehe es einfach nicht. Mir will sich einfach nicht erschließen, was an Knochen und geborstenen Steinen so faszinierend sein soll."

„Könnte es mit jenen zu tun haben, die die Fehler der Vergangenheit nicht verstehen und somit verdammt dazu sind, sie zu wiederholen?", bot Lester an. „Jetzt erzählen Sie mir von diesem Gefallen." Seine einzige Hoffnung auf die ersehnte Nachtruhe bestand darin, den alten Mann zurück zu seinem roten Faden zu führen.

„Ja doch, ja doch, natürlich." Sir Charles schien es einen Stich zu versetzen, als er erkannte, wie sehr er abgedriftet war. „Wir sorgten dafür, dass die Jungs nach Peru reisten. Sie flogen nach Lima und zogen dann weiter nach Cusco. Von dort sind sie in eine Region des Regenwaldes aufgebrochen, die als Madre de Dios bekannt ist – die Mutter Gottes. Ein Naturschutzgebiet, eines der wenigen weltweit, das viele gefährdete Arten beherbergt, wie auch, natürlich, gar fabelhafte Inka-Ruinen."

„Klingt nach einem traumhaften Ausflug", bekundete Lester. Doch der Ausdruck auf Sir Charles' Gesicht deutete an, dass er das anders sah.

„James, es ist sechs Tage her, dass man von den beiden gehört hat, und nichts ist deswegen unternommen worden." Seine Stimme war nun gesenkt und fest. „Die Peruaner geben sich betont starrköpfig. Niemand will mir Auskunft geben, und soweit ich es in Erfahrung bringen konnte, sind keine Rettungsteams unterwegs, um die Jungs zu suchen. Madre de Dios ist voller Wilderer, skrupelloser Männern, die aussterbende Gattungen jagen und ihre Häute an den Meistbietenden verschachern. Ich werde nicht zulassen, dass meine Jungs einfach so vom Angesicht der Erde getilgt werden. Ich mag nicht der beste Vater gewesen sein, aber ich bin immer noch ihr Vater."

„Und Sie nehmen an, dass ihre Kinder mit diesen Wilderern aneinander geraten sind? Gewiss gibt es noch eine andere Erklärung. Wie Sie andeuteten, benehmen sich Jungs nun mal wie Jungs. Vielleicht ist ihnen ein ansehnliches Paar Señoritas über den Weg gelaufen und sie hängen gerade in Trujillo, schlürfen Pisco Sours und machen die Nacht tanzend zum Tage."

„Nein, das glaube ich keinen Augenblick lang. Es sieht ihnen nicht ähnlich, sich nicht zu melden. Sie wissen, wie sehr sich ihre Mutter um sie sorgt."

„Nichtsdestotrotz wüsste ich nicht, wie ich Ihnen helfen kann, Sir Charles. Sie wären sicherlich besser damit beraten, jemanden im Außenministerium zu kontaktieren und dort ein paar Strippen zu ziehen."

Der alte Mann lehnte sich in seinem Stuhl vor, sein Gesichtsausdruck wurde plötzlich stechend und er faltete seine Finger. Die Geste erinnerte gleichzeitig an ein Gebet wie auch ein Flehen.

„Alles Offizielle gerät rasch zu einem diplomatischen Zwischenfall, James. Sie wissen, wie das System funktioniert. Die Peruaner investieren mehr Geld, als ihnen gut tut, um ihre Region in der Öffentlichkeit als Naturschutzgebiet darzustellen. Wenn irgendetwas ihre Investitionen gefährdet, werden sie die Wahrheit höchstwahrscheinlich begraben, wie sie auch lauten mag, und der Prime Minister wird Wellen, die das Ganze nach sich zieht, nicht lang erdulden, denn das gesamte Öko-Gebiet wird von britischen Versicherungen getragen und ist von einem Konglomerat britischer Banken finanziert. Wir sprechen hier von Entwicklungen, die dem Geschäft abträglich sind, James. Niemand will negative Schlagzeilen. Wenn den Jungs etwas zugestoßen ist …" Er ließ die Möglichkeit im Raum stehen und wollte den Gedanken nicht aussprechen.

„Aber …", fing Lester an, doch Sir Charles fiel ihm ins Wort.

„Es muss einen Weg geben, wie ihre Abteilung mir helfen kann, James. Ihre Männer sind Wissenschaftler. Ich dachte mir, wieso starten Sie keine Expedition? Umgehen wir die Bürokratie. Es weckt kein Misstrauen bei uns oder im Ausland, wenn ein paar Wissenschaftler ihren Forschungen nachgehen, was das Beschaffen peruanischer Visa deutlich leichter gestalten sollte."

„Das steht außer Frage, fürchte ich", schüttelte Lester den Kopf. Er wollte die Auswirkungen dessen, was der Staatssekretär von ihm verlangte, nicht einmal ermessen. „Bitte." Der alte Mann starrte ihn an.

„Sir Charles, uns liegt kein Auftrag vor, in Übersee zu arbeiten, und segensreicherweise auch kein Beweis dafür, dass unsere Forschung außerhalb der natürlichen Grenzen der britischen Inseln von irgendeiner Relevanz wäre."

„Dann werden Sie mir nicht helfen?" Die Schatten unter den Augenbrauen des alten Herren schienen noch tiefer zu werden.

„Ich bedauere. Sie sollten mit Ihren Kollegen im Außenministerium sprechen, Sir. Vielleicht haben wir Agenten in dem Gebiet, oder in der Nähe. Ich kann mir nicht vorstellen, dass der Prime Minister solch eine gravierende Investition unserer eigenen Ökonomie gutheißen würde, ohne dass ein paar wachsame Augen zugegen sind. Augen überall, Sie wissen schon."

Der alte Mann schien in seinem Stuhl zusammenzuschrumpfen, seine steife Oberlippe zuckte sichtbar.

„Ich könnte es Ihnen befehlen." Der Satz war Sir Charles' letzter Schachzug.

„Wenn dem so wäre, würden wir uns nicht hier unter diesen Umständen treffen. Wir befänden uns in Whitehall." Lester erhob sich aus seinem Stuhl und stellte das leere Glas auf den Tisch. „Gute Nacht, Sir Charles. Ich hoffe, Sie hören bald von Ihren Söhnen. Das hoffe ich wirklich."

„Aber Sie werden mir nicht helfen." Es war keine Frage, also antwortete Lester auch nicht.

Er ließ den alten Mann allein am Kamin zurück, sich der Tatsache wohl bewusst, dass dieses Nein sein Leben ganz gewiss erschweren würde.

Um kurz nach Zwei kletterte er wieder in das wartende Auto. Also blieben ihm noch knapp vier Stunden Schlaf. Anstatt nach Hause zu fahren, ließ er sich von Miles in das Anomaly Research Centre, kurz ARC, kutschieren. Er konnte auch hier ein, zwei Stunden in der Lounge dösen, wenn nötig.

Professor Nick Cutter wurde von der elektronischen Stimme geweckt, die ihn wissen ließ, dass er eine Mail erhalten hatte.

Noch benommen drehte er sich in seinem Nachtlager um.

Cutter war auf der Couch in seinem Büro eingeschlafen. Seinem Büro, das sich immer noch nicht wie sein Büro anfühlte – er war an das Durcheinander gewöhnt, das er über die Jahre des Studierens und Sammelns zusammengetragen hatte. Dieser Ort fühlte sich eher wie ein Laboratorium an, denn als Stätte der bedächtigen Kontemplation.

Er gähnte und rieb sich den Schlaf aus den Augen, bevor er sich zum Aufsetzen zwang. Sein ganzer Körper tat weh.

Das helle Licht an diesem Ort ersetzte das Vergehen der Zeit durch eine konstante Beleuchtung, in dem ARC herrschte niemals Nacht.

Er stand auf und streckte sich, um die Verspannungen in seinen Schultern und der Hüfte loszuwerden. Obwohl er erst in seinen Enddreißigern und angemessen fit war, hörte er doch seine Gelenke knacken. *Auf der Couch zu schlafen ist ein Sport für jüngere Männer*, dachte er trocken.

Sein Magen grummelte. Er hatte keine Ahnung, wie spät es war, oder wann er zuletzt etwas gegessen hatte, und selbst dann war es nur ein Apfelplunder gewesen, den cr mit einem lauwarmen Kaffee heruntergespült hatte. Cutter beschloss, dass die Email warten konnte, und machte sich auf die Suche nach etwas Essbarem.

Seine Schritte hallten über den Zementboden der Verladerampe und der Klang der Echos, die er auslöste, veränderte sich, als er den Flur vor den Büroräumen und Laboratorien betrat, der auch zum Aufenthaltsraum des Teams führte.

In der Scheibe des Münzautomaten erheischte er einen flüchtigen Blick auf sein Spiegelbild, und ließ seine Hand durch das dunkelblonde Rattennest gleiten, das er Haar nannte, in dem Versuch, ihm die sonst übliche Ordnung zu schenken. Dann fütterte er die Maschine mit einer handvoll Münzen und drückte die Zahlenfolge für einen Mehrkorn-Vitaminriegel, dessen Name gesünder und schmackhafter klang, als er war, sowie für eine an Kalorien und Natrium arme Limonade, die nur Sprudelwasser war. Nachdem er seine Beute ergriffen hatte, begab sich Cutter zurück zu seinem Büro.

Als er von der anderen Seite wieder die vollgestopfte Laderampe betrat, bemerkte er das Licht in Lesters Büro. Der Mann war eine bürokratische Maschine. Cutter sah, wie ein Schatten über die Wand tanzte, doch Lester selbst sah er nicht. Mit einem Achselzucken wanderte er zurück in sein eigenes Büro, schälte die Folie seines Power-Riegels ab und verzehrte die Hälfte, bevor er sich an seinen Schreibtisch setzte.

Der Monitor befand sich im Schlafmodus. *Glücklicher Mistkerl.* Er tippte die Maus an, um das Gerät zu wecken.

Er öffnete die Mailbox und sah, dass drei Nachrichten als Neuzugänge gekennzeichnet waren, eine von Lester, eine weitere von jemand entschieden Fiktivem, der für nur 99 Dollar einen Zuwachs bei Länge und Dicke versprach, und die letzte stammte von jemandem namens Nando Estevez. Cutter kam der Name vage bekannt vor. *Bei irgendeinem Empfang oder so etwas in der Art habe ich dich kennengelernt,* dachte er bei sich.

Er ließ den Dosenverschluss zischend aufgehen und trank einen Mundvoll der zu kalten Limonade.

Dann öffnete er die Email, las sie zwei Mal und ließ sich dann in seinen Stuhl fallen.

Auch wenn der Beweis hier schwarz auf weiß stand, dauerte es doch einen Augenblick, bis er „Nando“ mit Fernando Estevez in Verbindung brachte, der vor fast zehn Jahren bei ihm studiert hatte. *Früher oder später tauchen alle Gespenster der Vergangenheit aus der Versenkung auf*, dachte er grimmig. Aber an Fernando erinnerte er sich gut: Ein kleingewachsener, ernsthafter junger Mann, gesegnet mit einer erschreckenden Intelligenz, die nur von seiner himmelschreienden Missachtung von Grammatik und Rechtschreibung im Zaum gehalten wurde. Wenigstens das schien sich, seitdem er zum letzten Mal die Essays seines Studenten gelesen hatte, marginal verbessert zu haben.

Aber vor ihm lag kein Essay, und selbst nach dem dritten Lesen machte sich Sorge in ihm breit.

Von: Nando Estevez NandoE@MadredD.com
Datum: 17. Mai, 2008 4:44:25 AM GMT+01:00
An: Nick Cutter Nick.Cutter@arc.gov.uk
Betreff: Benimmregeln für Knochen

Lieber Professor Nick Cutter,

ich bin es, Nando Estevez!

Ich bin mir sicher, dass Sie sich an mich erinnern. Für uns beide ist es lange her, aber wie könnten Sie den alten Nando vergessen haben?

Ich möchte Sie um Ihre Hilfe bei einer Angelegenheit bitten. Ich glaube, dass sie Ihnen möglicherweise sehr interessant und sehr geheimnisvoll erscheinen mag.

Nachdem ich Ihren Kurs abgeschlossen hatte, nahm ich einen Job bei meinem Halbbruder Esteban an. Wir haben ein paar Jahre lang vor der Küste von Trujillo bei mehreren Marine-Expeditionen mitgewirkt. Eine faszinierende Arbeit, aber ich muss zugeben, dass ich damit hauptsächlich die Mädchen beeindrucken wollte! Na ja, alles Gute endet irgendwann, wie man so sagt, und unlängst haben wir Arbeit in dem neuen Naturschutzgebiet Madre de Dios angenommen. Die Mädchen lassen sich damit nicht mehr sonderlich beeindrucken, aber für uns ist das viel interessanter!

In dem Reservat gehen Dinge vor sich, die ich nicht verstehe. Genauer gesagt, ergeben sie keinen Sinn, wenn ich darüber so nachdenke.

Es ist mein Job, die zahlreichen Spezies zu bestimmen, die in dem Gebiet leben, sie zu markieren und ihre Bewegungen zu verfolgen, um ihre Gewohnheiten aufzuzeichnen. Hier gibt es eine Vielzahl seltener Tiere wie das Cabybara, *Hydrochoerus hydrochaeris*, und den riesigen Flussotter, *Pteronura brasiliensis*. Ein Traum für jeden Zoologen!

Um zu meinem Anliegen zu kommen: Die Tiere benehmen sich in letzter Zeit seltsam. Ihre Verhaltensmuster weichen von unseren Erwartungen ab, selbst wenn man die Häufung von Wilderern, und die Bedrohung durch die Menschen generell, miteinkalkuliert. Ich kann mir nur vorstellen, dass etwas anderes dieses absonderliche Verhalten auslöst.

Erst diese Woche habe ich einige Spuren entdeckt, die es hier nicht geben sollte. Sie verwirren mich, und doch möchte ich niemandem davon berichten, denn ich habe Angst, dass man denken wird, ich sei verrückt geworden. Es gibt Spuren und Knochen, die keinen Sinn ergeben. Ich kann dieses Geheimnis, das ich glaube aufgespürt zu haben, niemandem hier anvertrauen. Denn ich habe in allen Büchern nachgesehen, und die einzige Schlussfolgerung, zu der ich gelange, ergibt einfach keinen Sinn.

Wem sollte ich diese Knochen zeigen? Wer würde mir glauben, dass diese frischen Knochen auch gleichzeitig alte Knoche sind? Wer würde mir glauben, wenn ich sage, dass ich glaube, sie stammen aus dem Plio-Pleistozän, oder sind vielleicht sogar noch älter, weisen aber keinerlei Anzeichen von Versteinerung auf? Das Mark in den Knochen ist frisch.

Es kommt mir absurd vor, dass diese sonderbaren Knochen und falschen Spuren jetzt hier auftauchen, und sich meine Tiere so merkwürdig verhalten. Ich fürchte, ich verliere den Verstand! Meine Nummer im Reservat ist 84235151, von England aus mit dem Präfix 0051. Bitte rufen Sie mich an, Professor Nick!

Ihr alter Student,
Nando Estevez

Cutter stellte seine Limo ab und starrte auf den Bildschirm.

Sein erster Instinkt war, die Nummer zu wählen und seinen alten Studenten mit einem Dutzend Fragen über die Beschaffenheit dieser Spuren zu löchern, und seine Vermutungen hinsichtlich des Verhaltens der einheimischen Fauna. Cutter fühlte einen Schauer in sich aufsteigen, erschien es jetzt doch möglich, dass er hier den Beweis für die erste Anomalie außerhalb des britischen Festlandes hatte.

Die Implikationen waren gigantisch.

Sein zweiter Instinkt war es, das Team beisammen zu rufen und die Neuigkeiten mit ihnen zu teilen. Allerdings widerstand er beiden Versuchungen. Stattdessen öffnete Cutter einen Webbrowser und fütterte Google mit „Madre de Dios“.

Viele der angezeigten Seiten waren religiöser Natur und mit ikonischen Bildern der Jungfrau Maria geschmückt, die ihr Baby Jesus wiegte, oder in Spanisch verfasst. Er verfeinerte seine Suche, um nur Seiten in seiner Sprache anzuzeigen. Er verbrachte fast eine Stunde damit, winzige Landkarten aufzustöbern, die er kaum lesen konnte, sowie spektakuläre szenische Fotografien des Amazonas und der nebeligen Gipfel des Machu Picchu.

Die ersten nicht-religiösen Treffer drehten sich alle um dasselbe: Wandertouren zu den Inka-Ruinen, Kon-Tiki-Raftingausflüge und Traumurlaube in den Anden, allesamt gefolgt von virtuellen Rundgängen und der Wikipedia-Seite für die Region. „Biobridges.org" versorgte ihn mit einer Liste der Forschungsstationen, unter denen sich auch jene befand, in der Nando und sein Bruder ihren Dienst versahen.

Als er seine Suche noch weiter vertiefte, stieß er auf ein ganzes Heer an Inka-Ruinen, manche so atemberaubend, dass sie wie Ölgemälde zusammenphantasierter Orte wirkten. Er war an alten Steinen nicht sonderlich interessiert, aber alte Knochen weckten seine Neugierde.

Da der Rest des ARC-Teams erst später eintrudeln würde, musste er etwas Zeit totschlagen, also ließ er diverse Suchanfragen zum Thema südamerikanische Fauna durchlaufen, mit Hilfe einiger Schlüsselwörter. Eines lautete Plio-Pleistozän.

Die Ergebnisse waren sogar noch entmutigender als die erste Suche und zeichneten ein kunstvoll verworrenes und wenig schlüssiges Bild eines umkämpften Flecken Erde, der Darwin Freude bereitet hätte: Hominini-Evolution im Amazonasbecken, Klimawandel und Gletscherbewegungen, die vulkanologische Geschichte der Region, geologische Theorien über den Fluss Madre de Dios und die Lehmschichten, und selbst eine Abhandlung, die eine Rotation entgegen des Uhrzeigersinns des Madre de Dios-Archipels in Chile zu beweisen versprach.

Er hielt einen Moment inne und spähte auf die Uhr im rechten oberen Eck des Monitors. Es war knapp viertel vor

Sechs, was laut der Weltzeiten-Funktion seines Rechners hieß, dass es in Lima fast Mitternacht war. Zu spät, um Nando anzurufen, und es würde immer noch ein paar Stunden dauern, bis die anderen eintrafen. Also begnügte er sich damit, jeden Artikel auszudrucken, der auch nur ansatzweise viel versprechend war. Er zog Papier elektronischen Daten immer noch vor.

Als Nächstes versuchte er eine Blog-Suche, mit einem der vielen Web Crawler, die mit dem virtuellen Schleppnetz die Hirnverbranntheiten des globalen Alltagslebens durchsiebten. Die meisten Blogs waren lediglich aufgeblasene Tagebücher für den öffentlichen Verzehr, eine Seuche der modernen Gesellschaft, die einzig und allein beweisen sollte, dass das Leben von Otto Normalverbraucher irgendeinen Sinn hatte. Allerdings brachte das auch seine Vorteile mit sich. Immer wieder mal lauerten verstecke Goldklumpen in der Blogosphäre, also gab Cutter erneut eine ganze Reihe von Schlüsselwörtern ein, auf der Suche nach allem, was auch nur vage auf eine Anomalie in Südamerika hindeutete.

Immer wieder Fehlanzeige.

Er wusste nicht, ob er das beruhigend finden sollte. Schließlich hieß das noch lange nicht, dass es dort draußen keine Anomalie gab, sondern nur, dass niemand sie gesehen hatte.

Also wanderte er hinüber zum Fenster, von dem aus er auf die Laderampe blickte. Es gab keine Fenster, die vom ARC den Blick hinaus in die Welt ermöglichten, aber eher, um die Menschen davon abzuhalten, hier hineinzublicken, statt die Mitarbeiter davon, hinauszublicken. Das verlieh der Anlage ein beklemmendes Gefühl. Er ließ sich auf der Fensterbank nieder.

Das alles kam ihm noch so fremdartig vor.

Es gab Zeiten, da fiel es ihm schwer, sich mit der Tatsache zu arrangieren, dass die Evolution nur ganz geringfügig von ihrem angestammten Verlauf abgewichen war, gerade genug, dass diese pseudo-militärische Regierungseinrichtung existieren durfte. Seltsamer noch kam es ihm vor, dass es allen anderen offenbar so *selbstverständlich* erschien.

Die Welt um ihn herum hatte sich gewandelt, ohne dass es irgendwem aufgefallen war. Niemandem außer ihm.

Cutter ballte die Fäuste.

Allein daran zu denken, erfüllte ihn mit Wut und Frustration, und keinerlei Schuld. Er war mit Helen durch die Verwerfung geschritten. Was hatte er sich dabei gedacht? Cutter lachte bitterlich. Der Gedanke ließ alles wieder auf ihn einstürzen, und wie lang er auch darüber nachdachte, dass sich die Affäre vor einem Jahrzehnt zugetragen hatte, es änderte gar nichts.

Doch auf jenem Pfad erwartete ihn nur der Wahnsinn. Bloß Hätte, Wenn und Aber. Cutter kniff sich in die Nasenspitze und legte die Stirn in Falten. Er war wieder hungrig – oder vielmehr immer noch hungrig. In nicht allzu weiter Ferne lag ein billiges Schnellrestaurant, und die Luft würde ihm gut tun. Sich mal die Beine zu vertreten auch. Die Email würde später immer noch da sein.

Rauch stieg zwischen den Bäumen auf, dick, schwarz und widerlich, den Gestank von kochendem Fleisch mit sich tragend.

Cam Bairstow taumelte durch die dichte Vegetation, über Wurzeln und Steine, die einen Pfad markierten, der eher Einbildung war. Er hielt die Augen verzweifelt auf das erste Anzeichen für Zivilisation gerichtet, das er während dieser einsamen Tage und Nächte im Dschungel bemerkt hatte. Der Rauch bedeutete Hoffnung. Er war benommen vom Wassermangel und erschöpft und geschwächt vom Blutverlust, doch seine Schnittwunden lagen inzwischen unter dicken Krusten. Jetzt ging es nur noch um Nahrung und Wasser.

Das Aroma des Rauches war unwiderstehlich.

Cam stolperte blindlings weiter darauf zu.

Während er sich im Meer der Bäume verloren hatte, war die Zeit zum bedeutungslosen Konzept verkommen. Es gab weder Tag noch Nacht, nur Schatten und noch dunklere Schatten. Sein Herz hämmerte jetzt mit kleinen Aussetzern, und seine Sehstärke schwand, als er gegen einen mächtigen Baumstamm prallte. Das Auflodern von Schmerz in seiner Schulter entzündete das Feuer in seinen dutzenden Wunden wieder, und ein krächzender Schrei verließ seine geschwollenen Lippen.

Er konnte sich an nichts von dem erinnern, was sich in den letzten Tagen zugetragen hatte. Er war in einer Welt aus Blut und Schmerz zu sich gekommen. Er hatte sich lange Zeit nicht bewegt und der Pein erlaubt, Herr über sein Fleisch zu sein. Unzählige Geräusche hatten ihm umgeben, als er seine Augen auftat, und das war ihm sonderbar erschienen. Das Letzte, an das er sich erinnern konnte, war Stille. Vollständige, absolute Stille.

Aber das konnte nicht stimmen. Der Wald war niemals still. Hier herrschte niemals Ruhe. Der Wald lebte.

Dann erinnerte er sich an die Schreie.

Irgendwie war er von dem zerstörten Tempel fortgewankt, fand aber keine Kraft mehr in sich, um den Gang über die Seilbrücke zu wagen, also war er den Berghang hinunter gerutscht und gefallen, geglitten und gerollt, bis hin zur Klamm, die Augen auf das kristallklare blaue Wasser gerichtet. Die Bäume boten ihm ein wenig Schutz vor den Naturgewalten, doch dann war ein Nebel rasch aufgekommen, der die Welt umschlang und Cam zu einem Fehltritt zwang, nach dem er weiter hinab rollte.

Totengesichter formten sich in den Wirbeln des Nebels, Schemen in dem dichten Grau. Wieder und wieder kamen ihm die letzten paar Sekunden vor dem Angriff der Kreatur in den Sinn. Im Schlepptau brachten sie den Schmerz, in schockierender Klarheit. Und der Schmerz brachte noch etwas anderes mit sich: eine Leere, beim Gedanken an Jaimes Leiche, die dort lag, ein blutiger Haufen im Unrat des Waldbodens.

Sein Fuß verfing sich in einer gezackten Wurzel.

Der Stolperfalle war Cam nicht gewachsen.

Lang ausgestreckt fiel er auf den dunklen Tonboden des Urwaldes.

Dort lag er auf dem Rücken, die Knochen zu sehr schmerzend, als dass er sich bewegen konnte. Er wusste, wenn er nicht die Kraftreserve in sich finden würde, um sich zum Dorf zu schleppen, würden sie seine Knochen finden. Und sonst nichts.

Ein Affe mit gestreiftem Gesicht schwang sich durch den Baldachin hoch über ihm und flog in einer geschmeidigen Bewegung einen Looping, um sich dann weiter voran zu arbeiten. Das Tier war lebhaft und hangelte sich geschwind von Ast zu Ast, raschelnde Blätter hinter sich zurücklassend. Cam beobachtete das kleine Wesen und wünschte einen Augenblick lang, dass sein Leben auch so unkompliziert sein möge – doch das war es auch, in gewisser Weise. Sein Leben war auf die ursächlichsten Elemente reduziert worden – steh auf und geh weiter, oder bleib liegen und stirb.

Er rührte sich nicht, denn das Totenreich fühlte sich gerade wie gar keine so schlechte Idee an.

Dann drang der Rauch – stechend und würzig – in seine Lungen, sickerte seine Kehle hinab, erfüllte ihn aber gleichzeitig auch mit einer berauschenden Empfindung, mit Hoffnung. Was auch immer dieses Aroma verströmte, es roch süßlich. Der Geruch krallte sich in seinen leeren Magen und rief ihm ins Gedächtnis, wie hungrig er war.

Er schob seine Hände unter seinen Leib und versuchte sich zu erheben. Wie er so aufstand und zwischen den Bäumen entlang wackelte, war er wie ein neugeborenes Kalb, das auf unsicheren Beinen versuchte, seine Balance zu finden. Mehr als ein Mal war er gezwungen, die Baumstämme als Stütze zu nutzen.

Der Geruch des brennenden Fleisches wurde immer aromatischer, als er der Rauchquelle näher kam, bis der Duft schließlich so stark wurde, dass er in seinen Augen brannte. Das Aroma, so wurde Cam klar, war zu stark, um von einer Lama-Keule herzurühren, die über dem offenen Feuer zubereitet wurde. Und das Bukett war einfach zu unstimmig. Er schmeckte etwas anderes in der Luft, das salzig auf seiner Zunge brandete, wie Schweineschwarte.

Das dort war mehr als nur eine Kochstätte. So viel war ihm instinktiv klar, und irgendein primitiver Teil seines Verstandes erkannte den Gestank. Aber er ahnte nicht, wie wenig die Rauchquelle mit einer Kochstätte gemein hatte, bis er sich aus der Ummantelung der Bäume schälte und die rauchenden Überreste eines großen Scheiterhaufens inmitten der Lichtung sah.

Fünf Frauen standen weinend am Rande des Feuers und sahen zu, wie ihre Geliebten verbrannten. Cam stolperte vorwärts, die Hände vor sich ausgestreckt, als bäte er um Gnade, bis er die Furcht in ihren Augen bemerkte. Nun fielen seine Hände schlapp herab, um an seiner Hüfte zu baumeln. Der Rauch brannte in seiner Kehle, Gallenflüssigkeit stieg in ihm auf und er fühlte, wie das versengende Feuer über sein Gesicht leckte und seine ungeschützte Haut zusammenzog, während er auf die Flammen zuging. Er verstand nicht, was geschehen war, selbst als er Gliedmaßen inmitten der ersterbenden Flammen ausmachen konnte.

Eine Frau zischte ihm etwas zu und wedelte mit ihren Händen, und eine andere schrie auf, als sei er ein geistloser Untoter, der aus der Hölle erschienen war, um sie zu holen. Das Geräusch marterte seine Seele.

Cam schlingerte vorwärts, mit nachgebenden Beinen, und fiel dann auf die Knie. Seinem Blick blieb das Geschehen jenseits der Flammen verwehrt, denn die bloße Anzahl der Leichen türmte es hoch auf. So viele Formen, ineinander verrenkt. Erst als verbranntes Fleisch seiner Stärke beraubt nachgab und Bewegung in den Totenhügel kam, rollte einer der verkohlten Körper aus dem Scheiterhaufen und sein Verstand erfasste die tödlichen Wunden an dem Leichnam. Er verstand jetzt.

Die Kreatur, der Jaime zum Opfer gefallen war, hatte auch diese Menschen heimgesucht.

Der Tod war erschienen, in Gestalt eines riesigen schwarzen Jaguars. Cam starrte die verbrennenden Menschen an, unfähig, sich zu bewegen. Er versuchte Worte zu formulieren. Irgendetwas zu sagen. Doch nichts wollte herauskommen. Welche Worte hätten es auch mit dem Schrecken aufnehmen können, der in den tanzenden Flammen hauste?

Nur ein Zufall?

Lester hatte keine Zeit für Zufälle. Seiner Meinung nach hatte dieser Begriff keinen Platz im Vokabular eines rational denkenden Mannes.

Cutter war um kurz vor Neun mit einem Papierstapel in sein Büro spaziert und hatte gesagt, sie müssten reden.

Obwohl er ahnte, dass er es bereuen würde, hörte Lester ihm zu und vernahm zum zweiten Mal binnen 24 Stunden die Worte „Madre de Dios".

„Dann ist es wohl gottgewollt", murmelte Lester und türmte seine Finger genau so auf, wie Sir Charles es in dem Raucherzimmer vor ein paar Stunden getan hatte. An der Stelle endeten die Ähnlichkeiten aber auch schon. Dieses Gespräch war anders und Nick Cutter hatte rein gar nichts mit dem alten Staatsdiener gemein.

„Was ist, wenn ich mich die ganze Zeit geirrt habe?", fragte Cutter.

„Inwiefern?", sprach Lester.

Cutter war noch mehr durch den Wind als üblich. Der akademisch-zerzauste Schick war einem simplen Mangel an Körperpflege gewichen, der schon fast an Schlampigkeit grenzte.

„Was ist, wenn wir von der falschen Vorausetzung ausgegangen sind? Nämlich der, dass diese Anomalien auf Großbritannien begrenzt sind, gemäß irgendeinem uns noch unbekannten Naturgesetz. Aber was, wenn dem nicht so ist? Was ist, wenn sich die Verschiebungen in der Arktis öffnen, oder in der sibirischen Tundra? Nur weil niemand in der Nähe ist, um es zu sehen, heißt das noch lange nicht, dass es sie nicht gibt."

„Wie das Sprichwort vom Baum, der im Regenwald umfällt", fügte Lester hinzu und lehnte sich auf seine Ellenbogen. „Ich nehme an, dass Sie mich jetzt mit Wissenschaftskram zu blenden gedenken." Er beäugte den Papierstapel, den Cutter noch in Händen hielt.

„Grundlagenforschung", erklärte Cutter. Lester war aufgefallen, dass der Professor stärker in seinen sonst nur leichten schottischen Akzent verfiel, wenn er noch leidenschaftlicher in seiner Arbeit aufging oder sich noch mehr als üblich Sorgen machte.

„Ich bin von einem früheren Studenten kontaktiert worden, der in Peru arbeitet." Cutter fuhr fort. „Sein Job besteht darin, die Verhaltensmuster zahlreicher gefährdeter Arten zu überwachen. Dabei sind ihm ein paar Absonderlichkeiten aufgefallen, inklusive des gestörten Wanderverhaltens bei einheimischen Tierarten, und noch wichtiger als das, glaubt er Knochen aus dem Plio-Pleistozän gefunden zu haben."

„Das sind kaum schlüssige Beweise für eine Anomalie, Cutter. Sagen Sie mir, ist eine Anomalie tatsächlich gesichtet worden?"

„Na ja, nein."

„Und ist das Alter dieser Knochen mit Kohlenstofftests bestimmt worden, oder hat man es auf andere Weise eindeutig identifiziert, Professor?"

„Nein."

„Dann möchte ich anmerken, dass Sie Ihre eigenen Interessen zu stark in den Fall einfließen lassen. Darf ich Sie daran erinnern, dass uns für Exkursionen ins Ausland kein Auftrag erteilt worden ist? Wir folgen keinen vagen Ahnungen, die auf übers Knie gebrochenen Schlussfolgerungen beruhen."

„Ich dachte, unser Auftrag beinhaltet es, die Anomalien aufzuspüren und zu verhindern, dass die Evolutionskette umgeschrieben wird", konterte Cutter. Der Ausdruck auf seinem Gesicht verdeutlichte, dass er nicht klein beigeben würde.

„Nun ja, so ist es auch, aber in einem vernünftigem Ausmaß", beschied Lester. „Die britische Regierung handelt nicht eigenmächtig auf fremdem Boden. Es gibt Vorschriften, die einzuhalten sind. Ein paar Knochen sind nicht Grund genug, um sie zu brechen, Cutter. So ist die Welt nun mal. Besorgen Sie mir eindeutige Beweise und dann reden wir, aber bis dahin lautet die Antwort auf die Quizfrage: Nein, wenn ein Baum im Regenwald umfällt und niemand ist in der Nähe, der es hört, dann macht er dabei *kein* Geräusch."

Es gab ein höfliches Klopfen an der Glastür und die PR-Spezialistin des Teams, Jenny Lewis, schob ihren Kopf um die Ecke.

„Da ist ein Anruf für Sie auf der sicheren Leitung, Lester", sagte sie und lächelte fröhlich. „Sir Charles Bairstow."

Lester rollte mit den Augen.

„Ich gehe ran", ließ er sie wissen. „Wir sind hier fertig", fertigte er Cutter ab. „Wenn Sie mich nun entschuldigen ..."

Lester hob den Hörer ab, noch bevor Cutter halb aus dem Büro war.

„Lester", sagte er in das Mundstück.

„James? Da sind Sie ja, mein Guter." Sir Charles klang unangenehm zuversichtlich, eingedenk des Endes, das ihr vorheriges Gespräch genommen hatte. „Es gibt Neuigkeiten, die Ihre Gruppe durchaus interessieren könnten." Er machte eine Pause und wartete eindeutig darauf, dass jemand ihn bat, er möge fortfahren.

Lester hielt sein Schweigen einen Moment länger aufrecht, als die Höflichkeit eigentlich gebot.

„Fahren Sie fort?“

„Mein Mittelsmann in Peru ist an Informationen gelangt. Kurz nach neun Uhr morgens unserer Zeit ist ein junger britischer Tourist, dessen Beschreibung auf meinen Sohn Cameron passt, aus dem Dschungel hervor gekrochen. Er ist zu einem Krankenhaus in Cusco gebracht worden. Niemand will mir gestatten, mit ihm zu sprechen, weswegen mir wesentliche Fakten versagt bleiben. Er befindet sich anscheinend im Delirium und leidet an den Folgen sehr schwerer Verletzungen.“ Er holte kurz Luft und sprach weiter.

„Ich will meinen Sohn zurück, James, und wenn, Gott stehe mir bei, Jaime noch dort draußen auf sich allein gestellt ist, dann will ich, dass man ihn findet und heimbringt. Habe ich mich klar ausgedrückt?“

„Glasklar“, sagte Lester. „Aber was genau soll ich Ihrer werten Meinung nach unternehmen, Sir Charles? Schließlich ist unser Geschäft nicht Entführung und Rettung.“

Die Stimme am anderen Ende klang nun kalt und distanziert.

„Dies ist nicht länger die höfliche Bitte von einem Vater zum anderen, James. Ich habe den Morgen mit Telefonaten verbracht. Seit zehn Uhr heute früh sind Sie und Ihr Team mir im Rahmen einer wissenschaftlichen Untersuchung unterstellt. Sie werden die Bestätigung natürlich umgehend erhalten. In der Zwischenzeit schlage ich vor, dass Sie Ihre Leute auf eine Reise vorbereiten, um nicht unnütz Zeit zu verschwenden. Bringen Sie mir meine Jungs zurück, James. Mehr verlange ich nicht. Ich muss wohl nicht erwähnen, dass ich mir gewünscht hätte, wir hätten heute Nacht eine freundlichere Lösung gefunden, aber im kalten Licht des Morgens ist es für mich von geringer Bedeutung, ob Sie ein willentlicher Verbündeter sind, oder einfach vor den Karren gespannt werden.“

„In der Tat“, sagte Lester steif und wenig über die Lage erfreut, in die ihn der ranghöhere Staatssekretär gebracht hatte.

„Mein Kontaktmann scheint sich sicher zu sein, dass es Cameron ist, und lässt nichts unversucht, um in seine Nähe zu gelangen, aber die Peruaner bewachen ihn streng und verhindern bei jeder sich bietenden Gelegenheit, dass wir die Wahrheit herausfinden. Ich muss wohl nicht erwähnen, dass die Lage heikel ist, James. Nichtsdestotrotz will ich meine Jungs zurück.“

„Das verstehe ich durchaus, Sir Charles, aber ganz offen gesagt, wir können kein Militärkommando entsenden, das Ihre Söhne heimbringt. Das steht ganz außer Frage. Es gibt Vorschriften, die es zu wahren gilt.“

„Die Frage ist jetzt eine andere, James. Ich würde sogar so weit gehen wollen, zu behaupten, dass die Frage jetzt eine Aussage ist. Folgendermaßen werden Sie verfahren: Sie werden drei Männer meiner Wahl aus dem Regiment mitnehmen, die Ihnen bei der Bergung meiner Söhne zur Seite stehen. Diese Männer werden vollständig informiert – wir dürfen nicht zulassen, dass schnöde Ignoranz die Mission gefährdet, also erwarte ich, dass Sie die Männer einweihen in Ihre … äh … *einzigartigen* Aktivitäten. Wichtiger noch ist, dass Sie meine Söhne heimbringen. Mir ist es gleich, wie Sie das anstellen oder welche Entschuldigungen Sie ersinnen, aber wenn Sie an einen Schreibtisch zurückkehren möchten, werden Sie dies geschehen lassen. Wenn ich Sie wäre, würde ich nicht länger darüber nachdenken, was außer Frage steht, und anfangen darüber nachzudenken, was das Problem lösen kann, mit dem Sie jetzt befasst sind.“

Und damit unterbrach der Permanent Under-Secretary die Verbindung und ließ Lester mit dem Hörer in der Hand allein zurück.

Der legte den Hörer auf die Gabel und rief Jenny an.

„Holen Sie Cutter und die anderen“, wies er sie an.

Sie war sein ganz persönlicher Geist und dies war seine ganz persönliche Hölle. Jenny Lewis klopfte an Cutters gläserne Bürotür.

„Lester will Sie sehen“, sagte sie mit Claudias Stimme.

Nick Cutter blickte zu der Frau hoch, die so sehr wie Claudia wirkte, dass die ebenso gut Claudia hätte *sein können*, wären da nicht die ein wenig dunkleren Haare und ihre immerwährende Zuversicht. Es fiel ihm schwer, sie anzusehen und dabei nicht die Frau zu sehen, die zu lieben er sich gestattet hatte. Schwer, weil er immer daran dachte, dass diese gemeinsame Geschichte zwischen ihnen existierte, eine Verbindung, die sie nicht teilte, und er stellte fest, dass er es als selbstverständlich hinnahm, in den seltsamsten Momenten, auf die immer wieder dümmste Weise.

„Was will er jetzt wieder?“

„Was will Lester jedes Mal?“, entgegnete Jenny, zog ihre Augenbrauen in die Höhe und grinste. Der Moment kam ihm so vertraut vor, dass er ihn ebenso gut mit ihrem Geist hätte geteilt haben können.

Dann drehte sie sich auf ihren Hacken um und ging von ihm fort.

Cutter ließ sich Zeit.

Als er schließlich die gewundene Rampe zu Lesters Büro hinaufging, war der Rest des Teams bereits versammelt. Connor Temple und Abby Maitland saßen wie ungezogene Schulkinder auf dem langen Ledersofa am anderen Ende des Zimmers. Ihr kurzes platinblondes Haar stand in völligem Gegensatz zu seinem dunklen, widerspenstigen Schopf und Dreitagebart. Stephen Hart lehnte neben den beiden, nah bei Abby. Jenny stand neben Lesters Schreibtisch, während sich der Bürohengst mit einer Engelsgeduld in seinem Lederstuhl zurücklehnte. Die Kriegermaske aus Sparta lag zwischen ihnen auf dem Schreibtisch. *Nein, keine Engelsgeduld*, dachte sich Cutter, dem Lesters Krähenfüße auffielen, und die Anstrengung, die dem Mann ins Gesicht geschrieben stand. *Mir fällt kein besseres Wort ein – er sieht getrieben aus.*

„Machen Sie die Tür hinter sich zu", verlangte Lester. Allein das weckte schon Cutters Neugier, denn wie die meisten modernen Manager zog Lester eine Politik der offenen Tür vor. So sollte er nahbar wirken, doch tatsächlich ermöglichte es ihm, alles zu sehen und zu hören, was zwei Fliegen mit einer Klatsche erledigte.

Cutter zog die Tür zu.

„Was soll das alles, Lester?"

„Es nennt sich zufällige Übereinstimmung der Bedürfnisse", erklärte Lester.

„Und was genau möchten Sie uns damit sagen?"

„Dass das, was Sie wollen, und das, was ich will, nicht länger exklusiv für uns gilt, Professor Cutter. Angesichts unserer Konversation heute früh, sollte Sie das eigentlich maßlos amüsieren. Aus höheren Kreisen ist durchgedrungen, dass Sie eine kleine Urlaubsreise unternehmen."

„Was reden Sie da?"

„Die Kurzfassung ist, dass die beiden Söhne von Sir Charles Bairstow in der Region Madre de Dios in Peru vermisst werden, was, wie ich glaube, dieselbe Region ist, aus der Ihr ehemaliger Student diese Auffälligkeiten meldet. Wir sind ... gebeten worden, bei der sicheren Rückkehr der beiden mitzuwirken."

„Wir fliegen nach Peru?", unterbrach ihn Connor mit einem Leuchten in seinen dunklen Augen. „Cool."

„Die Einstellung lobe ich mir", sagte Lester.

„Moment mal", fiel ihm Cutter ins Wort. „Heute früh noch kam es gar nicht in Frage und jetzt ist es beschlossene Sache?"

„Wie gesagt, eine zufällige Übereinstimmung der Bedürfnisse. Den Hilferuf Ihres Kollegen zu beantworten, genügt als

Tarnung für die Exfiltration von Sir Charles' fehlgeleiteten Kindern."

„Ich mag nicht, wie Sie das ausdrücken."

„Das müssen Sie auch nicht", flötete Lester. „Sie dürfen Ihre Neugier hinsichtlich einer möglichen Anomalie in der Region befriedigen, subtil, versteht sich. Es wird drei zusätzliche Mitglieder in Ihrem Team geben, aus dem Regiment. Die Männer werden sich um die Bergung der Söhne kümmern. Sie müssen sich die Hände nicht schmutzig machen, höchstens am peruanischen Lehmboden. Sehen Sie es als Fall, in dem Sie bekommen, was Sie wollen, aber vielleicht nicht ganz so, wie Sie es sich vorgestellt hatten – oder aus dem erwarteten Grund.

Ihre Tarnung wird relativ unkompliziert sein, denn die besten Lügen liegen immer dicht bei der Wahrheit. Sie werden die Auswanderung bestimmter gefährdeter Arten aus der Region vor Ort untersuchen. Also etwas sehr Fachspezifisches, aber dennoch interessant für die britische Regierung, da wir selbst darum bemüht sind, ein paar der unseren vorm Tod zu bewahren. Ich schlage vor, dass Sie umgehend mit den Vorbereitungen beginnen, Sie werden morgen früh ausgeflogen."

Sein Gesichtsausdruck ließ unmissverständlich erkennen, dass sie gehen durften.

Cutter beabsichtigte nicht, einen Streit vom Zaun zu brechen. Lester hatte Recht, er bekam genau das, was er wollte, ganz egal, wie unangenehm ihm der Umweg dorthin auch war.

„Also dann, gehen wir", wandte er sich an die anderen.

„Eine letzte Sache noch", legte Lester nach, während Cutter die Tür öffnete. „Jenny wird Sie begleiten – das Letzte, was wir brauchen, ist ein Medienfiasko. Sie benötigen jede Menge Informationen über die Region und die aller Wahrscheinlichkeit nach vor Ihnen liegenden Hürden. Ich übertrage Ihnen die Leitung über diese Operation, also geben wir unser Bestes, um allen Fettnäpfchen auszuweichen, einverstanden?"

DREI

Es war noch zu früh, um Nando Estevez anzurufen, und würde auch noch eine Zeit lang zu früh bleiben, aber das hieß nicht, dass er keine Vorbereitungen treffen konnte. Es gab tausend Dinge, die für eine legitime wissenschaftliche Expedition arrangiert werden mussten, und praktisch keines davon ließ sich über Nacht bewerkstelligen. Dennoch musste er es schaffen.

Cutter sperrte das Team in seinem Büro ein und ging in Gedanken die beste Aufgabenverteilung durch.

Er betrachtete sie, wie sie ihn ansahen, und fragte sich, was sie in ihm sahen. Manchmal fiel es ihm schwer, den Mann wiederzuerkennen, dessen Spiegelbild er kurz in ihren Augen sah. Vielmehr war ihm so, als sähe er das verzerrte Abbild aus einem Gruselkabinett. Er erkannte die Gesichtszüge wieder, die Falten und die Knochenstruktur, all das war ihm durch und durch vertraut, aber nicht das Fleisch machte den Mann, sondern die Summe seiner Erfahrungen. Erinnerungen formten das Leben eines Mannes und gaben ihm Sinn und Bedeutung.

Sie verfügten über ihre Erinnerungen, und er über seine, und selbst wenn all diese Erinnerungen sich um sie alle gegenseitig drehten, so waren sie doch grundverschieden. Cutter hatte viele der Erfahrungen, die sie alle als „miteinander geteilt“ ansahen, nicht gemacht. Welch absonderliches Phänomen das doch war: eine Falte in der Zeit.

Er musste auf andere Gedanken kommen. Zeit, sich an die Arbeit zu machen.

Sie besaßen jetzt Ressourcen, wie er sich wieder ins Gedächtnis rief. Das ARC hatte nichts mehr gemein mit seinem chaotischen akademischen Kämmerlein, irgendwo am hintersten Ende des Campus. Ihnen standen Gelder zu Verfügung und sie hatten sogar Zugang zu den Strippen der Macht, mit denen man die Welt manipulieren konnte.

Er hätte sie vermutlich sich selbst überlassen, mit einer kleinen Anweisung wie „Werft euch in Schale und seid morgen früh bereit", und das wären sie dann auch gewesen. Aber er zog es vor, die Zügel in der Hand zu halten, selbst wenn das bedeutete, freiwillig den Flohzirkus zu hüten – eine Redewendung, die eigentlich immer weniger zutraf, da sie alle sich in ihren Rollen eingelebt hatten und nun wussten, was sie taten.

„Ich fühle mich, als sei ich durch den Spiegel hindurch getreten", fing Cutter an und sein Blick strich über sein Team hinweg, zu seinem eigenen Spiegelbild in der Glastür. „Jetzt versuche ich, noch vor dem Frühstück an fünf unmögliche Dinge zu glauben, und ich habe das Gefühl, dass mir der Schädel gleich explodiert."

„Sechs", korrigierte ihn Connor.

„Was?"

„Es sind sechs unmögliche Dinge."

„Stimmt. Und das soll gleich wieder wie verhindern, dass mir der Schädel explodiert?" Cutter fuhr sich über seine Bartstoppeln an der Wange, um den Anflug des Lächelns auf seinem Gesicht zu verbergen. „Na schön, analysieren wir die Situation mal aus unserer Sicht." Er drehte sich zu Stephen um. „War Nando Estevez in deiner Seminargruppe?"

Stephen schüttelte den Kopf. „Bei dem Namen klingelt nichts bei mir, tut mir leid."

„Ah, verstehe. Nando ist ein ehemaliger Student von mir. Er hat mich gestern Abend kontaktiert, um von etwas möglicherweise sehr Aufregendem zu berichten. Er ist Ranger in einem Naturschutzgebiet in Peru. Zu seinem Job gehört es, die Verhaltensmuster der über 100 gefährdeten Arten zu studieren, die in dem Regenwald dort beheimatet sind. In jüngster Zeit sind ihm dort immer öfter Merkwürdigkeiten aufgefallen, wie etwa Spuren, die er nicht bestimmen konnte, und frische Knochen, die nicht aus dieser Ära stammen. Wenn ich zwischen den Zeilen lese, scheint er anzunehmen, dass sie von einer angeblich ausgestorbenen Spezies stammen. Für sich betrachtet, beweisen die Knochen gar nichts, aber sie werfen eine Menge Fragen auf, und in Einklang mit einem sonderbaren Wanderverhalten, das ihm bei dieser Kreatur aufgefallen ist, glaube ich, es bedeutet, dass eine prähistorische Kreatur in das dortige Ökosystem eingedrungen ist. Vielleicht auch mehr als eine. Dies könnte unser erster profunder Beweis für eine Anomalie außerhalb der britischen Inseln sein."

Er hielt inne und ließ diese Erklärung sacken. Connor war natürlich der Erste, der den Mund wieder aufmachte.

„Wissen Sie, was das bedeutet?", sagte er atemlos, während sein Verstand versuchte, sich einen Überblick darüber zu verschaffen, was dann alles möglich wäre. Dies war der Traum eines jeden Verschwörungstheoretikers ... oder der Albtraum. „Es muss sich nicht nur um diese eine handeln, oder? Ich meine, es könnte überall auf der Welt Anomalien geben. Überall."

Die Konsequenzen waren allen klar, jemand musste sie nur noch aussprechen.

Abby erhob als Nächste das Wort.

„Oh Gott!" Sie schüttelte den Kopf. „Was bedeutet das? Wenn die Anomalien sich überall öffnen können und Vergangenheit und Zukunft durchbrechen, löst sich dann die Zeit selbst auf? Das Leben soll in einer geraden Linie verlaufen, von der Geburt bis hin zum Tod, und nicht mit Haken und Drehungen durch die Jahrtausende schlingern."

Dann kam sie auf ihr Fachgebiet zu sprechen.

„Wie sollen wir überleben, wenn Bakterien aus dem Perm plötzlich von der Kette gelassen werden, und wir nicht zur Stelle sind um sie einzudämmen? Wir haben kein Gegenmittel. Keine Widerstandskräfte. Denkt doch nur an die Vogelgrippe. Was, wenn sie nicht natürlichen Ursprungs ist? Was, wenn sie nur deshalb aufgetaucht ist, weil ein Vögelchen in Osteuropa an Fäkalien aus dem Jurassic Park genascht hat? Seht euch doch nur an, wie sie sich ausgebreitet hat, mit welchen drastischen Folgen für die Geflügelpopulation."

Sie ließ sich wieder auf die Couch plumpsen und murmelte nur „Oh Gott".

All das war Cutter auch in den Sinn gekommen, und darüber hinaus noch mehr. Die Bedrohung für die Menschheit musste aber nicht zwangsläufig der Vergangenheit entstammen. Doch als er die Sorge in Abbys Gesicht sah, beschloss er, seine Befürchtungen für sich zu behalten.

„Also glaubst du, dass etwas durchgekommen ist? Irgendeine Art Raubtier?", fragte Stephen und holte ihn damit ironischerweise zurück in die Gegenwart.

„Keine Ahnung", gab Cutter zu. „Aber das wäre die logische Schlussfolgerung. Das Ökosystem des Regenwaldes ist ein fein ausbalancierter Mechanismus. Plötzliche Veränderungen sind ungewöhnlich und selten, und wenn sie sich zutragen, dann fast immer nur, weil etwas die natürliche Balance zerstört hat. Ein neues Raubtier ist die logische Extrapolation der Fakten."

Stephen nickte.

„Aber ganz neu ist das Teil nicht, oder?", führte Connor das Thema fort. „Was ist mit El Chupacabra? Die südamerikanischen Gebiete sind reich an mehrere Jahrhunderte alten Geschichten über geheimnisvolle Raubtiere und mystische Teufelshunde. Denkt nur an Quetzalcóatl, die gefiederte Schlange."

„Das ist wahr“, stimmte Cutter zu. „Es könnte noch unentdeckte Arten in der Region geben.“

„Schon irgendeine Idee, wonach wir suchen?“, fragte Jenny.

„Das könnte sprichwörtlich alles sein. Die Kreatur könnte aus jeder Ära stammen. Raubtiere waren in der südamerikanischen Pampas stets sehr verbreitet.“ Er brach ab, damit sie sich nicht endlos diesen abergläubischen Theorien hingaben.

„Also, heute Morgen wurde mir noch auf absolut unmissverständliche Weise mitgeteilt, dass eine Untersuchung nicht in Frage komme, und heute Nachmittag packen wir unsere Sachen für die Reise nach Peru. So sehr ich die politische Tragweite von Lesters Bitte auch verabscheue, dies ist auch eine ziemlich einzigartige Chance für uns, zu sehen, was es dort gibt. Lasst uns diese Gelegenheit beim Schopf packen.“

Er fuhr energisch fort. „Wir werden also in einer sehr kurzen Zeitspanne ein gerüttelt Maß an Vorbereitungen treffen müssen. Ich werde Nando kontaktieren und für ein Empfangskommando sorgen, sobald wir im Naturschutzgebiet eingetroffen sind. Connor, besorg die technischen Feinheiten, klappere Läden ab und leg fest, was wir brauchen werden, um die Mission zu erfüllen. Abby, kannst du dich um die praktischen Dinge kümmern? Zelte, Rucksäcke, Erste-Hilfe-Ausrüstung, Salztabletten.“

Nun wandte er sich an seine PR-Expertin. „Jenny, wenn dies eine seriöse Expedition werden soll, benötigen wir einen Transport ins Zielgebiet und vor Ort eine Beförderungsmöglichkeit – und diese muss nicht-militärischer Natur sein. Wir sollten uns weitestmöglich von allem Offiziellem fernhalten. Überprüfen Sie die Fluglinien, finden Sie den nächstgelegenen Flughafen und mieten Sie uns einen Geländewagen. Ich bin mir sicher, dass wir auch einen ganzen Rattenschwanz an behördlichen Genehmigungen benötigen werden, bevor wir auch nur einen Fuß auf den Boden setzen.“

„Bin schon dran“, entgegnete sie forsch.

„Toll. Stephen, wir werden Vorräte brauchen: Nahrung, Wasser, Nahrungsergänzungsmittel. Wenn wir dort unten sind, können wir nicht einfach in den nächsten Supermarkt latschen, und in der Wildnis sind wir von allen Quellen abgeschnitten. Wir werden auch Landkarten brauchen. Ich will nichts dem Zufall überlassen.“

„Landkarten? Landkarten? Wir brauchen keine elenden Landkarten“, gab Connor mit einer ziemlich mickrigen Bogart-Nachahmung von sich. „Wir haben die GPS-Melder, Satelliten-Überwachung, metergenaue Ortung. Der ganze moderne Komfort, Professor. Vergessen Sie dieses Plantschen im Matsch, während man versucht, verschmiertes Papier zu entziffern.“

„Stimmt, und das ist auch alles gut und schön, aber womit laden wir die Geräte nach ein oder zwei Tagen bitte auf? Diese Batterien sind rasch leer. Ich fürchte, wir werden das auf die altmodische Weise machen müssen.“

„Ich nehme nicht an …“ Connor stoppte und sah sich hoffnungsfroh im Raum um. „Wissen Sie … wie steht’s mit Waffen?“

„Was soll mit denen sein? Sollen wir etwa versuchen, die über internationale Grenzen zu schmuggeln? Das letzte Mal, als ich nachgesehen habe, stand ‚Waffenschmuggler‘ noch nicht in meiner Jobbeschreibung.“

„Wir könnten es als diplomatisches Gepäck bezeichnen“, schlug Connor vor.

„Glaubst du wirklich, dass ich zulasse, dass du mit einer AK-47 im Dschungel herumläufst?“, beendete Cutter das Thema. Sein Gesicht verdeutlichte, dass das eine rhetorische Frage gewesen war.

Connor zuckte mit den Achseln. „War einen Versuch wert.“

„Wer weiß, vielleicht werde ich eines Tages einknicken“, ergänzte Cutter. „Aber ich würde nicht darauf wetten.“

Alejandro Inatuzi war ein einfacher Mann. Sein Leben bestand aus einfachen Dingen. Jetzt gerade hätte es ihm schon genügt, nach Hause zu fahren und sich schlafen zu legen, doch das blieb fürs Erste ein Traum. Die Médico Clinica Cusco operierte in drei Schichten – jedenfalls theoretisch. Der Krankenpfleger hatte seit achtzehn Stunden ununterbrochen gearbeitet und musste noch drei Stunden durchhalten. Also brauchte er eine Zigarette, wenn er das schaffen wollte.

Er schlich sich nach draußen und nickte unterwegs einer Krankenschwester zu, die über die Patientendiagramme gebeugt dastand, um die Medikamentendosis für die Nacht festzulegen. Bunte Pillen waren in weißen Papiertütchen verteilt, bereit, um von den Schwestern verteilt und mit etwas Wasser getrunken zu werden. Sie lächelte ihm zu, als er an ihrem Schalter vorbeikam. Ihre dunkelbraunen Augen waren Manna vom Himmel. Es gab Schönheit, sinnierte er, der jungen, hübschen Sorte, die mit Make-up aufgetragen wurde, und es gab *wahre* Schönheit: Die Linien des Gesichtes, die Kurven des Körpers, üppig und sanft gerundet, eine wahre Frau. Schwester Maya Vennasque war in jedem Sinn des Wortes eine wahre Frau. Sie besaß jene Sorte Schönheit, die Maler zum Weinen veranlasst hätte. Sie hätten sie angefleht um die Gelegenheit, sie unsterblich zu machen.

Teufel auch, Alejandro wollte sie malen und in keiner Faser seines Körpers steckte irgendein künstlerisches Talent.

Er ahmte das Rauchen einer Zigarette nach, doch sie schüttelte den Kopf. Also zuckte er kurz mit den Achseln. *Ein Mann muss es halt versuchen*, ließ er sie damit wissen und drückte den Knopf, um den Fahrstuhl zu holen.

Der stets präsente, keimfreie Geruch von Ammoniak lag in den Korridoren in der Luft. Die Kacheln, die sich über den Boden und die Wände erstreckten, waren im Laufe zu vieler Jahre von unzähligen Füßen abgewetzt und jeden Musters beraubt worden.

Der Fahrstuhl kam an, er fuhr hinunter und verließ dann das Gebäude für seine heiß ersehnte Zigarette. Alejandro rollte sich mit Süßholzpapier seine eigenen Glimmstängel und würzte den Tabak mit einem kleinen Extra, um sich während der uferlos langen Schichten wach zu halten. Er genoss den Rauch, der in seine Lungen vordrang, rauchte die Zigarette zu Ende und wanderte dann zurück ins Krankenhaus, um wieder ergeben seiner Pflicht nachzugehen. Er musste noch sechs Zimmer abarbeiten, bevor er nach Hause konnte.

Maya schenkte ihm ihr herzerwärmendes Lächeln, als die Fahrstuhltür wieder aufging.

„Keine Rast den Rastlosen“, sagte er und lehnte sich an ihren Schalter. „Und ich verspreche dir, ich raste bei gar nichts.“

„Alejandro Inatuzi, was würde deine Frau dazu sagen, wenn sie wüsste, dass du deine Nächte damit verbringst, mit anderen Frauen zu flirten?“

„Sie würden mir androhen, entscheidende Teile von meinem Körper abzutrennen, ganz sicher“, entgegnete er mit einem Grinsen. „Lass es also unser kleines Geheimnis bleiben.“

„Du bist unverbesserlich“, schmunzelte Maya.

„Ich gebe mir Mühe.“

„Gib diese hier deinem Engländer, ja?“, wurde sie wieder ernst. „Er muss zu jeder vollen Stunde drei Stück nehmen.“ Sie überreichte ihm eine kleine Schachtel mit Tabletten.

Alejandro schlenderte zurück zu seinem Wägelchen, das immer noch dort stand, wo er es vor einen Stunde an die Wand gelehnt hatte. Das war das Nette an der Nachtschicht. Meistens war es ruhig – wenigstens nach drei Uhr nachts. Das war eines der kuriosen Dinge, die er bei seiner Arbeit hier im Krankenhaus festgestellt hatte. Um drei Uhr morgens starben mehr Menschen als zu jeder anderen Tageszeit. Sie scherzten über die Todesstunde, aber alle glaubten daran. „El Diablo-Zeit“ nannten sie es.

Er sah prüfend auf seine Uhr. Es war fünf Minuten vor Vier. Fünf Minuten noch, dann konnte er endlich heim. Er lachte leise über sich selbst und fing an zu pfeifen, während er losging.

Der Engländer lag im hintersten Raum des Flurs. Er teilte ihn sich mit Paco, der an einem Emphysem litt und kein Wort gesagt hatte, seitdem er sich vor sechs Wochen ins Bett gelegt hatte. Paco war hergebracht worden, um hier zu sterben, von einem Enkel, der nicht den Wunsch verspürte, sich um den alten Mann zu kümmern. Manchmal enttäuschten die Menschen Alejandro. Es lag Ehre darin, sich um die Alten zu kümmern. Das ging zurück auf die alten Tage, als die Männer ihr Leben für den Stamm gaben, und wenn sie nicht mehr jagen oder fischen oder kämpfen konnten, hegten und pflegten ihre Angehörigen sie, die sie ihr Leben lang mit Nahrung und Schutz versorgt hatten.

Diese neue Generation, mit ihren Flachbildschirmen und schnellen Autos, ließ einiges zu wünschen übrig in Sachen Menschlichkeit. Mit dem Gedanken betrat er das abgedunkelte Zimmer.

Ein Mann stand vor dem Bett des Engländers.

Alejandro brauchte einen Augenblick, bis ihm klar wurde, dass er den Mann nicht kannte.

„Was machen Sie da?“, keuchte Alejandro. Die abergläubische Stimme in seinem Kopf fing panisch an zu schreien, dass El Diablo gekommen sei, um den Engländer zu holen. Innerlich schalt er sich dafür einen Narren.

Der Mann drehte sich zu ihm, sagte aber nichts.

Einen Augenblick lang schien es, als besäße er kein Gesicht. Ihm fehlte eine Kontur, es gab keine Gesichtszüge, keine Farbe. In großer Sorge griff Alejandro nach dem Lichtschalter und machte die große Deckenlampe an.

Der Fremde trug eine Maske und hatte eine Nadelwaffe in den Morphium-Spender gedrückt. Alejandro sah, wie er wieder und wieder und wieder den Abzug betätigte, und so Dosis über Dosis injizierte.

„Gehen Sie sofort da weg!“, schrie der höchst beunruhigte Krankenpfleger.

Der Fremde ließ den Spender los und trat vom Bett zurück. In dem Infusionsapparat wurde ein roter Faden sichtbar. *Blut*, schoss es Alejandro durch den Kopf. Ihm wurde schlecht.

Immer noch hatte der Fremde kein Wort gesprochen. Er griff hinter seinem Rücken nach irgendetwas, während er langsam auf die Tür zuging. Seine Hand kam wieder zum Vorschein und hielt jetzt einen Revolver mit Schalldämpfer.

Alejandro warf die Hände in die Höhe und flehte. „Bitte erschießen Sie mich nicht. Bitte. Ich habe nichts gesehen. Der Engländer ist im Schlaf gestorben. Das kommt vor. Bitte, erschießen Sie mich nicht. Ich habe eine Frau und drei Söhne. Bitte.“

Der Fremde war nun so nah, dass sein fauliger Atem in Alejandros Lungen gesogen wurde, als der ängstliche Mann Luft holte.

Der Frmde drückte nicht ab. Stattdessen hob er seine Hand hoch und hämmerte den Griff der Waffe seitlich an Alejandros Schädel. Der Krankenpfleger fiel in sich zusammen und verteilte sich über den frisch desinfizierten Boden. Er konnte das Spiegelbild seines eigenen Gesichtes in den weißen Kacheln sehen, und die blutrote Rose, die an seiner Schläfe zu blühen schien.

Der Fremde trat über ihn hinweg und seine Schritte verhallten in der aseptischen Stille der Krankenhausabteilung.

Alejandro wagte es nicht sich zu bewegen, bis die Schritte ganz verklungen waren. Erst dann rappelte er sich wieder auf. Er stolperte hinüber zum Bett des Engländers und zog die Decke zurück. Er riss ihm die Nadel aus dem Arm und schnitt so die Zufuhr der unbekannten Substanz ab.

Das Fleisch des Patienten hatte sich um die Einstichstelle herum bereits bläulich verfärbt. Gift? Es gab hundert tödliche Drogen in den Vorratsschränken, und es war unmöglich, das, was sich im Blut des Engländers befand, toxikologisch zu bestimmen, ohne den an der Einträufelung hängenden Beutel selbst zu untersuchen.

Das rhythmische Piepsen des Herzmonitors neben dem Bett war unregelmäßig geworden und verstummte nun gänzlich.

Alejandro hämmerte auf den Alarmknopf.

Eine Minute später kamen die Notärzte angerannt.

Der Anruf erging um kurz vor 18.00 Uhr.

„Lester“, meldete er sich, als er den Hörer abgenommen hatte. Während die Stimme am anderen Ende sprach, setzte er sich in seinem Stuhl gerade auf.

Cameron Bairstow hatte geredet.

Der Kontaktmann von Sir Charles hatte es geschafft, sich verkleidet als Krankenpfleger durch den Sicherheitswall der Peruaner zu schummeln.

„Wir haben miteinander gesprochen.“ Sir Charles‘ aristokratisches Organ war von Trauer erfüllt und drang nur schwach über die sichere Leitung. „Es ist Cameron, den man gefunden hat. Jaime ist tot.“

„Ich bedauere Ihren Verlust“, entgegnete Lester und überraschte sich dabei selbst, weil seine Stimme wenigstens ansatzweise so klang, als meine er es ernst.

„Ich will nicht Ihr Bedauern, Lester, ich will, dass Sie meinen Jungen heil zurückbringen. Das ist alles, was für mich zählt.“

„Ich verstehe, aber gewiss befindet sich Cameron nun in Sicherheit, und auch auf die Gefahr hin, pietätlos zu erscheinen, wir können für Jaime nichts mehr tun. Es gibt keine Notwendigkeit mehr für unsere kleine Scharade. Und ich bin mir sicher, dass das Außenministerium Ihnen bei den nötigen Arrangements behilflich sein kann …“

Die Stille am anderen Ende der Leitung war lang und ausgedehnt, nur das Kratzen des Atmens verriet, dass Sir Charles noch dran war. Schließlich erhob er wieder die Stimme.

„Cam befindet sich keineswegs in Sicherheit. Heute Abend gab es einen Anschlag auf sein Leben. Er wurde in seinem Bett unter Drogen gesetzt, Lester. Jemand ist in das Krankenhaus eingebrochen und hat versucht, ihn im Schlaf zu töten. Nur Gott weiß, wieso. Ich werde ihn nicht verlieren, Lester. Ich habe meinen Mann angewiesen, bewaffnete Wächter rund um die Uhr an seinem Bett zu postieren, bis Ihre Leute eintreffen, um ihn abzuholen. Es ist allein der Gnade Gottes zu verdanken, dass er gerettet wurde, zum zweiten Mal binnen kürzester Zeit.“ Wieder legte sich Stille über die Verbindung, dann sprach Sir Charles weiter.

„Hören Sie mir zu, und hören Sie mir gut zu. Ich habe einen Sohn verloren. Ich werde keinen zweiten verlieren, Lester. Ich vertraue diesen Männern dort unten nicht.“

Das saß. Trotz des überraschenden Geständnisses deutete der Klang von Sir Charles' Stimme an, dass er noch nicht alles zu dem Thema gesagt hatte.

Das wurmte Lester.

„Ich würde Ihren Mittelsmann sehr gerne kontaktieren“, bemerkte er, um dem ausweichenden alten Mann die Pistole auf die Brust zu setzen. Er würde nicht zulassen, dass etwas unerwähnt bliebe. Wenn er etwas mit Inbrunst hasste, dann waren es Leute, die etwas vor ihm verbargen.

„Es gibt Fragen, die ich stellen muss, für mein Team, und ohne respektlos erscheinen zu wollen, aber es wäre das Beste, wenn ich das von ihm selbst hören würde, und nicht gefiltert durch Sie.“

„Deuten Sie an, dass ich lüge?“

„Keineswegs, Sir, keineswegs. Sie haben nichts zu verbergen, dessen bin ich mir sicher, also warum sollte ich annehmen, dass Sie mir nicht die ganze Wahrheit und nichts als die Wahrheit auftischen würden? Ich verstehe, dass Sie Angst haben, dass jedwede Indiskretion die Lage Ihres Sohnes nur verschlimmern würde. Lose Zungen kosten Leben, und all das. Aber ich versichere Ihnen, dass mein Team mit dem größten Taktgefühl vorgehen wird. Wir werden ihn nach Hause bringen, aber wir müssen wirklich mit Ihrem Kontaktmann reden, um die Lage angemessen zu bewerten. Wir haben Fragen, die beantwortet werden müssen. Nur Narren leisten sich Ungenauigkeiten, Sir Charles, und keiner von uns beiden hält sich für einen Narren, nicht wahr?"

„Nun gut", sagte Sir Charles. „Ich lege das Leben meines Sohnes in Ihre Hände, Lester. Enttäuschen Sie mich nicht." Dann gab er ihm die Kommunikations- und Satellitenkoordinaten, ein Wahlsignal, eine Übersicht mit Kontaktzeiten und die Frequenz, über die Lester den Mann am Boden erreichen konnte.

„Eine einfache Telefonnummer hätte auch gereicht", bemerkte Lester ironisch.

Diesmal war die Stille am anderen Ende absolut. Sir Charles hatte die Verbindung unterbrochen und Lester allein zurückgelassen.

Der lehnte sich in seinen Stuhl zurück und machte sich Gedanken darüber, was der alte Mann *unerwähnt* gelassen hatte. Das war weit aussagekräftiger. Lester ließ der Reihe nach seine Fingerknöchel knacken.

Sir Charles wollte seinen Sohn zurück haben, das stand außer Frage, aber er wollte das geräuschlos erledigen, mit einem Minimum an Aufheben. Aus einem Lester noch unbekannten Grund wollte er nicht, dass man Camerons Geschichte auf den Titelblättern ausbreitete.

Wollte er seinen Sohn nur beschützen? Daran war nichts Ungehöriges, wenn dem denn so war. Kein finsterer Zweck.

Cameron war mit fast absoluter Sicherheit Zeuge geworden, als sein Bruder ums Leben kam, und jemand hatte versucht, ihn zum Schweigen zu bringen, bevor er reden konnte, was dem Ganzen eine gewisse Dringlichkeit verlieh. Das machte Lester neugierig, wie er sich eingestehen musste. Aber Mord war oftmals faszinierend.

Um was ging es hier also, Auge um Auge? Waren Jaimes Mörder hinter Cameron her, um ihren Job zu Ende zu bringen? Wenn ja, was hatte er gesehen, das ihnen so sehr Angst einjagen konnte, dass sie an einem so öffentlichen Ort einen Mordversuch gewagt hatten?

Er musste Jenny die Nachhaltigkeit von Sir Charles' Wunsch klarmachen. Er hatte sein Wort gegeben. Das bedeutete, dass sie den Jungen heimbringen *würden*.

Und nicht in einer Kiste, wenn es sich verhindern ließe.

Die Lagerräume waren das reinste Paradies in Sachen technische Spielereien. Connor Temple kratzte die Bartstoppeln an seiner linken Wange und ging am Rechner die zahlreichen Inventar-Menüs durch, auf der Suche nach allem, was auch nur ansatzweise nützlich sein konnte.

Jeder Gegenstand wurde durch ein kleines Symbol repräsentiert, das zu einer Beschreibung führte, in der Umfang, Gewicht und Funktion präzise beschrieben waren. Trotz Cutters Worten beabsichtige er durchaus, einen seiner elektronischen Datenblöcke mit jedem Info-Schnipsel zu füllen, den er über Peru finden konnte, inklusive Flora, Fauna, Landkarten, Analysen von politischem Klima und Krisenzonen, Traditionen und Kultur. Extra-Saft für 24 Stunden Dauerbetrieb ihrer Geräte würde ihnen eine tragbare Ladestation verleihen, und wenn sie sparsam mit ihrem Geräten umgingen, würde der Strom sogar noch länger reichen. Mitunter waren die Lücken in Cutters Verständnis erschreckend. Was Technologie anging, war es so, als sei sein Boss irgendwann in den Achtzigern hängen geblieben, mit ihren Transistorradios, Plattenspielern und Leuchtdioden.

„Praktisch, denk praktisch“, murmelte er, während er den Drang niederrang, sich mit Ausrüstungsgegenständen für so ziemlich jede Eventualität kräftig zu überladen.

Nachträglich fiel ihm ein, sich via Intercom bei Jenny zu melden.

„Dumme Frage, aber wie viel Gepäck dürfen wir mitnehmen?“

Sie lachte auf, aber keineswegs gehässig, weit gefehlt. Warmherzigkeit schwang mit. Er konnte sich vorstellen, wie sie das Intercom angrinste.

„Wir fliegen nicht mit British Airways, Connor. Und es dürfte schwer werden, mal eben mit einem Hercules-Hubschrauber hin zu düsen, also reisen wir dieses eine Mal mit allem Pomp. Ich habe von einem Regierungs-Lieferanten ein Privatflugzeug gechartert.“

„Nett.“ Er war beeindruckt.

Augenblicke später stellte Connor in Gedanken eine Titelliste für seinen MP3-Player zusammen und hatte sie schon vervollständigt, als der erste der Stahlsärge herangerollt wurde. Der Schlüssel war die Stimmung. Sie musste zum Geist des Abenteuers passen, mit aller Reife, der es bedurfte, um es zu ertragen, 15 Stunden in einer Blechbüchse eingesperrt durch die Wolken zu rasen. Augustana, Aimee Mann, Breaking Benjamin, ein paar Songs der Foo Fighters und Everclear, um ratzfatz die Reisegeschwindigkeit zu erreichen. Er konnte sich vorstellen, wie Dave Grohl „Next Year“ sang, als die Reifen vom Boden abhoben, gefolgt von etwas härterem Grunge, während sie Meter um Meter empor kletterten. „England My Home“ von den Levellers, mit seinen zuwider laufenden Geigen, und Pearl Jams „Black“ mit der melancholischen Melodie. Dann noch etwas Snow Patrol, Billy Corgan, Neil Hannon und Mike Doughty und ein paar der Klassiker wie Black Dog und 2112, und damit hatte er die erste Stunde auch schon größtenteils abgehakt.

Die zweite Stunde, nun, das mussten moderne Klassiker sein wie „Must Be Love“ von Madness, „Prince Charming“ von Adam Ant und „Ghost Town“ von The Specials, weiter angeheizt mit „It's A Kind of Magic“, „Mirror in the Bathroom“ oder Bowies „Ashes to Ashes“. Wie bei jedem Mix lag das Geheimnis des Erfolgs im individuellen Fluss der Tracks – es ging gar nicht darum, wie großartig sie für sich genommen waren. Sie mussten einfach nebeneinander gestellt das nötige Maß an Kontinuität zwischen Bass und Gesang aufweisen, um interessant zu klingen, nicht aber kreischend.

Er brach die Siegel auf den Särgen auf, um sicherzugehen, dass alle gewählten Utensilien sicher verstaut waren. Sobald er zufriedengestellt war, verschloss er die Särge wieder und tat sich schwer damit, sie zur Ladebucht zu befördern. Er murmelte den Refrain von einem Song der Stone Temple Pilots, während er mit den Stahlkisten rang, nicht dass irgendwer die Worte zwischen dem Ächzen und Stöhnen erkannt hätte.

Das war nicht wenig Ausrüstung, aber schließlich musste er für so ziemliche jede Eventualität gewappnet sein.

Connor ging in ihr Erholungszimmer. Eine Wiederholung von „Robot Wars“ lief unbeobachtet auf einem der Flach-Fernseher. Er ließ sich auf einen der Sitzsäcke neben dem Sofa fallen und fuhr den Laptop hoch, den jemand auf dem Tisch hatte stehen lassen. Das ARC besaß ein integriertes Netzwerk. Schon nach wenigen Augenblicken lud er sich Musik-Files herunter und stellte eine neue Titelliste zusammen. Es kostete ihn eine gute Stunde.

Eine Stunde, in der seine Neugierde größer und größer wurde. Er ging zurück zum virtuellen Server, der die zahlreichen Maschinen hier verband, und tippte eine Reihe von Befehlen in die Tasten. Nur um sofort auf eine Firewall zu treffen. *Aber*, dachte er sich, *wozu ist ein Schutzwall schon da, wenn nicht zum Drüberklettern?*

Er probierte eine andere Befehlsfolge und scheiterte an der nächsten Firewall.

Dann klickte er sich zurück zu seinem eigenen Dateiverzeichnis und öffnete ein Spider-Programm. Das ließ er auf die Firewall los und nach fünf Minuten war er durch und stand direkt vor dem Hauptserver, komplett unbehindert von Filtern oder Barrieren.

„Schön, schön, schön", lobte er sich und ließ seine Fingerknöchel knacken. Sechs weitere Tastenanschläge und er stöberte in den Personalakten. Vier weitere und er las den Namen Abigail Sarah Maitland auf dem Bildschirm. Hier stand einfach alles, das über sie bekannt war, und er konnte sich nicht davon losreißen, bis er Schritte draußen im Flur wahrnahm.

Connor schlug den Laptop zu und versuchte den Eindruck zu erwecken, gerade intensiv nachzudenken. Er summte eine verstümmelte Nirvana-Hymne, als Abbys feenhaftes Gesicht durch den Türrahmen lugte. Als sie Connor entdeckte, streckte sie ihm die Zunge heraus, grinste und huschte wieder fort. Nur ihre schweren Stiefel klackerten den Flur entlang.

Er wurde rot und klappte den Laptop mit einem angesichts seiner Beinahe-Entdeckung erleichterten Seufzer wieder auf. Er trennte die Verbindung zur Personal-Datenbank.

Den Rest des Tages verbrachte er damit, sämtliche verfügbaren Daten auf drei Personal Data Assistants zu laden, die auch nur entfernt nach Peru aussahen, und er nahm wirklich alles mit, was er kriegen konnte: Restaurant-Adressen im Stadtzentrum von Cusco, Notruf-Nummern, Kontaktdaten der Botschaft, Festivals, Zeremonien, Bräuche, örtliche Religionen, Giftpflanzen-Verzeichnisse, die Nachrichten der letzten sechs Monate. Am Ende des Tages hatte er ein elektronisches Orakel zusammengetragen.

„Stell ihm eine Frage, egal welche", forderte er Abby auf, als er sie wieder sah.

„Oh, ich weiß nicht, wie wär's mit der Bedeutung vom Leben, vom Universum und vom ganzen Rest?" Abby lächelte.

„Das ist zu einfach." Connor tippte ein paar Befehle ein und die Zahl 42 erschien auf dem Display. Er zeigte sie ihr.

„Du bist ein solcher Geek."

„Aber ein liebenswerter, oder?"

„Ist nicht das erste Wort, das mir in den Sinn kommt."

„Gehen Sie sanft vor", sagte Lester und überreichte Jenny Lewis die Kontaktdaten für Sir Charles' Mann in Peru. „Gestern Abend gab es einen Mordanschlag auf den jungen Bairstow. Er weilt noch unter uns, und wir müssen dafür sorgen, dass es auch so bleibt."

„Es ist wohl unnötig zu sagen", fuhr er fort, „dass Sir Charles höchst ungehalten über den Vorfall ist. Ich versprach ihm, dass Sie sich darum kümmern werden. Es sind jetzt bewaffnete Wächter im Krankenhaus zugegen. Ihre Aufgabe ist es, Bairstow von dort fortzuschaffen. Verstanden?" Sie nickte.

„Ohne großen Lärm. Sir Charles verlässt sich auf mich, dass ich seinen Jungen heil zurückhole, was alles gut und schön ist, doch zusätzlich zu dieser ganzen Sache mit dem versuchten Mord beschäftigt uns auch noch ein tatsächlicher Mord an einem Mitglied des Hochadels auf fremdem Boden. Ob es uns gefällt oder nicht, wir sprechen hier von einem politischen Minenfeld.

Früher oder später wird die Presse Wind von Jaime Bairstows Tod bekommen. Irgendwer im Personenstandsregister wird denen eine Kopie der Sterbeurkunde verhökern, oder einer der Verladegehilfen am Flughafen wird etwas über den Sarg ausplaudern, der an dem Morgen eingeflogen wird. Wir können hier keinen diplomatischen Zwischenfall gebrauchen,

Jenny. Es geht hier um Schadensbegrenzung. Unsere Geschichten müssen wasserdicht sein."

Jenny las sich die Kontaktinformationen durch.

„Was soll ich hiermit anfangen?", lautete ihre Quizfrage.

„Anrufen und die richtigen Fragen stellen. Darin sind Sie schließlich gut. Treffen Sie die nötigen Arrangements, um den Jungen nach England zu schaffen."

Jenny legte das Papier weg. „Irgendetwas verheimlichen Sie vor mir, Lester. Was ist es?"

Lester zuckte mit den Achseln.

„Keine Ahnung. Es ist nur so ein Gefühl. Ich hoffe aufrichtig, dass wir es hier mit Wilderern zu tun haben. Vielleicht hat sie der arme Bursche gerade in flagranti erwischt, wer weiß. Gott bewahre, dass Cutters Paranoia auf mich abfärbt, oder Connors Verschwörungstheorien, aber ich werde das Gefühl nicht los, dass es etwas gibt, von dem Sir Charles will, dass wir es nicht wissen. Und ich setze mein Geld darauf, dass es etwas mit Camerons Erinnerung an den Angriff zu tun hat. Erst schneit Cutter in mein Büro herein und faselt etwas von Anomalien in Madre de Dios, und nun das hier. Ich glaube nicht gesteigert an Zufälle, wenn Sie verstehen, was ich meine."

„Ist ja nicht sonderlich schwer."

„Gut. Ganz offen gesagt, wenn sich herausstellt, dass der junge Bairstow eine Anomalie gesehen hat, werden wir sicherstellen müssen, dass jener Teil der Geschichte niemals das Licht der Öffentlichkeit erblickt."

Als die nächste Kontaktzeit anstand, ging Jenny mit den Details hinunter zur Kommunikationszentrale in der Haupthalle. Sie ließ einen Techniker auf einem schnurlosen Hörer eine Funkverbindung auf der richtigen Frequenz herstellen und zog sich dann in die Privatsphäre eines unbesetzten Labors zurück.

„Little Gods", sprach sie in den Hörer. „Little Gods, empfangen Sie mich?"

Rauschen schlug ihr entgegen.

Sie wiederholte das Rufsignal alle zwanzig Sekunden, volle fünf Minuten lang, bevor sich eine von Knistern bedrängte Stimme meldete.

„Hier Little Gods, over."

„Little Gods, hier spricht das ARC. Over."

„Was kann ich für Sie tun, ARC? Over."

„Unser gemeinsamer Freund schlägt vor, dass wir Sie kontaktieren, bevor wir einfliegen. Wir haben ein paar Fragen über die Lage vor Ort. Over."

„Schießen Sie los. Over."

„Uns wurde gesagt, Sie hätten mit Cameron gesprochen? Over."

„Ja, habe ich. Over."

„Was können Sie uns über den Angriff auf seinen Bruder sagen? Over."

Das erntete einen grunzenden Laut, der irgendwie nach einem Lachen klang. Sie hoffte, dass es nur eine Macke in der Übertragung war.

„Nichts, dass einen Sinn ergeben würde, fürchte ich. Over."

„Lassen Sie mich das entscheiden, Little Gods. Over."

„Seine Erinnerungen sind bestenfalls bruchstückhaft, obwohl er sich daran erinnert, von einer großen Katze angefallen worden zu sein. Over."

„Also waren es keine Wilderer? Over."

„Nein. Er beteuert, dass es ein Tier gewesen ist. Ein Jaguar vielleicht, aber riesengroß. Das hat er ständig wiederholt. Das Tier war riesengroß. Das ist quasi der einzige schlüssige Teil der Geschichte. Over."

„Lassen Sie sich nicht alles aus der Nase ziehen, Little Gods. Over."

Sie erntete noch mehr Gelächter.

„Er hat auch von Diamanten in der Luft gesprochen. Diamanten, die seinen Angreifer verschluckt hätten. Over."

Jenny hielt kurz inne und wünschte, sie hätte das gerade nicht gehört.

Das war knapp und präzise die Beschreibung einer Anomalie, aber sie sollte Sir Charles' Mann nicht wissen lassen, dass seine Worte irgendeine Bedeutung für sie besaßen.

„Ich verstehe, was Sie meinen", schob sie nach. „Das ergibt keinen Sinn. Over."

„Eine so schwere Verwundung und der seelische Schock spielen dem Geist schon mal Streiche. Es grenzt an ein Wunder, dass der Knabe noch lebt, nach allem, was der durchgemacht hat. Seine Wunden sehen schrecklich aus. Over."

„Glaube ich. Ich nehme an, bei einer davon handelt es sich um eine Kopfverletzung? Over."

„Mehrere Hiebe auf den Kopf, was zu einer schweren Hirnerschütterung führte, die das getrübte Sehvermögen und die angeblichen schwebenden Diamanten erklärt. Alles nicht sehr aufregend, fürchte ich. Over."

Diesmal war es an Jenny, aufzulachen. Bairstows Mann verstieß gegen die Vorschrift und fuhr fort.

„Unser Freund sagte mir, dass ich Sie an der Landebahn treffe. Ich hoffe, Sie sind so schön wie Ihr Lachen, ARC. Over and out."

Jenny saß ein paar Augenblicke lang einfach nur da und ließ auf sich wirken, was das Gehörte für eine Tragweite besaß. *Diamanten in der Luft.* Cameron Bairstow hatte das Schimmern einer Anomalie beschrieben. Ihr fiel keine andere Erklärung dafür ein. Nicht einmal eine Hirnerschütterung würde ihm eine derart genaue Beschreibung einflüstern.

Diese Offenbarung trat eine ganze Lawine an weiteren Problemen los, beantwortete aber nicht die Frage, weswegen jemand versucht hatte, ihn umzubringen.

Sie musste mit Lester reden.

„Nun, das ist höchst beunruhigend", erklärte der. Er hatte ihr den Rücken zugewandt und starrte die Wand an, so als blicke er durch ein Fenster, das es nicht gab. „Und Sie sind sich sicher, dass Sie ihn richtig verstanden haben?"

„Absolut", bestätigte Jenny. „Jedenfalls ist es das, was Little Gods berichtet hat."

„Was schlagen Sie vor, sollen wir jetzt tun?"

„Zunächst einmal sollte Cutter in die Situation eingeweiht werden."

„Da bin ich mir nicht ganz sicher. Das Letzte, was wir gebrauchen können, ist der mit einer Machete bewaffnete Indiana Cutter auf der Suche nach schwebenden Diamanten."

„Aber was wäre die Alternative?"

„Rein und raus, so lautet der Auftrag. Halten Sie Cutter von dem Bairstow-Jungen fern. Halten Sie den Bairstow-Jungen von der Presse fern. Halten Sie einfach jedermann von der Anomalie fern und begraben Sie diese halbgare Geschichte."

„Bei Ihnen klingt das so einfach."

„Deswegen zahlen wir Ihnen ein so üppiges Gehalt", erklärte Lester ohne den geringsten Anflug von Ironie in der Stimme. Als er sich umdrehte, sah sie, dass er lächelte. Doch war dies kein angenehmes Lächeln, sondern eher das Grinsen eines Raubtieres, das auf die Jagd geht. „Erledigen Sie Ihren Job und klären Sie die Lage, Jenny. Fliegen Sie hin. Holen Sie den Jungen. Bringen Sie ihn heim. Ich will kein Wort darüber in den Zeitungen lesen. Keine Anomalie währt ewig, so viel wissen wir. Also halten wir die Sache klein, warten ab und sitzen es aus. Sie wird kleiner werden und verschwinden. Vielleicht ist sie schon weg, wir wissen es nicht. Je weniger Menschen über die Sache bescheid wissen, desto besser."

„Das Standardverfahren bei Regierungsangelegenheiten", rutschte es ihr heraus. Lester schien der Zynismus in ihrer Stimme nicht aufzufallen, er war viel zu sehr damit beschäftigt, imaginäre PR-Flächenbrände in Gedanken auszutreten.

„Tja. Reden ist Silber, Schweigen ist Gold. Es ist ja nicht so, dass die Einheimischen plötzlich über einen Riss in der Mitte des Regenwaldes stolpern werden."

Sie widerstand der Versuchung, darauf hinzuweisen, dass das längst geschehen war.

VIER

Connor warf das Buch mit dem auffallend geschmacklosen Titelbild, das er bis eben angewidert gelesen hatte, weg und hätte beinahe Stephen damit getroffen.

„Entschuldigung", murmelte er kleinlaut.

„Was ist los? Haben sie deine Lieblingsfigur umgelegt?"

„Nein. Mich ärgert nur diese maßlos dämliche Regel, nach der alle Vorgesetzten fett, korrupt und inkompetent sein müssen. Nur ein einziges Mal möchte ich einen Roman lesen, in dem der Prälat kein hinterhältiger Mistkerl ist, der seine eigenen Pläne nicht über die Gottes stellt, und in dem der Hauptmann der Wache kein aufgeblasener machtgieriger Idiot ist, der vor bloßer Machtgier seine eigene Mutter ausweiden würde."

Connor blickte zu den drei Soldaten hinüber, die hinter ihm in einer Reihe saßen. Er gestikulierte in ihre Richtung.

„Sagt mir, dass euer Befehlshaber ein fetter, aufgeblasener Mistkerl ist, und ich schreie", ließ er sie wissen und erntete dafür von jedem der Männer einen leicht befremdeten Blick.

„Ist Berufsrisiko." Jack Stark, einer der drei Männer, die bei der Mission den militärischen Rückhalt bilden würden, sah ihn amüsiert an. „Bosse werden fett und dumm, vergessen alles, sogar das, was sie so skrupellos gemacht hat, um überhaupt so weit aufzusteigen. So läuft der Hase nun mal."

Connor schenkte ihm einen angewiderten Blick. Andy

Blaine, der Zweite des Trios, grinste Stark an.

„Erinnere mich daran, dem Sarge bei der Rückkehr auszurichten, wie du über seinen Hüftumfang denkst“, frohlockte er. Dann nickte er in Richtung des achtlos weggefeuerten Romans. „Dann liest du den nicht mehr, Sonnenschein?“

„Nein, nicht mehr.“

„Was dagegen, wenn ich ihn mir vorknöpfe?“

„Fröhliches Knöpfen.“

Connor setzte sich den Kopfhörer auf, lehnte sich zurück und schloss seine Augen.

Am anderen Ende der Reihe drehte sich Abby von dem Wortwechsel weg. Die Art und Weise, wie sich die Soldaten an die Mission machten, rang ihr insgeheim Bewunderung ab. Es wurde einem schließlich nicht jeden Tag gesagt, dass es Risse in der Zeit gibt und dass prähistorische Bestien über die Erde wandeln. In vielerlei Hinsicht war es am schwierigsten gewesen, den Männern zu erklären, dass die Anomalien sowohl in Vergangenheit wie auch die Zukunft reichten.

Aber sie hatten das gut weggesteckt.

Sie konzentrierte sich wieder aufs Fenster. Nichts war mit der Vogelperspektive eines Fluges vergleichbar, der einem aufzeigte, von welch immenser und roher Schönheit die Natur war. Diese Welt hatte nichts Extremeres zu bieten als den Unterschied zwischen London, mit seiner präzisen Geometrie aus Straßen und Kreiseln, die ineinander griffen wie die Zahnräder in einem ausufernd großen Uhrwerk, und der Kargheit von Cusco, das soweit das Auge reichte aus nichts weiter zu bestehen schien als aus vom Sand geschliffenem Stein und ausgetrockneten Bäumen.

Nach dem Abflug vom London City Airport waren sie schnell in dichte Wolken gekommen, die den Blick auf Englands grünes und wenig liebliches Land bis hin zur Küste trüben, um dann Platz zu machen für das tiefe Blau des Ozeans.

Dann hatte sie 1000 Meilen lang die Kurven und Linien des Wassers betrachten können, das von Öltankern und Luxuslinern und Fischerbooten aufgewühlt wurde, die auf den wogenden Weiten des Atlantiks dahin schaukelten.

Beim Anflug auf die Ostküste hatten schneebedeckte Bergspitzen den Anblick ersetzt, und dann die kargen Weiten des Weidelandes, in das man vereinzelte Städtchen getupft hatte. Die Welt war erst grün geworden, als sie ihre Reiseroute zum Amazonasbecken führte.

Hier flimmerte die Hitze am Horizont. Ein eigenartiger Anblick, angesichts der kühlen Luft, die von der Klimaanlage in der Kabine verströmt würde, aber so wurde ihnen ins Gedächtnis gerufen, welche Wetterbedingungen sie an ihrem Ziel erwarten würden.

Sie schielte zu Connor hinüber und entschied, dass er sich vermutlich gerade Phantasien hingab, in denen er als Flash Gordon über die Oberfläche von Arboria flog. Der Gedanke ließ sie schmunzeln, obwohl ihr nur einen Augenblick später klar wurde, was das bedeutete. Ihr Untermieter, der Geek, färbte auf sie ab. Vor sechs Monaten hatte das Wort „Arboria" keine Bedeutung für sie besessen, mal abgesehen von einer vagen Ahnung, dass es irgendwas mit Pflanzenleben zu hatte. Ihr lief ein Schauer über den Rücken, dann richtete sie ihre Aufmerksamkeit wieder auf das Fenster.

Das Grün des Regenwaldes war gewichen und gab den Blick frei auf Sand und seelenlosen Stein. Der Flieger ruckelte wieder. Zwar war der Schubs nicht heftiger als die Bewegung einer Kutsche, aber das ständige Gefühl, mehr oder minder kontrolliert abzustürzen, verstärkte den Ruck immens.

Abby liebte es zu fliegen, aber sie sah, wie alles Blut aus Connors Fingerknöcheln wich, als sich seine Hände in die mit Kunstleder überzogene Lehne seines Sitzes krallten. Er teilte ihre Leidenschaft nicht.

Stephen hatte den Kopf tief in ein Extremsport-Magazin

vergraben, auf dessen Hochglanzseiten Fotos und Berichte über Wingsuit-Absprünge, Eisklettern, Stormchasing, Bungee-Jumping und andere todesmutige Aktivitäten ausgebreitet wurden. Während des langen Fluges hatte er jedes der Bilder mindestens ein Dutzend Mal studiert.

Cutter saß da und führte eine leise Unterhaltung mit Jenny, obwohl Abby auffiel, dass er der Frau kein einziges Mal in die Augen blickte.

Drei Männer waren bei ihnen im Flieger, und keiner von ihnen sah auch nur entfernt nach Wissenschaftler aus. Sie waren allesamt über 1.80 Meter groß, mit breiten Schultern und einer geschmeidigen Muskulatur, die auf unzählige Stunden qualvollen Trainings hinwies. Aber noch verräterischer war die Kälte in ihren Augen, sowie eine ständige Wachsamkeit, die jetzt gerade allerdings ein wenig deplatziert erschien, denn selbst jetzt, nach fünfzehn Stunden in diesem engen Flugzeug, hatten sich die drei Männer noch nicht entspannt. Nicht, dass sie angespannt gewirkt hätten, doch sie waren enorm konzentriert und ernst.

Abby fand ihre Anwesenheit tröstlich, angesichts der ungewissen Dinge, die vor ihnen lagen.

Von oben betrachtet sah die eine betonierte Landebahn des Velazcto Astete Airport aus wie eine klaffende Wunde in der Erde. Das kleine Flugzeug neigte sich und passte seinen Anflugwinkel den aufsteigenden warmen Winden an.

Die Stimme des Captains ertönte aus den Lautsprechern und wies sie an, Platz zu nehmen, sie würden in fünf Minuten landen.

Das Flugzeug neigte sich wieder. Der linke Flügel senkte sich hinab gen Erde, kam dann wieder hoch und bildete eine Linie mit der Landebahn. Das Terminal, ein flaches, einstöckiges Gebäude, kam in Abbys Blickfeld. Sie konnte rote Buchstaben an der Seite des Gebäudes ausmachen, und nahm an, dass sie „Willkommen in Cusco“ auf Spanisch und Quechua bedeuten würden, den beiden offiziellen Landessprachen.

Durch das Metall der Außenhaut hindurch spürte sie, wie das Fahrwerk zum Leben erwachte. Die Erschütterungen reichten durch den Bauch des Fliegers bis hinauf in ihren Sitz. Abby hielt sich die Hände vor die Nase und baute den Druck ab, der während des langsamen Sinkfluges in ihren Ohren entstanden war.

Dann schloss sie ihren Sicherheitsgurt, sank zurück in das Leder, machte die Augen zu und wartete auf das Aufsetzen der Reifen auf dem Boden.

Esteban Estevez hörte Schreie.

Er war mit seinen Ranger-Kollegen Rafe und Joaquim draußen im Regenwald. Sie waren in noch so eine sonderbare Stille geraten, nur hatte sie diesmal nicht lange angehalten.

Die Schreie schnürten ihm die Eingeweide zusammen. Er eilte durch die Bäume und fegte das dichte Buschwerk beiseite, das sich über den Pfad geschlungen hatte.

Ein paar Minuten später platzten drei Frauen aus dem Dickicht hervor und kreischten beim Anblick der Ranger. Sie versuchten, seitlich auszubüchsen, selbst als Rafe beruhigend auf sie einredete. Ihm fiel die panische Angst in den Augen der Frauen auf, und ein Seitenblick auf seine beiden Kollegen verriet ihm, dass sie es auch bemerkt hatten. Diesen Anblick hatten die Ranger heute schon mehrfach erlebt.

Er wusste, weniger als eine halbe Meile von ihrem Standort entfernt, gab es eine Siedlung. Man musste kein Genie sein, um Eins und Eins zusammenzuzählen. Er zog das Walkie-Talkie aus seinem Gürtel und meldete sich über Funk beim Reservats-Büro.

Esteban befand sich schon fast außer Funkreichweite. Es dauerte ein paar Augenblicke, bis er einen Ort gefunden hatte, an dem das elektrostatische Rauschen ausreichend abgemildert wurde, damit er seinen Halbbruder am anderen Ende hören konnte.

Er erzählte Nando von ihrem Fund.

„Quer über Sektor Echo Zwei-Sieben sind eine ganze Anzahl sonderbarer Spuren verteilt. Sie scheinen hinab zum Dorf Helevuia zu führen. Das gefällt mir nicht, Nando." Er zog sich den Filzhut vom Kopf und wischte sich den Schweiß von der Stirn. „Hier stimmt etwas nicht. Vor einer Weile sind wir wieder auf einen dieser vollkommen geräuschlosen Flecken gestoßen. Diesmal sind es nicht die Tiere, die fliehen. Es sind die Stammeseinwohner. Ein Dutzend Frauen und Kinder sind in den letzten fünf Minuten an uns vorbei gerannt. Sie fliehen vor irgendetwas. Wir sind jetzt weniger als eine halbe Meile von ihrer Siedlung entfernt. Ich werde mit Rafe und Joaquim hingehen und nachsehen."

„Das gefällt mir nicht, kleiner Bruder", fuhr er fort. „Ich habe unglaubliche Furcht in den Augen dieser Frauen gesehen. Ich schwöre dir, es war, als hätten sie El Diablo selbst von Angesicht zu Angesicht gegenübergestanden."

„Sei vorsichtig, Este."

„Wann bin ich das nicht?"

„Da fallen mir eine Menge Situationen ein. Pass einfach auf."

„Wenn es ganz schlimm kommt, sind wir bewaffnet. Wir können auf uns aufpassen."

„Halt die Augen offen."

Er schaltete das Funkgerät ab und gesellte sich zu den anderen.

„Bereit?"

Waren sie.

Zusammen gingen die drei Ranger auf die Dorfsiedlung von Helevuia zu. Ein paar Schritte später betraten sie ein Schlachthaus.

„Furcht erregend" reichte dafür nicht. Völlige Stille umgab sie. Selbst das tote Blattwerk, das unter ihren Füßen knackte, als sie zwischen den Bäumen hervortraten, schien in pietätvoller Ehrerbietung vor dem Massaker zu verstummen. Esteban ging langsam den Pfad entlang, der zu den Häusern führte.

Jetzt verstand er die Schreie.

Auf dem Boden erstreckten sich Leichen, blutig und in Stücke gerissen. Doch es waren nicht die Toten, die seine Aufmerksamkeit auf sich zogen, sondern die große Raubkatze, die zwischen ihnen umher schlich.

Plötzlich hielt die Bestie inne und neigte ihr Haupt, während sie die Witterung der Eindringlinge aufnahm und sich dann rasch herumdrehte, um Esteban direkt ins Auge zu starren. Sie knurrte einmal, ein tiefer, kehliger Laut. Das erste Geräusch, das er seit den Schreien gehört hatte. Einen Herzschlag später folgte auf das Knurren ein Gebrüll, das aus allen Richtungen auf sie einzudringen schien.

Esteban angelte nach seinem Funkgerät und ließ es fallen, während er versuchte, seinen Dienstrevolver aus dem Holster zu ziehen. Seine Hand zitterte so heftig, dass er die Waffe kaum halten konnte.

Schüsse bellten los, als die riesige nachtschwarze Bestie auf sie zuraste. Wie seine Kollegen auch hob Esteban den Revolver hoch und der Lauf bebte wild, während er zitternd einen Schuss abfeuerte, und dann noch einen. Die Schüsse gingen in alle Himmelsrichtungen. Er starrte in einer Mischung aus Entsetzen und Verzückung auf die gigantischen, blutgetränkten Reißzähne, und betätigte wieder und wieder den Abzug.

Ihm gelang wenigstens ein Treffer. Er sah Blut spritzen, als sich der Metallklumpen unter dickte Tierhaut grub.

Das genügte nicht.

Das große Tier knallte in ihn hinein, warf ihn zu Boden und versetzte ihm einen tödlichen Biss in die Kehle, während er noch einen letzten Schuss abfeuerte.

Stephen Hart ging als Letzter von Bord.

Die Hitze schlug ihm wie ein Fausthieb entgegen, als er auf die wackelige Metalltreppe trat, die das Bodenpersonal an die Seite des Privatjets geschoben hatte. Jeder Muskel in seinem Körper tat weh von den in unangenehmer Enge verbrachten Stunden. Er streckte sich, ruderte mit den Händen bis zurück an seine Wirbelsäule und ließ dann eine Hand durch sein kurzes, wuscheliges braunes Haar gleiten. Als er unten angelangt war, lief ihm schon der Schweiß über die Wangen.

Der unebene Beton hörte nach gut acht Metern auf und wich einem entfernt an Asphalt erinnernden Belag, der an seinem Schuhwerk klebte. Es mussten um die vierzig Grad herrschen. Er konnte die Hitze hinten in seinem Rachen spüren, wenn er einatmete.

Das Begrüßungskomitee stand schon bereit. Ein schwarzer Geländewagen, genauer gesagt ein nur leicht rostiger Jeep mit getönten Scheiben, war in zwanzig Meter Entfernung auf einem Abstellplatz geparkt. Ein zwei Wagen umfassender Geleitzug reihte sich hinter ihm auf. Ein Mann in einem zerknitterten, früher mal weißen Leinenanzug lehnte an der Motorhaube des Geländewagens. Er war unrasiert und so braun gebrannt, dass er fast olivgrün zu sein schien. Seine gut ausgearbeitete Muskulatur zeichnete sich unter der dünnen Kleidung ab. Er bewegte sich so grazil und filigran, dass man nicht so recht an seine militärische Herkunft glauben mochte.

Der Mann grüßte Cutter mit lakonischem Lächeln und hingehaltener Hand. Er war ganz offensichtlich Sir Charles Bairstows „Mann am Boden".

Sie wechselten Worte, die Stephen nicht klar verstehen konnte, und dann deutete der Fremde eine leichte Verbeugung vor Abby an. Er nahm ihre Hand und hob sie an seine Lippen. Bevor er diese Geste bei Jenny wiederholen konnte, packte sie energisch seine Hand und schüttelte sie.

„ARC, nehme ich an", sagte er. Seine Stimme besaß eine

versnobte Note, die nach altem Geld roch. Vermutlich reiche Eltern, Eton-Absolvent, alles ganz klassisch.

„Little Gods“, erwiderte sie. Der Wortwechsel ergab für Stephen keinen Sinn.

„Ich bevorzuge Alex Chaplin, nur meine Mutter benutzt meinen wahren Namen.“

Jenny lachte auf. Doch während sich Chaplin abwandte, fiel Stephen auf, dass sie ihm einen sonderbaren Blick zuwarf. *Sie mag ihn nicht.*

Chaplin drehte seinen Kopf nun in Richtung von Cutter und Stephen.

„Verdammt schön, Sie alle hier zu haben. Sir Charles hat nur Gutes über Sie gesagt.“

„Er hat fast gar nichts über Sie gesagt“, antwortete Cutter.

„Der alte Mann kann etwas wortkarg sein, fürchte ich. Ein Überbleibsel der Kalter-Kriegs-Mentalität, die abzulegen dem Großteil seiner Generation nicht möglich war. Also gut, zunächst zum Wichtigsten. Für die ersten beiden Nächte sind Zimmer für Sie im Hotel Del Prado in der Innenstadt reserviert. Ich nehme drei von Ihnen in meinem Auto mit. Der Rest fährt mit Fabrice im zweiten Wagen, Ihr Gepäck folgt im dritten. Ich könnte mir vorstellen, dass Sie müde sind, aber ich schlage dennoch vor, dass Sie noch ein paar Stunden länger aufbleiben. Das macht den Jetlag morgen weniger verheerend.“

„Danke“, sagte Cutter und fing an, zum ersten Wagen zu marschieren. Über seine Schulter hinweg sagte er: „Jenny, Stephen, ihr fahrt mit mir. Abby, Connor, ihr nehmt den zweiten Wagen, zusammen mit Jack, Sean und Andy.“

„Es wird ein wenig eng, fürchte ich“, erklärte Chaplin.

„Ist schon gut, dann müssen wir uns eben aneinander kuscheln“, ließ Connor wissen. Sein Blick in Richtung Abby verdeutlichte, dass ihm das ganz recht war.

„Von wegen“, raunzte Stark und ließ seine Hand gutmütig auf Connors Schulter sinken. Der wähnte sich in einem

Schraubstock. Stephen grinste, als Connor aufjaulte.

„Ja … ähm … nein, das meinte ich gar nicht“, murmelte er, sehr zur Unterhaltung der beiden anderen Soldaten, Sean Lucas und Andy Blaine.

„Oh, ich weiß nicht, Stark, könnte doch lustig werden“, lachte Blaine und versetzte dem größeren Mann einen erstaunlich kräftigen Klaps auf den Rücken.

„Ich würde dich wie eine Wanze zerquetschen, Blaine.“

„Wie steht's mit dem Zoll?“, wollte Stephen wissen und schenkte dem sich windenden Connor keine Beachtung mehr. „Ausweiskontrolle? Sicherlich könnten wir nicht einfach in den Sonnenuntergang brettern.“

„Hah! Wohl kaum. Der zuständige Beamte wird am Sicherheitstor darauf warten, Ihre Papiere zu überprüfen. Das ist hier ein etwas heikles Thema. Nach außen hin sieht alles sehr höflich aus, aber wenn man ein wenig an der Oberfläche kratzt, na ja, ich würde Ihnen nicht raten, den Checkpoint zu durchqueren, ohne die Papiere vorgezeigt zu haben. Die schießen Ihnen einfach in den Rücken. Hier läuft es ein wenig anders als in Heathrow.“

„Ach ja?“, bemerkte Connor und nestelte an seinem Kragen. Schweiß hatte den Stoff um seinen Hals herum bereits getränkt. „Wissen Sie, heutzutage würde man vermutlich auch in Heathrow einfach das Feuer eröffnen.“

Hinter ihnen brach das Bodenpersonal das Siegel an der Frachttür auf und fing an, ihre Ausrüstung auszuladen.

„Sieht aus, als hätten Sie vor, hier nicht nur Däumchen zu drehen“, kommentierte Chaplin, als man die Stahlkoffer aus dem Inneren des Fliegers hervorholte.

„Wenn das hier den Anschein sachgemäßer Arbeit erwecken soll, kann man ebenso gut sachgemäß arbeiten“, sagte Cutter und öffnete die Beifahrertür des Geländewagens.

„Kein Veto“, nickte Chaplin und stieg auf der Fahrerseite ein.

Stephen kletterte auf die Rückbank und machte die Tür hinter sich zu. Er hatte auf eine Klimaanlage gehofft, doch in dem Jeep war es heiß und stickig. Jenny kletterte auf der anderen Seite ins Wageninnere.

„Anschnallen“, sagte Chaplin.

„Nein, nicht verraten, man wird erschossen, wenn man nicht angeschnallt ist“, stichelte Cutter, während Chaplin den Jeep anspringen ließ.

„Nein, aber ich fahre wie ein besoffener Lewis Hamilton. Ich würde Sir Charles nur höchst ungerne erklären, dass Sie aus der Beifahrertür gefallen und einen Berghang hinab gerollt sind, nur weil ich eine Kurve einen Tick zu scharf genommen habe.“

Sie entfernten sich vom Abstellplatz und hielten langsam auf das Terminal-Gebäude zu. Gelbe Striche auf der Rollbahn wiesen ihnen den Weg. Die dunkle Tönung der Windschutzscheibe und Seitenfenster saugte die Farbe aus der Welt um sie herum. Die Spiegelung des Sonnenlichts auf den großen Fensterfronten des Terminal-Gebäudes wurde auf eine Reihe weißer Flecken reduziert, wie Sterne, die zur Supernova geworden waren.

Während sie dem Gate näher kamen, zog Stephen seinen Reisepass aus der Brusttasche seines Hemdes.

Der Wagen war erstaunlich laut. Ein drittes Geräusch pochte unter der eingesperrten Kraft des großen V8-Motors und dem nervigen Sirren des Ventilators. Es dauerte einen Augenblick, bis er begriff, dass das saugende Geräusch vom Gummi der Reifen herrührte, die an der Straße festklebten.

„Also, was müssen wir wissen?“, kam Cutter gleich zum Punkt.

Chaplin verlagerte seine Sitzposition ein wenig. Im Rückspiegel studierte Stephen die Augen ihres Fremdenführers.

„Die offizielle Version lautet, dass der junge Cam vor fünf Tagen aus dem Dschungel gewankt ist, im Delirium und halbtot. Er konnte sich nicht ausweisen und hatte keine Ahnung, wer er war oder dass die halbe britische Regierung nach ihm auf der Suche war. Seine einzigen zusammenhängenden Worte waren ‚Sie sind alle tot!', was die Behörden eher misstrauisch stimmte."

„Er behauptet jetzt, dass er und sein Bruder Jaime irgendeinem wilden Tier über den Weg gelaufen sind, während sie draußen in Madre de Dios Forscher gespielt haben. Seine Wunden scheinen diese Geschichte zu bestätigen." Chaplin klang wenig überzeugt.

„Sie glauben ihm nicht?", fragte Cutter.

„Ich werde nicht dafür bezahlt, dass ich glaube, Professor. Es grassieren jede Menge wilder Geschichten. Meine liebste ist, dass die Jungs das Opfer von El Chupacabra geworden sind, und dass die gierigen Regierungsoffiziellen den Fluch der Bestie auf die Region geladen haben, weil sie den Regenwald zum Touristenmagneten machen wollen. Der rachsüchtige Chupacabra, so heißt es, werde solch einen Frevel nicht hinnehmen."

„Sind wir uns sicher, dass es keine Wilderer waren? Vielleicht haben ja Hunde seine Verletzungen bewirkt."

„Wir sind uns bei gar nichts sicher", gab Chaplin zu und verlangsamte den Jeep, um neben dem Zollhaus anzuhalten. Ein dürrer Schlagbaum aus Holz versperrte ihnen den Weg. Ein kleiner Mann mit grimmigem Gesicht, der den unverwechselbaren Lauf einer Uzi an seine Brust gedrückt hielt, trat neben ihren Wagen und klopfte an das getönte Glas.

„Papiere?", knurrte er in holprigem Englisch, während Chaplin seine Scheibe herunter surren ließ. Auf seinem Namensschild, das an der Scheibe scheuerte, stand „Cristóbal".

Chaplin ließ sich von allen die Reisepässe geben und überreichte sie dem Beamten, der sie langsam der Reihe nach überprüfte und sich dann durch das Fenster herein lehnte, um jedes der Passfotos mit den Wageninsassen abzugleichen.

„Was haben in Peru zu suchen?“, polterte er.

Eine angenehm direkte Frage, aber was sollten sie darauf antworten? Das sie vorhatten, einen britischen Bürger aus dem örtlichen Krankenhaus zu schmuggeln, bevor hiesige Killer seiner habhaft wurden?

Wohl kaum.

„Wir sind Wissenschaftler“, versuchte es Cutter und neigte sich zu dem geöffneten Fenster. „Wir gehören zu einer Expedition, hier in Madre de Dios.“

„Ihr haben Papiere für das?“, fragte der Beamte und der Lauf seines Rückstoßladers klapperte an der Seite des Geländewagens, als wollte die Waffe kurz darauf aufmerksam machen, dass sie nicht verschwunden war und einsatzbereit da hing.

„Aber ja doch. Jenny?“

Seine Kollegin beugte sich vor und hielt dem Mann einen Stapel Papiere hin. Der übertrieben diensteifrige kleine Mann nahm die Unterlagen und ging sie Seite für Seite durch, als ob sie auch nur den Hauch von Sinn für ihn ergäben. Stephen hätte eine mittelgroße Summe darauf gesetzt, dass der Mann nicht mal die Hälfte von dem verstand, was dort stand, und lediglich Ausschau nach einem Stempel und einer Unterschrift hielt, die all das hier zur Angelegenheit von jemand anderem machten.

Einen Augenblick später schien er gefunden zu haben, wonach er gesucht hatte, und gab ihnen zufrieden die Unterlagen zurück. Danach reichte er ihnen ihre Pässe, in denen nun jeweils ein 90 Tage währendes Visum prangte.

„Danke sehr“, nickte Cutter dem Mann zu, als er die Unterlagen wieder in Empfang nahm.

Der Zollbeamte trat einen Schritt zurück und gab dann jemandem in dem kleinen Holzhäuschen neben dem Schlagbaum ein Zeichen. Der Schlagbaum wurde hochgefahren und er winkte sie durch. Kurz darauf waren sie auf der offenen Straße.

Diese „offene Straße" verdiente es jedoch kaum, so genannt zu werden. Alle paar Meter waren tiefe Löcher im Asphalt und die Aufhängung des Jeeps fing an, beunruhigend heftig zu ruckeln. Chaplin musste ständig hoch und runter schalten, und glitt behände durch die Blechlawine aus Pritschenwagen und abgetakelten Fiats, während das regelmäßige Bup-Bup-Bup der Löcher in der Straße zum unregelmäßigen Herzschlag ihrer Fahrt wurde.

Die Klimaanlage sei defekt, erklärte Chaplin mit entschuldigendem Tonfall, sauge die heiße Luft von außen an und erhitze sie dabei sogar noch. Während das getönte Glas die Sonne vorher ferngehalten hatte, zogen sie es nun vor, alle vier Fenster offen zu lassen, um den Wind hereinzubitten. Stephen hatte das Gefühl, dass selbst seine Augäpfel schwitzten.

„Sie sind also nicht der Meinung, dass es Wilderer waren?", nahm Cutter das Gespräch mit lauter Stimme wieder auf, während sie auf den Außenstreifen zogen und mit dem immer schnelleren Verkehr verschmolzen. Auf der falschen Straßenseite zu fahren, zerrte an ihren Nerven, insbesondere da sich neben ihnen Pritschenwagen mit wackelnden Heckklappen und platten Reifen kaum in der Spur halten konnten. Lattenkisten voller Erzeugnisse waren auf den Ladeflächen windschief festgebunden, und neben ihnen versuchten Menschen, nicht von den Kisten erschlagen oder vom Wagen geworfen zu werden, während sie alle todesmutig über die unebenen Straßen rasten.

„Da ich die Wunden des Knaben nicht selbst in Augenschein genommen habe, kann ich es nicht mit Bestimmtheit sagen", entgegnete Chaplin. „Aber nein, der Meinung bin ich nicht."

Er berichtete ihnen ein wenig mehr von dem, was er wusste. Jaime Bairstows Leiche musste noch geborgen werden, aber so, wie sein Bruder seinen Zustand beschrieben hatte, bestand keine Hoffnung mehr darauf, dass der Junge noch am Leben war.

„Ich konnte nur einen Augenblick lang mit Cam sprechen, aber er hat ihren Angreifer als seidig glänzende, mächtige Raubkatze beschrieben. Das klingt mir nicht nach Wilderern oder einem Hund."

„Ein Puma oder Jaguar, vielleicht?", überlegte Cutter.

„Ist alles möglich", pflichtete Chaplin ihm bei. „Ganz unter uns, er ist nicht gerade der glaubwürdigste Augenzeuge. Drei Mal hat er davon angefangen, er hätte Diamanten in der Luft schweben sehen."

„Ach, wirklich?", sagte Cutter, drehte sich um und tauschte einen Blick mit Stephen aus. Das war der erste schlüssige Beweis für eine Verbindung zwischen den beiden Geschichten. Er spürte kurz das berauschende Gefühl des Triumphs in sich aufsteigen, doch verschwand es schnell, als ihm auffiel, dass sich auf Jennys Gesicht keinerlei Anzeichen von Überraschung abzeichnete. In Gedanken notierte er sich, sie später dazu zu befragen, ganz im Privaten.

„Die haben ihn mit Morphium vollgepumpt, also würde ich das, was er sagt, nicht gerade als Wort Gottes ansehen, insbesondere seine erstaunliche Behauptung, er habe schwebende Kristalle und Diamanten gesehen, in denen sich das Licht atemberaubend schön brach. Klingt mir mehr nach einem Drogenrausch", mutmaßte Chaplin. Aber drei von vier Menschen im Wagen wussten es besser. Er sprach mit an Sicherheit grenzender Wahrscheinlichkeit von der ersten Anomalie außerhalb britischen Bodens.

Das gab ihnen auf der langen Fahrt weg vom Flughafen reichlich Stoff zum Nachdenken. Und stellte eine willkommene Ablenkung von der übermäßigen Hitze dar.

„Also glauben Sie, dass er lügt? Irgendetwas vertuschen will?" Jenny versuchte, sich trotz des Lärms Gehör zu verschaffen und lehnte sich vor zwischen die Vordersitze.

„Ich würde jedenfalls nicht dagegen wetten", bestätigte Chaplin.

„Wieso das?"

„Es könnte einen Streit gegeben haben, die Jungs haben sich vielleicht geprügelt. Eines führt zum anderen und plötzlich haben wir schwarze Raubkatzen und Halluzinationen. Ist nicht undenkbar."

Er konzentrierte sich kurz auf die Straße und fuhr dann fort. „Außerdem wäre diese Version für die peruanischen Behörden weit bequemer. Lieber ein paar Touristen, die sich gegenseitig umbringen wollen, als Wilderer und die Angriffe wilder Tiere in ihrem ach so wertvollen Öko-Reservat rechtfertigen zu müssen."

„Leuchtet mir ein", stimmte Cutter zu. „Aber ich verstehe nicht, inwiefern das den Anschlag auf sein Leben im Krankenhaus erklären soll."

„Na ja, das war ganz bestimmt eine terroristische Gruppierung wie Leuchtender Pfad oder irgendeine Guerillatruppe, die durch den Mord an einem privilegierten Ausländer auf sich aufmerksam machen will. Das trug sich zu, kurz nachdem Cams Geschichte die Runde machte. Heißt, er hat ein ganz wunderbares Ziel für diese angeblichen Friedenskämpfer abgegeben."

Cutter nickte. Stephen studierte ihren Fahrer und war sich nicht sicher, ob Chaplin wirklich an das glaubte, was er ihnen da vorbetete.

„Also", sagte Cutter schließlich. „Ist die Wilderei hier wirklich ein so großes Problem?"

„Lassen Sie es mich so ausdrücken", entgegnete Chaplin, „wir sprechen hier vom *ganz* großen Geschäft. Das Schmuggeln bedrohter Arten wirft pro Jahr mehrere Milliarden Pfund ab. Nur geringfügig weniger als Drogenhandel und weit mehr als der Waffen-Schwarzmarkt."

„Großer Gott", entfuhr es Stephen, den die Größenordnung maßlos erstaunte.

„Das Schlimmste daran: Es ist bedeutungslos, ob die Tiere lebendig sind oder tot, also werden sie von den Mistkerlen gefangen und unter unwürdigen Umständen eingesperrt. Es geht nur um das Elfenbein und die Penisse, die Pelze, die Häute und das Fleisch. Nichts wird verschwendet. Nicht das Mark in ihren Knochen, nicht das Fett unter ihrer Haut. Sie zermahlen sogar die Geschlechtsorgane der Tiere, um daraus Aphrodisiaka für triebgesteuerte Geschäftsleute zu gewinnen. Die versprechen, dass deren Lebern Krebs und anderen Unsinn heilen können. Und nicht wenige sind bereit, dafür unverschämte Summen auf den Tisch zu legen – je seltener das Lebewesen, desto kostbarer das Gut. Können Sie sich vorstellen, was die Brust eines Dodo kosten würde? Millionen."

„Also schützen diese Menschen ihr Geschäft notfalls auch mit Mord?"

„Oh, Teufel auch, ja", bestätigte Chaplin und blinkte, um den anderen Verkehrsteilnehmern zu signalisieren, dass er aus dem Hauptverkehrsstrom ausscheren würde.

Das Erste, was Stephen an Cusco selbst auffiel, während sie sich endlich dem Stadtzentrum näherten, war der Reigen aus einstöckigen weißen Stuckhäusern und Lehmdächern. Mehr als ein Mal sah er Streben aus Betonstahl aus Hauswänden ragen, ganz als seien die Gebäude noch nicht fertig gestellt. Er fragte Chaplin danach.

„Sie werden es nicht glauben, aber das gilt hier als Zeichen der Hoffnung. Die Bauherren wollen so den Anschein von Wohlstand erwecken. Das ist alles nur ein Spiel. Die wollen, dass man glaubt, eines Tages werde vielleicht so viel Geld vorhanden sein, dass man einen zweiten Stock anbaut. Aber natürlich führen die niemanden hinters Licht – nicht mal sich selbst."

„Ah", machte Stephen.

Sein Hemd klebte unangenehm in seinem Nacken. Er wollte sich nicht wieder in den Ledersitz zurücksinken lassen, weil ihm die klebrige Nässe gar nicht behagte. Stattdessen beugte er sich in seinem Sitz vor und sah zu, wie die Landschaft an ihm vorbeizog.

Der Übergang von dörflich zu städtisch war ebenso deutlich zu bemerken, wie er es in London oder jeder anderen europäischen Stadt erwartet hätte. Zunächst war der Straßenrand sporadisch mit Bäumen gesäumt, deren Blätter die Hitze gebleicht hatte, sowie vereinzelten Gebäuden. Der Stuck der verwitterten Häuser war hier durch die Bank aufgeplatzt oder abgebrochen oder eh nur halb fertiggemauert, so dass die Eingeweide des Steines heraushingen und roten Staub bluteten.

Bleichhäutige Männer saßen vor offenen Türen auf Plastik-Bierkästen und sahen den vorbeifahrenden Autos zu. Sie rauchten dünne Selbstgedrehte und hatten sich zerknautschte Cowboyhüte tief über die traurigen Augen gezogen. Dann, noch tiefer in der Stadt, kehrten die Farben zurück. Sprinkleranlagen hielten die Bäume feucht und bewahrten die Blätter vor dem Austrocknen. Das Gras hier hätte auch vom Rasen in Wimbledon stammen können, und das satte Grün bildete einen scharfen Kontrast zu den gelben Bordsteinen.

Verbeulte Drahtesel mit verrosteten Rahmen lehnten an Hauswänden, mit platten Reifen ihrem Schicksal überlassen.

Die Beschaffenheit des Verkehrs durchlief ebenfalls eine Wandlung, nun beherrschten größere und frisch lackierte Spritfresser die Straßen.

Die Schar der Fußgänger war ein merkwürdiger Mix aus Einheimischen – so gekleidet, wie Touristen es erwarten – und den Touristen selbst. Die Ruinen von Machu Picchu lagen nicht weit entfernt und man konnte den Inka-Express sehen, der die Verbindung zum Titicacasee darstellte, zur Festung von Pisac, den Nazca-Linien, der wie ein Puma geformten Ruine der Inkafestung Sacsayhuamán und dem Agrarversuchsfeld Moray – die auch allesamt unweit zu finden waren. Cusco stellte den idealen Ausgangspunkt für diesen einmaligen Abenteuerurlaub dar, der wie geschaffen war für die Reichen und Neugierigen.

Endlich kamen sie im Stadtzentrum an. In einer von Hügeln gesäumten Talsenke gelegen, stellte Cusco, diese Hauptstadt des untergegangenen, sagenumwobenen Inkareiches, eine verblüffende Verschmelzung von Alt und Neu dar. Ihre Architektur erinnerte ein wenig an das spätmittelalterliche Andalusien. Cusco war eine Stadt der Statuen und Brunnen, deren Besiedlung sich um weite, offene Plätze wie den Plaza de Armas erstreckte, das wild pochende Herz in diesem Körper aus Stein und Mörtel.

Stephen war sich nicht sicher, was genau er erwartet hatte, aber die Opulenz der Kathedrale mit ihrem sagenhaften Kuppelgewölbe und den Zwillings-Glockentürmen ganz bestimmt nicht. Die Architektur war einfach spektakulär. Ihre Geländewagen kamen fast zum Stehen, als sich Fußgänger spontan über die Straße ergossen, das wilde Hupen gänzlich ignorierend. Chaplin umkreiste einen großen, zweistöckigen Brunnen, den Wassernymphen zu tragen schienen, und hielt dann am Bordstein vor ihrem Hotel.

„Da wären wir“, erklärte er. „Ich hole Sie morgen früh um zehn Uhr ab und bringe Sie zum Krankenhaus.“

„Ich würde lieber gleich hinfahren“, erklärte Jenny. „Die Zeit ist knapp, und ganz offen gesagt möchte ich lieber nichts dem Zufall überlassen, da man schon ein Mal versucht hat, ihn umzubringen. Stark und ich können ihn abholen und ins Hotel bringen, wo wir ihn besser im Blick haben.“

Chaplin zog eine Grimasse.

„Wirklich keine gute Idee. Auf Geheiß von Sir Charles habe ich zwei bewaffnete Wachen, ehemalige Special Forces, vor seinem Zimmer postiert. Zwei weitere sind im Empfangsbereich des Krankenhauses in Stellung. Er ist dort sicherer als an jedem anderen Flecken in dieser Stadt."

Jenny war nicht überzeugt, aber Chaplin duldete keine Widerworte.

„Ich weiß Ihre Sorge zu schätzen, Miss Lewis, aber ganz ehrlich, Vorsicht ist die Mutter der Porzellankiste. Ihre Expedition hat in bestimmten Regierungskreisen Augenbrauen in die Höhe schnellen lassen und man wird ganz gewiss einen prüfenden Blick auf Sie werfen. Deswegen möchte ich Ihnen dringend raten, sich wie Wissenschaftler und selbstverständlich auch Touristen aufzuführen. Wenn Sie jetzt zum Krankenhaus rasen, würden Sie sich verraten. Es gilt, den Schein zu wahren."

Er ließ das kurz sacken und fuhr fort. „Ich muss Ihnen ganz gewiss nicht Ihren Job erklären, aber Sie sind nicht mehr in London. Wir haben Splittergruppen, und das nicht nur auf Seiten der Regierung, sondern auch auf Seiten der schöngeredeten ‚Freiheitskämpfer', wie etwa den Leuchtenden Pfad, den ich vorhin erwähnte. Wenn eine neue Größe in diese Gleichung einfließt, die das labile Gleichgewicht erschüttern könnte, erwacht bei vielen Zusehenden großes Interesse.

Wir können also morgen Ihre Abfahrt arrangieren, ohne dass neugierige Dritte das mitbekommen, aber nur, nachdem Sie diesen Abend damit verbracht haben, genau das zu tun, was jeder andere Besucher dieser schönen Stadt auch tun würde. Ich schlage vor, Sie erkunden die Gegend und gehen ein wenig spazieren. Es gibt viele Sehenswürdigkeiten und Sie sollten wirklich die einheimische Küche probieren."

Jenny konnte nicht weiter protestieren, obwohl ihr Gesichtsausdruck verriet, dass es ihr alles andere als behagte, sich vorschreiben zu lassen, was sie tun sollte, und dann auch noch von diesem Kerl. Irgendetwas an Chaplin gefiel ihr nicht. Es war nicht das perlweiße Lächeln oder diese „Unser Mann in Havanna"-Masche. Stephen kam auch nicht darauf, was ihn an ihrem Kontaktmann störte.

„Die peruanische Küche ist recht markant", fuhr Chaplin fort, davon überzeugt, die kleine Auseinandersetzung für sich entschieden zu haben. „Ich sollte Sie unbedingt darauf hinweisen, dass es unwahrscheinlich ist, dass Sie Kuh oder Schwein bekommen. Wenn also ein Steak auf der Speisekarte steht, wird es sehr wahrscheinlich Alpaca oder Lama sein. Meerschweinchen ist hier auch sehr beliebt."

„Abby wird erfreut sein, auf diese Köstlichkeiten zu verzichten", mutmaßte Cutter, während er aus dem Wagen stieg.

„Sie sollten Crema de Tarwi oder Chalona kosten. Ganz traditionell würde man Ihnen Alpaca servieren, aber die meisten Restaurants reichen stattdessen Lamm. Spülen Sie es mit einer schönen Inka-Cola hinunter, das gibt die unverfälschte peruanische Gaumenfreude."

„Nun, äh, danke."

„Kein Problem. Ich sorge dafür, dass man Ihre Ausrüstung später ins Hotel schafft."

Stephen warf die Wagentür hinter sich ins Schloss und stand dann am Straßenrand. Wieder schlug die Hitze wie mit einer Keule auf ihn ein. Das Fenster gegenüber bot in aufgemalten Buchstaben Cusqueña an. Er nahm an, dass es sich dabei um ein Bier handelte, obwohl es sich dabei auch um den Namen der Bar handeln konnte.

Chaplin hatte nicht gelogen. Selbst aus diesem Blickwinkel gab es jede Menge zu sehen. Bei weitem am auffälligsten waren die zwei bewaffneten Milizionäre, die sich ganz entspannt gegen die Hotelwand lehnten, Halbautomatische über die Schultern gehängt. Sie entsprachen jedem Stereotyp, das sich Stephen jemals über die Männer der Militärjunta zurechtgelegt hatte. Keiner der beiden Männer nahm von ihnen Notiz, als sie dic Lobby betraten. Die anderen waren noch nicht eingetroffen, gewiss wegen des chaotischen Verkehrsgetümmels hier.

Das Hotel hätte die Einstufung als „luxuriös" seiner Meinung nach nicht verdient. Lehmtöpfe und groteske Statuen beherrschten die Lobby. Der Boden war ein Schachbrett aus Terrakotta-Fliesen, einige abgerieben durch Koffer und Füße, andere noch gut erhalten und von rustikalem Charme. Die Farben waren hell und harmonierten nicht besonders gut miteinander. Anstelle von Bildern hingen Webteppiche hinter der Rezeption.

Stephen folgte Cutter und Jenny zum Schalter, wo sich Cutter ihre Schlüssel geben ließ.

„Fast alle Zimmer sind schon gebucht, also müssen wir unsere Räume doppelt belegen. Jenny, können Sie sich ein Zimmer mit Abby teilen? Und Stephen, du kannst bei mir schlafen."

„Kein Problem."

„Dann auf zum fröhlichen Campen, ja?"

Ihre Zimmer lagen im vierten Stock und die Betten waren bretthart. Stephen zog sein Hemd aus, plumpste auf die Matratze, die dem Fenster am nächsten war, und schloss die Augen. Das Sandmännchen war nicht mehr fern.

Er hörte den Schlüssel im Schloss des Nachbarzimmers und dann das Zuknallen einer Tür. Er nahm an, dass die anderen eingetroffen waren – was bedeutete, dass sie nun nach unten mussten, um ihre Ausrüstung hoch zu holen.

Er machte die Augen auf. Ein Deckenventilator hing schief über seinem Bett und der Rhythmus der Rotation war leicht unregelmäßig. Dem zuzusehen war die reinste Hypnose.

Cutter ging gleich ins Badezimmer. Einen Augenblick später hörte Stephen die Dusche laufen. Er wartete darauf, dass Cutter fertig wurde, tat es ihm dann gleich und wusch sich den Schmutz des Fluges und den Schweiß mit Seife vom Körper, die einfach nicht schäumen wollte. Er duckte seinen Kopf unter den Duschkopf und massierte sich energisch den Schopf, um seine Lebensgeister wieder zu wecken.

Dann trocknete er sich ab und zog seine Boxershorts und Jeans an. Anschließend hob er das Hemd hoch und ließ es gleich wieder fallen. Das dünne Material war so gründlich vollgesogen, als hätte er es noch angehabt, als er unter die Dusche gehüpft war. Also durchwühlte er seinen Rucksack auf der Suche nach einem sauberen T-Shirt und zog sich schließlich eines über den Kopf.

Es fühlte sich gut an, wieder sauber zu sein.

„Sind dir unsere Freunde unten aufgefallen?“, fragte Cutter.

„Sind schwer zu übersehen.“

„Wir sind nicht mehr in Kansas, Toto“, bemerkte Cutter ironisch. „Na los, komm, holen wir unser Zeug. Je früher wir beginnen, desto früher sind wir fertig.“

Es dauerte fast zwanzig Minuten, ihre Ausrüstung hoch aufs Zimmer zu bringen, und die Mühen ließen sie so schweißbedeckt zurück, wie sie es vor der Dusche gewesen waren.

Als alle fertig waren, versammelten sie sich in der Lobby und machten sich dann daran, ihre nähere Umgebung zu erkunden. Sie befanden sich im Stadtkern, unweit der meisten Touristenattraktionen. Die bewaffneten Wachen waren noch immer auf ihrem Posten, so desinteressiert wie eh und je. Ein Lama graste gegenüber vom Hotel.

„Das sieht man auch nicht jeden Tag“, sagte Stephen zu Connor, als sie aus dem Hotel gingen.

„Es sei denn, man heißt Dalai.“

„Manchmal bist du einfach nur kindisch, Connor.“

„Und der absolute Bringer bei Trivial Pursuit“, grinste Connor.

Während der Stunde, die sie auf ihrem Zimmer und mit Gepäckschleppen verbracht hatten, war die schlimmste Hitze vergangen. Gleich, als Stephen auf die Straße trat, spürte er den sanften Kuss einer Brise. Im Zentrum des großen Platzes ragte ein Mast hoch hinauf und die farbenfrohen Schleifen, die man an ihm festgebunden hatte, flatterten leicht im Wind.

Sie überquerten den Rasen und bewegten sich langsam kreisförmig voraus, beim Versuch, die Topographie zu verinnerlichen. Auf dem Dach eines Nachbargebäudes bemerkte

Stephen zwei kleine schäumende Brunnen, was er als sonderbare Idee abtat. Die anderen unterhielten sich und gingen und gafften. Er sah über seine Schulter und bekam mit, wie Stark seine Augen spähend zu Schlitzen verengte. Nur eine Kleinigkeit, die ihm niemals aufgefallen wäre, wenn er nicht in gut einem Meter Abstand von dem Mann gestanden hätte.

Stark nickte ihm ein Mal zu. Stephen interpretierte seinen stummen Wunsch und drehte sich wieder weg.

Es dauerte nicht lang, bis Stark zu Stephen aufschloss und sich dessen gemächlichem Tempo etwa ein Dutzend Schritte lang anpasste, bevor er einen Ton sagte. „Ihre Schnürsenkel sind offen. Sie binden sich die besser zu, ich warte auf Sie."

Stephen blickte hinunter auf seine Sneakers. Keiner der Schnürsenkel war offen. Ohne jedes Wort sank er auf ein Knie und tat so, als würde er sie neu binden.

„Die kleben an uns dran. Drei kann ich ausmachen. Einer versteckt sich im nächsten Glockenturm, einer tut so, als liest er die *New York Times* neben dem Brunnen im Garten, und der Dritte versagt kläglich beim Versuch, uns zu verfolgen."

„Was machen wir?"

„Die wollen Touristen sehen, also geben wir ihnen Touristen", stellte Stark sachlich fest.

FÜNF

Sie führten mit ihren Beobachtern einen lustigen kleinen Ausflug zu den Sehenswürdigkeiten Cuscos auf. Dabei achteten sie peinlich genau darauf, auf dieses und jenes zu deuten, jede Gedenktafel gründlich zu studieren und auch ja keine Statue zu übersehen. Als sie zum Platz vorm Hotel zurückkehrten, waren einheimische Artisten in auffälliger örtlicher Tracht gerade damit beschäftigt, die am Mast befestigten Bänder loszubinden.

„Lasst uns mal eine Minute lang zusehen", sagte Cutter, legte seinen Arm um Connors Schulter und ließ dann kaum vernehmlich eine zweite Anweisung folgen. „Wie gut ist deine Handykamera, Connor? Gut genug, um ein paar Bilder von unseren ungebetenen Gästen zu machen?"

„Fünf Megapixel, Boss."

„Das werte ich als Ja. Aber gib Acht und lass es so aussehen, als würdest du ein paar Urlaubsbilder knipsen."

„Null problemo."

Connor zog sein Handy aus der Tasche und fuhr damit fort, einige Fotos von den Artisten zu machen, die sich aufwärmten, dann noch ein paar, als die Männer der Reihe nach im Kreis um den Mast liefen und immer mehr Schwung aufnahmen, um schließlich in die Höhe zu springen, ein Stück weit an den Bändern um den Mast zu kreisen, dann wieder aufzukommen und weiter zu rennen, um das Spektakel fortzusetzen.

Derlei sah man nicht alle Tage. Sie wickelten blitzschnell ihre muskulösen Waden um die Bänder und hingen dort kopfüber, während Kollegen zu ihnen hinaufsprangen, sie ablösten und so eine Turmformation entstand.

Connor schaltete ganz beiläufig die Videofunktion des Handys ein und beschrieb mit dem Gerät einen Kreis, als versuche er, die gesamte Szenerie einzufangen. Er kratzte sich am Kopf und drehte sich dann wieder um, um noch ein paar Minuten lang den Artisten zuzusehen. Dabei ließ er die Kamera laufen. Die Speicherkarte konnte eine Stunde lang aufzeichnen, später dann würde er die Aufnahme am PDA auswerten.

Die Akrobaten bildeten eine Pyramide, sechs Mann ganz unten, die um ihr Leben liefen, drei Mann, die scheinbar auf ihren Schultern mitliefen, und obenauf ein Artist, der die Spitze darstellte. Jede Ebene bewegte sich unterschiedlich schnell, mit dem Uhrzeigersinn und entgegengesetzt, die Körper in ständiger Bewegung.

Aber Connor sah ihnen gar nicht zu. Hinter den kreisenden Bändern machte er einen Mann aus, der neben einer Wasserfontäne saß und die Zeitung von gestern neben sich auf die Bank gelegt hatte. Ein ganz und gar nichtssagender Spion, in jeder Hinsicht Durchschnitt. Mausgraues Haar, dünnes Gesicht, nicht zu groß – also das genaue Gegenteil von Beißer. Ein Beißer ohne Beißerchen.

Connor lachte bei dem Gedanken.

Er dachte so intensiv darüber nach, dass er Bond war und dieser Typ dort drüben die Magermilchversion von Beißer, dass er einen Augenblick brauchte, bevor ihm bewusst wurde, dass er den Mann anstarrte. Also senkte er rasch den Blick.

„Mein Magen fängt gleich an, sich selbst aufzufressen." Sein Jammern war an niemanden speziell gerichtet.

„Lust auf einen Lama-Burger?" Stephen stand plötzlich hinter ihm. Der Mann konnte sich nervenaufreibend leise bewegen, wenn er es darauf anlegte.

„Ich dachte mehr an ein Alpaca-Steak und Chips, um ehrlich zu sein.“ Connors Grinsen war ansteckend. „Na los, Leute, lasst uns ‘nen Happen schnappen.“

In einer Seitenstraße des Plaza de Armas fanden sie ein kleines Restaurant, dessen gemischte Speisekarte echte andalusische, italienische und traditionelle peruanische Küche versprach. Trotz der schäbigen Fassade lockten sie die Gerüche hinein.

Acht kleine Tische für Zwei waren neben einem langen Bankett-Tisch mit Lederimitat-Überzug aufgestellt, und sechs weitere Tische standen in der Mitte des kleinen Raumes. Auf jedem befanden sich ein rot-weiß kariertes Tischtuch und eine dunkle Weinflasche, die man zum Kerzenhalter umfunktioniert hatte. Wachs in hundert Farbtönen war die Flasche hinab gelaufen und am geriffelten Flaschenboden erstarrt. Sie waren die einzigen Gäste. An den Wänden des Restaurants hingen Inka-Masken und Fruchtbarkeitssymbole. Die getünchten Wände und die niedrige Decke erweckten den Eindruck, man habe soeben eine Art Grotte betreten.

Eine Frau mit schroffem Gesicht hieß sie lächelnd willkommen, nachdem sie durch die Tür eingetreten waren. Sie wischte sich die Hände an ihrer Schürze ab und sagte etwas auf Spanisch, das Connor nicht verstand. Da ihr niemand antwortete, führte die Frau ihre Gäste zu dem Bankett-Tisch und zwitscherte dabei wie ein aufgeregter Star. Je aufgeregter sie wurde, desto höhere Oktaven erklomm ihre Stimme.

„Sprechen Sie meine Sprache?“, wollte Cutter wissen, und die alte Dame schüttelte ihren Kopf energisch. Ihre Reaktion war beinahe komisch.

Connor setzte sich gegenüber von Abby hin, mit dem Rücken zur Wand. Andy Blaine nahm links von ihm Platz, Stephen rechts. Connor fiel auf, dass die drei Soldaten sich so postierten, dass jeder von ihnen eine andere Blickrichtung abdeckte. Er nahm an, dass die nicht bloß Verfolgungswahn war, sondern eine Art Training, das den Männern ins Blut übergegangen war. *Andererseits, vielleicht ist ein gesundes Maß an Verfolgungswahn gar keine so üble Sache.* Er verstand durchaus den tieferen Sinn dabei, es seinen Feinden nicht zu gestatten, sich beim Essen von hinten heranzuschleichen.

Die alte Frau beugte sich über Abbys Schulter und zündete der Reihe nach die Kerzen auf dem Tisch an. Ihre Hände zitterten, die Kerze somit auch. Sie brauchte drei Versuche, um den Docht zum Brennen zu bringen.

„Wasser?" Connor imitierte einen Verdurstenden, während die Frau die Speisekarten verteilte. „Aqua minerale? Frizzanti? Vattan?"

„Aqua, por favor", sagte Blaine in tadellosem Spanisch zu der Frau, was Connor gewaltig überraschte.

Sie nickte. Im Kerzenlicht wirkte ihr altes Gesicht nun plötzlich uralt, da das Flackern die Falten in ihren Wangen und am Kinn betonte. Einen Augenblick lang war ihm so, als erspähe sein Auge unter ihrer Haut, tief in Schatten und Schwärze, das Skelett.

„Du hast diese Wörter doch gerade erfunden, oder?" Abby nahm Connor auf den Arm und schob das Besteck ein wenig zur Seite, damit sie ihre Ellenbogen auf den Tisch legen konnte. Er tat zu ihrer Belustigung so, als schaue er verdrossen aus der Wäsche, aber sie blickte sich längst in dem Raum um. „Nicht zu fassen, dass wir hier sind."

„Ich weiß, das ist der totale Wahnsinn, oder nicht?"

„Tja, wer hätte dir *das* zugetraut, hm?", neckte sie Blaine.

„Ich war sechzehn Monate im Baskenland, darum habe ich noch ein paar Wörtchen auf Lager", erklärte er und klopfte sich dabei an die Schläfe.

„Was hast du in Spanien gemacht?"

„Ah, wenn ich dir das sagen würde, müsste ich dich töten", zwinkerte Blaine.

Die Frau hetzte geschäftig um den Tisch herum und Blaine übersetzte die Getränkebestellungen. Dann verschwand sie im Hinterzimmer. Einen Augenblick später erklang etwas, das verdächtig nach Kofferradio-Pavarotti klang. *Nessun Dorma.*

„Und das wäre der letzte Nagel im Sarg der Geschichtsschreibung", stöhnte Cutter.

„Was meinen Sie?", fragte Stark mit neugierigem Gesichtsausdruck.

„Hier sind wir, eine Million Meilen von dem entfernt, was man im Westen als Zivilisation bezeichnen würde, und was dringt an unser Ohr? Oper, abgefüllt, gestreckt und massenkompatibel abgekocht, ganz egal, ob diese Massen nun italienischer, chinesischer oder wie in diesem Fall peruanischer Abstammung sind. Die Globalisierung tötet weltweit die Individualität, meine Freunde. Wir sollten hier der Musik der Anden lauschen, Pfeifen und Glockenspielen und all den hiesigen Eigenheiten, die diesen Teil Südamerikas so einzigartig machen. Stattdessen hören wir einen toten Italiener, der uns auf möglichst farblose Weise unterhält."

Er überlegte. „Das ist das Ende der Geschichtsschreibung. Wir verwandeln die Erde in ein großes Sammelsurium aus Filialketten und Markenprodukten. Der Dritte Weltkrieg tobt unbemerkt seit Jahren und die großen Unternehmen haben ihn längst gewonnen. Ich wäre nicht überrascht, wenn wir hinter der nächsten Straßenecke das goldene Logo eines ganz bestimmten Fast-Food-Giganten sehen würden, und Einheimische in Levis-Jeans und Nike-Turnschuhen auf ihren Motorrollern umher sausten. Diese Welt fährt zur Hölle, und dass wir so besessen sind, von den schönen Dingen des Lebens, beschleunigt die Reise nur."

„Und das leiten Sie alles von einem Pavarotti-Lied ab? Sie sind ein verbitterter und zynischer Mann, Professor." Stark schüttelte den Kopf.

„Wenigstens ist es nicht der gottverdammte James Blunt",

scherzte Connor. „Also, das wäre wirklich die Hölle.“

„Nun, wir mögen uns auf dem Weg hin zu einem vereinten Weltreich befinden, aber noch ist es nicht soweit“, sagte Jenny. „Ich habe versucht, per Handy zuhause anzurufen, und bekomme kein Signal. Höchst ärgerlich.“ Damit widmete sie sich der Speisekarte.

Connor studierte kurz die Übersicht und stellte enttäuscht fest, dass ihm die Entscheidung nicht mit Bildern leichter gemacht wurde. Anstatt Blaine um Hilfe zu bitten, holte er den PDA aus seiner Tasche. Er übersetzte schnell ein paar der Gerichte und deren Zutaten, und entschied sich dann für etwas, das geschmortes Lamm mit Bratkartoffel sein sollte, sich aber als junge Ziege entpuppte.

„Mir egal“, erklärte er, da das Fleisch so zart und lieblich war, dass es förmlich auf seiner Zunge schmolz.

Sie waren erst halb fertig, als ein Zeitungsverkäufer herein kam und sich an einen der Tische in der Mitte des Raumes setzte.

Ein paar Minuten später gesellte sich eine Frau zu ihm, und wie ein ganz normales Liebespaar in einem ganz normalen Restaurant gaben sie ihre Bestellung auf, aßen und unterhielten sich angeregt. Einen Moment lang fragte sich Connor, ob Stark nicht doch einfach nur unter Verfolgungswahn litt.

Das Thema hatte sich gegessen, nachdem sie ins Hotel zurückgekehrt waren.

Stark stand vor der Tür zu dem Zimmer, das er sich mit Connor teilte. Er hielt den Knauf in der Hand, machte die Tür aber nicht auf.

Jedenfalls noch nicht.

„Etwas stimmt nicht“, stellte er fest. „Geh hinter mich und sei still.“

Connor nickte. Er hatte keine Ahnung, was den Einzelkämpfer aufgeschreckt hatte, aber er würde gewiss nicht mit ihm streiten. Dann sah er die Büroklammer am Boden liegen. Stark hatte sie zwischen Tür und Rahmen geklemmt, bevor sie gegangen waren.

Jemand war im Zimmer gewesen.

Connors Nackenhaare stellten sich auf. In dieser Welt war er nicht heimisch. Wachen mit Maschinengewehren, Beobachter auf den Straßen und nun das hier. Er blickte sich auf dem Korridor nach links und rechts um.

Blaine und Lucas standen jeweils genau so vor einer Tür, Abby und Jenny hinter Blaine, Cutter und Stephen hinter Lucas. Stark gab das Signal und die Drei platzten in das jeweilige Zimmer.

Stark kam einen Augenblick später kopfschüttelnd wieder heraus.

„Leer", knurrte er.

Er machte das Licht an.

Connor spähte über die Schulter des Soldaten ins Zimmer hinein. Man hatte es gründlich durchwühlt. Ihre Ausrüstung war in alle Himmelsrichtungen zerstreut. Wer immer das getan hatte, er hatte sich nicht um Diskretion bemüht. Die Kleidung lag am Boden, die Stahlkisten waren aufgebrochen und ihre Inhalte achtlos beiseite geworfen.

„Fehlt irgendwas?", wollte Cutter wissen. Sie hatten sich in dem Zimmer, das er sich mit Stephen teilte, versammelt.

„Nicht, dass es mir aufgefallen wäre", ließ Jenny hören.

„Was zum Teufel wollten die dann?" Cutter war wütend und ging in dem vollen Zimmer auf und ab.

„Keine Ahnung."

„Was die auch wollten, sie haben es nicht bekommen", meinte Stark.

„Wie kommen Sie darauf?"

„Die Unordnung. Die hätten die Suche abgebrochen, wenn sie was gefunden hätten. Aber die haben alles umgeräumt.

Also haben die das, was sie gesucht haben, nicht gefunden, vertrauen Sie mir."

Cutter nickte – das klang stimmig.

„Was sollen wir Ihrer Meinung nach jetzt tun?"

„Vorerst so weitermachen wie immer", sagte Stark. „Uns bleibt ohnehin nichts anderes übrig. Wie Chaplin gesagt hat, die beobachten unser Kommen und Gehen. Die werden erwarten, dass wir auf ihr Eindringen reagieren. Wenn wir die örtliche Polizei holen, nützt uns das wie? Nichts fehlt. Sich beim Hotel zu beschweren, wird uns auch nicht weiterbringen. Das hier geht schließlich nicht auf die Kappe der Putzfrau."

„Also drehen wir Däumchen?"

Stark nickte.

„Wir schlafen ein wenig und morgen früh gehen wir es an. Die werden uns immer noch observieren, aber jetzt wissen sie bescheid, dass wir bescheid wissen. Heißt, ganz neue Spielregeln. Das hier muss mehr denn je nach einer vollwertigen wissenschaftlichen Exkursion aussehen, Professor. Sie müssen Ihren Mann kontaktieren und den Transport Ihrer Gerätschaften ins Reservat vorbereiten. Während Sie das tun und dabei dafür sorgen, dass unsere Filzläuse genau das zu sehen kriegen, was wir sie sehen lassen wollen, werden Miss Lewis und ich ins Krankenhaus fahren, um Bairstow zu sprechen." Er nickte Jenny zu.

„Und bevor Sie widersprechen, Professor, die *werden* Sie beobachten. Die halten mich für einen unwichtigen Fußsoldaten, aber ich bin ein Fußsoldat, der sich unsichtbar machen kann, was recht nützlich ist, wenn man verfolgt wird. Aus Ihrem Team ist Miss Lewis die logische Begleitung. Sie ist für die Öffentlichkeitsarbeit hier. Chaplin gehört zur Botschaft, also wird ihr Treffen mit einem Regierungsoffiziellen für kein großes Aufsehen sorgen.

Sie dagegen, Professor, muss man dabei sehen, wie Sie Ihr Zeug packen, für das, was auch immer Sie im Dschungel vorhaben mögen."

Cutter behagte die Vorstellung gar nicht, aber ihm fiel kein plausibles Gegenargument ein.

„Sind Sie damit einverstanden, Jenny?", fragte er.

Sie nickte.

„Aber, Cutter?", fuhr sie fort. „Wenn die sich uns schon vorgeknöpft haben ... was ist dann mit Cam im Krankenhaus? Wir müssen herausfinden, ob er in Sicherheit ist."

„Nun, dann müssen wir wohl oder übel zum Telefon greifen. Nicht ideal, aber uns bleibt keine Wahl."

Connor winkte Cutter zu sich heran.

„Glauben Sie, dass die hinter dem Teil hier her waren?", fragte er und wiegte seinen PDA in der Hand.

„Warum sollten sie?"

„Ich weiß nicht, aber ich überlege die ganze Zeit, was nicht in unseren Zimmern gewesen ist, und da fällt mir nur das Ding ein." Connor zuckte ratlos mit den Schultern.

„Nochmal: Warum sollten die sich für deinen PDA interessieren? Was ist so Wichtiges auf ihm gespeichert, dass man dafür in unsere Hotelzimmer einbrechen würde?"

„Nichts, bloß Zeug aus dem Internet. Praktisch alles, was ich über Madre de Dios finden konnte, über das Reservat, Nahrung, Kultur, Aberglaube – nichts, dass es nicht auch in jeder anständigen Bibliothek geben würde."

„Damit hast du dir deine Frage glaube ich selbst beantwortet. Gute Nacht, Connor. Versuch ein wenig zu schlafen."

Jenny rief im Krankenhaus an und nutzte die paar Brocken Schulspanisch, die sie noch nicht vergessen hatte, um mit der Stationsschwester zu sprechen. Diese weigerte sich, nähere Auskünfte über Cams Zustand preiszugeben. Sie klang allerdings nicht sonderlich besorgt, also war es eher unwahrscheinlich, dass man ihn ermordet hatte. Damit musste sich Jenny begnügen.

Erst mitten in der Nacht ging ihr auf, dass der Tod für

diese Frau etwas Alltägliches sein musste und sie wohl kaum zum Häufchen Elend machen würde.

Die Stunden bis zum Morgengrauen vergingen unfassbar langsam und zerrten an ihren Nerven.

Er schlief wie ein Toter, aber das hielt Cutters innere Uhr nicht davon ab, ihn um vier Uhr nachts jäh hochschrecken zu lassen.

Er konnte nicht wieder einschlafen, denn sein Geist stand nicht mehr still. Stattdessen legte er sich mit dem Rücken auf das unangenehm nassgeschwitzte Bettlaken. Die Decke war teils um seine Füße gewickelt, der Rest lag auf dem Fußboden. Er hatte sie im Schlaf weggetreten. Ein paar Minuten lang sah er zu, wie die Blätter des Deckenventilators immer wieder im Schatten verschwanden und auftauchten.

Er erinnerte sich noch verschwommen an seinen Traum.

Der Gedanke an Helen hatte ihn gequält und er hatte den Moment wiedererlebt, als er aus der Anomalie getreten war und Lester gefragt hatte: „Wo ist Claudia?“ Seitdem er sie verloren hatte, war dies sein Traum gewesen, in jeder einzelnen Nacht. Aber die Vertrautheit machte den Traum nicht weniger unerträglich. Ganz im Gegenteil, so wurde nur das Gefühl von Trauer und Verlust noch intimer. Ihr Gesicht und ihr Lächeln und der Geschmack ihrer Lippen wurden realer, je mehr sie zum Geist wurde.

Sie würde nie zurückkommen. Jenny Lewis‘ Existenz war der Beweis. Es war nicht so, als sei sie einfach durch eine Anomalie getreten, so wie Helen vor all diesen Jahren. Sie war aus der Geschichtsschreibung selbst getilgt worden, war zu einer Anderen geworden, mit einem neuen Leben und neuen Erinnerungen aus dem Urstoff des Lebens neu erschaffen. Jenny war ihr so ähnlich und gleichzeitig doch so anders.

Er lag stundenlang wach und quälte sich selbst mit Erinnerungen, bei denen er sich nicht mal mehr sicher sein konnte, ob sie wahr waren. Erinnerungen, die nur er besaß.

Mit Helen war es anders gewesen. Sie zu finden, war zur Besessenheit geworden, aber immerhin zu einer Besessenheit, die er mit anderen teilen konnte.

Und doch wollte er nicht, dass diese Träume aufhörten, denn so lange er sie träumte, so lange bewahrten sie Claudia Brown davor zu sterben.

Er verfolgte die langsamen Runden des Ventilators und konnte sich nicht überwinden, endlich loszulassen.

Noch nicht.

Als die Morgenröte am Himmel brandete, fühlte er sich wie einer von Romeros lebenden Toten. Es war, als passte er nicht in seine eigene Haut, als wäre sein Fleisch ausgehöhlt, wie von Maden zerfressen. Er sah zu, wie die Sonne Schatten auf den Boden warf, und spürte, wie ihre Wärme langsam durch das Zimmer strömte, über seinen Körper, und den Zauber eines neuen Tages mit sich brachte.

Cutter stand leise auf, um Stephen nicht zu wecken, und zog sich an. Er schlüpfte in ein dünnes, weißes Baumwollhemd und eine Cargohose. Dann sah er sich in dem bodentiefen Spiegel. Ein abgespannter Tourist in mittleren Jahren starrte ihn an. Er verließ das Zimmer und ging nach unten, um sich bei einem Spaziergang ein wenig die Beine zu vertreten.

Er musste sich wieder in den Griff bekommen. Zu trauern war eine Sache, aber sich selbst die Luft zum Atmen zu nehmen eine ganz andere. Er hatte ein Team, das seine Führungsqualitäten benötigte, seine Weisheit und seine leitende Hand. Er musste der Vater dieses bunten Haufens sein.

Beim Spaziergang würde er den Kopf freibekommen. Und wenn er zurück war, würde er sich frisch machen und von seiner kämpferischen Seite zeigen.

Die beiden Wachen lungerten nicht mehr vor dem Hotel herum, was die Frage aufwarf, ob sie einzig zu dem Zweck dort gestanden hatten, um sein Team zu überwachen. Vielleicht waren sie nach dem Durchsuchen der Zimmer und getaner Pflicht abgezogen. Ausgeschlossen war das nicht.

Jemand wollte nicht, dass sie hier waren, so viel stand fest, aber der Grund war alles andere als offensichtlich.

Er musste endlich wieder klar denken. Durch den Jetlag war er wie benebelt und lethargisch. Cutter überquerte den Platz und hielt sich dann an die Seitenstraßen. Er entfernte sich von den Touristengebieten und passierte engere Gassen und Durchgänge.

Räudige Katzen, die nur aus schlaffer Haut, Fell und Knochen bestanden, folgten ihm auf den niedrigen Dächern. Er spürte, wie die Glut der aufgehenden Sonne die Luftfeuchtigkeit verdampfen ließ.

Die Einheimischen waren schon auf den Beinen. Der Geruch von ungesäuertem Brot schwängerte die Hinterhöfe Cuscos. Er fand eine kleine Bäckerei, in der noch warmer Kuchen auslag, und erstand mit den Münzen, die Jenny ihm gegeben hatte, ein Fladenbrot. Er riss es in kleine Streifen und verzehrte sie, während er ging. Cutter lächelte und nickte jenen zu, die lächelten und ihm zunickten.

Und wenigstens für ein paar Minuten war ihm so, als trüge er nicht die Last der Welt auf seinen Schultern.

Diese paar Minuten mussten genügen.

Er bemerkte einen kleinen Kiosk, der Tabak und Zeitungen verkaufte. Er erwarb eine, die ihm das Gegenstück zu den Sensationsblättern seiner Heimat zu sein schien. Die Schlagzeile lautete „El Chupacabra?“ und das Titelbild zeigte ein körniges Schwarzweißfoto von einem „schwarzen Hund“. Offensichtlich eine Fotomontage. Er faltete die Zeitung unter seinen Arm und ging zurück zum Hotel.

SECHS

Sie kamen in Cutters Zimmer zusammen und verriegelten die Tür.

„Also, wir müssen unsere nächsten Schritte durchplanen“, fing er an. „Wir können nicht einfach nur herumwandern und so tun, als wären wir Touristen. Jenny, Sie müssen noch heute Vormittag Bairstow zusammen mit Stark aus dem Krankenhaus holen. Wir können ihn unmöglich hier im Hotel verstecken, nicht, wenn man ein Auge auf uns hat, aber ich lasse ihn nicht länger dort auf dem Präsentierteller. Kontaktieren Sie Chaplin. Er muss Zugang zu einem Safe House haben, oder irgendeinem Ort, an dem wir unterkriechen können.“

„Mache ich“, erwiderte sie.

„Wer den Babysitter für ihn spielt, klären wir, sobald er in Sicherheit ist. Wir werden unsere Ausrüstung abtransportieren und dann ein Basislager im Wald aufschlagen müssen. Und es gibt noch etwas, das uns Sorgen machen wird.“ Er guckte Blaine an.

„Können Sie mir sagen, was da steht?“ Er hielt dem Soldaten die Zeitung hin.

Der überflog den Artikel und zuckte mit den Schultern.

„Ist nur abergläubischer Schwachsinn, so wie's aussieht.“ Er zog die Augen zusammen. „Allerdings …“

„Reden Sie weiter.“

„Da behauptet jemand wohl, dass es noch weitere Tote

gegeben hat, anderswo im Regenwald." Er studierte den Leitartikel weiter. „Ein Zeuge sagt, die Gier der Wissenschaftler ist schuld, und die Regierung zieht die Rachsucht von El Chupacabra auf sich und die Einheimischen. Aber die vorherrschende Meinung scheint zu sein, dass Bairstow selbst für die Morde verantwortlich ist, einschließlich für den an seinem Bruder."

„Was für ein Albtraum", stöhnte Cutter und rieb sich am Kinn. „Genau das wollten wir verhindern. Glauben Sie, dass Bairstow wirklich mit der Presse geredet hat?"

„Das bezweifele ich."

„Ganz bestimmt nicht", mischte sich Jenny ein. „Das ist gar nicht gut, Cutter. Wir müssen unbedingt mit Chaplin reden. Wenn sich das hier so weiterentwickelt, wie ich es erwarte, stecken wir bis zum Hals in Schwierigkeiten."

„Was erwarten Sie denn, wie's weitergeht?"

„Soll ich ehrlich sein?", stellte sie die rhetorische Frage. Sie saß auf der Ecke eines aufwändig bemalten Wäschekorbs, der unter dem einzigen vorhandenen Zimmerfester stand. Durch den Sonneinfall auf die eine Seite ihres perfekt geschminkten Gesichtes sah sie aus wie eine zornige Göttin. „Südamerika ist schon immer eine Brutstätte von Lügen und Gewalt gewesen, Cutter. So ist die Welt hier unten nunmal. Es gibt einen Grund dafür, dass das Militär bewaffnet patrouilliert. Wenn die verhindern wollen, dass jemand weiter nachforscht, erklärt das wenigstens den Anschlag auf Bairstow."

Von der anderen Seite des Zimmers aus stimmte Stark ihr mit einem Grunzlaut zu. Der Soldat schaute grimmig drein.

„Mein Gott, glauben Sie wirklich, dass die ihn einfach so kaltblütig umbringen würden?" Der Gedanke jagte Cutter einen eisigen Schauer über den Rücken.

„Wenn die ihn zum Sündenbock abstempeln wollen, wird das sehr viel einfacher sein, wenn er sich nicht mehr wehren kann. Und wir haben keinen Grund zur Annahme, dass er überhaupt noch am Leben ist", bestätigte Stark Cutters Sorgen geradeheraus.

„Wir haben den kleinen Vorteil, dass der Bericht nur in einem kleinen Regionalblatt erschienen ist, und in keiner landesweiten Zeitung", merkte Cutter an. „Es ist eher unwahrscheinlich, dass der Artikel international für Aufsehen sorgt, aber den Einheimischen dürfte er einen gehörigen Schrecken einjagen."

„Wenn es noch andere Morde gegeben hat, wer sagt dann, dass es nicht die Wilderer gewesen sind?", wandte Jenny ein. „Wir wissen doch schon, um wie viel Geld es hier geht. Chaplin hat das deutlich gemacht. Was bedeutet da schon noch ein Toter, um einer Milliarden schweren Industrie den Erhalt zu sichern? Wenn man sich seine Brötchen damit verdient, diese bedrohten Arten einzufangen und außer Landes zu schmuggeln, macht es den Job doch sehr viel leichter, wenn sich niemand in den Urwald traut, meinen Sie nicht?"

Connor hatte mit übereinandergeschlagenen Beinen auf Stephens Bett gesessen und ins Leere gestarrt, sah sie nun aber überrascht an. Ihre Denkweise hatte manchmal etwas Mitleidloses an sich, und Connor hatte nicht erwartet, diesen Charakterzug je bei einer Frau – irgendeiner Frau – zu erleben.

„Wo zum Teufel sind wir hier nur hineingeraten?", sagte Cutter.

„Aber was ist mit den, äh ...", brach Connor seinen Satz ab. Er blickte hilfesuchend zu den SAS-Männern hinüber und sein Kopf drehte sich vor lauter wilden und beängstigenden Möglichkeiten, die auf ihn einprasselten. Dann erinnerte er sich daran, dass sie alle umfassend informiert worden waren.

„Nun, ich meine, sind wir nicht gerade etwas voreilig? Wir wissen, dass es dort draußen eine Anomalie gibt, oder nicht? Professor, Sie haben selbst gesagt, dass Cameron von Diamanten sprach, die er in der Luft schweben gesehen hat. Was könnte es denn sonst gewesen sein?"

„So ungern ich es auch zugebe, Connor hat Recht“, nickte Cutter. „Es ist leicht, sich seinem Verfolgungswahn hinzugeben und überall politische Fallstricke und Geheimpläne zu vermuten. Schließlich werden wir nicht tagtäglich beschattet oder zum Opfer von Einbrechern, aber wir dürfen die Möglichkeit nicht außer Betracht lassen, dass *wirklich* etwas durch den Riss gekommen ist. Darauf muss unser Hauptaugenmerk liegen. Alles andere ist nur Fischen im Trüben.“

„Und wenn es durchgekommen ist, hängt es hier aller Wahrscheinlichkeit nach noch rum“, stellte Stephen fest und sprach damit den Gedanken aus, der sie alle gerade beschäftigte.

„Richtig, also halten wir uns an das, was wir wissen, ja?“

„Im Regenwald muss es eine Million Orte geben, an denen sich ein listiges Raubtier verstecken könnte“, sagte Abby. „Ein wahres Paradies für die schleichende Invasion durch eine Spezies.“

„Das hängt sehr von der Kreatur selbst ab“, sinnierte Cutter. „Sie wird versuchen, ein Gebiet für sich zu beanspruchen, das ihrem natürlichen Lebensraum nahekommt. Lasst uns überlegen, mit was wir es hier zu tun haben, dann können wir auch unsere Suche eingrenzen. Also, wo sind die Landkarten?“

Abby holte eine detaillierte Höhenlinienkarte der Region und breitete sie auf dem Bett aus. Cutter beugte sich über das Papier und studierte es aufmerksam. Dann nahm er sich einen roten Filzstift und kreiste eine ganz bestimmte Stelle ein.

„Das ist Nandos Position. Er hat ein sonderbares Verhalten bei den Tieren dort festgestellt. Das ist unser Ausgangspunkt. Blaine, wo liegt dieses Dorf, das angeblich angegriffen worden ist?“

Der Soldat studierte die Karte einen Augenblick lang und besah sich die Höhenlinien und Symbole. „Schwer zu sagen, Professor. Der Artikel kommt ohne genauere Ortsangaben aus. Wenn Bairstow da durchgekommen sein soll, muss es aber irgendwo zwischen den Außenbezirken von Madre de Dios und Cusco gewesen sein, also liegt das Dorf vermutlich irgendwo auf diesem Verlauf." Mit dem rechten Zeigefinger zeichnete er eine imaginäre Linie zwischen zwei Punkten auf der Karte.

„Gut. Also, welche Informationen liegen uns noch vor? Lassen wir mal kurz die Panikmache weg und denken wie Wissenschaftler. Überlegen, abwägen, kalkulieren und bewerten, Ladies and Gentlemen. Was wissen wir noch?"

„Bairstow sprach von einer Art Raubkatze", bot Abby an.

„Stimmt", pflichtete Cutter ihr bei. „Vielleicht erklärt das auch, warum man hier an jeder Ecke auf diesen Mythos von El Chupacabra stößt. Erinnert ihr euch an das Sprichwort, dass in jeder großen Lüge ein Körnchen Wahrheit steckt? Mythen sind lediglich Lügen, die wir glauben wollen, also was ist das Körnchen Wahrheit bei El Chupacabra? Berichte über die Angriffe auf Schafe und Ziegen liegen im Staatsarchiv, und die Bisswunden an den Leichen sind von fast vampirischer Natur. Die Körper werden durch kleine Schnittwunden ausgeblutet. Daher auch der Name, der so viel wie „Ziegen-Aussauger" bedeutet. Er ist quasi eine Art südamerikanischer Dracula."

„Also, Bisswunden, Bluttrinken – welche nicht auf irgendeinem dahergelaufenen Spukmonster basierende Lösung bietet sich da an?"

„Prähistorische Raubkatzen?", schlug Abby vor.

Cutter nickte gedankenverloren.

„Das wäre eine vernünftige Annahme, nicht wahr? Jede Kultur hat ihre Teufelshunde und schwarze Katzen. Bei uns zuhause gibt es das Biest von Bodmin und den Hund von Baskerville, und wie Sherlock Holmes so treffend zu sagen beliebte: ‚Wenn man alles Unmögliche ausschließt, muss das, was übrig bleibt, und sei es noch so unwahrscheinlich, die

Wahrheit sein.' Was also, wenn diese Kreatur auch an anderer Stelle in Erscheinung trat?

Diese Möglichkeit, die wir fortan in Betracht ziehen, würde einiges erklären. Anubis, der ägyptische Wächter der Unterwelt, weist eine frappierende Ähnlichkeit zu einer großen, schwarzen Raubkatze auf. Dieselbe Ikonografie findet sich in einem Dutzend Glaubensrichtungen rund um den Globus, und das tief im kollektiven Bewusstsein verankert und fortgesetzt durch den Lauf der Geschichte. Wenn wir die Wissenschaft nun als Quelle der Mythologie ansehen, sprechen wir ganz eindeutig von einer Raubkatze. Die südamerikanische Pampa wurde während des Miozän von einer einzigarten Gattung der Raubbeutler beherrscht."

„Den Borhyaeniden?", vervollständigte Abby seine Theorie.

„Auch Beutelhyänen genannt, ganz genau. Und gewiss hätte das Eintreffen eines solchen Raubtieres gravierende Konsequenzen, meinst du nicht?"

„Die etablierten Spezies würden mit ziemlicher Sicherheit ganz schnell untertauchen."

„Genau. Und was wissen wir über die Borhyaeniden, Connor?"

„Diese bösen Buben hatten in den Waldlandschaften des Amazonas fast 30 Millionen Jahre lang das Sagen, bevor sie ausgelöscht wurden. Sie haben keine bekannten Nachfahren oder Ahnen."

„Eine Antwort wie aus dem Lehrbuch, Mr. Temple. Sehr gut. Wir müssen dringender denn je mit Bairstow sprechen. Er hat dieses Ding gesehen, was immer es auch sein mag. Er ist der Schlüssel."

„Wenn er nicht schon tot ist", sagte Stark mit unheilvoller Stimme.

Cutter ignorierte ihn.

„Connor, kannst du ein paar Bilder unserer schwarzen Katzen auftreiben, damit Jenny sie Bairstow zeigen kann?"

„Klar.“

„Großartig. Und das ist unser Fahrplan für heute: Ich treffe mich noch mit Nando, da ich ein paar Fragen habe, die ich mit ihm durchgehen will. Ich schätze, unsere Aufpasser kehren noch heute Morgen zurück. Darum will ich, dass ihr denen die perfekten Touristen vorspielt. Es gibt viel zu sehen. Stephen, du kannst es doch kaum erwarten, deinen neuen Wingsuit auszuprobieren. Freu dich, der perfekte Moment ist gekommen. Du musst nur für eines sorgen – dass man dich überall sieht.“

„Wir treffen uns gegen 13.00 Uhr zur Siesta wieder hier, einverstanden?“

SIEBEN

Stephen holte einen kleinen Rucksack aus dem Raum und ging danach zur Rezeption, um einen Transport zu den Hügeln hinauf zu organisieren.

Tatsächlich war er enorm aufgeregt, endlich raus zu kommen und springen zu können. Es war eine Sache, einen Base-Jump von Brighton Cove und Beachy Head hinaus aufs Meer zu wagen, aber eine gänzlich andere, sprichwörtlich abzuheben.

Ein Lama stand im Eingangsbereich des Hotels und verdrehte den Kopf, um ihm dabei zuzusehen, wie er das Foyer durchschritt. Das war mit Abstand der merkwürdigste Moment des bisherigen Trips. Das Tier neigte seinen Kopf und war genau so neugierig in Bezug auf ihn, wie er auf es.

Die Empfangsdame lächelte ein gelangweiltes Lächeln, wie es Hoteliers überall auf der Welt perfektioniert hatten. *Ich stehe zu Ihren Diensten, aber ich höre Ihnen nicht wirklich zu*, sagte es. Als er sich dem Tresen näherte, waren ihre Augen über seine rechte Schulter hinweg auf einen Flachbildfernseher, der in der Ecke stand, konzentriert.

Zu schade, dass er ihre morgendliche Dosis Seifenoper unterbrechen musste.

„Hallo“, trällerte er betont fröhlich. „Können Sie mir dabei helfen, einen Fahrer anzuheuern?“

„Wollen Taxi haben?“, fragte sie und bewegte ihren Kopf

nur leicht. Die Bewegung glich der des Lamas so sehr, dass Stephen ob der Absurdität beinahe laut aufgelacht hätte. Sie war jedoch, und das musste er zugeben, weit hübscher anzusehen als das Tier.

„Ich hatte eher gehofft, dass Sie mir jemanden empfehlen können, der seinen Wagen den gesamten Vormittag über vermietet", erklärte Stephen. „Ich möchte rauf zu den Hügeln, um die Thermalwinde ausprobieren zu können. Es geht doch etwas ins Geld, wenn das Taxameter ein paar Stunden läuft."

Er konnte an der Art, wie ihr Blick sich veränderte, erkennen, dass sie nicht verstanden hatte, was er eigentlich wollte.

„Ein Taxi kosten für Fahrt auf Berg fünf Soles. Dasselbe zurück. Das Standardpreis. Zwei Soles für Fahrt in Stadt, fünf Soles für Fahrt aus Stadt."

„Das ist toll, aber was kostet es, wenn der Fahrer wartet?"

„Das müssen handeln mit Fahrer. Sie besser machen Preis fest, bevor steigen in Taxi."

Zehn oder zwanzig Soles waren gar nichts, und einen eigenen Fahrer für den Vormittag zu mieten, würde alles so viel einfacher machen.

Das Lama stieß sich den Kopf an der Glastür an. Stephen schreckte aus seinen Gedanken und erkannte, dass ihm bisher nicht bewusst gewesen ist, wie sehr ihn die Geschichte mit der Verfolgung und dem Einbruch mitgenommen hatte. Doch er hatte sich schnell wieder im Griff.

„Haben Sie vielleicht einen Freund mit einem eigenen Auto, der sich etwas Geld dazu verdienen will?"

Jetzt verstand sie ihn gut genug. Und nach einem Moment des Nachdenkens nickte sie.

„Mein Bruder Eloy besitzen Auto."

„Perfekt. Was denken Sie würde es mich kosten, ihn anzuheuern, mich den Vormittag lang durch die Gegend zu fahren?"

„Eloy keine Erlaubnis als Taxifahrer, aber ich ihn fragen".

Sie deutete auf das Telefon und Stephen nickte. Sie rief an und feuerte ein Stakkato an Worten in einer Sprache ab, die nicht ganz Spanisch war, nickte ein paar Mal, obwohl ihr Gegenüber am Telefon sie nicht sehen konnte, und hängte dann den Hörer auf.

„Mein Bruder sagen, er Sie für 25 Soles fahren."

Stephen rechnete kurz im Kopf nach. Ein Sol entsprach etwa zehn Pence. Der eigene Chauffeur würde ihn also gerade mal zweieinhalb Pfund kosten.

„Perfekt. Ähm, dumme Frage, aber spricht ihr Bruder meine Sprache?"

„Er aufgewachsen mit MTV und James-Dean-Filmen", versicherte sie zufrieden.

Kurze Zeit später hupte Eloy, um sich bei Stephen bemerkbar zu machen.

Er trug eine Baseballkappe, die er weit heruntergezogen hatte, damit sie seine Augen vor dem Sonnenlicht schützte. Stephen schnappte sich seine Taschen, öffnete die Tür zur Lobby und umrundete das Lama, das gerade die Steine auf dem Pflasterboden intensiv begutachtete. Die schiere Intensität der Hitze traf ihn hart. Der Himmel war kristallklar und tiefblau. Weit und breit war keine Wolke zu sehen, was bedeutete, dass es vor der harschen Liebkosung der Sonne keinen Schutz geben würde – und das den ganzen Tag über.

Ein grinsendes Gesicht starrte ihn durch das heruntergelassene Fenster eines alten und mitgenommenen rotweißen 1955er Ford Fairlane an. Der Wagen sah aus, als sei er direkt aus einem x-beliebigen Gangsterfilm entwendet worden.

Wenn Stephen nicht gewusst hätte, dass der Fahrer der Bruder der Empfangsdame war, hätte er keine Familienähnlichkeit erkannt. Obwohl zwar nicht unbedingt ein Unterschied wie Tag und Nacht vorlag, waren sie doch zumindest wie Dämmerung und Zwielicht, Varianten eines genetischen

Motivs. Eloy saß zusammengekauert am Steuer. Die Knöchel zeichneten sich dort weiß ab, wo er das Lenkrad gepackt hielt. Stephen konnte nicht anders. Er musste lächeln, als er den Fairlane-Streifen auf der Karosserie sah, der den Wagen wie ein Liverpooler Batmobil aussehen ließ.

Als Eloy den Motor aufheulen ließ, keuchte der wie ein asthmatisches Kätzchen.

„Mr. Stephen?“, fragte er freudig.

Stephen nickte. „Eloy?“

„Das ich“, sagte der Fahrer mit starkem Akzent auf Englisch. „Steigen ein.“

Stephen warf seine Taschen auf die Rückbank und setzte sich auf den Beifahrersitz. Das heiße Leder brannte unangenehm in seinem Rücken. Mit Ausnahme des Radios schien nichts in dem Wagen modernisiert oder aufgemotzt worden zu sein. Der Wagen war so, wie er seinerzeit das Fließband verlassen hatte. Das Leder war sehr ramponiert, so dass die Polsterung schon an manchen Stellen sichtbar vorstand. Das Furnier des Armaturenbretts war ein dünner Hauch von Nichts. Aber dem allen zum Trotz war der Wagen zweifelsohne ein Klassiker – und es machte so viel mehr Spaß, in ihm zu fahren, als in einem von diesen neuen seelenlosen Geländewagen. Der Fairlane war der Inbegriff eines Männerautos.

„Nette Karre“, nickte Stephen anerkennend.

„Ich lieben mein Auto wie meine Schwester“, erwiderte Eloy, womit er die Vorlage für ein gutes Dutzend unangemessener Witze gab, die Stephen jedoch nicht vom Stapel lassen wollte. „Wohin, Mr. Stephen?“

„Einfach nur Stephen. Ich hatte gehofft, dass du mich irgendwo hinbringen kannst, wo ich fliegen kann.“

„Sie wollen gehen zum Flughafen?“

„Nein, nein.“ Stephen griff in eine seiner Taschen und zog das Geburtstagsgeschenk heraus, das er von Andy Mangels erhalten hatte. An dem Wingsuit hing eine kleine Nachricht.

„Wenn du schon darauf bestehst, dich umzubringen, dann wenigstens in etwas, in dem du cool aussiehst." Er versuchte, Eloy zu erklären, dass er einen Anzug hatte, der es ihm erlauben würde, wie Superman zu fliegen. Es war nicht die leichteste Konversation, die man mit jemandem führen konnte, der kaum Englisch verstand. Aber Eloy nickte und sagte „Ja, ja." Gerade so, als ob alles, was er gerade gehört hatte, für ihn Sinn ergab. Nachdem Stephen fertig war, saß der Fahrer einen Moment lang still da. Dann begann er breit zu grinsen.

„Wir gehen zu Hügeln. Sie fliegen wie Kondor!", freute sich Eloy sichtlich aufgeregt.

Der Wagen machte einen kleinen Satz, als er über den Bordstein fuhr. Das Getriebe ächzte laut, als der Peruaner den Schalter in den richtigen Gang krachen ließ, ohne die Kuppelung sonderlich zu beachten. Als das Lama im Rückspiegel verschwand, drehte Eloy das Radio auf. Es dauerte einen Augenblick, bis Stephen begriff, was er inmitten all des Kratzens und Rauschens hörte. Die Lautsprecher konnten Ry Cooders Blues-Gitarre kaum adäquat wiedergeben.

So früh am Morgen waren die Straßen noch relativ ruhig. Ry Cooder wurde schließlich von Howlin' Wolf ersetzt, dem dann, recht unpassend, „Save a Prayer" von Duran Duran folgte. Während der ersten fünfzehn Minuten der Fahrt erzählte Eloy viel von der Geschichte der Stadt.

„Die alte Stadt ursprünglich so konstruiert, dass sie gleicht Puma, wenn Götter herunterblicken auf sie ", führte Eloy aus, aber Stephen konnte sich das rein gar nicht vorstellen. Die Straßen und Nebenstraßen waren eine Ansammlung des Elends und der falschen Hoffnungen. Und sie führten direkt ins verderbte Herz des Tourismus. Es gab an diesem Ort nichts, das auch nur im geringsten Maße animalisch oder nobel gewesen wäre. Zumindest hatte er nichts davon gesehen.

„Wirklich?“, sagte Abby und konnte die Skepsis über das, was Connor erzählte, kaum verbergen.

„Klar. Sie haben die ganze Stadt in der Form eines Pumas gebaut.“

„Das sehe ich nicht.“

„Naja, ich schätze mal, Kopfläuse sehen auch nur selten Zehennägel.“

„Iiihhhh…“

Connor scrollte den Text auf seinem PDA-Bildschirm runter. Er las sich den Text unterm Gehen durch, wobei er versuchte, alles auf einmal zu erfassen. Hauptsächlich genoss er es jedoch, mit Abby alleine zu sein.

„Pachacuti hat die alten Mauern entworfen“, sagte er und bot diese Information wie ein wertvolles Goldstück an.

„Pachacuti?“

„Ja, die Inkas nannten ihn den Erdenerschütterer. Er war der Vater des Inka-Reiches.“

„Da muss er aber viel gezeugt haben“, meinte Abby und grinste. Er mochte es, wenn sie lachte, auch wenn sie ihn nur aufzog. *Ganz besonders*, wenn sie ihn aufzog, wenn er die Wahrheit sagte. Ermutigt fuhr er fort.

„Tja, ich schätze, es ist recht schwer zu bestimmen, was wahr und was nur eine gute Geschichte ist. Die Inkas haben ihre Historie nicht schriftlich festgehalten – es gab nur die mündliche Überlieferung durch die Weitergabe von einer Generation zur nächsten. Dann kamen die Spanier, und die verdrehten viele dieser Geschichten, verfälschten die Kultur und das Erbe der Inkas.“ Er legte eine Pause ein, um sich zu orientieren. „Okay, das Gebäude da drüben …“.

Er deutete auf die vielfarbigen Etagen, an deren Spitze eine kunstvoll gearbeitete Kuppel lag. Es sah aus, wie ein heiliger Ort. „Das ist die Kirche Santa Domingo. Sie wurde auf den Überresten dessen gebaut, was einst der Tempel der

Sonne war. Die Mauer um das Fundament entsprach der Ausdehnung des heiligen Bereichs, an dem die Inka beten konnten. Die Spanier kamen und brachten ihren Gott mit sich, wobei sie ihre heilige Kirche einfach auf den Mauern des bereits bestehenden Tempels hochzogen, gerade so, als würde der eine den anderen zerquetschen."

„Das ist ja wie Weihnachten", sagte Abby.

„Was?"

„Weihnachten. Das war ein altes heidnisches Festival und die Römer haben ihre eigenen Feiertage darüber gelegt."

„Oh, richtig. Hör dir das an. Verrückt. Die heiligen Mauern haben Erdbeben widerstanden. In 900 Jahren ist nicht ein einziger Stein gebröckelt. Die Kirche der Spanier jedoch zerfällt immer mehr. Ich glaube, jemand da oben will uns was mitteilen."

Sie konnte den Unterschied nicht nur bei dem aus dunklen Steinen gefertigten Fundament, sondern auch an dem tatsächlichen, zwei Baustile zur Schau stellenden Mauerwerk erkennen. Das Fundament der Inka war aus einer Art schieferfarbenem Eruptivgestein gemeißelt, während die Kirche ein Zusammenwirken von grauem und braunem Gestein war, was den Eindruck vermittelte, als hätte man mit jedem gerade zur Verfügung stehenden Stein das Bauwerk über die Jahrhunderte geflickt.

„Du hast wirklich richtig gebüffelt, was?"

„Es war ein langer Flug", erwiderte Connor.

„Na dann los. Was für andere coole kleine Fakten hast du noch in deinem riesigen Hirn abgespeichert?"

„Wie wär's damit? Man glaubt, dass das Labyrinth der Mauern um die Stadt herum einst mit Gold ummantelt war. Man nannte es den Schweiß der Sonne. Kannst du dir das vorstellen? Eine Stadt aus Gold?"

„Nur in Zeichentrickfilmen."

„Hey, ich hab einen Witz für dich. Der Richter zur Angeklagten: ‚Ihr Alter?' Sie: ‚Steht draußen auf dem Flur.'"

„Oh Gott, ist der schlecht."

„Neeein, der ist gut. Okay, noch einer. Warum ging das Schwein über die Straße?"

„Oh, ich weiß nicht. *Warum* ging das Schwein über die Straße?"

„Um zu beweisen, dass es kein feiges Huhn ist."

„Das ist total sinnlos", sagte Abby und schüttelte den Kopf. Sie lächelte jedoch und so versuchte er krampfhaft, seinem Gehirn noch mehr schreckliche Witze zu entlocken.

„Zwei Moleküle gehen die Straße entlang. Eines beginnt, sich umzusehen. Da fragt das andere: ‚Stimmt was nicht?' ‚Ich hab mein Elektron verloren.' ‚Bist du sicher?' ‚Positiv'."

„Bitte, erlöse mich. Ich glaube, ich habe meinen Lebenswillen verloren."

„Hier ruht John Dixon, er wollte mit einem Streichholz nachsehen, ob noch Benzin in seinem Tank war. Es war."

Sie stieß ihm den Ellbogen in die Rippen und schüttelte den Kopf, aber lachte dennoch.

Gemeinsam wanderten sie die Straße entlang und näherten sich dem Platz Puma Chupan. Die Witze wurden schlechter, das Gelächter lauter. Sie gingen Arm in Arm und kümmerten sich nicht darum, dass ihnen jeder, der ihnen begegnete, einen belustigten Blick zuwarf.

Laut Connor war der Chupan der Schwanz des Pumas, der aus dem Zusammenlaufen zweier künstlicher Kanäle entstanden war. Die Gebäude in diesem Teil der Stadt waren beinahe opulent, wenn man sie mit denen verglich, die näher am Kopf des Tieres lagen. Es war schwer sich vorzustellen, dass viele von ihnen bereits 800 Jahre alt waren.

Connor spielte immer noch den stolzen Tourguide, aber Abby hatte aufgehört, ihm zuzuhören. Ein Kind saß an einer Straßenecke. Es bastelte einen Papierfrosch, den es neben sich auf die Straße setzte. Der Junge hatte ein kleines Transistorradio bei sich, das eine blecherne Version von Simon und Garfunkels „Mrs. Robinson“ spielte.

„Hier lebten die Reichen, direkt am Schwanz des Pumas“, sagte Connor.

„Die Dinge ändern sich, was?“

„Ja, ganz ohne Witz. Ich meine, sieh doch nur uns an.“ Im selben Augenblick wünschte er fast, es nicht gesagt zu haben. Aber nur fast.

„Ja, früher hast du mich ohne Ende genervt. Jetzt nervst du mich nur noch hin und wieder.“

„Richtig. Ich weiß nicht, wie du es siehst, aber ich finde, dass hier langsam jedes Haus dem anderen ähnelt.“ Und damit verdoppelte Connor seine Bemühungen, sie zu unterhalten.

„Also wenn ich das richtig verstehe, stellte die Befestigung des Sacsayhuamán-Tempels den Kopf des Pumas dar, während hier unten der Schwanz ist. Wenn man genau darüber nachdenkt, dann ist unser Hotel irgendwo am …“

„Sprich's nicht aus“, drohte Abby, während sie schon wieder zu lachen begann.

„Bauch! Ich wollte Bauch sagen. Du hast eine ziemlich dreckige Phantasie, Abby Maitland. Aber ich muss zugeben, das gefällt mir.“

„Das denke ich mir.“

Nach dem Erreichen des Schwanzendes führte ihr Weg am Wall der alten Festung entlang zurück zu den Außenbezirken der Stadt. Ohne auch nur eine einzige Pause einzulegen, spielte Connor den Fremdenführer oder erzählte schlechte Witze. Nach einer Weile blendete Abby ihn aus und konzentrierte sich auf die atemberaubende Landschaft, die mannigfaltigen Schattierungen von Grün und den enorm blauen Himmel. Die Hügel waren anders als alles, was sie je zuvor gesehen hatte; An der Hügelseite fanden sich steinerne Ruinen und obschon die strohbedeckten Dächer längst verrottet und verschwunden waren, konnten die *Pirca*-Bauten aus Stein und Mörtel trotzig dem Ansturm der Zeit widerstehen.

Was Abby sah, ging weit über ein paar verfallene Mauern hinaus. Zwischen den von Menschenhand geformten Strukturen und der Umgebung, die moderne Architektur niemals replizieren konnte, herrschte eine ganz besondere Harmonie. Dieser Anblick beeindruckte sie sehr. Und das umso mehr, wenn man bedachte, dass diese am Hügel gelegenen Paläste und Lagerhäuser ohne die hoch entwickelten Werkzeuge, Kräne und Seilwinden der modernen Zeit entstanden waren. Die Bauwerke beschämten moderne Wolkenkratzer und Kuppeln.

„Dies war Teil des Hofes von Pachacuti, dem Herrscher der Inka. Er hatte viele Häuser wie diese, die über die Hügel verstreut sind. Die Idee dahinter war, dass sein Hof nicht auf ein Gebäude beschränkt war, das angegriffen werden konnte. Ziemlich clever, wenn man darüber nachdenkt."

„Genug, Connor. Ich bin müde, und hungrig, und meine Füße bringen mich um."

„Dann lern besser Selbstverteidigung."

Sie fuhr ihm mit der Hand über den Kopf.

„Genug schlechte Witze für heute."

Stephen begann, die Ehrfurcht des gottgleichen Inka-Herrschers vor dem lebenden Felsen zu verstehen. Alles, was der Regent einst geformt hatte, entstammte diesen Bausteinen der Welt. Das Werk des Herrschers war omnipräsent, wie eine geisterhafte Entität.

Die kahlen Berggipfel formten die Achse des ihnen bekannten Universums. In ihrer primitiven Theosophie sahen die Inka das Felsgestein als etwas Mystisches an und glaubten, dass es eigene Kräfte besaß. Es überraschte ihn nicht, dass viele der lange vergessenen Steinmetze Monumente errichtet hatten, welche die spanischen Verwüstungen und das konstante Wüten der Elemente überstanden hatten. Vielleicht verdiente von all den Dingen, die sie umgaben, Stein tatsächlich am meisten Hingabe. Stein versagt nie, anders als das Fleisch. Er verdorrt nicht. Fällt nicht ab wie Blattwerk.

Er übersteht und bewahrt in sich die Erinnerungen des Planeten.

Das Voranschreiten der Zeiten zu bemerken, war eine Berufskrankheit. Man konnte nicht bis zum Hals im Perm oder Mesozoikum stecken, ohne dass die eigenen Gedanken sich dort verfingen. Stephen war immerhin von einer Frau verführt und verlassen worden, die technisch gesehen Hunderte Millionen Jahre alt war. Er hatte schon eine Weile nicht mehr an Helen gedacht. Oder besser: Er hatte schon lange nicht mehr an seinen eigenen Verrat gedacht. Es gab diesen einen Moment, der in der Zeit still zu stehen schien, mit Cutter in der Kegelbahn, als alles auf einen Blick und ein Nicken hinauslief. Und wie typische Männer hatten sie das Thema begraben.

Es war nicht so, dass wieder alles in Ordnung war. Vielmehr war es so, dass sie es verdrängt hatten und nicht daran denken wollten. Jahrhunderte der Evolution und der männlichen Psyche herunterdestilliert auf die essenziellen Komponenten.

Das Vertrauen war jedoch geschwächt – er wusste das. Er war kein Narr. Es würde lange dauern, um es sich wieder zu verdienen. Aber das würde er. Irgendwann.

Als sie den Hügel immer höher hinauf fuhren, wurde Cutters Argumentation über das Ende der Geschichte selbst vom schrillen Knistern von Madonnas „Like a Prayer“ bestätigt. Während er dem Song zuhörte, blickte Stephen auf eine Welt hinab, die scheinbar weder von Zeit noch Fortschritt tangiert wurde. Und plötzlich konnte er Cutters Sichtweise verstehen. Diese banale, westlichen „Errungenschaften“ waren inmitten der natürlichern Schönheit der Anden vollkommen fehl am Platz.

Gnädigerweise verloren sie auf halben Weg den Empfang. Der Wagen kämpfte mit der steilen Steigung, schlug sich jedoch tapfer durch.

„Das guter Platz", bekundete Eloy ein wenig später. „Du fliegen wie Kondor oder fallen wie Stein. Dein Schicksal von Göttern werden bestimmt." Dem Mann gefiel diese Aussicht ein wenig zu sehr; ganz zu Stephens Missfallen. Er musste jedoch zugeben, dass es ein guter Ort war, um in die Gänge zu kommen. Das Gras endete am Rand einer Klippe, über die er sich buchstäblich hinunterstürzen konnte, um sich der Gnade der Winde auszuliefern.

Er stieg aus dem Wagen aus. Der größte Teil des Plateaus war unbewachsen, aber dafür sah man auf der Fläche sehr viel von dem grauen Eruptivgestein. Zwei konische Türme standen weiter links, etwas abseits der verstreuten Steine. Sie waren zerfallen und ihr Korpus bildete weiteren Schutt auf der Landschaft.

„Das seien Chullpas. Grabtürme für mächtige Tote", erklärte Eloy, als er bemerkte, dass Stephen die Zwillingsstruktur studierte.

Stephen nickte, während er sich auszog und schnell den Wingsuit anlegte, um dann seine Klamotten im Rucksack zu verstauen. Der Anzug war das Ungewöhnlichste, das er jemals getragen hatte. Die Netzstrukturen, die zwischen seinen Beinen und von seinen Armen bis zur Hüfte reichten, verwandelten ihn in etwas, das man vielleicht vage mit einem großen humanoiden Eichhörnchen vergleichen konnte.

„Ich möchte, dass du mich am Fuß des Bergs wieder triffst" sagte er und zeigte auf einen Punkt in mittlerer Entfernung. „Folge mir entlang der Straße, so gut du kannst."

„Du nicht fallen gerade runter wie Mann, der jagen Kojote?" Der Peruaner machte eine ausladende Geste mit der Hand, imitierte Stephen, wie er über die Klippe sprang und direkt pfeilgerade in die Tiefe stürzte, nur um mit einem Cartoonähnlichen „Platsch!" am Boden aufzuschlagen.

„Ich hoffe nicht", sagte Stephen. „Die Aerodynamik des Anzugs sollte es mir erlauben, zwanzig Meilen weit zu gleiten."

Eloy hob ungläubig eine Augenbraue.

„Ich folgen, aber wenn du dich umbringen, ich mir nehmen mehr als 25 Soles, wegen seelische Grausamkeit."

„Klingt fair."

Er nahm den zweiten Rucksack aus dem Auto und brachte einen kompakten Fallschirm zum Vorschein. Er schnallte sich selbst den Harnisch um und zog die Schnallen fest. Das Letzte, was er aus dem Rucksack herausnahm, war eine kleine handgroße Digitalkamera. Er schaltete sie ein und filmte schnell ein 360-Grad-Panorama der Umgebung. Dann ging er auf den Abgrund zu.

„Ist ein langer Weg nach unten", sagte er. „Berühmte letzte Worte."

Und damit trat er über den Abgrund hinweg und fiel.

Der Wind wurde um seine Ohren herum zum Sturm, als er kraftvoll an seinem Anzug zerrte. Er brauchte einen Moment, um wieder zu Atem zu kommen. Dann breitete er seine Arme aus und spreizte die Beine, um die Geschwindigkeit seines Falls zu drosseln. Die Nylontaschen, die zwischen Arme und Torso genäht waren, füllten sich mit Luft. Beinahe unmittelbar darauf trug ihn der Wind fort von dem steinernen Gesicht des Berges, dem er sich zuvor genähert hatte.

Und dann fiel er nicht mehr. Er flog. Er stieß einen Freudenschrei aus, als sich ihm der Boden nicht mehr näherte.

Er flog!

Das Blut pumpte durch seine Venen.

Er drehte seinen Körper und schlug einen Bogen, so dass ihn die Eigendynamik zum Berg zurückführte. Die luftgefüllten Taschen waren wie Flügel. Stephen tat spielerisch so, als greife er nach den Schemen der Bäume, während er über sie hinweg flog. Und dann hatte er sie auch schon wieder passiert. Der Boden zog unter ihm dahin. Sein Herz hämmerte wie wild gegen seine Brust, als er nahe der Straße in die Tiefe schoss. So nahe, dass er beinahe hinunterfassen und einen der Steine hätte aufheben können. Und dann stieg er wieder hoch hinauf in die Lüfte.

Der kleinste Fehler bedeutete den sicheren Tod. Anders als Wile E. Coyote konnte er sich schlecht einfach wieder erheben, wenn er erst einmal auf dem Boden einen mannsförmigen Krater hinterlassen hatte.

Tränen brannten in seinen Augen. Der Wind zerrte an seiner Haut, zwang ungestüm seine Lippen auseinander und hielt ihm die Augenlider offen, wodurch er nur noch wild starren konnte. Er musste sich zusammenreißen, um nicht den Fallschirm zu ziehen und den Flug hier und jetzt zu beenden. Er hatte schon oft Base-Jumps gemacht, aber der Wind blies hier schärfer und die Beschaffenheit der Erde war anders. Der Abstieg fühlte sich ganz neu an. Das Gefühl der Geschwindigkeit war unglaublich.

Aus dem Augenwinkel bemerkte er ein eingezäuntes Gelände. Die Gebäude wirkten verlassen, mit Bestimmtheit konnte er das unter diesen Umständen aber nicht sagen. Jedenfalls gehörten sie ganz gewiss nicht zu irgendeinem Öko-Reservat. So, wie man sie vor dem Blick der Öffentlichkeit verbarg, roch es förmlich nach verborgenen Aktivitäten, über die man den Mantel des Schweigens zu hüllen wünschte. Vermutlich Wilderer.

Er kämpfte, um seinen Kopf hoch zu halten und die Kamera nicht fallen zu lassen. Es war nur schwer abzuschätzen, aber er musste mit 50 oder 60 Meilen in der Stunde über die Erde hinweg fliegen. Vielleicht aber war er sogar noch schneller.

Stephen kostete die Freiheit jetzt aus, wohl wissend, dass er nur zu bald den Fallschirm ziehen musste und dann zur Erde zurück stürzen würde.

ACHT

Es schien ein Leben her zu sein, dass Nick Cutter so etwas wie Zufriedenheit empfunden hatte. Seine Welt war eine der Zwänge und Sachlichkeiten geworden. Darüber zu lamentieren, was in der Essenz der Verlust des eigenen „Ich“ bedeutete, war sinnlos.

Aus dem Fenster in seinem Zimmer sah er, wie Jenny mit Stark und Chaplin zum Krankenhaus aufbrach. Sogar die Art, wie sie sich bewegte, war dieselbe …

Jenny hatte Chaplin überzeugt, dass sie zu dritt Cam holen und dann die anderen im Hotel treffen würden. Versammelt würden sie ihn dann zum Sommerhaus des Botschafters bringen, was der sicherste Ort war, den sie aufzubieten hatten. Befand er sich erst einmal in Sicherheit, würden sie in den Regenwald aufbrechen.

Das war zumindest der Plan. Warum hatte er dann nur so viele Zweifel?

Der Ventilator war für die Klimaregulierung im Zimmer zuständig, konnte aber kaum mit der Hitze mithalten. Cutter ging vom Fenster weg und wanderte in seinem Zimmer auf und ab. Er musste sich auf die vor ihm liegende Aufgabe konzentrieren und durfte nicht sein Leben in der Vergangenheit verbringen.

Die Ironie dieses Gedankens brachte ihn dazu, ein einziges Mal bitter aufzulachen.

Er nahm das Telefon zur Hand und wählte die Nummer, die Nando ihm gegeben hatte. Er wartete auf das zweite Klicken, das einen Mithörer entlarven würde, doch es kam nicht. Das Telefon läutete sechs, sieben, acht Mal, bevor eine junge Frau an den Apparat ging.

„Hallo. Ich bin Professor Cutter und würde gerne mit Nando Estevez sprechen. Ich glaube, er erwartet meinen Anruf."

„Natürlich, Professor Cutter", sagte die Frau in einwandfreiem Englisch.

Es gab keine Spur eines Akzents in ihrer Stimme. Das gehörte auch dazu, wenn ein historischer Faden durch Innovation durchtrennt wurde, dachte er. Die Globalisierung der Sprache. Angesichts der Effektivität, mit der das Internet und das Englische voranschritten, in jede Kultur eindrangen und die natürliche Notwendigkeit ad absurdum führten, kleinere Sprachen wie Quechua zu verstehen, war es auch nicht weiter überraschend, dass Call Center in Indien und China in Diensten der britischen Industrie standen. Oder dass die Menschen kaum noch in der Lage waren, die Nationalität desjenigen zu bestimmen, der an der Leitung war.

Es gab über sechstausend Sprachen auf der Welt und nur dreißig von ihnen dominierten die globalen Diskussionen. Schon bald würden die meisten dieser Dreißig im täglichen Leben so nützlich sein wie Keilschrift, während sich virulente Englischstränge immer mehr ausbreiteten.

Es sind nicht nur Spezies, die von der Ausrottung bedroht sind.

Ich werde schon zu einem grantigen alten Mann.

Am Telefon wurde es eine Weile still. Dann lauschte er gezwungenermaßen noch mehr von dieser albernen Fahrstuhlmusik, von der Telefonfirmen glaubten, dass sie beruhigend sei. Und dann hörte er Nandos Stimme zum zweiten Mal in zehn Jahren.

„Professor Nick! Sind Sie da?“

„Ich bin gestern gelandet. Wir kommen etwas später und warten nur noch auf die zwei Einheimischen, die sich uns anschließen sollen. Ich wollte noch etwas mit Ihnen besprechen.“

„Schießen Sie los.“

„Sie sagten, dass Sie eigenartige Wanderungsmuster bei den Spezies, die Sie beobachten, registriert haben, ja?“

„Ja, sehr eigenartige sogar.“

„Ich habe zwar ganz offensichtlich noch keinen Blick darauf geworfen, aber was Sie erzählen, klingt so, als wäre ein neues Raubtier in die Region eingedrungen und setzt nun seine Dominanz durch.“

„Das war auch mein erster Gedanke, aber die wild lebenden Tiere im Reservat werden hier streng überwacht. Wir haben seit mehr als neun Monaten keine neue Spezies eingeführt. Eine solche müsste von selbst ihren Weg in das Reservat gefunden haben, was sehr unwahrscheinlich ist. Neue Spezies materialisieren schließlich nicht aus heißer Luft.“

„Aber es ist auch nicht unmöglich. Die Präsenz eines neuen Jägers würde die Hungersnot des Tierlebens in bestimmten Regionen erklären. Haben Sie nach Anomalien in den Spurenmustern gesucht? Pfotenabdrücke, die vielleicht nicht dort hingehören?“

„Ganz ehrlich? Nein. Wir haben dreißig Ranger in unserem Team, die mehrere hundert Quadratmeilen an Territorium abdecken. Nach Spuren zu suchen, die dort nicht hingehören, wäre wie die berühmte Suche nach der Nadel im Heuhaufen. Und wir können unsere Prioritäten nicht verändern, nur weil ich neugierig bin.“

Auf den ersten Blick hatte Cutter dieser Logik nichts entgegenzusetzen. Aber die Vermutungen, auf denen sie fußte, waren nicht in Stein gemeißelt. Es gab noch einen anderen Weg, das Problem anzugehen.

„Ich sage ja nicht, dass Sie jeden Quadratzentimeter Boden absuchen müssen. Lassen Sie sich von der Natur helfen. Folgen Sie dem Ausbleiben von Geräuschen. Wo fielen Ihnen zuletzt die Verhaltensmerkwürdigkeiten auf? Nehmen Sie ein Team dorthin mit und suchen Sie nach Spuren. Tiere hinterlassen Fäkalien. Das sind Spuren. Sie warten nur dort draußen darauf, entdeckt zu werden, um ihre Geschichte zu erzählen. Und eine jede davon birgt einen einzigartigen genetischen Fingerabdruck, der all unsere Fragen beantworten wird."

„Haben Sie eine Theorie?"

„Ich habe eine Theorie", gab Cutter zu, war aber nicht gewillt, sie über das Telefon zu erörtern, auch wenn er sicher war, dass sie keine ungebetenen Zuhörer in der Leitung hatten.

„Teilen Sie sie mit mir?"

„Noch nicht. Ich möchte das lieber persönlich mit Ihnen besprechen. Finden Sie mir ein paar Spuren, Nando. Geben Sie mir etwas, mit dem ich arbeiten kann und dass meine Theorie entweder stützt oder stürzt. Die Wahrheit ist dort draußen. Das muss sie einfach sein."

„Ich werde heute noch mit einem Team hinausgehen. Und vielleicht finden wir diesmal etwas", sagte Nando, klang aber nicht allzu optimistisch.

„Exzellent", erwiderte Cutter. Und dann, beinahe wie ein nachträglicher Einfall, fügte er noch hinzu: „Eines noch. Hat einer Ihrer Ranger berichtet, dass Frost in der Luft zu sehen war?"

Am Telefon herrschte einen Moment Stille, als Nando sich das vorstellte.

„Nein, nicht, dass ich wüsste. Hat dies etwas mit Ihrer Theorie zu tun?"

„Nein, es war nur etwas, das der junge Engländer, der angegriffen wurde, gesagt hat."

„Ah, nun ja, nein. Obwohl so etwas im Regenwald keineswegs ungewöhnlich ist. Der Mix aus Feuchte und Atmosphäre kann die Wahrnehmung täuschen. Zusammen mit der Hitze sind Luftspiegelungen dann nicht unmöglich."

„Wirklich? Ah, ich schätze, es gibt immer eine prosaische Erklärung, selbst für die phantasievollsten Ideen."

„Immer, Professor. Zumindest haben Sie mir das beigebracht."

„Und Sie haben auf mich gehört? Warum hatte ich nicht mehr Studenten wie Sie, Nando? Wir sollten heute Abend bei Ihnen eintreffen. Viel Glück bei der Spurensuche."

Und damit legte Cutter auf.

Nur weil sie keine Anomalie gesehen hatten, hieß das nicht, dass es keine dort draußen gab. So schnell wie Nando das Phänomen als Luftspiegelung abgetan hatte, war es wahrscheinlich, dass man es zuvor schon einmal gesehen hatte. Das ergab Sinn.

Mehr und mehr fragte er sich, ob Anomalien nicht überall auf der Welt auftraten und zumeist unbemerkt blieben. Soweit sie wussten, gab es nichts, das die unerklärlichen Phänomene an die britischen Inseln ketten würde. Oder an Europa. Die Sahara war ein weitläufiges Gebiet, ebenso die Steppen und das Buschland. Obwohl es Milliarden von Menschen gab, waren große Teile der Erde noch immer unerschlossen und relativ unberührt. Mehr als genug Platz für Anomalien, um sich unbemerkt zu öffnen.

Der Gedanke daran ließ ihn erschaudern.

NEUN

Jenny Lewis schritt Seite an Seite mit Alex Chaplin durch die keimfreie Reinheit des Krankenhausflügels. Stark hatten sie beim Wagen zurückgelassen.

Hier war es ihr mehr als an jedem anderen Ort, an dem sie je gewesen war, schmerzhaft bewusst, dass sie eine Million Meilen von zuhause entfernt waren. Der Linoleumboden hatte schon bessere Tage gesehen. Gleiches galt für die Farbe, die langsam von den Wänden abblätterte. Zumindest aber war dieser Ort eine willkommene Zuflucht von der stechenden Hitze, die draußen herrschte.

Ein schlecht ausgestatteter Wagen mit verschiedenen Utensilien lehnte an einer Wand. Wo sie Defibrillatoren, Adrenalinspritzen und vieles mehr erwartet hätte, lagen nur sauber zusammengefaltete weiße Tücher, versiegelte Injektionsnadeln und andere Gebrauchsgegenstände – der auffällige Mangel an Technologie war erschreckend.

Ihre Schritte hallten durch den Korridor.

Die Flügel gingen vom Hauptkorridor ab, wie die Herzkammern des Gebäudes. Leinenvorhänge verdeckten den Blick auf Stahlrahmenbetten. Patienten lagen auf den Decken. Ihre Pyjamas wiesen große Schweißflecken auf – und das trotz der Klimaanlage.

Sie bemerkte, dass Chaplins Hand sich zu etwas an seiner Hüfte verirrte. Es dauerte einen Moment, bis sie realisierte, dass es seine Waffe war. Ganz plötzlich wünschte sie, dass sie Stark nicht beim Auto zurückgelassen hätten.

Während der Fahrt hatten sie nur sehr wenig gesprochen.

Jenny hatte Stark zur Seite genommen und ihm ihren Verdacht anvertraut.

„Es war Chaplin, oder? Er muss es gewesen sein, der den Einbruch letzte Nacht orchestriert hat. Er hat die Wachen aufgestellt, um das Hotel zu beobachten und uns zu folgen. Es ergibt Sinn."

Stark stimmte zu, dass es das tat. Auf hässliche Art und Weise ergab es Sinn.

Stark hatte Chaplin auf dem Parkplatz des Krankenhauses damit konfrontiert, als sie ankamen, doch der Mann hatte vehement protestiert. Aber es lag etwas in dem Blick, den er Stark zuwarf, das Jenny nicht gefiel – und das ihr Misstrauen weiter verstärkte. Es war fast so, als seien seine Augen die eines Reptils. Sie hatte viele Männer wie Chaplin gekannt. Er würde kaum der Letzte in einer Reihe großer Lügner bleiben.

„Was haben Sie gesucht? Was haben Sie zu erreichen gehofft?", wollte Stark wissen.

„Ich war es nicht. Ich schwöre es", erwiderte der Beschuldigte.

„Nein, natürlich nicht. Es war nur ein ganz großer Zufall, dass all unsere Zimmer auf den Kopf gestellt wurden, während man uns durch die Straßen jagte. Halten Sie mich für einen Idioten?"

„Ich war es nicht!"

„Das hatten wir schon, Chaplin. Niemand außer Ihnen weiß, warum wir hier sind. Dass wir alles andere als eine langweilige, altmodische, wissenschaftliche Expedition sind. Was haben Sie getan? Den Einheimischen für ein bisschen Bares einen Tipp gegeben? Spielen Sie beide Seiten gegeneinander aus? Na los, Sie wollen mir doch nicht etwa weismachen, dass es nicht Sie waren, der der Zeitung einen Tipp gegeben hat."

Chaplin ließ sich nicht aus der Reserve locken.

„Lesen Sie es von meinen Lippen ab, Mann. Ich war es nicht."

„Ich glaube Ihnen nicht."

„Dann sind Sie ein Narr."

„Mal von Ockhams Rasiermesser gehört?", fragte Jenny. Und dann sagte sie: „Wenn alles andere gleich ist, dann ist die einfachste Lösung die Beste. Mit anderen Worten heißt das, wenn verschiedene Theorien miteinander konkurrieren, aber in anderer Hinsicht gleich sind, dann entscheidet man sich für die geradlinigste Erklärung, weil diese 99 von 100 Mal die richtige ist."

„Unsere Hypothesen sind einfach: Entweder arbeiten Sie für einen mysteriösen Auftraggeber und dies ist alles Ihre Schuld. Oder Sie arbeiten unabhängig und dies ist alles Ihre Schuld. Oder Sie haben nichts damit zu tun und ein Dritter spielt uns alle gegeneinander aus. Wenn es nicht Sie sind, dann haben wir ein paar ernsthafte Sicherheitsprobleme, und zwar trotz all dieser phantasievollen Codenamen und Geheimfrequenzen. Wenn wir annehmen, dass Sie nicht gegen uns arbeiten, dann heißt das, dass wir einen Maulwurf in unseren Reihen haben. Jemand wusste ganz genau, wer wir sind, wo wir wohnen und wann wir das Hotel verlassen. Das sind eine Menge Annahmen, mit denen Ockham nicht allzu glücklich wäre."

Und als sie das sagte, fiel ihr noch etwas ein, das noch viel beängstigender war als ihre bisherigen Befürchtungen. *Was, wenn die von den Anomalien wissen?*

Stark lockerte seinen Griff um Chaplins Hals und trat von dem Wagen zurück, den Kopf langsam schüttelnd.

„Ich schlage vor, dass Sie von vorne beginnen", sagte Chaplin. Sein Tonfall war vernünftig und beschwichtigend zugleich. Das allein verstörte Jenny erheblich. Dass er in der

Lage war, sich angesichts solch drastischer Anschuldigungen und Angriffe noch so zu verstellen. „Denn Sie sehen mich etwas ratlos, da ich nicht die geringste Ahnung habe, wovon Sie überhaupt reden."

„Ich glaube Ihnen nicht", sagte Jenny.

„Das ist ermüdend, finden Sie nicht? Ich weiß nicht, wovon Sie reden. Und Sie glauben nicht, was ich sage. Ich denke, soweit sind wir uns einig. Also, um unserer geistigen Gesundheit willen, lassen Sie uns einfach so tun, als würden wir nicht glauben, dass der andere ein lügendes Stück Scheiße ist, und von dem Punkt aus weitermachen. Und nun bitte, wovon reden Sie? Was für ein Überfall?"

Jenny seufzte.

„Okay, ich spiele mit. Unsere Hotelzimmer wurden letzte Nacht gefilzt. Soweit wir das bisher sagen können, wurde nichts entwendet, aber alle unsere Zimmer wurden durchwühlt."

„Und Sie glauben, man wusste, wer Sie sind?", fragte Chaplin.

„Warum sollte man sonst bei uns einbrechen?"

Wenn man aus seinem sorgenvollen Gesicht Rückschlüsse ziehen konnte, dann machte Chaplins Gehirn gerade Überstunden.

„Könnte es ein Zufall sein? Ich meine, sollten wir gleich all diese Schlussfolgerungen ziehen, ohne weitere Indizien zu haben?"

„Wir wurden von mindestens drei Beobachtern letzte Nacht verfolgt. Das heißt, von dreien wissen wir. Ich denke, wir können davon ausgehen, dass unsere Zimmer nicht zufällig durchsucht wurden. Diese Leute wissen sehr wohl, dass wir keine gewöhnlichen Touristen sind."

„Scheiße. Scheiße. Scheiße", fluchte Chaplin und starrte auf den Gehweg.

Sie gingen gemeinsam zum Krankenhaus.

Sie sah sich selbst in dem Glas der Tür, ein kleiner Punkt, der größer wurde und schließlich Form annahm, als sie sich dem Eingang näherte, bis sie sich selbst sah, wie sie auf sich zukam. Sie stieß die Tür auf und ging durch; fünf Schritte vor Chaplin.

Beim Lift holte er sie wieder ein.

Chaplin drückte ungeduldig auf die Knöpfe, aber der Lift ließ sich Zeit. Die Türen ächzten, als sie sich öffneten. In der Kabine erwartete sie ein Bouquet der merkwürdigsten Gerüche. Inmitten all der anderen Duftarten, teure Parfüme, billiges Aftershave, Schweiß, Blut, Ammoniak, Pheromone und Furcht, nahm sie vor allem Krankheit wahr. Es war eine schwere Melange. Individuell hätte ein jeder Geruch angenehm sein können. Oder zumindest nicht unangenehm. Aber zusammen waren sie Ekel erregend.

Die Fahrt in den fünften Stock, wo Cameron Bairstow lag, verlief unglaublich langsam. Sie teilten sich den überfüllten Lift mit drei grün gekleideten Schwestern, die ohne Unterlass in ihrer eigenen Sprache miteinander redeten. Schweißperlen liefen langsam Jennys Rücken herunter.

Ihr Haar fiel ihr immer wieder über die Augen. Der Schweiß ließ es an ihrem Kopf kleben. Sie erinnerte sich an etwas, das ihre Mutter einst zu ihr gesagt hatte: „Frauen schwitzen nicht, Liebling, sie glänzen." Alles in allem glänzte sie gerade wie ein Schwein.

Jenny zählte die Nummern, bis der Lift den fünften Stock erreichte und sich die Türen öffneten. Sie traten heraus.

Chaplin veränderte sich. Alles an seiner Haltung änderte sich, als er in den Flur hinaustrat. Er ging langsam, blickte nach links und rechts, war hyperaufmerksam. Jenny sah in ihm dieselben raubtierhaften Qualitäten, die Stark und die anderen besaßen. Er lehnte sich gegen die Wand. Bei der Berührung blätterte noch mehr Farbe ab. Für einen Moment bewegte er sich nicht, er hörte einfach nur zu und hielt den Finger vor seinen Mund. Dann bewegte er sich so nahe an sie heran, dass sie seinen Atem an ihrem Ohr spüren konnte, als er zu flüstern begann.

„Meine Männer sind weg." Langfassung: Die Männer, denen er aufgetragen hatte, Cam zu bewachen, waren verschwunden.

Jenny nickte und verstand unmittelbar, welche Konsequenzen die Abwesenheit der Männer hatte.

Sie nahm eine Haarnadel aus ihrer Tasche und band ihr Haar zusammen. Damit zog sie auch die Strähne nach oben und außerhalb ihres Sichtfeldes.

Chaplin nickte und sie gingen weiter. Das Echo ihrer Schritte war das einzige Geräusch in dem ansonsten stillen Korridor. Die Geräuschlosigkeit brachte sie aus der Fassung. Sie erwartete die Geräusche von lebenserhaltenden Maschinen, das Fächern der Ventilatorenblätter und all die anderen Krankenhausgeräusche. Doch es war so, als hätten sie das Königreich der Stille betreten.

Als sie an einer Bahre vorbeikamen, griff Chaplin in sein Leinenjackett und zog eine kompakte .45er heraus. Er nahm sie mit beiden Händen, als er von Tür zu Tür ging und jeden Raum checkte. An der Wand lehnte ein zusammengefalteter Rollstuhl.

Seine plötzliche Veränderung erschreckte sie, nicht zuletzt deswegen, weil sie daran erinnert wurde, wie instabil die Welt um sie herum wirklich war. Trotz all des Geredes über Höflichkeit und aufkeimende Demokratie, Öko-Reservate und blühenden Tourismus war dies immer noch einer jener Orte, an denen ein Junge wenn nötig in einem Krankenhausbett einfach verschwinden konnte.

Chaplin bedeutete ihr, vorzurücken.

Sie folgte ihm in ein Zimmer. Dort standen acht Betten, davon drei von Vorhängen verdeckt. Ein alter Mann mit grantigem Gesicht und kräftigem Rauschebart lag auf einem der Betten, das Bein hochgelagert. Im Bett neben ihm lag ein aufgeblähtes Wrack von einem Mann, das mit Schläuchen beatmet wurde. Sie sah den Aschenbecher auf dem Tisch neben dem Bett und schüttelte den Kopf. Drei andere Betten waren leer, doch in einem von ihnen war geschlafen worden.

Chaplin deutete auf den am weitesten entfernten Vorhang.

Angespannt zogt er den Vorhang zurück und atmete sichtlich auf, als er den jungen Mann im Bett sah. Chaplin steckte seine Waffe ins Holster zurück und wurde wieder er selbst. Die Maske der Gewaltbereitschaft fiel von seinem Gesicht ab. Jenny stellte sich neben ihn an das Bett.

Cameron Bairstow schlief. Sein Gesicht musste einst schön gewesen sein, doch nun war es missgestaltet. Fünf tiefe Kratzer erstreckten sich von seiner linken Schläfe über das Auge, die Wange und die Nase bis hin zum Kinn. Jeder von ihnen musste mit 20 oder mehr Stichen genäht worden sein. Der Bluterguss um die Augen ließ die gesamte linke Gesichtshälfte lila schimmern, doch in Teilbereichen begann das Fleisch bereits zu heilen und gelbe Flecken waren zu sehen. Seine Kehle und der Brustbereich offenbarten die schlimmsten Wunden. Es war ein Wunder, dass er nicht verblutet war. Man hatte seinen Körper mit einer Wildheit geöffnet, die einfach nur schockierend war. Jenny zählte ein Dutzend tiefer Schnitte. Und jeder von ihnen war zusammen genäht worden, jedoch derart grotesk, dass sich Fleischwülste an Brust und Bauch gebildet hatten. *Er sieht aus wie eine Abscheulichkeit aus einem von Connors Horrorfilmen*, dachte sie, als sie einzuschätzen versuchte, wie schwer die Verwundungen waren. Dort, wo das Fleisch nicht aufgerissen war, war es eingerissen. Die dunkleren Blutergüsse und die punktierten Wunden zeugten davon, dass nur Zähne hierfür verantwortlich sein konnten.

Kein Mensch hatte dies getan.

Die Präzision der langen Schnitte konnte nicht von einem Messer herrühren. Sie glichen der gleichmäßigen Form einer handartigen Extremität, die über Bairstows Gesicht gezogen worden war. Nur hatten sich mit Sicherheit keine Fingernägel, sondern Klauen in sein Fleisch gegraben.

Zähne und Klauen.

Cameron bewegte sich, gerade so, als würde er spüren, dass sie ihn ansahen.

„Wir müssen ihn hier raus bringen“, flüsterte Jenny.

„Sind Sie sicher? Er ist wohl kaum in der Verfassung, durch den Dschungel geschleift zu werden.“

„Er ist hier nicht sicher. Das wissen Sie.“

„Er wird auch nicht sicher sein, wenn wir versuchen, ihn zu transportieren und ihn dabei umbringen. Ich sehe nicht, welche andere Wahl wir hätten, als ihn hier zu lassen.“

„Können Sie jemanden abstellen, der auf ihn aufpasst?“

Chaplin gab einen grunzenden Laut von sich, der wohl so etwas Ähnliches wie ein Lachen darstellen sollte. „Wen denn? Die Polizei? Das Militär? Was schlagen Sie vor, wem sollen wir vertrauen?“

„Ich hasse das.“

„Ich kann auch nicht behaupten, dass es mir sonderlich behagen würde.“

„Wir müssen also fortfahren wie geplant und ihn in das Safe House bringen. Wenn wir ihn hier herausbringen, dann können wenigstens einige von Starks Männern so lange auf ihn aufpassen, bis es ihm gut genug geht, dass er ausgeflogen werden kann.“

„Okay, dann schaffen wir ihn zur Sommerresidenz des Botschafters“, verkündete Chaplin. „Das ist der einzige Ort, an dem wir ihn wirklich beschützen können. Und er ist auf unserem Hoheitsgebiet. Ich hätte das schon früher getan, doch nach dem Angriff war er keineswegs in der Verfassung, bewegt zu werden. Die Ärzte hätten das nicht toleriert.“

„Bitte reden Sie nicht so über mich, als wäre ich nicht hier.“

Jenny schreckte überrascht hoch. Der junge Mann auf dem Bett sprach, auch wenn seine Stimme wegen der langen Untätigkeit heiser und belegt klang. Er rührte sich leicht und öffnete die Augen, um seine Besucher anzusehen. Trotz der vielen Medikamente, die man ihm verabreicht hatte, um den Schmerz zu lindern, strahlten seine Augen einen wachen Geist aus.

„Und glauben Sie nicht eine Minute, dass ich ohne meinen Bruder nach Hause gehe."

„Cameron", sagte Jenny, „Mein Name ist Jenny Lewis. Ich arbeite für die britische Regierung. Ihr Vater hat uns geschickt, um Ihnen zu helfen. Jaime ist tot, Cameron." Trotz der höchst angespannten Situation versuchte Jenny ihre Stimme sanft und mitfühlend klingen zu lassen.

„Ich weiß das besser als jeder andere. Ich sah ihn schließlich sterben." Und dann wurde seine Stimme erstaunlich kräftig. „Ich lasse seine Knochen da draußen *nicht* verrotten. Die Tiere mögen sein Fleisch bekommen haben, aber etwas von ihm muss nach Hause zurückkehren. Es muss! Ich bringe ihn heim."

„Das verstehe ich", erwiderte Jenny. Jedes Wort, das ihren Mund verließ, klang wie eine leere Plattitüde. Aber dieser Kampf war es nicht wert, gekämpft zu werden. Nicht hier und nicht jetzt. Sie wollte ihn nur von hier wegbringen, an einen Ort, der sicher war.

Über die Knochen konnten sie später noch diskutieren.

„Cameron, ich muss Sie etwas fragen", fuhr Jenny fort. „Haben Sie mit jemandem darüber gesprochen, was passiert ist? Über den Angriff und das Dorf? Mit irgendjemandem?"

„Nein, das habe ich nicht. Warum?"

„Wo sind die Wachen, Cam?", fragte Chaplin und sah über seine Schulter hinweg. Er blickte etwas nervös auf den leeren Korridor.

Nun fiel Jenny auf, dass sie nur sehr wenige Schwestern und anderes medizinisches Personal im fünften Stock gesehen hatten. Sie griff nach Cameron Bairstows Krankenblatt und las kurz das Spanisch quer. Das Einzige, was sie entziffern konnte, war der Name des behandelnden Arztes: Mendoza. Sie fragte Cameron, ob er von irgendwem besucht worden war.

„Seit heute morgen habe ich niemanden mehr gesehen“, antwortete er und versuchte angestrengt, sich im Bett aufzurichten. Die Mühe zauberte Schweißperlen auf seine Stirn und verlieh seiner ohnehin wächsern erscheinenden Hautfarbe eine beinahe ätherische Qualität. Jenny dachte daran, dass er aussah wie der Tod, der sich zu erheben versucht.

„Mir gefällt das gar nicht“, wandte sie sich an Chaplin. Und seinem Gesichtsausdruck nach zu urteilen, ging es ihm nicht anders. „Wir müssen ihn hier herausbringen.“

„Ich mache ein paar Anrufe.“

Das erschien Jenny eigenartig, da sie dachte, alles wäre bereits arrangiert worden.

„Gut“, erwiderte sie. „Ich bereite ihn vor und suche nach einem Verwaltungsangestellten des Krankenhauses.“

Und dann sprach Cam wieder. „Sie tun es schon wieder“, protestierte er, nun aber schon deutlich schwächer als zuvor. „Sie sprechen über mich, als ob ich gar nicht da wäre. Was ist hier los?“

„Können Sie gehen, Cam?“, fragte Jenny ihn.

„Ich habe seit, oh, über einer Woche keinen Fuß vor den anderen gesetzt. Keine Ahnung. Aber ich bin nicht gelähmt, wenn es das ist, was Sie meinen.“

„Wir müssen Sie von hier wegbringen.“

„Das habe ich schon verstanden. Aber warum?“

Jenny sah über ihre Schulter hinweg und blickte auf den leeren Korridor, nicht sicher, was sie zu sehen erwartete. Es war nur ein vages Gefühl. Ihre Nackenhaare stellten sich auf.

„Wir glauben, dass Sie hier in Gefahr sind. Es gab bereits einen Anschlag auf Ihr Leben und die Bedrohung ist zu groß, als dass Sie hier bleiben könnten, wenn jedermann Zugang zu diesem Ort hat.“

Camerons Blick sondierte hektisch seine Umgebung. Einen Augenblick lang erkannte man in ihnen die Furcht, die der junge Mann empfand. Er streckte die Hand nach seinem Gesicht aus, konnte sich aber nicht überwinden, mit den Fingern die entsetzlichen Wunden zu berühren. Hilflos sah er Jenny und Chaplin an.

„Ich will nur, dass das alles vorbei ist."

„Das wissen wir, Cam", versicherte Chaplin ihm. „Das wollen wir auch. Glauben Sie mir. Das wollen wir auch. Sie waren zur falschen Zeit am falschen Ort, wie es so schön heißt. Aber keine Sorge, wir lassen nicht zu, dass Ihnen irgendetwas passiert", versprach er. Es war eines dieser rasch gemachten Versprechen, die man oftmals nicht halten konnte. Wie das Versprechen eines Liebenden, den anderen nie zu verlassen, oder der Treueschwur eines Ehebrechers. Die Worte selbst bedeuteten nichts, aber sie verliehen der Person, der das Versprechen gegeben wurde, Stärke.

„Ich gehe runter, um alles vorzubereiten und die Anrufe zu erledigen", erklärte Chaplin. „Jenny wird Ihnen beim Anziehen helfen." Er griff einmal mehr hinter seinen Rücken und zog die Waffe hervor. Dann gab er sie Jenny. „Nur für den Fall. Wir sehen uns am Wagen."

Sie protestierte nicht, sondern nahm die Waffe und steckte sie in ihre Tasche. Die Waffe war schwerer als Jenny gedacht hätte, aber nicht so schwer, wie sie hätte sein sollen. Eine Pistole beendete Leben. Die Last hätte so schwer wiegen sollen wie die Leben, die sie nahm. Sie sollte mehr als nur ein paar Pfund Metall sein. Durch das dünne Material ihrer Kleidung fühlte sie die Kälte der Waffe an ihrer Haut.

„Vertrauen Sie niemandem", fügte sie unnötigerweise an.

Chaplin nickte und ging.

Der nagende Zweifel verschwand nicht mit ihm. Er mochte nicht das Superhirn hinter dem Einbruch sein, aber er hatte sicherlich irgendetwas mit der ganzen Angelegenheit zu tun.

Was von Camerons Kleidung übrig war, hatte man ordentlich zusammengelegt und in einem kleinen Schränkchen neben seinem Bett verstaut. Socken und Schuhe. Das war alles. Die blutigen Fetzen, in denen er eingeliefert wurde, hatte man offensichtlich entsorgt.

„Warten Sie hier", beschied sie, gerade so, als ob er irgendwo hingehen könne, selbst wenn er wollte. Sie überprüfte verschiedene Nachtkästchen und nahm ein paar weite Hosen heraus, die aussahen, als könnten sie ihm passen. Rauschebart sah ihr zu und sagte dann etwas auf Spanisch, wobei er auf sein eigenes Nachtkästchen deutete. Sie verstand es so, dass darin etwas war, von dem er wollte, dass sie es sah. Als sie die Tür öffnete, sah sie ein in schrillem Gelb gehaltenes Hawaii-Hemd.

„Danke", sagte sie, als er nicht die Entsprechung für *Dieb!* schrie.

Die ganze Zeit über sah sie niemanden, der auch nur im Entferntesten zum Krankenhauspersonal gehören konnte. Sie kehrte an Cams Bett zurück und half ihm, sich anzuziehen.

Die Nadel des Tropfs steckte immer noch in seinem linken Arm.

„Das könnte ein bisschen weh tun", entschuldigte sie sich. Bevor er etwas sagen konnte, entfernte Jenny die Nadel. Cam zuckte zusammen, schrie jedoch nicht. Ein bisschen Blut kam aus der Wunde, doch es war so wenig, dass die Blutung schnell stoppen würde.

„Ich habe einen Rollstuhl im Korridor gesehen. Ziehen Sie sich an. Ich hole ihn."

Sie stoppte an der Tür und warf vorsichtig einen Blick um die Ecke. Dabei war sie sich nicht sicher, ob Panik an ihr nagte, neben der Einsamkeit. Es war schwer, dieses Gefühl der Isolation nicht an sich heran zu lassen. Dieses Gefühl, das damit einhergeht, ein Fremder in einem fremden Land zu sein. Sie musste mit Cutter sprechen, und mehr noch mit Lester, aber ohne ein funktionierendes Telefon konnte sie das nicht.

Das war eines der vielen Dinge, die sie zuhause einfach als gegeben hinnahm. Hier draußen jedoch war der Mangel an Kommunikation nur dem Gefühl der Hilflosigkeit, das sie seit ihrer Landung immer mehr beschlichen hatte, zuträglich.

So vieles passierte, das sie noch nicht einordnen konnte. Doch derlei Dinge blieben selten lange im Schatten.

Jenny fand den Rollstuhl und schob ihn in Richtung von Cams Zimmer. Als sie das tat, kam sie an einem Fenster vorbei – und wurde schlagartig bleich.

Ein Geländewagen war auf den Parkplatz hinter dem Krankenhaus gebogen und mehrere Männer verließen das Gefährt. Sie alle trugen schwarze Sonnenbrillen – das wäre weiter nicht ungewöhnlich gewesen. Doch sie erhaschte einen Blick auf einen Mann, der seine Pistole checkte. Er steckte sie wieder weg und dann bewegte sich der Pulk langsam auf den Hintereingang zu, wobei die Männer peinlich genau darauf achteten, nicht aufzufallen.

Ich muss Cam hier rausbringen. Die Zeit, dies unter Einhaltung der Krankenhausvorschriften zu tun, war nun offiziell vorbei.

Als sie in den Raum huschte, kämpfte Cam gerade mit den Knöpfen des gelben Hemdes. Seine Finger zitterten, als er versuchte, die Knöpfe durch die Löcher zu schieben. Jenny kniete sich hin und schob seine Hände zur Seite. Sie knöpfte das Hemd für ihn zu. Unter anderen Umständen wäre dies vielleicht eine zarte Geste gewesen, doch nun war es nichts weiter als eine zweckmäßige Notwendigkeit.

Nachdem sie damit fertig war, half sie ihm vom Bett in den Stuhl. Sie versuchte, nicht in sein Gesicht zu sehen, als es sich unter Schmerz verzerrte.

Als er in den Rollstuhl sank, unterdrückte Cam einen Schrei. Ein leises Wimmern entwich jedoch seinen Lippen.

„Gibt es hier sonst noch etwas, das Sie brauchen?“, wollte Jenny wissen, wobei sie ihr Bestes tat, um ruhig zu erscheinen.

Er schüttelte seinen Kopf.

„Sie verabreichen mir drei Mal am Tag Medikamente. Nichts anderes hier hat irgendeinen Wert."

„Dann verschwinden wir von hier, bevor jemand kommt."

Sie überprüfte den Korridor erneut, bevor sie ihn zum Lift schob. Auf jedem Schritt des Weges erwartete sie, dass sich ihr jemand in den Weg stellen würde. Doch das geschah nicht. Eine Schwester war auf die Station zurückgekehrt, aber die in ein Kreuzworträtsel vertiefte Brünette blickte nicht einmal auf, als sie vorbeikamen. *Keine Zeit, jetzt anzuhalten.*

Jenny schlug auf den Knopf am Lift und die Türen öffneten sich. Sie schob den Stuhl hinein und die Türen schlossen sich wieder. Sie spürte jede Erschütterung der Seilwinde, als sie nach unten fuhren.

„Es gab einen Zeitungsbericht, Cam. Darin wurde behauptet, Sie hätten ein Dorf an den Ausläufern des Regenwaldes gefunden, in dem jeder Einwohner ermordet worden ist. Stimmt das?"

Er nickte.

„Wenn Sie nicht mit der Presse gesprochen haben, dann hat es jemand anderes getan. Es könnte dieselbe Person – oder dieselben Personen – sein, die Sie tot sehen wollen."

„Aber wer ist es?", fragte Cam unter Schmerzen. „Und was würde das schon bringen?"

„Das versuche ich noch herauszufinden", gab Jenny offen zu.

Die Lifttüren öffneten sich mit einem Ächzen. Sie schob den Stuhl hinaus, blickte nach links und rechts und nahm dann Kurs auf die gläsernen Fronttüren, wobei sie sich so schnell bewegte, wie sie konnte, ohne dabei Aufmerksamkeit zu erregen. Ihre Schritte hallten ungleichmäßig nach, wie ein aus dem Takt geratenes Herz.

„Beim Öko-Reservat und dem Touristenboom, den es bedeutet, geht es um sehr viel Geld. Die Schmuggelroute ist

Millionen Pfund wert. Aber ich verstehe nicht, was irgendjemand von Ihrem Tod haben könnte. Und doch möchte *irgendjemand* Sie zum Schweigen bringen."

Die Sensoren über dem Eingang bemerkten ihr Nahen und die Glastüren öffneten sich. Die Hitze strömte herein.

„Wir müssen Sie in Sicherheit bringen. Und sobald Sie in der Lage sind zu reisen, müssen wir Sie außer Landes schaffen."

Jenny bewegte sich schnell über den Parkplatz. Sie sah Chaplin, der sich an den Geländewagen lehnte und per Handy telefonierte. Er wandte ihnen den Rücken zu. Was er sagte, konnte sie nicht verstehen, aber es war klar, dass er sich gerade mächtig aufregte.

Stark war in der Nähe und saß mit dem Rücken an einen Baum gelehnt. Er beobachte den Eingangsbereich des Krankenhauses. Als er sie sah, kam er auf die Füße und ging schnell in ihre Richtung.

Chaplin legte auf und lächelte.

„Gab's Ärger?", fragte er.

„Wir müssen uns beeilen", sagte Jenny. „Ich sah einige Männer, die durch den Hintereingang das Krankenhaus betreten haben. Und wenigstens einer von ihnen hat eine Waffe."

„Scheiße", entfuhr es Chaplin. Dann drehte er sich um. „Kommen Sie, Cam. Verschwinden wir von hier." Chaplin öffnete die hintere Tür. „Sie können Ihren alten Herrn später anrufen und ihn wissen lassen, dass es Ihnen gut geht."

So schnell sie nur konnten und darauf bedacht, ihn nicht weiter zu verletzen, halfen sie dem jungen Mann in den Wagen. Jenny behielt die ganze Zeit das Krankenhaus im Auge, aber zu ihrer Erleichterung ließen sich die Fremden nicht blicken.

Als sie wegfuhren, wusste Jenny, dass sie erleichtert sein sollte, und doch konnte sie das Gefühl nicht abstreifen, dass sie neben einem Hai schwamm. Chaplin sagte die richtigen

Worte, *machte* alles richtig. Aber etwas an ihm versetzte sie in höchste Alarmbereitschaft.

Und doch war sie mit ihm in denselben Wagen eingestiegen – aber nur, weil Stark bei ihnen war, wie ihr klar wurde.

Sie erkannte auch, dass sie keine Ahnung hatte, wohin sie überhaupt unterwegs waren. Sie fuhr in das Unbekannte, mit einem Mann, der sie vielleicht jeden Moment verraten konnte, und einem anderen Mann, der zur Tötung freigegeben war.

Stark musste ihr Ritter in weißer Rüstung sein.

ZEHN

Sie war spät dran.
Es war beinahe vier Uhr nachmittags. Die anderen waren um Eins zurückgekehrt.

Es war gar nicht Jennys Art, unpünktlich zu sein. Sie trug dieses angeborene Pünktlichkeits-Gen von Staatsdienern in sich. Cutter konnte sich nicht daran erinnern, wann sie das letzte Mal zu spät gekommen war. Etwas musste sie gezwungen haben, ihre Pläne umzuwerfen.

Sie hatte Stark bei sich, aber das konnte ihn auch nicht beruhigen, um ehrlich zu sein. Die anderen warteten in der Hotel-Lobby, bis der einheimische Führer und ein Dolmetscher eintreffen würden. Erst dann sollte es in Richtung des Öko-Reservats gehen. Connor spielte mit einem an einer Schnur baumelnden Stoffaffen und ließ die Figur Purzelbaum über Purzelbaum schlagen.

„Das ist so cool“, freute er sich und heimste prompt einen tadelnden Blick von Abby ein.

„Das ist es“, erklärte er recht defensiv. „Darf man denn die schöne Handarbeit dieses Landes nicht loben?“

„Das Ding wurde in China gemacht“, sagte Abby und schüttelte den Kopf. „Manchmal bist du ein echter Idiot.“

„Ich bin sicher, dass es ihr gut geht“, meinte Stephen und kam herüber zu Cutter. „Natürlich“, stimmte Cutter zu, aber sonderlich überzeugt klang er dabei nicht.

Die Musik lullte sie ein. Immerhin tyrannisierte sie diesmal keine halbgare Version einer italienischen Oper. Nein, das Stück besaß ein ganz besonderes südamerikanisches Flair, das durch die Panflöten und die Trommeln nur unterstrichen wurde.

Lucas kam die Treppe herunter, einen schwarzen Rucksack tragend. Er kniete sich nieder und griff in den Rucksack hinein. Der Reihe nach förderte er Funkgeräte zutage. Dann gab er jedem eines.

„Kommunikation, Ladies und Gentlemen. Wir haben endlich die Ausrüstung ausgepackt. Damit muss nun keiner von uns mehr alleine in der Gegend rumstolpern, ohne dass er eine Möglichkeit hat, die anderen zu kontaktieren. Das könnte in dieser Gegend schließlich Selbstmord sein. Die sind alle auf Kanal 2112 eingestellt. Wenn Ihr Hilfe braucht, aber nicht reden könnt, schickt dreimal kurz ein Rauschen durch." Er demonstrierte dies, indem er mit dem Daumen den Sendeschalter seines Funkgeräts betätigte. Die Lobby füllte sich mit einem satten Rauschen. Sie hörten dreimal einen Ausschlag. „Verstanden?"

Sie nickten.

„Das ist ein bisschen, wie den Brunnen zuzudecken, nachdem das Kind reingefallen ist", murmelte Cutter, die Binsenweisheit zum Besten gebend, mit der sein Vater gerne geschimpft hatte. Er hatte sich in den letzten zehn Minuten nicht vom Hoteleingang abgewandt. Und nun ging er darauf zu und steckte seinen Kopf nach draußen.

Die Wachen waren wieder da. Sie standen an jeder Seite der Tür, Zigarillos zwischen den Lippen, Rauch über ihre Gesichter aufsteigend. Sie schenkten ihm keine Beachtung. Von ihnen abgesehen, war der breite Platz von Leben erfüllt. Cutter wollte herausfinden, ob man sie wieder beobachtete, aber die Beobachtungspunkte des letzten Tages waren zu weit entfernt, als dass er sich hätte sicher sein können.

Jemand saß unterhalb des Brunnens, aber das konnte jeder sein. Aus dieser Entfernung war es unmöglich, der amorphen Gestalt ein Geschlecht zuzuordnen, geschweige denn eine Identität.

„Professor?", rief Connor hinter ihm.

Für einen Moment bewegte er sich nicht und genoss die Hitze, die auf ihn einprasselte. Sie erinnerte ihn daran, dass er am Leben war.

Chaplins Fahrer parkte am Seitenstreifen. Zumindest glaubte er, dass es Chaplins Fahrer war. Er sollte sie zum Reservat begleiten. Die schwarz getönten Scheiben des Geländewagens machten es unmöglich, genau zu bestimmen, wer den Wagen fuhr. *Er muss die Klimaanlage zum Laufen gebracht haben*, dachte Carter. *Ansonsten wird er da drin weich gekocht.*

„Eine Minute, Connor", sagte er über seine Schulter hinweg. Er ging zu dem Wagen und klopfte mit dem Knöchel ans Fenster. Es fuhr herunter und Fabrice lehnte sich über den Beifahrersitz, um hinauszusehen.

„Ja, Professor?"

Cutter legte seine Hände auf die Fensterbank und bückte sich. „Können Sie Chaplin kontaktieren?"

Fabrice nickte.

„Gut. Rufen Sie ihn. Ich will mit ihm sprechen. Jetzt."

Chaplins Mann öffnete das Handschuhfach und nahm ein übergroßes Mobiltelefon heraus. Er drückte auf die Wiederwahltaste und hielt es durch das Fenster. Cutter nahm es und hörte zu, wie es wählte. Bevor der Anrufbeantworter ranging, meldete sich Alex Chaplin.

„Fabrice? Ich dachte, ich hätte Ihnen ge—"

„Hier ist Nick Cutter."

„Ah, Professor Cutter." Es gab eine kurze Pause. „Das ist gerade wirklich kein guter Zeitpunkt."

„Ist mir egal, Chaplin. Ich will mit Jenny reden. Geben Sie ihr das Telefon."

Einen Moment später fragte Jenny: „Cutter? Stimmt etwas nicht?“

„Wo zum Teufel sind Sie? Wir sitzen hier und warten.“

„Sie haben sich um mich Sorgen gemacht?“ Er konnte nicht sagen, ob sie stichelte oder erleichtert war.

„Natürlich habe ich das. Was ist los, Jenny?“

„Wir mussten unsere Pläne geringfügig ändern.“

„Das sollten Sie besser erklären. Was ist mit Bairstow?“

„Er ist bei uns. Wir bringen ihn direkt ins Safe House.“

„Sie machen was?“

Er ließ den Wagen hinter sich zurück und ging ein paar Schritte. Dann senkte er seine Stimme und fragte erneut: „Was zum Teufel ist los, Jenny?“

„Wir mussten ihn da rausholen, Nick. Er war dort nicht mehr sicher. Sie wollten ihn sich schnappen. Ich habe die Männer gesehen.“

„Warum bringen Sie ihn nicht hier her?“

„Dafür war keine Zeit“, erklärte Jenny. „Außerdem wissen wir nicht, wem wir vertrauen können. Das gilt auch für das Krankenhauspersonal. Wenn die wissen, warum wir hier sind, dann werden die Sie bestimmt observieren. Dieses Risiko konnten wir nicht eingehen. Uns blieb keine Wahl.“

„Wohin bringen Sie ihn jetzt?“

„In die Sommerresidenz des Botschafters, so wie vorgesehen. Dort sollte er sicher sein, bis wir ihn außer Landes schaffen können.“

„Das gefällt mir nicht, Jenny.“

„Mir auch nicht.“ Da war dieser Unterton. Sie klang angespannt.

„Schaffen Sie das?“

„Ich bin nicht sicher“, gestand sie. Um Chaplin zu beruhigen, fügte sie dann hinzu: „Wir müssen Sir Charles kontaktieren. Er wird wissen, was zu tun ist. Wir können Cam ja nicht einfach mit der nächsten Chartermaschine ausfliegen.“

„Ich komme zu Ihnen. Wo sind Sie?"

„Ich weiß es nicht", gab sie zu. „Aber Sie sollten nicht kommen. Wir haben Stark bei uns. Nun müssen wir es mehr denn je so aussehen lassen, als befänden wir uns einer Exkursion. Wir können unsere Pläne nicht ändern. Fahren Sie mit dem Rest wie geplant fort. Ich gebe Ihnen Chaplin wieder und Sie können die Details besprechen."

„Jenny?" Er hörte dumpfe Geräusche, als das Telefon Chaplin gegeben wurde.

„Professor?"

„Ich komme zu Ihnen."

„Ich bin nicht sicher, ob das eine weise Entscheidung ist."

„Zur Hölle damit. Ich komme. Wohin bringen Sie sie?"

„Sehen Sie sich um, Professor. Werden Sie gerade beobachtet?"

Cutter lugte über das Dach und sah sich den Platz und den Glockenturm an, aber ihm fiel niemand auf. Die Wachen neben der Tür rauchten weiterhin und tratschten auf Spanisch. Hier waren mindestens einhundert Menschen versammelt. Er konnte nicht bestimmen, ob einer von ihnen sie nicht beobachtete.

„Ich habe keine Ahnung", gab er zu.

„Ich kann Fabrice beauftragen, Sie zum Safe House zu bringen, aber wir wissen nicht, ob Ihnen jemand folgen wird. Dann wäre es kaum noch ein Safe House, nicht wahr? Ihr Mann Stark ist bei uns. Das sollte genügen, oder?"

Cutter konnte dieser Logik kaum etwas entgegensetzen, aber glücklich war er damit nicht. Er wollte Jenny ganz sicherlich nicht diesem widerlichen Menschen überlassen, während sie einen Ausflug in die Wildnis unternahmen. Um sie herum waren Mächte am Werk, von denen sie noch nichts wussten. Das war ihm klar. Und er ahnte immer noch nicht, welche Rolle Chaplin in diesem Spiel zukam.

„Es muss einen Weg geben, wie ich zu Ihnen stoßen kann.

Ich muss mit Cameron sprechen. Und ein Mitglied meines Teams ist bei Ihnen. Ich werde nicht ohne Jenny in den Regenwald aufbrechen."

„Oh, ich verstehe, Professor. Cam kann unmöglich reisen. Soviel ist klar. Und ich schätze, es wird einige Zeit dauern, bevor er reisefähig ist. Das heißt, wir müssen ihn mehrere Wochen lang verstecken, während er sich erholt. Sie können schwerlich einen Monat in dem Hotel verbringen. Das funktioniert nicht." Er holte kurz Luft und fuhr energisch fort.

„Aber Sie müssen dabei gesehen werden, wie Sie das tun, weswegen Sie hergekommen sind. Ansonsten werden die Leute, die Cam ausschalten wollen, ihn todsicher finden. Und der einfachste Weg, ihr Ziel zu erreichen, ist und bleibt es, Ihnen oder einem anderen Mitglied Ihres Teams zu folgen. Ich bin nicht naiv genug zu glauben, dass es in dem Krankenhaus keine Sicherheitskameras gibt. Eine davon hat sicherlich das Gesicht von Miss Lewis eingefangen. Von da aus Zwei und Zwei zusammenzuzählen, ist nicht sonderlich schwierig."

Cutter ließ auf sich wirken, was Chaplin gesagt hatte.

Die Wachen schienen ihm nun deutlich aufmerksamer in ihre Richtung zu sehen, als sie es noch vor wenigen Minuten getan hatten. Kein Wunder, Connor gammelte im Eingang des Hotels herum. Cutter deckte die Sprachmuschel des Telefons mit der Hand ab.

„Geh wieder rein, Connor."

Der junge Mann tat, wie ihm geheißen. Cutter wandte sich wieder dem Telefon zu.

„Ist ja ein schöner Schlamassel, Chaplin. Wenn Jennys Gesicht auf einem dieser Filme zu erkennen ist und die sie mit dem Innenministerium in Verbindung bringen können, haben wir ein politisches Fiasko am Hals. Und unser Befehl lautet, genau das zu vermeiden. Also, was empfehlen Sie?"

„Wir müssen jeden Beweis, den ihre Sicherheitskameras liefern könnten, vernichten. Und Cam für eine Weile verschwinden lassen. Das ist *mein* Job. Und Sie muss man dabei sehen, wie Sie Ihren machen."

„Okay. Aber ich muss dennoch mit Cam sprechen."

Es gab eine ausgedehnte Pause, während der Chaplin offensichtlich nachdachte.

„Ich muss mit Fabrice sprechen. Wir können versuchen, etwas zu drehen. Aber das geht auf Ihre Kappe, wenn etwas schief läuft, Professor. Habe ich mich klar ausgedrückt?"

„Ich bringe Blaine mit."

„Ich bin nicht sicher, ob das notwendig ist. Die Möglichkeit, dass es schief läuft, ist dann doppelt so hoch."

„Da es um Jenny geht, gehe ich kein Risiko ein. Ich will, dass meine Männer sich um sie kümmern."

Und falls die Sache hässlich wird, möchte ich nicht alleine dastehen, dachte Cutter.

Cutter und Blaine stiegen hinten in den Geländewagen ein.

Fabrice trug eine Sonnenbrille, die seine Augen verdeckte.

„Wir fahren eine Weile durch die Stadt, dann lasse ich Sie raus und Mr. Chaplin wird Sie mit einem zweiten Wagen abholen. Zwei unserer Männer werden Ihren Platz einnehmen. Dann fahren wir wieder eine Weile durch die Stadt. Später bringe ich Ihre Ersatzmänner zurück ins Hotel."

„Hoffentlich wird niemand zu genau hinsehen", sagte Andy Blaine. Er steckte gerade eine kleine Pistole in ein Halfter an seinem Fußgelenk. Ein Messer mit langer Klinge versteckte er unter seinem Hemd. Seine mit Abstand gefährlichsten Waffen waren jedoch nicht versteckt. Er ließ die Knöchel knacken und machte es sich auf der Ledersitzbank gemütlich, während er die Klimaanlage stärker aufdrehte. Zwischen seinen Füßen lag ein kleiner schwarzer Rucksack.

„Die können so genau hinsehen, wie sie wollen. Die werden nur das sehen, was wir ihnen zeigen wollen", spottete der Fahrer mit einem breiten Grinsen.

Der Austausch, den sie nun vorhatten, entsprach einem alten Agenten-Manöver. Cutter hatte es schon in einem Dutzend schlechter Spionagefilme gesehen. Aber das machte es nicht weniger effizient. Solange der Austausch subtil vonstatten ging, sah das Auge nur das, was es sehen wollte. Nach demselben Prinzip arbeitet auch ein Bühnenmagier. Es ging nur darum, die Aufmerksamkeit des Zuschauers auf das zu lenken, was er sehen sollte.

Sie warteten außerhalb der Lobby und stiegen betont auffällig in Fabrices Wagen ein. Dafür hatten sie sich die schrillsten Hemden angezogen, die sie in dem Souvenirshop des Hotels hatten finden können. Darunter trugen sie schlichte weiße T-Shirts. Nachdem sie im Wagen waren, zogen sie die Hawaii-Hemden aus und ließen sie für ihre Doubles zurück.

Cutter und Blaine hatten Baseballkappen in ihren Taschen, zusammen mit unauffälligen Sonnenbrillen. Sie sollten innerhalb von fünf Sekunden aus dem Wagen heraus und auf der Straße sein, wobei nichts mehr an ihr vorheriges Outfit erinnern würde. Das war alles, was es brauchte. Fünf Sekunden, in denen neugierige Augen abgelenkt waren und Fabrice ihre Ersatzmänner aufgabeln und weiterfahren konnte.

Fabrice fuhr langsam um den Platz herum und hielt sich an den Fluss des ihn umgebenden Verkehrs. Dann bog er links zur Kathedrale ab. Er fuhr konstant 50, um keine unnötige Aufmerksamkeit auf sich zu ziehen. 50 km/h war eine anonyme Geschwindigkeit. Die Menschen sahen einen Wagen an sich vorbeifahren, doch er fiel nicht auf. Denn er war nur ein Wagen, wie so viele andere auch.

Cutter blickte durch das Rückfenster. Zunächst war es schwer zu sagen, ob sie verfolgt wurden. Aber nach einem Dutzend Mal abbiegen, was sie immer mehr von den Hauptstraßen wegbrachte, lichtete sich der Nebel. Fabrice beschleunigte nicht. Das zu tun, hätte verraten, dass er die Laus in seinem Pelz bemerkt hatte. Stattdessen nahm er das Mobiltelefon und warnte die Ersatzmänner vor, dass sie sich bereithalten mussten.

„Es ist alles eine Illusion“, sagte Blaine. Er hielt bereits den Türgriff in der Hand.

Cutter sah, wie Fabrice nickte.

„Ein absolut großartiger Trick“, sagte der Fahrer und bog in eine enge Straße ein.

Ihr Verfolger war nun weniger als 30 Meter hinter ihnen. Berücksichtigte man, wie viele Sekunden beim Anhalten, Öffnen der Türen und Hechten auf die andere Straßenseite verstrichen, blieb ihnen nicht genug Zeit.

„Nur keine Sorge.“, sagte Fabrice, als er den Zweifel in Cutters Gesicht bemerkte. „Wir biegen jetzt auf eine Hauptverkehrsstraße. Dort gibt es fünf verschiedene Ampeln. Wir werden bei Rot über eine rasen. Dieses Manöver erkauft uns die Zeit, die wir für den Austausch brauchen.“

Ihnen blieb keine andere Wahl, als dem Mann zu vertrauen.

Der Geländewagen fuhr an der dritten Ampel über Rot. Dem Wagen hinter ihnen blieb keinerlei Möglichkeit, ihnen zu folgen, ohne einen Unfall zu verursachen.

Wiederum ohne zu beschleunigen, bog Fabrice in eine kleinere Straße ein. Als sie außer Sicht der Verfolger waren, hielt er an.

Cutter und Blaine drängten nach draußen. Sie befanden sich vor einem kleinen Café, dessen Stühle und Tische auf der Straße standen. Gleich daneben war ein Florist. Der Geruch der Blumen vermengte sich mit dem der Kaffeebohnen und betörte die Sinne. Zwei Männer standen von ihrem Tisch auf, ihre Getränke noch unberührt. Ohne ein Wort zu sagen, kletterten sie schnell auf die Rückbank des Wagens. Die Türen wurden geschlossen und der Motor heulte auf. Weniger als zehn Sekunden waren vergangen.

Cutter zog seine Kappe tiefer ins Gesicht und glitt auf einen der verwaisten Stühle. Blaine nahm rasch neben ihm

Platz. Der Kaffee war noch heiß und von dem Gebäck war nur ein Mal abgebissen worden. Cutter trank den Kaffe und wartete, wobei er langsam mitzählte. Nach knapp einer Minute bogen ihre Verfolger um die Ecke. Er erkannte den Fahrer ebenso wenig wie den Beifahrer, aber beide schienen Europäer zu sein. Das merkte er sich.

Der Wagen wurde nicht langsamer, als er an ihnen vorbeifuhr. Fabrice würde sie durch die ganze Stadt führen und Cutter und Blaine so genug Zeit verschaffen, sich zu dem Treffpunkt zu bewegen, an dem Alex Chaplin wartete.

Das Safe House war alles andere als sicher. Dachte zumindest Stark.

Er kam, um Blaine und Cutter am Tor zu empfangen. Für den Fall der Fälle hatte er Vorsichtsmaßnahmen getroffen, sollte sich die Situation drastisch verschlechtern.

Der Blick des Soldaten wanderte über die Anlage. Innerhalb von Sekunden war ihm klar, wo die Schwachstellen waren. Das Art-Deco-Gebäude war von den Hauptverkehrsstraßen durch eine lange, sich durch dichtes Blattwerk schlängelnde Straße abgetrennt. Es sah pittoresk aus, sogar palastartig, aber all diese wunderbaren Bäume waren nur dazu nütze, einem Eindringling die perfekte Tarnung zu bieten.

Den Maschendrahtzaun benutzte man auch an Schulen, was bedeutete, dass man ihn sehr leicht nach oben ziehen konnte, so dass ein schmaler Mann sich darunter hindurchzwängen konnte. Er sah ein paar Bewegungsdetektoren und versuchte anhand der Parabolform zu erkennen, ob es irgendwo Zonen gab, die im toten Winkel lagen. Auf den ersten Blick erkannte er drei solche Punkte, doch abhängig vom Anschlagwinkel eines vierten Sensors konnten noch weit mehr Sicherheitslecks vorliegen.

Von einem toten Winkel zum nächsten zu gelangen, war schwierig, aber nicht unmöglich.

„Das ist die Sommerresidenz des Botschafters", erklärte Chaplin. „Eines der sichersten Gebäude in ganz Cusco."

„Und wenn Sie das glauben, könnte ich Ihnen die Tower Bridge zum Spottpreis anbieten", beendete Stark den Satz für ihn. Blaine kicherte.

Das Gebäude hatte zwei Etagen. Es gab drei Balkons, wobei der große zehn Meter lang war und sich an der Vorderseite der Fassade erstreckte. Die anderen beiden waren taktisch verteilte kleinere Balkone, damit man der Sonne folgen konnte, wenn diese sich bewegte.

„Wie viele Zimmer?", fragte Blaine.

Die Frage schien Chaplin zu verblüffen.

„Acht Schlafzimmer, verschiedene Wohnzimmer, Kammern, Arbeitszimmer, Küche und Esszimmer. Insgesamt vielleicht fünfzehn plus eine Garage mit drei Plätzen. Warum?"

„Je größer das Gebäude, desto schwieriger ist es, jemanden, der hinein will, draußen zu halten."

„Aha. Verstehe."

„Alarmanlage?"

„Natürlich. Ein duales System. Ein stiller Alarm, der direkt zur Polizei führt, der andere führt in die britische Botschaft."

„Gut. Anrückzeit?"

„Das kann ich unmöglich schätz…"

„Tun Sie so, als ob Sie's könnten", unterbrach ihn Stark. „Ihre Schätzung?"

„Sieben Minuten und zwanzig Sekunden, wenn ich raten muss."

„Eine bemerkenswert genaue Schätzung. Gut. Einstiegs- und Ausstiegspunkte?"

„Die Haupttür natürlich. Es gibt noch eine Tür, die ins Quartier der Bediensteten führt. Die Tür zur Veranda, eine Seitentür zur Garage, und der Kellerzugang."

„Fünf Eintrittspunkte, wenn wir die Fenster und Türen im zweiten Stockwerk nicht zählen." Blaine drehte sich zu Cutter.

„Die Bude ist ein Sieb."

„Wie viele Personen wissen, dass Sie den Jungen hergebracht haben?"

„Ein paar Mitglieder meines Stabs, denen ich vertraue", sagte Chaplin.

„Wie viele sind ‚ein Paar'?"

„Mark Nolan, der Kopf der Botschaftssicherheit, Ex-SAS; Ed Schubert, der persönliche Sekretär des Botschafters; und Niall Maybury, meine Nummer Zwei hier. Ich würde ihnen allen mein Leben anvertrauen."

„Gut, denn genau das tun sie", bemerkte Stark mit einem deutlichen Anflug von Sarkasmus. Er ging fünfzehn Schritte nach links, machte dann wie ein Duellant auf dem Absatz kehrt und ging doppelt so viele Schritte zurück. „Es gibt nur eine Straße rein und raus, richtig?" Chaplin nickte. „Wir können also davon ausgehen, dass jeder, der versuchen wird, hier ungesehen einzudringen, nicht über die Straße kommt. Der logischste Schritt für Eindringlinge wäre es, den Wagen vor der Abbiegung zurückzulassen. Das ist etwa zwei Meilen die Straße runter?" Wieder nickte Chaplin. „Wo liegt die Abbiegung? Zeigen Sie mir die Richtung in Luftlinie."

Chaplin brauchte einen Moment, um sich zu orientieren. Dann deutete er jenseits des Hügels direkt auf die Bäume.

„Sind Sie sicher?", hakte Stark nach.

Chaplin schien einen Moment zu zögern, dann veränderte er seine Position um ein paar Zentimeter und korrigierte die Richtung, in die seine Hand wies, um etwa zehn Grad.

„Gut. Bringen Sie nun Cutter ins Haus. Wir kümmern uns um ein Frühwarnsystem."

„Wie soll das aussehen?"

„Nichts zu Explosives", versprach der Experte und klopfte auf seinen Rucksack. „Nur eine Kleinigkeit, damit wir das Überraschungsmoment auf unserer Seite haben."

Cutter folgte Chaplin in das Safe House. Der drückenden

Hitze zu entkommen, war schon mal ein Fortschritt. Das weiße T-Shirt klebte an seinem Oberkörper. Nachdem sie im Inneren des Hauses waren, entschuldigte sich Chaplin.

„Der Ruf der Natur“, erklärte er und zeigte Cutter noch den Weg direkt durch die Küche.

Das Haus war beinahe kalt, so extrem war der Temperaturunterschied. Die Klimaanlage summte hörbar. In diesem Land herrschte einfach niemals Stille. Entweder lag ständig das Musizieren der Zikaden und Laubfrösche im Wind, oder das Rattern der Klimaanlagen, die gegen die Hitze ankämpften. In der Abwesenheit von Stadtgeräuschen – Autos und das unablässige Schnattern von Menschen – hatte Cutter Stille erwartet, doch die Abgeschiedenheit brachte ihre eigenen Geräusche mit sich.

Er betrat die Küche und schloss die Tür hinter sich.

Jenny saß da und hatte ein Glas eiskaltes Wasser in der Hand. Sie sah ihn an. Er versuchte, in ihren Augen zu lesen, konnte aber nur daran denken, wie froh er war, dass es ihr gut ging.

Froh.

Welch unzureichendes Wort. Es brachte nicht zum Ausdruck, was er fühlte.

„Bei Ihnen alles in Ordnung?“, erkundigte er sich.

Sie nickte. „Schöner Schlamassel, Nick.“

„Was haben Sie sich nur dabei gedacht? Sie können nicht einfach einen Verdächtigen aus einem Krankenhaus entführen. Dabei ist es irrelevant, ob Sie glauben, dass er unschuldig ist oder nicht. Das können Sie nicht tun, Jenny. Lester wird in die Luft gehen. Und so gerne ich mir das auch vorstelle, ist ein in die Luft gehender Lester nicht das, was wir wollen.“

„Wir können uns noch nicht einmal auf ein glaubwürdiges Dementi berufen. Morgen wird Ihr Gesicht in allen Nachrichten zu sehen sein. Krankenhäuser haben Sicherheitskameras, wissen Sie? Eine Mitarbeiterin der britischen Regierung entführt einen Mordverdächtigen. *Wie zum Teufel* sollen wir das nur erklären?"

„Irgendetwas stimmt hier nicht, Nick. Und dieses Etwas ist größer, als wir beide." Sie entschuldigte sich nicht. Sie hatte Angst. Und diese Erkenntnis erstickte die Wut, die in ihm gärte.

„Das ist es immer, Jenny."

„Ich glaube, wir sind beide hergebracht worden, um etwas zu vertuschen." Sie blickte nach hinten, um sicherzugehen, dass sie allein waren.

„Da bin ich mir sicher, aber nun sind wir hier und wir müssen aufhören, denen in die Hände zu spielen – wer auch immer *die* sind." Cutter griff über den Tisch und nahm ihre Hand. Für einen Moment sah er nicht zwei Frauen vor sich, sondern nur eine. Jenny Lewis. So sehr sie auch Claudia Brown glich, sie war doch nicht sie. Jenny war eine vollkommen andere Frau mit anderen Stärken und anderen Schwächen.

„Es wird alles wieder gut", versprach er ihr. „Ich lasse nicht zu, dass Ihnen etwas passiert."

„Ich glaube, die wissen es.", sagte sie mit kaum mehr als einem Wispern. „Ich glaube, die wissen von den Anomalien."

Chaplin räusperte sich höflich, als er den Raum betrat. Cutter ließ seine Hand auf Jennys ruhen. Er wusste nicht, wie lange Chaplin schon dort gestanden und ob er etwas gehört hatte. Er hoffte, dass dem nicht so war.

„Wo steckt er nun?", fragte Cutter und bemühte sich nach Kräften, nicht erschrocken oder misstrauisch zu wirken. „Wo ist Bairstow?"

„Oben. Er schläft."

„Ich muss mit ihm sprechen."

„Das hat sicherlich noch Zeit. Der Transport hat den jungen Cam sichtbar mitgenommen."

„Ich fürchte, das hat keine Zeit", beharrte Cutter. „Man

muss uns heute Abend dabei sehen, wie wir nach Madre de Dios aufbrechen. Und wir haben keine Ahnung, von wie vielen Augen wir beobachtet werden. Etwas ist mit Cam dort draußen passiert. Und ich muss wissen, was."

„Wir wissen, was passiert ist, Cutter. Sein Bruder wurde ermordet und er kam gerade so mit dem Leben davon. Meine einzige Priorität ist es nun, den Knaben lebend nach London zurückzubringen. Das ist es, was Sir Charles von mir erwartet."

„Das verstehe ich, aber ich muss mit ihm sprechen."

„Sie müssen eine Menge, für einen Wissenschaftler."

„Ich bin hier nicht der Feind, Chaplin", sagte Cutter und tat sein Bestes, um vernünftig zu klingen. Etwas an dem Mann störte ihn. Verdammt, etwas an der ganzen Situation störte ihn. Er traute es Chaplin durchaus zu, das alles orchestriert und Jenny in eine ausweglose Lage getrieben zu haben.

Er war froh, so geistesgegenwärtig gewesen zu sein, Jack Stark mitzuschicken.

„Wir sind im selben Team", sagte er mit fester Stimme. „Das sollten wir beide nicht vergessen."

„Ja, ja, natürlich sind wir das. Der Junge hat es sich verdient, sich etwas auszuruhen. Das ist alles. Sie können später mit ihm reden und ihn alles fragen, was Ihnen schlaflose Nächte bereitet. Ich weiß nicht, wie es Ihnen geht, aber ich habe Hunger. Lassen Sie uns etwas essen."

Cutter ließ das Thema fürs Erste ruhen.

Chaplin hatte eine Köchin, Marta, angewiesen, ein Essen für alle vorzubereiten und einen Tisch für fünf Personen im Esszimmer zurechtmachen. Während die Vorbereitungen liefen, war Cutter so frei, sich etwas umzusehen.

Das Haus selbst war sehr alt. Er war nicht sicher, wie er das Dekor beschrieben hätte – vielleicht als kolonialen Chic? Der so offen zur Schau getragene Reichtum war geschmacklos. Im Hauptfoyer fand er eine riesige Inka-Statue, die einen Durchmesser von etwa fünf Metern aufwies.

Jeder Zentimeter davon war handgemeißelt und mit kunstvollen Abbildern von Göttern, Flüssen, Ritualen und unglaublichen Tieren verziert worden. Jedes Bildnis auf dem Stein war gespenstisch und sehr stilisiert. Der Stein selbst war mit fast absoluter Sicherheit eine einzigartige Reliquie und unbezahlbarer Teil des nationalen Erbes. Dass man die Skulptur in einer offiziellen Residenz wie ein Stück Diebesgut versteckte, war schlichtweg eine Schande.

Cutter fuhr mit dem Finger ein paar der Rillen nach und fragte sich, was dieses alte Objekt alles erlebt haben mochte. Hatten die Inka es auf Knien angebetet? Hatten Mann und Frau vor ihm das feierliche Gelübde abgelegt? War es benutzt worden, um den Wechsel der Jahreszeiten zu illustrieren, um die Triumphe und Tragödien der Namenlosen aufzuzeichnen, die ihre eigene Geschichte nicht aufzuzeichnen vermochten? Es konnte all dies sein, oder nichts davon.

Marmorstufen führten hinauf in den ersten Stock. Die einzelnen Stufen waren von all den Schuhen, die im Laufe der Jahrzehnte über sie geschritten waren, in Mitleidenschaft gezogen worden. Steinerne Vasen ruhten in Ausbuchtungen der Wand und waren gefüllt mit leuchtenden Blumen, die jeden Tag gewechselt werden mussten, egal, ob der Botschafter nun hier war oder nicht.

Die Zimmer waren alle ähnlich opulent ausgestattet und verbargen ihre eigenen kleinen Schätze vor neugierigen Blicken. Cutter bewunderte die Keramik und die Figuren. Er las die Titel der Bücher, die in den Regalen standen. Die Wandteppiche waren dicker und die Farben lebhafter als bei den Repliken, die an den Wänden ihres Hotels in Cusco hingen.

Er ging von Zimmer zu Zimmer. Der Botschafter hatte offenbar ein Faible für das geschriebene Wort. Seine Bibliothek beinhaltete auch Erstausgaben von M.R. James, und in einer Vitrine befanden sich verblichene Ausgaben der Groschenhefte, in denen Dickens das erste Mal publiziert worden war. Es gab ein separates Raucherzimmer, in dem viele Zeitungen und Magazine aus allen Teilen der Welt auslagen. Überraschenderweise schien die bevorzugte Sprache Deutsch zu sein, *Der Spiegel* thronte ganz oben auf dem Zeitschriftenstapel auf dem Tisch.

Das Arbeitszimmer war den anderen Zimmern im Haus nicht unähnlich – ein kleines Stück englischer Regentschaft, das nach Südamerika transportiert worden war. In dem Zimmer dominierte dunkles Holz. Der Schreibtisch mutete an wie aus einem Drama von Dickens, wobei die Lampe grünlichen Schein auf die lederne Schreibunterlage warf. Die Bücher in diesem Zimmer waren ganz deutlich nicht der Fiktion vorbehalten. Vielmehr fanden sich hier hauptsächlich Biographien der Reichen und Berühmten, von den Tagebüchern Pepys bis hin zu den Memoiren David Nivens und der verschiedenen Schauspieler, die James Bond verkörpert hatten.

Er fand ein kleines Radiogerät auf der Fensterbank, eine Kuriosität, die auf Kanal 87.6 eingestellt war. Es gab keine Interferenzen, die auf eine nahe gelegene Anomalie hingedeutet hätten. Natürlich hieß das nicht, dass sich die Anomalie nicht schon wieder geschlossen haben konnte oder dass sie lediglich außerhalb der Reichweite des Empfängers lag.

Der Terminkalender auf dem Schreibtisch listete für die kommende Woche ein paar Verabredungen auf, darunter ein Treffen mit dem israelischen Kulturattaché und einem Repräsentanten der Weltbank. Nur ein Name war aufgeführt, den Cutter nicht erkannte: Manfred Eberhardt. Der Name war rot eingekreist und stand auf ein paar der weiter zurückliegenden Seiten. Der Eintrag markierte einen Tag, der beinahe eine Woche vor Nandos E-Mail lag, also etwa um die Zeit herum, als Cam und Jaime angegriffen worden waren.

Cutter klappte den Kalender zu und ging wieder nach unten.

Die SAS-Männer waren zurück und saßen bei Chaplin und Jenny. Cutter sah auf seine Uhr. Im Grunde sollten die anderen bereits auf ihrem Weg zum Öko-Reservat sein, aber sie warteten sicherlich noch auf seine Rückmeldung.

„Ich muss mal telefonieren", sagte er zu Chaplin.

„Es gehört Ihnen." Chaplin deutete auf ein Gerät an der Wand, direkt neben dem Kühlschrank.

Cutter nahm die Karte der Empfangsdame aus seiner Tasche und rief das Hotel an. Nach dem ersten Läuten ging sie ran.

„Hotel Del Prado. Wie kann helfen?"

„Hier ist Nick Cutter. Ich gehöre zu der wissenschaftlichen Expedition, die in Ihrem Hotel wohnt."

„Ah, ja, Professor. Wie kann helfen?"

„Ich muss mit einem meiner Kollegen sprechen. Stephen Hart. Wenn Sie ihn bitte für mich finden könnten."

„Moment bitte."

Ihre Stimme wich der austauschbaren musikalischen Berieselung durch die Warteschleife. Diese sollte den anderen Gesprächsteilnehmer ruhig stimmen, was bei Cutter eher nicht der Fall war. Gnädigerweise kam Stephen schnell an den Apparat.

„Hallo?"

„Stephen? Ich bin's."

„Wo steckst du?"

„Etwas ist dazwischen gekommen. Die anderen sollen ohne mich nach Madre de Dios aufbrechen. Nando erwartet uns heute Abend und ich möchte ihn nicht noch mehr verunsichern, als das ohnehin schon der Fall ist. Wir kommen später nach."

„Ist alles in Ordnung?"

„Nicht unbedingt, aber wir müssen das Beste aus einer schlechten Situation machen. Ich vertraue dir, Stephen." Und dann erinnerte er sich noch an etwas. „Sind der Führer und der Dolmetscher aufgetaucht?"

„Nichts von ihnen zu sehen, aber keine Sorge, das kriegen wir schon hin. Dieser ganze Spionagekram sorgt fast dafür, dass man sich ein Reptil der Perm-Ära herbeisehnt, nicht wahr?"

Cutter lachte leise. „Ja, das tut es. Woher weißt du davon? Nein, sag's mir nicht."

„Okay, werde ich nicht."

„Und Stephen, Connor soll sich mit all seinen Spielzeugen nützlich machen. Er soll über die schwarzen Hunde herausfinden, was er kann."

„Okay. Tippen wir immer noch auf *Borhyena*?"

„Solange wir nichts anderes finden, ja. Ich spreche jetzt mit Bairstow und erzähle euch alles, wenn wir uns heute Nacht sehen."

„Großartig. Gute Reise."

„Dir auch, Stephen."

Er hängte auf. Die anderen sahen ihn erwartungsfroh an.

„Wir treffen uns später mit ihnen. Wenn wir die Charade weiter durchziehen wollen, dass wir eine wissenschaftliche Expedition sind, sollten wir uns an unseren Zeitplan halten."

„Klingt sinnvoll, ja", stimmte Chaplin zu.

Ein wenig später kam Marta zu ihnen, um ihnen mitzuteilen, dass das Essen fertig sei. Zu jedermanns Überraschung kam Cam nach unten, um sich ihnen anzuschließen. Ein kleiner Mann, der sich selbst Pilo nannte und der Arzt des Botschafters war, begleitete ihn. Cutter kam nicht umhin zusammenzuzucken, als er das Ausmaß der Verletzungen des jungen Mannes sah. Pilo half Cameron, sich hinzusetzen, dann ging er wieder.

„Stört es Sie, wenn wir reden, während wir essen?", fragte Cutter.

„Ganz und gar nicht", erklärte Cameron. Er rutschte auf seinem Stuhl herum, zweifelsohne, um eine Position zu finden, die angenehmer war und nicht an den Nähten in seinem Körper spannte. Sein halbes Gesicht war lilafarben. Im Kerzenlicht sah es beinahe so aus, als sei es mit den Schatten verschmolzen, so unbewegt blieb es im Kerzenflackern. „Aber wer sind Sie eigentlich?“

„Verzeihung, manchmal vergesse ich meine guten Manieren. Cutter. Professor Nick Cutter.“

„Arbeiten Sie für meinen Vater?“

„Eigentlich nicht. Ich arbeite für eine Abteilung des Innenministeriums. Aber ich bin auf seinen Wunsch hier.“

„Wirklich? Sie sind weit weg von Zuhause, Professor.“

„Wie Sie, Cam. Mir ist klar, dass dies schmerzhaft sein dürfte, aber ich muss wissen, was genau da draußen passiert ist. In Ihren eigenen Worten“, sagte Cutter.

Cams verletztes Gesicht zuckte unter der Last der Erinnerungen, bis der Schmerz ihn dazu zwang, sich zu sammeln. Die Erinnerung war offensichtlich etwas, das er lieber unterdrückt hätte. Cutter konnte sehen, dass seine Hand sich so sehr zusammengeballt hatte, dass die Knöchel weiß hervortraten.

„Lassen Sie sich Zeit“, mahnte er mit sanfter Stimme.

„Ich habe Alex bereits alles erzählt“, sagte Cameron heiser und eindeutig hoffend, dass dies den Fragen ein Ende setzen würde.

„Ich weiß. Und es tut mir leid, aber manchmal kann die schlichte Wiederholung neue Details ans Tageslicht zerren, die zuvor vergessen worden sind.“

„Ein Detail, das einem Regierungswissenschaftler helfen könnte?“

„Es tut mir leid, Cam“, wiederholte Cutter und meinte es auch so. „Aber Sie müssen mir vertrauen.“

„Na schön“, willigte der junge Mann ein. Er hielt einen Moment inne, atmete schwer und fuhr dann fort. „Wir hatten unser Lager am Fuße eines Berges aufgeschlagen, auf dem wir einen alten Tempel gefunden hatten. Das war noch am selben Morgen gewesen, aber wir hatten keine Zeit mehr gehabt, um ihn gründlich zu untersuchen. Er war so viel größer als alle anderen Tempel, die wir bisher gesehen hatten. Das Erdreich war ausgehoben worden und gab den Weg zu einer Reihe von Gängen und Kammern frei. Es war gigantisch. Darum dachten wir auch, dass dies einer der wichtigsten Plätze der Götterverehrung der Inka sein könnte, aber er war so sehr vom Dschungel eingebettet worden, dass es schwer war, sich vorzustellen, dass irgendjemand ihn auch nur vor hundert Jahren betreten hatte."

„Das muss durchaus ein erhebender Anblick gewesen sein", sagte Cutter, darüber überrascht, wie aufregend er die Worte des jungen Mannes fand.

„Es war unglaublich. Es war der Grund, warum wir überhaupt hierher gekommen sind. Jaime war von alten Gebilden fasziniert. Er zog mich immer auf, weil ich mehr an der sozialen Archäologie Interesse gezeigt habe. Am Rekonstruieren der Leben der Menschen und der Zeit. Alte Steine faszinieren mich nicht so sehr. Dieser Tempel könnte, nach den Piktogrammen auf den Wänden zu urteilen, Supay gewidmet gewesen sein. Der Regenwald ist voll von unerkundeten Ruinen, die von Ranken und Blattwerk verschlungen worden sind. Wir hatten nicht mehr als ein Viertel untersucht, wenn überhaupt, als unsere Lampen nachzulassen begannen. Wir hatten noch weitere Utensilien bei den Zelten, weswegen wir entschieden, mehrere Tage vor Ort zu bleiben und den Tempel richtig zu erkunden."

„Das kann ich verstehen", sagte Cutter. Und das konnte er wirklich. Es war genau diese Art von Neugier, die ihn sein ganzes Leben lang angetrieben hatte.

„Wir gingen also zum Lager zurück, kochten uns etwas, unterhielten uns und dann musste ich, na ja, mal austreten. Der Fluch der kleinen Blase. Etwas war jedoch seltsam. Ich bemerkte, wie still der Wald plötzlich geworden war. Ich konnte es mir nicht erklären – der Regenwald ist niemals wirklich still. Normalerweise gibt es Dutzende von Geräuschen, doch plötzlich war da nichts mehr." Er atmete tief durch und schien eine Gänsehaut zu bekommen.

„Nein, das ist nicht ganz wahr. Da war das Geräusch des Regens. Und etwas, das in den Büschen umher schlich. Und dann schrie Jaime. Er war zu weit weg. Ich konnte ihm nicht helfen. Als ich zum Lagerfeuer zurückkam, war er bereits tot."

Cam schloss die Augen. Für eine ganze Minute sagte er kein weiteres Wort. Er erlebte erneut die letzten Momente im Leben seines Bruders. Das wusste Cutter. Er musste dem Jungen etwas Zeit lassen und hoffen, dass er sich an noch etwas erinnern würde.

Etwas, das ihnen helfen konnte.

„Können Sie die Kreatur beschreiben, die auf Sie losgegangen ist?" Er musste dem Drang widerstehen, Cam eine Beschreibung des Tieres zu soufflieren. Es war notwendig, dass sich der junge Aristokrat aus eigenen Kräften daran erinnerte, und nicht an etwas, das ihm eingeimpft und dann durch das Trauma Wahrheit geworden war.

„Ich weiß nicht … es geschah alles so schnell. Ich kam zum Lager. Ich erinnere mich, wie ich sah, dass die Feuerstelle verwüstet war. Es war sehr dunkel. Ich hörte es, bevor ich es sah. Dann drehte ich mich um und es erwischte mich."

„Können Sie es beschreiben?", drängte Cutter.

„Es war groß. Mächtig. Eine riesige Raubkatze. Ein Jaguar, vielleicht ein Panther. Ich weiß es nicht. Ich sah es nur einen kurzen Augenblick lang, sah, wie es die Zähne bleckte und dann nach meiner Kehle schnappte."

„Das ist gut, Cam, das ist gut. Erinnern Sie sich daran, wie die Zähne ausgesehen haben? Waren sie klein? Scharf? Lang?"

Cams Augen leuchteten, als er sich erinnerte.

„Sie waren zu groß für das Maul", sagte er, „mehr Stoßzähne als normale Zähne."

„Und welche Farbe hatte das Wesen, Cam? Erinnern Sie sich?"

Der junge Mann zuckte mit den Schultern und verzog dann

das Gesicht ob des Schmerzes, den diese Bewegung auslöste.

„Wie ich schon sagte, es war dunkel. Das Feuer war aus. Schwarz? Dunkelbraun? Ich weiß es nicht. Es war nicht gleich, wenn das für Sie einen Sinn ergibt?“

„Sie meinen, es war gefleckt? Oder dass es ein Muster hatte wie ein Leopard oder ein Tiger?“

„Ja, vielleicht“, sagte Cam etwas unbehaglich, da er sich offensichtlich unsicher war. Cutter entschied, es für den Moment gut sein zu lassen.

„Ich danke Ihnen, Cam. Das ist großartig. Sie haben mir sehr geholfen.“ Aber der junge Mann fuhr fort.

„Sein Kiefer war eigenartig.“ Die Intonation seiner Stimme veränderte sich, als er sich erinnerte. Sein Blick richtete sich auf etwas, das in weiter Ferne lag.

„Eigenartig? Wie das?“, hakte Cutter nach.

„Er war schlaff, fast wie ein nach unten geformter Schnurrbart.“

Cutter nickte. Er hatte, was er brauchte – nun war er sich sicher. Die etwas unbeholfene Beschreibung hatte mehr mit einem Thylacosmilus gemein, als mit jedem Jaguar oder Panther, der in der letzten Million Jahre in der Pampas gesehen worden sein mochte. Die Kreatur ähnelte eher dem gemeinhin bekannten Säbelzahntiger, gehörte aber nicht dieser Gattung an. Sie war mehr ein Beispiel für konvergierende Evolution. Thylacosmilus war weder eine Raubkatze, noch gehörte er der Raubkatzengattung an. Tatsächlich gehörte er zu den Beuteltieren. Ja, er hatte eine nähere Verwandtschaft zu einem Opossum oder Känguruh als zu jedem plazentaren Säugetier.

Der Thylacosmilus hatte keine bekannten Nachfahren hinterlassen. Wenn es tatsächlich ein Thylacosmilus war, der Cam und seinen Bruder angegriffen hat, konnte er nur durch die Anomalie gekommen sein. Es gab keine andere Erklärung.

Cutter rückte den Stuhl zurück und wollte aufstehen, hielt dann jedoch mitten in der Bewegung inne und fragte: „Eine letzte Sache noch, Cam. Sie haben gesagt, sie hätten Diamanten am Himmel gesehen. Was meinten Sie damit?“

„Ich weiß nicht, wie ich es beschreiben soll. Es war, als würden sich am Himmel viele schimmernde Kristalle befinden, wie ein Spiegel, der gerade zerschmettert worden ist, aber die Bruchstücke sind noch nicht heruntergefallen. Sie hingen einfach in der Luft und spiegelten das Licht. Es war das Schönste, was ich jemals gesehen habe. Ich wollte, Jaime hätte es auch gesehen, aber als ich ihn dort hin brachte, war es bereits verschwunden, als hätte es nie existiert. Damit zog er mich dann auf, bevor ich austreten musste. Wissen Sie, was die letzten Worte sind, die er zu mir gesagt hat? Er hat mich damit aufgezogen, dass ich ein Feigling sei, weil ich es nicht berührt hatte. Und er witzelte, dass ich wohl eher für eine Karriere in der Politik als in der Archäologie in Frage käme. Es tut so weh ... trotz allem, was wir erlebt haben, kannte er mich nicht.“

„Oder er kannte Sie zu gut, Cam“, gab Cutter behutsam zu bedenken. „Niemand von uns muss wie der eigene Vater sein. Wir mögen dieselben genetischen Stränge teilen, aber wir sind keine Klone. Man ist nicht genetisch prädisponiert, ein aufgeblasener Arsch zu sein.“

„Sie kennen Vater also?“

Cutter kicherte.

„Ich kenne seinen Menschenschlag. Und ich kenne Ihren, Cam. Sie sind nicht Ihres Vaters Sohn, nicht auf die Art, die Sie fürchten. Ihr Bruder wusste das auch. Er kannte Sie besser als Sie selbst sich kennen. Er zog Sie nur damit auf. Das ist es, was Brüder tun. Sie pieksen in die verwundbaren Punkte unserer Psyche, weil es lustig ist.“

Er setzte sich wieder und beendete seine Mahlzeit.

Nach einer Weile brachten Chaplin und Pilo Cam wieder in sein Zimmer. Cutter zog Jenny, Stark und Blaine zur Seite und sprach flüsternd mit ihnen. „Er hat eine Anomalie gesehen. Es gibt keine andere Erklärung dafür. Ich schätze, die Kreatur ist ein Thylacosmilus, ein Raubtier des Plio-Pleistozäns. Unangenehm. Und dem Smilodon, dem Säbelzahntiger, sehr ähnlich. Er ist jedoch keine Katzenart und hat auch eine gänzlich andere Herkunft. Thylacosmilus war ein Beuteltier. Aber dennoch absolut tödlich. Er war zwei Millionen Jahre lang der Herrscher über die Pampas.“

„Was heißt, dass wir den Tempel finden müssen“, sagte Jenny.

„Cameron ist nicht in der Verfassung für einen Trip. Darum möchte ich, dass Sie bei ihm bleiben, Stark, und ein Auge auf ihn haben. Ich traue diesem Chaplin in etwa so weit über den Weg, wie ich den Burschen werfen kann.“

„Geht klar, Professor.“

„Jenny, Blaine, wir brechen heute Nacht auf. Mit ein bisschen Glück sind wir gar nicht so weit hinter den anderen.“

„Da draußen auf den Straßen herrscht nicht gerade die gute, alte Zivilisation, Professor. In den entlegenen Territorien kann es ziemlich haarig werden, besonders nach Sonnenuntergang.“

„Ich hatte auch nicht geglaubt, dass es Surrey sei, Stark.“

„Seien Sie einfach vorsichtig, ja? Wenn Sie sich verirren, bin ich es, der eine Such- und Rettungsmission organisieren muss, während ich eigentlich im heimeligen Bett heiß laufen sollte. Wenn Sie verstehen, was ich meine.“

„Selbstverständlich. Aber Ihnen ist klar, dass nicht wir es sind, die man wegen mutmaßlichen Mordes sucht, richtig?“

ELF

Jenny entschuldige sich und ließ die Jungs Jungs sein.

Sie stromerte mit dem schnurlosen Telefon hinaus in den Garten und ließ sich von der internationalen Verbindung zu einem Anschluss in England durchstellen. Sie lauschte dem Wählton und dem Zirpen der nachtaktiven Insekten in dem hohen Gras jenseits der Veranda, die allesamt um ihre Aufmerksamkeit buhlten.

„Lester", meldete sich die weit entfernte Stimme.

„Ich bin's", sagte Jenny.

„Haben Sie eine Ahnung, wie spät es ist? Nein, natürlich haben Sie das nicht – Sie scharwenzeln ja mit Indiana Cutter herum, also was sollte Sie dazu bewegen, sich höflicherweise die verschiedenen Zeitzonen ins Gedächtnis zu rufen?"

„Wir haben hier ein Problem."

„Na, das ist ja überraschend. Was hat der gute Professor denn nun wieder angerichtet?"

„Nein, nicht Cutter. Sondern Bairstow."

„Erzählen Sie es mir, obwohl ich mir ziemlich sicher bin, dass mir nicht gefallen wird, was Sie zu berichten haben."

„Er hat ganz zweifelsohne eine Anomalie gesehen. Cutter glaubt, dass er vielleicht von einem Thylacosmilus angegriffen worden ist, was, um Ihre Frage bestmöglich zu beantworten, wohl ein…"

„Ich bin mir sehr wohl bewusst, was ein Thylacosmilus ist,

Jenny. Wenn man genug Zeit mit Fachidioten verbringt, kommt man nicht umhin, ein wenig von ihrer Fachidiotie aufzuschnappen. Also ist dort eine prähistorische große Katze auf der Pirsch." Sie widerstand der Versuchung, ihn zu verbessern. „Wir sprechen von der Nadel im Heuhaufen. Ein Tier in Tausenden Quadratkilometern Wald. Irgendwie sehe ich das Problem nicht."

„Nun, ganz so einfach ist die Situation nicht", beschied Jenny und fragte sich, wie sie das eigentliche Thema anreißen konnte. Schließlich fiel ihre keine andere Lösung als der direkte Weg ein. „Heute Morgen hat eine Zeitung über ein Dorf berichtet, das nicht weit von dem Fleck entfernt liegt, an dem Cameron angegriffen worden ist. Das ganze Dorf ist ausgelöscht worden. Die Einheimischen klagen, es sei El Chupacabra gewesen, aber die örtliche Presse gibt Cameron die Schuld. Das war mit an Sicherheit grenzender Wahrscheinlichkeit ein Angriff der Kreatur."

Stille. Dann hörte sie ein verzerrtes Stöhnen.

„Es kommt noch schlimmer", fuhr Jenny fort.

„Bemühen Sie sich bloß nicht, es mir schonend beizubringen, ja?", ächzte er.

„Wir konnten Cameron nicht im Krankenhaus zurücklassen, Lester. Nach dem Anschlag auf sein Leben war es dort nicht mehr sicher für ihn. Aber uns blieb nicht die Zeit, das ordnungsgemäß zu klären."

„Sekunde mal, Jenny. Als ich Sie mit Cutter dorthin geschickt habe, habe ich Sie um genau *eine Sache* gebeten. Klingelt da was?"

Sie wusste nur zu gut, wie seine Anweisung gelautet hatte. Das Übliche: *den Ball flach halten, keine Schlagzeilen, die Wahrheit verstecken. Verschleiern.*

„Den Ball flachhalten."

„Den Ball flachhalten. Ganz genau. Welcher Teil dieses Befehls lässt Sie glauben, dass die Entführung eines Mordverdächtigen aus einem Krankenhaus ein guter Einfall sei?"

„Er war es nicht", platzte sie heraus.

„Mir ist egal, ob er deren Queen Mom umgelegt hat, falls diese Heiden etwas Derartiges besitzen. Es geht dabei nicht um die Schuldfrage. Bestätigen Sie mir einfach, dass die nicht wissen, dass Sie dahinterstecken."

„Sir Charles' Mann behauptet, dass er das regeln wird."

„Das heißt, die könnten es wissen", las Lester intuitiv zwischen den Zeilen, obwohl sie sich alle Mühe gab, sich nicht von ihm in die Enge treiben zu lassen.

„Wäre denkbar", gab sie zu.

Wieder Stille.

„Sie enttäuschen mich, Jenny. Eine solche Aktion würde ich von unserem verrückten Professor erwarten, aber nicht von Ihnen."

„Bedauere."

„Wo stecken Sie gerade?"

„Wir befinden uns im Sommerhaus des Botschafters und fahren noch heute Nacht zum Reservat. Cutter hat jetzt Blut geleckt."

„Ich sollte Sie auf der Stelle nach Hause beordern", stellte Lester mit kalter Stimme fest.

„Es gibt hier eine Anomalie, Lester. Das steht zweifelsfrei fest. Und dort draußen treibt sich mindestens eine mordlüsterne Kreatur herum. Cutter wird jetzt nicht einfach seinen Koffer packen und die Heimreise antreten. Und ganz offen gesagt, wäre das auch nicht besonders klug. Wir sind hier als Teil einer zoologischen Expedition. Es gibt nichts, das uns mit Bairstows Verschwinden in Verbindung bringt. Jetzt nach England zu fliegen, na ja, das ließe nicht nur die Anomalie unbeaufsichtigt zurück, sondern würde bei einer möglichen späteren Schuldfrage uns als Verursacher ins Spiel bringen."

Lester seufzte hörbar. Die Optionen, die sie ihm aufgezeigt hatte, vermochten ihm ganz offensichtlich allesamt nicht zu gefallen. „Nun, ich schätze, dann gibt es keine wirkliche Alternative. Aber um Himmels willen, Jenny. Verstehen Sie? Halten Sie den gottverdammten Ball flach."

Lester legte auf. Sie auch.

ZWÖLF

Chaplin zwängte sich auf den Fahrersitz.

Als der Fremdenführer und der Übersetzer nicht aufgetaucht waren, hatte er unter vielen Entschuldigungen seine Dienste angeboten und ein gutes Dutzend Gründe aufgeboten, warum sie ihn brauchten, bis hin zu der Tatsache, dass es sich um *sein* Auto handelte und sie ohne ihn gar nicht zu dem Reservat fahren konnten.

„Wie überaus anständig von Ihnen." Cutter versuchte gar nicht erst, seinen Zynismus zu kaschieren. Er vertraute dem Mann weniger denn je, und er war sich sicher, dass es Chaplin nicht darum ging, ihnen zu helfen. „Aber es ist alles bestens. Wir haben alle nötigen Landkarten und aus Blaine sprudelt das Spanisch heraus wie aus einem Wasserfall. Es gibt für Sie also gar keinen Grund, sich Sorgen zu machen."

Aber Chaplin gab sich damit nicht zufrieden.

„Ah, na ja, aber ich bin mir sicher, ich kann Ihnen auf andere Weise helfen", beharrte er stur auf seiner Meinung. „Ich kenne das hier übliche Prozedere, Sie nicht. Ich besitze einen unübertrefflichen Erfahrungsschatz, wenn es darum geht, den hiesigen Behörden Zucker in den Hintern zu blasen, was ein Aufeinandertreffen mit denen deutlich angenehmer gestalten dürfte." Während die Diskussion andauerte, verloren sie kostbare Zeit. Also drehte Chaplin den Zündschlüssel herum und sie fuhren durch das gusseiserne Tor hindurch los.

Es war fast 23.00 Uhr. Jenseits der Anlage war die Nacht allumfassend und der Himmel über ihnen sah so anders aus als der über London, wo es nie dunkel zu werden schien. Nicht so sehr jedenfalls. Jenny blickte aus dem Fenster des Rücksitzes. Blaine war neben ihr angeschnallt und hatte die Augen geschlossen. Wie alle Soldaten schien der Mann in der Lage zu sein, gleich an Ort und Stelle einzuschlafen, sobald sich die Chance auf ein fünfminütiges Nickerchen bot. Cutter beneidete ihn darum. Er selbst war durch den wenigen Schlaf immer noch ziemlich benebelt.

Chaplin nestelte am Rückspiegel, um das Aufblitzen des Lichtkegels eines Autos, das hinter ihnen aufgetaucht war, erträglicher zu machen. Obwohl es gelegentlich Behausungen am Straßenrand gab, was bewies, dass sie die Zivilisation noch nicht ganz hinter sich gelassen hatten, standen keine Laternen am Wegesrand, waren keine Katzenaugen in der Straßenmitte eingelassen und gab es nichts, das verraten hätte, wo die Straße endete und die vom Gras überwucherten Gräben anfingen. Je weiter sie sich von Cusco und den Hauptverkehrswegen entfernten, die zu den großen Ruinen und dem Titicacasee führten, desto unwirtlicher wurde die Landschaft um sie herum.Die Fenster hatten sie heruntergelassen. Nach dem unablässigen Ansturm der beißenden Glut des Tages war es eine angenehme Abwechslung, den kühlen Nachtwind auf dem Gesicht zu spüren. Die Hitze hier war sonderbar, so ganz anders als an einem heißen Londoner Tag. Das lag an der Luftfeuchtigkeit, die hier mitunter bei fast 100 Prozent lag, so dass Cutter seine Hand einfach ausstrecken und ins Nichts greifen lassen konnte, nur um sie mit Feuchtigkeit benetzt wieder zurückzuziehen.

Angesichts dessen war die Nacht ein wahrer Segen.

Die Qualität der Straße ließ nach. 50 Meilen vor Cusco ruckelten und polterten sie über schmutzige Fahrrinnen, die es nicht verdient hatten, als Straßen bezeichnet zu werden. Es waren Streifen aus befestigtem Sand, neben denen die skelettartigen Glieder von Bäumen Spalier standen und Tunnel in dem dichter werdenden Urwald formten, oder schmale, ansteigende Lama-Tretpfade, die man in die hoch aufragenden Hügel getrieben hatte. Alle paar Kilometer beschrieb der Weg wieder eine Steigung und sie gelangten an einen Abhang, der ihnen einen famosen Blick auf das Tal unter sich und die zurückgelegte Strecke verschaffte. Der tiefstehende Dreiviertelmond badete die Baumspitzen in seinem silbernen Glanz und hielt die wahre Schwärze der Nacht so gut in Schach, wie er nur konnte. Vereinzelte Wolken stahlen sich über sein Antlitz und schienen die Welt um sich herum aufzulösen. Die Schwärze war nun ganz und gar.

Die Scheinwerfer drangen kaum 20 Fuß voraus. Der Wagen hinter ihnen fiel weiter zurück, folgte ihnen aber noch.

Starks Spruch über Gottes weites Land hätte nicht weiter danebenliegen können. Wenn es einen Ort auf diesem Planeten gab, der einen Mann mit seiner Schönheit und Majestät demütiger hätte stimmen können, so hatte Cutter jenen Ort noch nie gesehen, jedenfalls nicht in dieser Epoche. Alles war unberührt. Unverdorben. In gewisser Weise war es genau so, als schreite man zurück durch die Zeit an einen Ort, an dem es weder Autos noch Wolkenkratzer gab, weder Züge noch Straßen oder Fabriken und Umweltverschmutzung.

Man erblickte hier etwas Reines.

Er konnte sich lediglich ausmalen, wie es hier in der Blütezeit ausgesehen haben mochte. Die Dimensionen waren beängstigend. Die gigantische Waldfläche breitete sich unter ihnen aus wie eine andere Welt.

Cutter beugte sich vor, stellte das Funkgerät an und ließ den Regler langsam wandern. Er verweilte einen Augenblick lang auf Höhe der Frequenz 87,6 FM und schaltete das Gerät dann aus. Er musste gar nicht mehr hören, denn das vage, Unheil verkündende Pulsieren in dem statischen Rauschen war deutlich hörbar. Irgendwo dort draußen in der ausufernden Wildnis gab es mindestens eine Anomalie.

„Sie werden hier draußen keinen Empfang haben", sagte Chaplin und drehte den Spiegel wieder. Das Auto hatte sie seit nunmehr gut zehn Meilen begleitet und gelegentlich geärgert, indem es mit seinem Lichtkegel das Innere ihres Geländewagens ausgefüllt hatte. Alle Seitenstraßen schienen verschwunden zu sein, also würden sie noch eine ganze Weile gemeinsam durch die Nacht kurven.

„Ich habe ein paar CDs im Handschuhfach. Nichts Besonders. Nur ein bisschen Creedence; *The River* von Springsteen, falls mir der Sinn nach Selbstmord steht; Buena Vista Social Club; und was sonst noch, weiß ich gerade nicht. Wühlen Sie das Fach ruhig durch, wenn Ihnen nach Musik ist."

„Nein, ist nicht nötig", sagte Cutter. Ihm genügten die Klänge, die sie bereits umgaben, völlig: die Reifen auf der Buckelpiste und das Rauschen des Windes im offenen Fenster.

Nach ein paar Meilen verschwand das Scheinwerferlicht aus ihrem Rückspiegel. Trotzdem traute Cutter dem Braten nicht und versuchte, so gut er nur konnte auf der Hut zu bleiben.

All die Paranoia, die bei Cam Bairstows misslicher Lage mitgeschwungen war, hatte seinen Blick für die Wurzel des Übels getrübt. Er hatte einmal eine Geschichte über eine Frau gehört, die in einem Fluss stand, als ein toter Fisch vorbei getrieben kam. Sie trägt ihn auf eine Sandbank, weil sie nicht will, dass er das Wasser vergiftet. Ein paar Minuten später treibt ein totes Schaf vorbei. Sie zieht die Leiche aus dem gleichen Grund aus dem Wasser. Ein klein wenig später ist es eine Kuh und der folgt ein totes Pferd. Den ganzen Tag lang treiben tote Tiere den Fluss hinab, und sie kommt kaum noch nach, die Kadaver hektisch aus dem Wasser zu ziehen. Ein Mann kommt vorbei und fragt sie, was sie denn da mache, und sie sagt ihm, dass sie versucht, das Wasser sauber zu halten, damit die Dörfer weiter flussabwärts es trinken können, ohne krank zu werden. Sie fragt ihn, ob er ihr helfen wird und er sagt Ja, aber anstatt sich neben ihr in den Fluss zu stellen und die toten Tiere aus dem nunmehr roten Wasser zu ziehen, geht er weg. Sie ruft ihm hinterher und will wissen, wohin er geht, und er sagt ihr, dass er herausfinden will, wer die Tiere in den Fluss wirft, um denjenigen daran zu hindern.

Eine einfache Geschichte und so passend zu Nick Cutters Lebensweise. Er war nicht an den Leichen im Fluss interessiert, sondern daran, wie sie dorthin gelangt waren. Das war es, was zählte – die Ursache, nicht die Wirkung.

Alles, was Cam jetzt zustieß, fußte auf dem, was schon passiert war – dass er die Anomalie gefunden hatte und von den Kreaturen angegriffen worden war, die durch den Riss ins Hier und Jetzt gekommen waren. Ohne diese Initialzündung hätte er nie im Krankenhaus gelegen, es hätte nie einen Anschlag auf sein Leben gegeben und sie hätten ihn nie im Leben, im Namen seiner eigenen Sicherheit, entführen müssen.

Alles drehte sich um die Anomalie. Wenn sie sich nicht geöffnet hätte, wäre nichts von alledem hier geschehen. Der Rest war nur Ablenkung.

Der Junge würde für den Rest seiner Tage mit dem leben müssen, was er gesehen hatte. Cutter konnte daran nichts ändern. Ebenso wenig konnte er die Toten wieder lebendig machen. Er konnte nur versuchen, die Lebenden zu schützen und zu verhindern, dass man noch weitere Leichen in den Fluss warf. Darauf musste er sich nun konzentrieren, nicht auf aberwitzige Spionagespielchen. Er war ein Zoologe, kein Spion oder Elitesoldat. Er war nicht die Sorte Mann, die sich mitten in den Fluss stellte und die Leichen herausfischte.

„Na los, Cutter, reiß dich zusammen“, murmelte er an sich selbst gerichtet. Er wusste, was zu tun war. Das bestärkte ihn in seinem Vorhaben.

Von Zeit zu Zeit meinte er, ein Aufblitzen im rechten Außenspiegel zu bemerken, aber nie lang genug, um als

Beweis dafür durchzugehen, dass ihre Reisegefährten wieder zurück waren.

Nach vielen Kurven und Abstiegen endete die Straße schließlich auf dem Talboden. Im Scheinwerferlicht sah Cutter ein hölzernes Straßenschild, das in Richtung des Reservats Madre de Dios zeigte. Dorthin fuhren sie weiter. Jenny war auf dem Rücksitz eingeschlafen und ihr Kopf nickte manchmal im Rhythmus der ruppigen Autobewegungen. Er betrachtete sie im Rückspiegel. Sie hatte sich einen Arm über den Bauch gelegt, als wollte sie einen inneren Schatz hüten. Sie zu beobachten fühlte sich in vielerlei Hinsicht grundverkehrt an, aber er konnte nicht damit aufhören – und er wollte es auch nicht.

Sie war der lebende Beweis dafür, wie zerbrechlich „die Realität“ sein konnte; dafür, dass jede Handlung ein Beben auslöste und Konsequenzen nach sich zog. Nur er verstand das völlig, und doch konnte er nicht zulassen, dass ihn diese Erkenntnis von seinem Weg abbrachte. *Dieser Pfad führt in den Irrsinn*, ging es ihm durch den Kopf.

Neben ihr schnarchte Blaine leise.

Chaplin gähnte, hielt den Blick aber starr auf die Straße gerichtet.

Eine Stunde verstrich, ohne das auch nur ein Wort gesprochen wurde. Sie alle zogen es vor, der Einsamkeit der eigenen Gedanken nachzuhängen.

Vor sich sah er Lichter und die Umrisse einiger Autos, die zwischen den dunklen Schatten sauber gearbeiteter Hütten und Bretterschuppen, die wohl als Vorratslager dienten, geparkt waren. Die Buckelpiste ging in eine Auffahrt über, die zu dem Hauptgebäude führte – das aber wohlgemerkt nichts mit den modernen Bürogebäuden in London gemeinsam hatte. Als es im Scheinwerferlicht stand, fiel Cutter auf, dass eher das genaue Gegenteil der Fall war. Anders als die äußeren Gebäude wirkte es, als habe man es dem Wald selbst abgerungen. Da es überall mit Holz verziert war, hatte man die Büroräume offensichtlich aus diesem Material gebaut, das im Überschuss vorhanden war.

Sechs kleinere Eisencontainer waren zu sehen. Vier standen links vom Hauptgebäude, zwei zu seiner Rechten. Hinter ihnen zeichneten sich die Umrisse einer großen Lagerhalle ab. Cutter nahm nach einem kurzen Blick darauf an, dass man sie aus großen Wellblechstücken zusammengeschweißt hatte, wie einen Hangar im Zweiten Weltkrieg.

Die Lichter im Hauptgebäude waren an und verwandelten seine Fassade in ein loderndes Schauergesicht mit anzüglich aufgerissenem Mund und kleinen, glänzenden Augen.

„Aufgewacht, Ihr Schlafmützen", sagte Cutter zu Jenny und Blaine, als sie die Auffahrt hochfuhren und neben dem anderen SUV zum Stehen kamen. Der Rest der Fahrzeuge war eine Mischung aus uralten Land Rovern und Range Rovern, die nur von Klebeband und einem Stoßgebet zusammengehalten wurden.

Nando stand mit einem idiotischen Grinsen im Lichterkranz des Türrahmens.

Abby und Connor zeichneten sich als Umrisse klar erkennbar hinter ihm ab. Connor, weil er leicht gebückt da stand, und Abby wegen ihrer jungenhaften Gestalt. Cutter nahm an, dass Lucas und Stephen schon im Inneren des Gebäudes verschwunden waren.

Chaplin stellte den Motor ab und die Scheinwerfer gingen aus.

Cutter öffnete die Beifahrertür.

Als er einen Fuß auf den Boden setzte und das Innenlicht des Gebäudes zu ihm herüberreichte, blickte er hinüber zu Nando und den anderen, nur um festzustellen, dass sie ein paar Meter neben dem Auto standen, in identischer Pose. Es war fast so, als hätte er geblinzelt und sie hätten wie in einem überdimensionalen Brettspiel mit menschlichen Figuren in Windeseile ihre Plätze getauscht.

Er lächelte. Sein Körper war total erschöpft. Es lag nicht nur daran, dass er schon seit Tagen nicht mehr geschlafen hatte oder 6000 Meilen von seiner Heimat entfernt war. Cams Erinnerungen an den zerstörten Tempel verfolgten ihn. Das rhythmische Rauschen des Funkgerätes war nur ein weiteres Gespenst der Geisterarmee, die ihn wach hielt.

Er schwang auch sein anderes Bein aus dem Wagen und erhob sich endlich ganz.

Die Luftfeuchtigkeit hier war noch viel, viel schlimmer als in der Stadt. Die Luft war zum Schneiden dick.

Nando trat einen Schritt vor, ergriff Cutters Hand und schüttelte sie kräftig.

„Es tut gut, Sie zu sehen, Professor." In seiner Stimme lag aufrichte Dankbarkeit, Erleichterung, Aufregung und Sorge – alles gleichzeitig. Cutter kam es so vor, als würde auch ein Hauch von Verzweiflung mitschwingen, aber er konnte es nicht genau sagen.

„Die Freude ist ganz meinerseits, Nando." Die Hintertür des Wagens ging auf und er drehte sich um. „Das ist Jenny Lewis, sie gehört zu meinem Team. Alex Chaplin, er arbeitet für den britischen Botschafter in Cusco. Und Andy Blaine, der zusammen mit Lucas unsere soldatische Kavallerie bildet. Also", beendete Cutter das höfliche Geplänkel, „haben Sie etwas für mich?"

„Sie sollten besser mit reinkommen, Professor. Da gibt es etwas, zu dem mich Ihre Meinung brennend interessieren würde."

DREIZEHN

Dieses „Etwas“ war ein einzelner Gipsabdruck von einer Fährte, die aus der Region stammte, in der Nando zuletzt diese merkwürdige Stille aufgefallen war.

Sie war nicht tiefer als das kleine Whisky-Glas, das Nando ihm reichte. Cutter nahm den Abdruck und fuhr mit den Fingern über die Konturen. Fast liebevoll strich er über die erhobenen Bereiche, die mit den Ballen der Pfote des Thylacosmilus übereinstimmten. Ein leichtes Lächeln stahl sich auf sein Gesicht. Er sah zu Nando hoch, der über ihm stand.

„Wie ist es abgelaufen?“

„Es geschah in einem Areal, das wir Kon Ridge nennen, nach dem Gott des Windes und des Regens, dem dieses Gebiet so sehr ausgeliefert ist. Die Elemente schlagen dort noch kraftvoller zu. Der Wind brüllt auf und der Regen stürzt vom Himmel. Auf gemäßigtes Wetter wartet man dort vergeblich. Wir waren in dem Areal unterwegs und suchten nach allem, was ungewöhnlich war. Xavier, einer unserer erfahrensten Ranger fand den Kadaver eines Tieres im Unterholz. Aber uns interessierte nicht das Tier, sondern die Spuren, die um es herum in den Boden gegraben waren. An dem Abdruck, den wir gemacht haben, können Sie sehen, dass es kein Jaguar ist, aber wohl doch eine Art große Raubkatze.“

Cutter sah seinen ehemaligen Studenten an und versuchte, das Gesicht des Jungen, der dieser vor zehn Jahren gewesen war, über das des nunmehr erwachsenen Mannes zu legen. Es war schwer, aber nicht unmöglich. Den Reifeprozess der Schüler mitanzusehen, war einer der Pluspunkte des Lehrer-Berufs und passte besonders gut, wenn man sich mit Dingen, die der Vergangenheit angehörten, beschäftigte. Das Gehirn war daran gewöhnt, die Leben jener, auf die man traf, in Raum und Zeit festzuhalten. Es erlaubte nicht, dass das geistige Bild alterte. In seinem Kopf sah Cutter noch immer den 19-jährigen Fernando Estevez, nicht den Mann, der sich dem Ende seiner dritten Lebensdekade näherte. Nandos Schläfen waren bereits von grauen Haaren durchzogen und das selbe galt für seine Bartstoppeln. Um seine Augen herum lag ein schattiger Zug. Es war leicht zu sehen, dass aus dem Jungen ein Mann geworden war.

Der Arbeitsbereich, in dem sie standen, war kompakt und mit Moskitonetzen von den stahlröhrenförmigen Kojen, in denen die Ranger schliefen, abgegrenzt. Die Netze hingen wie Vorhänge um die individuellen Arbeitsnischen. Es gab sechs Kojen, aber nur drei Schreibtische, was Sinn ergab, da die Ranger den Großteil des Tages im Gelände patrouillierten und nur selten hinter einem Schreibtisch saßen, um das Inventar zu erfassen oder ihre Berichte über das Wanderverhalten der Tiere zu erstellen.

Die lahm ihre Kreise ziehenden Ventilatoren an der Decke wirkten wie etwas aus einem Edgar-Rice-Burroughs-Roman. Ein Käfer lief über den Hartholzboden. Die mobile Klimaanlage war auf volle Leistung gestellt und mühte sich nach Kräften, für Abkühlung zu sorgen. Ein kleines tragbares Radio stand neben einem Stapel vor sich hin modernder Bücher. Unter dem Fenster war ein Lang-Reichweiten-Funkgerät an einen antiken Computer gekoppelt. Die Geräte mussten an die zehn Jahre alt sein und mit einem längst überholten System arbeiten. Und doch stellten sie via Satelliten-Link und Web-Browser ein Fenster in eine andere Welt dar. Das war mehr, als man von einem Dschungelaußenposten erwarten konnte, dachte er.

Eine große topopgraphische Karte war an die kleinste Wand geheftet. Auf ihr waren mehrere verschiedenfarbige Stecknadeln zu sehen. Verbunden waren sie mit Bindfaden. Cutter nahm an, dass sie die individuellen Territorien der Ranger markierten. Die Aufteilung nach Gebieten war sinnvoll. Eine Fliege lief gerade über das imaginäre Herz des Regenwaldes, hob dann ab und flog in Richtung der Glühbirne, die an einem losen Kabel von der Decke baumelte.

„Jenny", sagte Cutter, „Ich glaube, Mr. Chaplin sollte eingehend befragt werden, während wir uns um den langweiligen Wissenschaftskram kümmern. Draußen."

Sie nickte. „Natürlich – kommen Sie, Alex, hier entlang." Jenny streckte ihren Arm aus und forderte den Mann mit der Geste auf, sich bei ihr einzuhaken. Dann steuerte sie ihn nach draußen, weg von der Konversation, von der er nichts mitkriegen sollte. Sie schloss die Tür hinter ihnen. Cutter hatte keine Ahnung, wozu genau sie ihn befragen würde, aber mit Sicherheit würde es nicht um Anomalien und Kreaturen, die aus dem Plio-Pleistozän stammen, gehen. Und das genügte ihm.

Connor lag auf dem nächsten Bett und trug immer noch seine Schuhe. Er blätterte durch ein paar der ziemlich mitgenommenen Bücher. Abby saß im Schneidersitz auf einem der Betten und hatte ihren Rücken gegen die Wand gelehnt. Sie sah ziemlich erschöpft aus, während sie zuhörte, wie Nando die Auffälligkeiten von Kon Ridge beschrieb. Sie verschränkte ihre Arme hinter dem Kopf und lehnte sich noch weiter zurück, wobei ihre müden Knochen ein leises Knacken von sich gaben.

„Entschuldigung", sagte sie, als sich alle zu ihr umdrehten.

Blaine und Lucas lagen am Kopf- und Fußende einer dünnen Matratze und hatten die Augen geschlossen. Stephen lehnte stehend an einer Wand.

„Also, Nando“, sagte Cutter, „warum waren Sie der Meinung, dass ich das hier sehen muss?“

„Weil ich in all den Jahren, in denen ich die verschiedensten bedrohten Tierarten beobachtet habe, das erste Mal eine solche Spur gefunden habe. Ich habe dort draußen Hunderte, vielleicht Tausende Spuren gesehen, und ja, darunter auch ähnliche, aber nichts, was dem hier wirklich gleichkommt.“

„Wie können Sie sich da so sicher sein?“, wollte Cutter wissen, während er den Abdruck auf den Tisch legte.

„Ich mache das tagein, tagaus, Professor. Ich leite ein Team von 30 Rangern, die einzig und allein dafür verantwortlich sind, die verschiedenen Spezies in diesen Gebieten hier zu beobachten. Wir folgen ihren Spuren und zählen sie regelmäßig, da viele von diesen Tierarten an der Schwelle zur Ausrottung stehen. Ich kenne all unsere Tiere und diese Spuren stammen von keinem von ihnen. Das können Sie mir glauben.“

„Das tue ich“, sagte Cutter und lächelte. „Stephen.“ Cutter nahm den Abdruck auf und warf ihn seinem Assistenten zu. „Was hältst du davon?“

„Ich bin nicht sicher“, meinte Stephen, aber aus seiner Stimme konnte man Aufregung heraushören. Er drehte den Gipsabdruck in seiner Hand mehrmal herum. „Was das Spurenmuster betrifft, ist es dem des Jaguars nicht unähnlich, aber diese hier sind eher rautenförmig und damit anders als die Ballenabdrücke der Glieder einer Jaguartatze. Unglaubliches Material.“

„Genau“, stimmte Cutter zu. „Also was heißt das in Bezug auf unser Raubtier?“

„Dass es etwa denselben Körperbau und dieselbe Größe wie ein Jaguar hat, aber kein Jaguar ist.“

„Kein Jaguar“, folgerte Cutter. „Stimmst du zu, Abby?“ Stephen gab der jungen Frau den Abdruck. Sie nahm ihn und betrachtete ihn von allen Seiten.

„Es ist kein Rotluchs. Und auch kein Kojote. Definitiv kein Panther, obwohl der Abdruck eine starke Ähnlichkeit zur Spur des so genannten schwarzen Panthers hat. So ein einzelner Abdruck ist nicht sehr aussagekräftig. Die Muster der Spur geben zumindest Aufschluss über die Gangart, Größe und Gewicht des Tieres."

„Und dein erster Eindruck?"

„Kein Jaguar", sagte Abby.

„Was schön und gut ist", meinte Nando und klang etwas verwirrt, „aber ich weiß nicht, wie es uns helfen soll, zu wissen, was etwas *nicht* ist."

„Das ist Wissenschaft", erklärte Cutter ohne den geringsten Anflug von Ironie in der Stimme. „Man kann etwas nicht beweisen, man kann es nur widerlegen. Ich würde gerne diesen Abdruck mit den Spuren des Tieres vergleichen, das Cam Bairstow angegriffen hat."

„Sie glauben, dass es dasselbe Raubtier ist?"

„Wenn man es genau bedenkt, besteht dafür eine große Wahrscheinlichkeit", nickte Cutter und blickte dann zu Boden. „Cam berichtete von denselben unbeständigen Verhaltensmustern des Tierlebens um ihn herum, wie Sie es getan haben. Ich würde nicht ausschließen, dass es eine Verbindung gibt." Er drehte sich wieder zu Nando um. „Wir müssen uns den Ort des Angriffs ansehen. Außerdem müssen wir uns an den Orten umsehen, an denen Sie diese schaurige Stille bemerkt haben."

„Natürlich. Wir brechen in der Morgendämmerung auf."

„Großartig. Eine Frage noch, bevor wir schlafen gehen: Sie kennen dieses Gebiet wie Ihre Westentasche. Gibt es Inka-Ruinen in der Nähe?"

„Oh ja. Die Inka waren eine Nation großartiger Architekten. Und anders als bei den Konquistadoren, die ihnen nachfolgten, haben ihre Bauwerke der Zeit getrotzt. Im Umkreis von 30 Meilen gibt es eine Reihe von Grabstätten. Vieles muss auch noch erforscht werden. Das ist einfach Peru. So viele Schätze dieses Landes sind noch im Dschungel verborgen. Geht man nur zehn Minuten in südlicher Richtung, findet man menschenähnliche Mumien-Sarkophage, die in einer Spalte am Berg eingelassen sind. Man hat sie erst letztes Jahr entdeckt, als man dieses Reservat gründete."

„Wirklich?", fragte Abby. „Die würde ich gerne sehen."

„Sie sind ziemlich beeindruckend, ganz besonders, wenn man bedenkt, dass sie aus Pflanzenfasern und Schlamm geformt wurden. Erstaunlich, dass sie 600 Jahre überdauert haben."

„So was wird heute gar nicht mehr hergestellt", witzelte Connor.

„Es ist erstaunlich, dass so viel noch unentdeckt ist", meinte Stephen. „Immer, wenn ich an unsere Welt denke, habe ich ansonsten das Gefühl, dass wir schon alles gesehen und gemacht haben."

„Ja, das ist die große Täuschung, der wir aufsitzen", stimmte Nando zu. „Aber der Dschungel gibt seine Geheimnisse nicht so leicht preis. Noch lange wird es Dinge da draußen geben, die darauf warten, zum ersten Mal entdeckt zu werden. Können Sie sich vorstellen, dass wir erst letzten Monat eine ganze Kalksteinsiedlung mit Tausenden von Gebäuden gefunden haben? Einige der Gebäude sind fast 15 Meter hoch. Die Siedlung befindet sich in einem Bergareal östlich von hier. Wir nennen sie *La Ciudad de los Muertos*, die Stadt der Toten, wegen der Klippen darunter. Dort haben wir mehr als 400 Grabkammern entdeckt. Wir hoffen, dass wir bald einige Archäologen einladen können, um uns zu helfen, die Ruinen für die Ewigkeit zu konservieren. Ich weiß nicht, wie viel Sie über mein Volk wissen, aber unsere Siedlungen dienten oft verschiedenen Zwecken. Und nachdem ich die Ruinen gesehen habe, bin ich sicher, dass wir eine heilige Stadt entdeckt haben."

„Wie können Sie zwischen einer Stadt des Krieges und einer der Gottverehrung unterscheiden?", wollte Stephen wissen.

„Das erkennt man am Schnitt der Steine und der Geometrie der Siedlung", erklärte Nando. „Viele der Steine, die in Muertos benutzt wurden, haben, wie wir es nennen, ein

Huaca, eine heilige Erscheinung. Darum glauben wir, dass es ein Ort ist, an dem vor vielen Jahrhunderten die Götter angebetet wurden. Eine Stadt der Kriege wäre anders gebaut worden. Die Geometrie des Krieges ist gänzlich anders als die Geometrie der Götterverehrung. Der Krieg bedarf der Organisation, klarer Strukturen und Gleichförmigkeit. Ein Ort des Gebets feierte die Sonne und die Erde."

Stephen nickte.

Abby gab Cutter den Thylocasmilus-Gipsabdruck zurück.

„Wie sieht es mit einem Tempel aus?", fragte Cutter. „Ein Teil davon müsste doch unterirdisch angelegt sein."

„Es gibt viele Tempel im Dschungel, Professor. Mein Bruder Esteban befand sich in der Nähe von einem, als er ... verschwand", sagte Nando. Dabei sah er zu Boden und seine Stimme brach. Cutter war überrascht.

„Das wusste ich nicht. Wann ist das passiert?"

„Kurz nachdem ich Sie kontaktiert habe", erklärte Nando und kratzte sich an der Augenbraue. Sein immer vorhandenes Grinsen war nun verschwunden. „Er sagte uns über Funk, dass er sich in einer Siedlung umsehen wollte, da er gemerkt hatte, dass Dorfbewohner panisch in den Dschungel geflohen waren. Dann haben wir den Funkkontakt verloren. Als ich endlich dort ankam, um mich selbst umzusehen, war die Siedlung verlassen. Esteban ist nicht zurückgekehrt. Ebensowenig die Ranger, die ihn begleitet haben.

„Das muss nicht heißen ..."

„Ich war in der Siedlung, Professor. Ich sah die Tierspuren dort wieder. Esteban hatte zuvor noch berichtet, dass es in seiner Nähe gerade merkwürdig still geworden war. Ich warnte ihn noch, vorsichtig zu sein. Und jetzt..." Der junge Mann zuckte mit den Schultern und schwieg.

Als Letzter zurückzubleiben, war immer am Härtesten. Cutter traf es, wie ähnlich sich der junge Bairstow und Nando waren, wie sehr ihrer beider Leben sich glich.

Er ging zum Fenster und gab Jenny ein Zeichen, dass sie nun wieder hereinkommen konnte. Einen Moment später betraten Chaplin und sie das Büro.

„Erzählen Sie mir von den Ruinen“, forderte Cutter seinen früheren Studeten auf, weil er nicht wusste, was er sonst sagen sollte.

„Unsere Vorfahren waren sehr fromm. Dort, wo sie keine Tempel errichteten, um die Götter des Himmels zu feiern, bauten sie unterirdische Anlagen, um die Götter der Erde zu lopreisen. Darum gibt es auch so viele Tunnel unter den meisten der Komplexe.“

„Ah, das könnte helfen“, meinte Chaplin. Er nahm ein Stück Papier aus der Tasche und gab es Cutter.

„Was ist das?“ Der Professor faltete das Blatt auseinander und las, was darauf stand. Es handelte sich wohl um eine Reihe von Koordinaten.

„Cam und sein Bruder waren nicht dumm“, erklärte Chaplin. „Bevor sie in den Regenwald aufgebrochen sind, haben sie bei der Botschaft ihren Zielort hinterlassen, für den Fall, dass etwas passiert. Das ist eine Standardprozedur. Natürlich ist es nicht definitiv sicher, aber es gibt uns einen Anhaltspunkt, wo wir suchen sollten. Und Jaime ist irgendwo dort draußen. Ich habe Sir Charles versprochen, seine beiden Söhne nach Hause zu bringen.“

„Ich könnte Sie küssen“, sagte Cutter und grinste. Aber eigentlich dachte er: *Es wäre nett gewesen, wenn Sie diese Information etwas früher mit uns geteilt hätten.*

„Ich schätze, das würde eine gewaltige Überholung meines Lebenswandels voraussetzen, zu der ich noch nicht bereit bin“, erwiderte Chaplin und lächelte schief.

Cutter stand auf und ging zu der Karte an der Wand, um die Koordinaten zu bestimmen. Er las von dem Blatt ab und steckte dann eine rote Stecknadel in die Karte.

Sie hatten einen Zielort.

Es mochte nicht exakt der Ort sein, an dem die Anomalie sich geöffnet hatte, aber sie würde nicht allzu weit davon entfernt liegen.

„Befinden sich in der unmittelbaren Umgebung Tempelruinen?“, wollte er von Nando wissen, der sich neben ihn gesellt hatte.

Der kleine Peruaner nickte. „Er hat viele Namen. Bekannt ist er als der Tempel des verheerten Landes. Später taufte man ihn in Tempel der Vier Winde um. Heute nennen wir ihn den Tempel der toten Erde, weil er vor fast einem Jahrhundert bei einem Erdrutsch unter Geröll begraben wurde. Er war Supay, dem Gott des Todes, gewidmet.“

„Dann wissen wir ja, wohin wir morgen gehen“, sagte Cutter.

VIERZEHN

Cutter wachte noch vor der Dämmerung auf, umgeben von einem lauten Dschungelchor.

Die kleine Hütte, die sie sich teilten, war wie eine Sauna. Er lag im Bett und hörte den Insekten zu, den Vögeln und dem gespenstisch flüsternden Morgenwind, der durch die hohen Bäume strich. Seine Haut war immer noch von einem Schweißfilm bedeckt. Schließlich drehte er den Kopf.

Stephen schlief auf dem Rücken, wobei er die Laken mit den Füßen heruntergestrampelt hatte. Connor lag da wie ein Toter. Die Arme und Beine hatte er weit von sich gestreckt. Nur der Kreideumriss fehlte noch. Abby war in einer fötalen Stellung zusammengerollt. Ihre Knie berührten beinahe ihr Kinn. Blaine und Lucas waren bereits auf. Er hörte, wie sie sich gegenseitig bei einer Serie von Kniebeugen, Liegestützen und anderen körperlichen Ertüchtigungen anfeuerten. Danach gingen sie zur Veranda, wo sie sich setzten und über Nichtigkeiten sprachen. Ihre Stimmen klangen gedämpft durch die dünnen Wände.

Er hatte keine Ahnung, wo Chaplin war – oder Jenny, um präziser zu sein.

Sie hatten einen geschäftigen Tag vor sich. Er wollte die Spuren und den Tempel untersuchen, falls möglich. Die Antworten waren wie so viele der Inka-Ruinen, die Nando beschrieben hatte, dort, vor bloßem Auge verborgen und nur darauf wartend, entdeckt zu werden.

Er stieg aus dem Bett und streckte sich, um seine Muskeln aufzuwärmen. Die Matratze war alt und dünn, weswegen sein Rücken heftig schmerzte. Und doch, ein Bett war ein Bett und in Anbetracht der Umstände war jede Matratze ein besseres Nachtlager als eine Isomatte mit Schlafsack.

Er zog sich schnell an und bemühte sich nach Kräften, die anderen nicht zu wecken. Er hatte keine Ahnung, wie spät es war. Die Sonne ging um etwa 4:30 Uhr auf und sie hatte schon hoch am Himmel gestanden, noch bevor er seine Augen geöffnet hatte. Darum schätzte er, dass es irgendwann zwischen 5.00 und 6:30 Uhr war.

Mit anderen Worten: Es war Zeit, auf Spurensuche zu gehen.

Er nahm eine Wasserflasche aus seinem Rucksack und trank einen großen Schluck beinahe heißer Flüssigkeit. Als er die Tür der Hütte öffnete, nahm er einen weiteren Schluck, gurgelte und spuckte aus.

„Morgen, Professor." Sean Lucas drehte sich bei seinen Worten nicht um. Cutter wollte ihn schon fragen, woher er wusste, dass er es war, als er sein Spiegelbild auf der breiten Klinge des Soldaten bemerkte.

„Morgen, Lucas. Haben Sie Chaplin gesehen?"

„Vor etwa 20 Minuten. Sagte, er wolle sich was Essbares holen."

„Gut geschlafen?", fragte Andy Blaine. Blaine saß, wie er bemerkte, ohne ein Hemd da und schwitzte stark. Der Mann war sehr muskulös. Auf seinem Rücken fanden sich zahlreiche Tattoos mit keltischen Motiven, sowie Kreuze innerhalb einer riesigen Verschnörkelung, die sich über beide Schulterblätter ausdehnte und bis hinunter zu seinem Steißbein ging.

„So gut, wie es zu erwarten stand", erwiderte Cutter.

Hinter ihm gähnte Connor theatralisch und rieb sich den Schlaf aus den Augen, während er aufstand und ins Tageslicht trat. Er sah sich einmal kurz um, dann murmelte er unzufrieden vor sich hin. „Ist ja, als sei ich in 'ner Folge von *Lost* aufgewacht." Dann ging er wieder in das gedämpfte Halbdunkel der Hütte zurück.

Cutter steckte seinen Kopf hinein und schrie halblaut: „Auf, auf, die Sonne lacht, Freunde."

Der Lärm brachte ihm Ächzen, Stöhnen und grantiges Seufzen ein.

„Wir brechen in 20 Minuten auf", fuhr er gnadenlos fort. „Es liegt an euch, ob Ihr die verschlafen oder vorher noch etwas essen wollt, aber wenn Ihr dehydriert zusammenbrecht, nehme ich Euch nicht huckepack."

Er erntete noch mehr Stöhnen, das diesmal jedoch deutlich theatralischer war.

Stephen setzte sich auf, wobei sein Haar an seinem Kopf klebte. Sein Dreitagebart war kräftig gewachsen und sah nun beinahe wild genug aus, dass man ihn nun ernsthaft einen Bart nennen konnte. Cutter rieb sich das Kinn. In seinem Fall gab es kein „beinahe" mehr.

„19 Minuten", sagte er in ernster Tonlage. Dann überließ er sie sich selbst und suchte nach etwas Essbarem.

Nando hatte den Tisch vorbereitet. Nichts Atemberaubendes – etwas Aufschnitt, hartes Brot und Butter, etwas Fruchtsaft – aber sie hatten schon schlechter gegessen. Jenny sah trotz einer heißen unbequemen Nacht frisch und munter aus. Sie saß bereits am Tisch. Neben ihr hockte der zersaute Chaplin, der das schweißgetränkte Hemd vom Vortag trug. Um seine Augen zeichneten sich schwarze Ringe ab. Cutter konnte den Mann nicht so recht einschätzen Er war kein Bürokrat per se, sicherlich Ex-Militär. Vielleicht Special Forces oder MI6. Wie auch immer, Chaplin hatte nicht geschlafen und sah aus wie ein geprügelter Hund.

Cutter wollte ihn am liebsten in jenes Loch, aus dem er gekrochen war, zurückschicken, aber Chaplin bestand darauf, nicht nach Hause zurückzukehren, bis sie Jaimes Knochen gefunden hatten. Er hatte seine Befehle, wie er immer wieder betonte. Cutter mochte den Mann nicht, aber er hatte in dieser Angelegenheit keine Wahl. Sir Charles hatte ihm die Hände gebunden, weswegen der Wissenschaftler widerwillig zugestimmt hatte, dass Chaplin ein Teil der Expedition bleibe.

Sie mussten einfach vorsichtig sein, was sie in seiner Gegenwart sagten.

„Glauben Sie, dass wir die Überreste finden werden?", fragte Chaplin neugierig, als Cutter sich setzte.

Was wollte ihr Gast von ihm hören? Sollte er vergnügt lügen und „Ja, natürlich" sagen oder sich auf die Wahrheit verlassen und ein „Keine Chance" zum Besten geben? Cutter nahm ein Stück hartes Brot und schmierte Butter darauf. Ein Vorteil der aberwitzigen Hitze und der Feuchtigkeit war, dass sich Butter bestens streichen ließ.

„Wir werden sehen", bekundete er. Es war das Beste, was er anzubieten hatte, ohne sich selbst zum Lügner abzustempeln.

Lucas und Blaine gesellten sich zu ihnen. Die Nachzügler kamen hinzu, während sie schon aßen. Eine Weile lang herrschte am Tisch ein Hauch von Normalität, gerade so, als ob sie vergessen hatten, wo sie hier waren. Und weshalb!

„Dieser Ort liegt wirklich in der Mitte von Nirgendwo", bemerkte Connor und kratzte sich am Kopf.

„Bei meinem Volk gibt es ein Sprichwort", erzählte Nando und stützte die Ellbogen auf den Tisch. „Jeder noch so kleine Schritt flüstert uns zu, dass wir zu weit gegangen sind." Mit den hochgekrempelten Ärmeln, die einige aufwändige Tattoos enthüllten, wirkte er wie ein abergläubischer Stammesmensch. Auf seinem linken Arm formte die in die Haut geritzte Farbe Betty Boop. Auf dem rechten Arm prangte eine Art Sonne oder Supernova. Sie war von mysteriösen Symbolen umrundet, die wirkten, als entstammten sie der Kabbala und anderen antiken Texten.

„Wir sprechen hier von einer ganzen Menge an Schritten, Nando“, sagte Connor.

„Ein oder zwei“, stimmte der Peruaner zu.

„Also, Nando“, sagte Cutter, „wie gehen wir heute vor?“

„Genaro Valdez, einer meiner Ranger, wird uns zu der Stelle bringen, so dass Sie und Ihr Team die Spuren untersuchen können. Ich habe Vorbereitungen getroffen, dass sich uns später beim Tempel ein einheimischer Führer anschließt. Er kann Ihnen dann alles über die Legenden und die Geschichte des Ortes erzählen. Er ist ein sehr bekannter und respektierter Historiker von der Universität in Trujillo, ein Experte in Sachen Inka-Kultur, der auch die Signifikanz ihrer heiligen Stätten kennt.“

„Danke“, sagte Cutter. „Das sollte sehr aufschlussreich werden.“

Insgeheim machte er sich Sorgen darüber, was passieren konnte, sollten so viele Zivilisten eine Anomalie zu Gesicht bekommen, aber er entschied, sich darüber erst den Kopf zu zerbrechen, wenn der Fall eintreten sollte.

„Ich fürchte, wir werden ziemlich viel marschieren müssen“, entschuldigte sich Nando. „Der Tempel liegt sehr weit abseits der befestigten Wege. Mit einem Auto kommen wir nicht näher als zehn Meilen heran. Kleine Schritte.“

„Zehn Meilen?“, wiederholte Connor klagend und legte die Erschöpfung, die jeder dieser kleinen Schritte mit sich bringen würde, in seine Stimme. „Wollen Sie mich umbringen? Mit einer Knarre würde das schneller gehen. Und es wäre weniger schmerzhaft.“

„Es könnte viel schlimmer sein, Freund Connor. Viele unserer Ruinen sind so abgelegen, dass Besucher ein oder zwei Tage lang marschieren müssen, um sie zu erreichen. Im Vergleich dazu sind ein paar Meilen gar nichts.“

Cutter gefiel der Ausdruck auf Connors Gesicht, konnte man ihm doch ansehen, dass der bloße Gedanke an zwei

Tagesmärsche in der sirrenden Hitze des Amazonas seine Kräfte aufzehrte.

„Kopf hoch, Connor“, meinte er grinsend. „Sieh es als nützliche Übung an. Und frage dich, was würde Luke Skywalker tun?“

„Ihnen wahrscheinlich mit seinem Lichtschwert eins über den Schädel ziehen“, grummelte Connor.

Cutter kicherte.

Sie beendeten ihr Frühstück und packten alles zusammen, von dem sie glaubten, dass sie es noch brauchen würden. Bei einem zehn Meilen langen Marsch war es wichtig, nur leicht bepackt zu sein. Ihre Ausrüstung bestand aus viel Wasser, Energieriegeln und dergleichen, überlebenswichtigem Equipment und der Notfallausrüstung.

Es war ironisch, dass ihre Tarnung es erforderlich machte, so viel Ausrüstung mitzubringen. Immerhin hätte eine Expedition ohne entsprechendes Equipment in Peru einige Fragen aufgeworfen. Aber nun, da sie hier draußen in der Wildnis waren, musste alles, was sie bei sich hatten, leicht und gut transportierbar sein. Sie mussten die Scharade nicht aufrechterhalten, wenn niemand in der Nähe war. Connor nahm seine PDAs und den Anomaliedetektor. Der kleine Empfänger war auf die Frequenz 87,6 FM eingestellt und hatte ein eingebautes GPS Display vorzuweisen. Das Gerät hatte genug Energie, um drei Stunden durchzuhalten. Darum nahm er noch eine Ersatzbatterie mit. Aber sollten sie wirklich mehr als sechs Stunden dem statischen Rauschen zuhören müssen, saßen sie sehr wahrscheinlich ohnehin so tief in der Patsche, dass eine weitere Batterie ihnen auch nicht viel nutzen würde.

Cutter bestand darauf, dass jeder von ihnen wenigstens vier Liter Wasser bei sich hatte. Angesichts der mörderischen Hitze würden sie eine solche Ration bei ihrem langen Marsch absolut brauchen.

Stephen war ruhig und sehr zurückhaltend, selbst für seine sonstige, ohnehin etwas reservierte Art. Cutter sah ihn nah bei Abby und Connor stehen. Er schien sich unbehaglich zu fühlen – *er fühlte sich in seiner eigenen Haut nicht wohl*, war die Phrase, mit der Cutter es beschrieben hätte. Es war ein wenig traurig, zu sehen, wie viel von dem alten Stephen verschwunden war, nachdem Helen durch die Anomalie gegangen war. Er war nicht mehr der arrogante junge Mann, der er gewesen ist. Die Welt hatte ihn verletzt. Sie hatte ihn nicht vernichtet. Aber sie hatte ihn neu geformt.

Der Gedanke, dass ein Mann die Summe seiner Erfahrungen ist, kam ihm wieder. Stephen war anders, weil diese Welt ihn anders behandelt hatte. Er sprach nicht darüber, aber mit wem hätte er das auch tun sollen?

Mit Cutter? Wohl kaum.

Connor?

Abby?

Keiner von ihnen war die Art Freund, an den Stephen sich wenden konnte, um diese Bürde zu teilen. Und darum schulterte er sie alleine. Cutter wollte Mitleid für ihn empfinden, aber die Basis ihrer Freundschaft war durch diese Affäre schwer erschüttert worden. Nein, Cutter konnte sich nicht dazu bringen, dass ihm dieser Mann leid tat. Das hatte Stephen sich selbst zuzuschreiben.

Die SAS-Männer, Lucas und Blaine, schlossen ihre Vorbereitungen mit erstaunlicher Effizienz ab. Man hatte die Kämpfer noch in Großbritannien von den Gefahren unterrichtet, die eine Anomalie darstellte – und was durch den Riss hindurchkommen konnte. Für sie würde es keine Überraschungen geben. Sie packten nur das Notwendigste ein, aber beide blieben – wie Cutter bemerkte – bewaffnet. Sie waren nicht gewillt, die Feindseligkeit der Umgebung zu unterschätzen oder diesen Marsch zu romantisieren, wie es die anderen wohl teilweise taten. Die Spezialisten bewegten sich mit jenen spärlichen, angespannten Gesten, die sie als Männer des Krieges auswiesen.

Er fragte sich, was ihnen durch den Kopf gehen mochte, als sie ihre Waffen reinigten. Dachten sie ans Töten, ans Beschützen oder an gar nichts? Wie konnten sie unter solchen Umständen schlafen? Wie legten sie sich hin? Wie schafften sie es, nicht bei jedem Geräusch und jedem Schatten sofort in Alarmbereitschaft zu sein? Er konnte sich gar nicht vorstellen, wie das Leben dieser Männer war. Aber er war sehr sicher, dass er ein solches Leben nicht führen wollte.

„Hat jemand von ihnen mit Stark Kontakt aufgenommen?“, fragte er, während er sich auf seine Koje setzte und seine Ausrüstung zusammenpackte.

„Heute Morgen“, erklärte Lucas. „Im Westen nichts Neues.“

„Gut zu wissen. Wenigstens eine Angelegenheit weniger, um die man sich Sorgen muss.“

„Aber er ist ziemlich angesäuert, dass er den Babysitter spielen muss“, unkte Blaine und zog die Schnur an seinem Rucksack zu. Er schulterte ihn und rückte ihn so zurecht, dass er ihn bequem tragen konnte.

„Wenigstens muss er keine verfluchten zehn Meilen laufen“, klagte Connor. „Helfen Sie mir mal?“ Er kämpfte damit, das Gleichgewicht von Rucksack und Wasserflaschen zu halten, während er versuchte, das Tuch über den elektronischen Geräten glatt zu streichen, damit sie nicht allzu viel Feuchtigkeit abbekamen.

Cutter stand auf, um ihm zu helfen. „Multitasking in seiner primitivsten Form, was?“

„So ähnlich. Zehn grausam lange Meilen, Professor. Mir hat niemand gesagt, dass wir bei diesem Job einen Marathon laufen müssen.“

„Connor, dir ist schon klar, dass ein Marathon mehr als die doppelte Distanz hat?“

„Ja, aber dabei ist es auch nur halb so heiß.“

Cutter verstand den Zusammenhang nicht, ließ das Thema aber lieber ruhen. Er war sicher, dass der Kommentar für Connor durchaus einen Sinn ergab. Eine Menge Dinge ergaben für seinen jungen Schützling Sinn, obwohl der Rest der Welt sie nicht verstand.

„Dann legen wir endlich los", feuerte er das Team an.

Es eine Straße zu nennen, wäre ein sehr optimistischer Gebrauch des Wortes gewesen – es war vielmehr ein lächerlich schmaler Pfad, der sich durch die immer enger stehenden Bäume zog. Alle paar Meter war er mit kleinen Aufschüttungen und Kratern versehen, in denen sich Schlamm und riesige Pfützen sammelten, die vom letzten Regenfall noch übrig waren.

Von mehr als 90 Prozent der Bäume konnte er die Gattung nicht bestimmen. Er wusste nur, dass sie sehr alt waren. Die Gruppe wurde langsamer, um einen umgestürzten Baum, der quer über den Weg lag, zu umrunden. Cutter zählte an dem toten Riesen mehr Baumringe als die meisten Monumente in London für sich in Anspruch hätten nehmen können, wenn Stein einen ähnlichen Gradmesser für das Verstreichen der Zeit gehabt hätte. Dieser eine tote Baum rückte für ihn die Dinge in eine neue Perspektive.

Auf Nandos Drängen hatten sie drei der in die Jahre gekommenen Land Rover benutzt. Die bisher von ihnen benutzten Geländewagen waren für Bergstraßen recht nützlich, aber sie konnten im Dschungel nicht bestehen. Das Bild, das Nando mit wenigen Worten vor ihrem geistigen Auge gezeichnet hatte, beinhaltete gebrochene Achsen, durchbohrte Ölwannen und so enge Straßen, dass die ausladenden Gefährte sie nicht passieren konnten. Mit ihnen wäre es – moderne Klimaanlage hin oder her – darauf hinausgelaufen, einen langen, beschwerlichen Fußmarsch zurück ins Reservat machen zu müssen – und das ohne Wasser oder Nahrung, und nur, weil die Wagen den Geist aufgegeben hatten.

Die Land Rover jedoch waren echte Schlachtrösser, die mehr als ausreichend in der Lage waren, sich auch im extremen Terrain des Amazonas zu bewähren.

Cutter war mit Jenny und Blaine Fahrgast, während Nando hinter dem Steuer saß. Chaplin fuhr mit Abby und Connor, während Lucas und Stephen zusammen mit Genaro Valdez im Auto saßen. Sie waren ständig in Funkkontakt.

„Sagen Sie mir, Professor, warum sind Sie hier?“, wollte Nando wissen.

„Weil Sie mich darum gebeten haben“, antwortete Cutter.

„Soll ich das glauben?“ Nandos Stimme machte klar, dass er keine Floskeln hören wollte, sondern nicht weniger als die Wahrheit.

„Etwas in Ihrer Email hat das Interesse meines Bosses geweckt.“ Diesmal sah Cutter ihn nicht an. Er starrte aus dem Fenster auf die dickstämmigen Bäume und die Flechten, die in ihrem Schatten wuchsen.

„Aber das kann doch kaum ausreichend sein, um sowohl die Botschaft als auch die Armee auf den Plan zu rufen. Ich bin nicht dumm. Irgendetwas geht hier vor.“

„Sie haben Recht. Aber ich bin nicht sicher, ob ich Ihnen sagen kann, was.“

„Geheimnisse und Lügen“, sagte Nando, als ob er bestens verstand und es ihn anwiderte. „Darum dreht sich mein Leben heutzutage. Wie es scheint, beschäftige ich mich mehr mit Regierungsgeplänkel, als tatsächlich mit den Tieren. Es gibt so viele dumme Regeln in meinem Job. Das geht sogar soweit, dass es Teile des Regenwaldes gibt, die außerhalb unserer Jurisdiktion liegen – und die wir nicht einmal betreten dürfen. Was glauben Sie will man vor uns verheimlichen? Die legendären Städte aus Gold?“ Er lachte bitterlich. „Ich lebe schon eine ganze Weile mit Geheimnissen, das kann ich Ihnen sagen.“

„Nun ja, wenn ich Recht habe, bin ich vielleicht noch vor Ende des Tages in der Lage, Ihnen etwas zu zeigen, das Sie noch niemals zuvor gesehen haben."

„Das ist doch schon mal was."

„Ich sollte Sie jedoch vorwarnen, dass die nächsten 24 Stunden mit hoher Wahrscheinlichkeit das Fundament dessen, was Sie als Wissenschaftler als gegeben ansehen, erschüttern werden."

„Sie machen es ja sehr ... geheimnisvoll", meinte Nando und die Abscheu in seiner Stimme wurde von echter Neugier ersetzt. Er ging plötzlich vom Gas, um einer riesigen Pfütze auszuweichen, die den halben Pfad in eine Schlammgrube verwandelt hatte. Der Land Rover schlingerte, wodurch Cutter hart gegen den Gurt gepresst wurde. Jenny und Blaine hatten hinten keine Sicherheitsgurte und wurden darum wild hin und her geworfen. Nando bat vielmals um Entschuldigung, als er ein weiteres großes Schlagloch erwischte und sie an die Decke über den Sitzen greifen mussten, um sich davor zu bewahren, durch die Gegend geschleudert zu werden.

Sie fuhren gut eine Stunde durch die stickige Hitze und trockene Luft, bis sie zu jener Lichtung gelangten, auf der die Ranger die merkwürdigen Spuren gefunden hatten. Bevor sie ausstiegen, öffnete Nando eine Flasche Wasser und reichte sie herum. Jeder von ihnen nahm einen tiefen Schluck, wischte sich dann den Mund mit dem Handrücken ab und reichte die Flasche weiter. Nur selten hatte warmes Wasser so gut geschmeckt. Er reichte auch Sesam- und Honigkuchen herum.

„Gut für den Blutzucker in der Hitze", versprach er. Die kleine Backwaren schmeckten ein bisschen wie Baklava, süß und zäh.

Als sie aus dem Land Rover ausstiegen, nahm Stephen Cutter zur Seite. „Wir sollten sie warnen", insistierte er leise. „Sie verdienen es zu erfahren, womit sie es vielleicht zu tun haben werden."

„Und wie können wir sie deiner Meinung nach davon überzeugen, dass Relikte des Plio-Pleistozäns ihren Dschungel heimsuchen, Stephen?“, erwiderte Cutter. „Wie erklärt man das gesamte ARC auf die Schnelle?“

„Ich weiß es nicht. Wir sagen es ihnen einfach“, drängte Stephen, doch sein Blick strafte seine Worte Lügen, da er es selbst für ein sinnloses Unterfangen hielt. Nando musste das Phänomen mit eigenen Augen sehen. Nur das war ein Beweis, der nicht bestritten werden konnte. Und dennoch wussten sie, dass es falsch war, den Einheimischen nicht vor dem zu warnen, was sie jenseits dieser Bäume wohl finden würden.

„Das können wir nicht“, sagte Cutter. „Wir werden tun, was wir können, um sie zu beschützen. Bis der richtige Moment gekommen ist.“

„Wirklich?“, fragte Nando, den Inhalt des Gesprächs nicht erfassend, und legte eine Hand auf die Schulter des Professors.

Cutter nickte.

Er ging um den Land Rover herum und öffnete die hintere Klappe. Dann holte er eine Machete heraus, die an einem Gürtel hing. Er legte diesen um seine Taille, so dass das geschärfte Metall wie ein Schwert an seiner Seite herunterhing. Danach sicherte er die Spitze der Scheide mit einem Lederriemen an seinem Schenkel. Er zog die Klinge mit Schwung heraus und steckte sie dann wieder hinein.

„Bereit.“

Der Schweiß lief über seine Schläfen und Wangen, während er hinter den Rangern hertrottete. Gnädigerweise übte sich der Dschungel um sie herum nicht in Schweigen. Die Fauna machte vielmehr lautstark auf sich aufmerksam. Es lag auf der Hand, warum das Amazonasgebiet die Lunge des Planeten genannt wurde. Die schiere Anzahl an Blättern von den Baumwipfeln bis hinunter zum Dschungelboden war unglaublich. Es gab erstaunlich viele Schattierungen von Grün und anderen Farben. Der Dschungel war wahrhaftig am Leben.

Cutter kniete sich hin und griff nach einer gelben Pflanze, die einer Orchidee nicht unähnlich sah.

„Das würde ich an Ihrer Stelle nicht tun“, riet ihr Führer Genaro eilig, als Cutters Finger nur noch wenige Zentimeter von den großen samtenen Blüten entfernt waren. „Diese Pflanze scheidet durch Stängel und Blätter ein Sekret aus, das halluzinogene Rückstände enthält. Die Eingeborenen trocknen und rauchen es, um so in Einklang mit der Erdgöttin zu kommen.“

„Ah, danke“, meinte Cutter und steckte die Hände wieder in die Taschen. Nun darauf aufmerksam gemacht, konnte er auf den gelben Blüten leichten Staub erkennen. Ohne Genaros Warnung hätte er ihn für nicht gefährlicher oder exotischer als ganz banale Pollen gehalten. Die Anderen sammelten sich um ihn, um das potente Gewächs näher zu betrachten. Danach gingen sie der Reihe nach weiter. Niemand sonst streckte die Hand aus, um auf Tuchfühlung mit dieser berauschenden Flora zu gehen.

„Die Ökologie der Region weicht so stark vom Altbekannten ab, dass dies eine ganz andere Welt ist, Professor“, erklärte Genaro, während er vor ihm ging und auf eine Reihe von verschiedenen Pflanzen zeigte. „Diese dort“, und damit deutete er auf eine Art muschelförmige Pflanze, einer übergroßen Venusfliegenfalle nicht unähnlich, „ist ein Fleischfresser.“

„Echt?“, sagte Connor enthusiastisch. „Eine fleischfressende Pflanze? Wie Audrey Zwei? Das ist ja wild. Was frisst sie?“

„Menschen“, sagte Genaro unbeeindruckt. Dann bemerkte er den entsetzten Blick auf Connors Gesicht und brach in Lachen aus.

„Du bist manchmal so naiv, Connor“, meinte Abby, während sie hinter ihm ging. „Das hier ist nicht *Little Shop of Horrors* mit seinem lila Menschenfresser aus dem Weltall.“

Connor ignorierte, dass sie ihn aufzog und widerstand auch der Versuchung, ihren popkulturellen Schnitzer auszubügeln.

„Also, was pfeifen sich die Dinger rein?“, fragte er.

„Hauptsächlich Vögel“, erklärte Genaro, wobei sein Lachen langsam ausklang. „Die Pflanze scheidet Enzyme aus, die das Fleisch zersetzt, so dass es sich innerhalb der Blätter auflöst.“

„Wow! Das ist mächtig cool.“ Connor blickte die Pflanze mit neuem Respekt an und war über die Maßen fasziniert.

„Ja, das ist es“, warf Cutter ein. „Aber das sollten wir besser nicht ausprobieren. Behalten wir unsere Finger lieber bei uns, ja?“

„Sehr richtig“, stimmte Connor zu und folgte dem Beispiel seines Bosses, indem er ebenfalls die Hände in die Hosentaschen seiner Shorts steckte. „Gibt es hier viele gefährliche Pflanzen?“

„Alles ist gefährlich, wenn man nicht weiß, wie man damit umgehen soll“, erwiderte Genaro. „Die Nahrungskette ist dir bekannt, oder?“ Connor nickte. „Alles ernährt sich von etwas anderem. Um sich vor der Ausrottung zu schützen, entwickeln Spezies Verteidigungsmechanismen. Es geht ums Überleben. Keine Spezies stirbt willentlich aus. Sie streuen mehr und mehr Pollen, locken Tiere mit ihren leuchtenden Farben an und lassen die Falle zuschnappen. So überleben sie.“

„Klingt nach dem West End am Samstag Abend“, sagte Connor. „Nur ohne die Prostituierten.“

„Connor!“, blaffte Abby ihn von hinten an.

„Okay, Jungs und Mädels“, sagte Cutter, „genug davon.“

„Hier entlang, Professor“, meldete sich Genaro und führte sie durch die Bäume. Er beschrieb die Ökologie und die Geschichte der Gegend, durch die sie wanderten. „Wussten Sie, dass der Baldachin von Amazonien weniger gut erforscht ist als der Grund des Meeres? Man glaubt, dass hier mehr als die

Hälfte aller Spezies dieser Welt lebt. Über 500 Säugetiere, 175 Echsen und mehr als 300 andere Reptilien-Spezies. So unglaublich es auch erscheinen mag, lebt ein Drittel der Vögel dieser Welt in Amazonien. Und es gibt 30 Millionen Insektenarten."

„Das sind 'ne Menge Käfer", merkte Connor an.

„Mehr als ein oder zwei", stimmte Cutter zu. „Das ist schon wirklich ein unglaublicher Ort."

„Und ohne die Ameisen würde er in sich zusammenbrechen", sagte Genaro. „Blattschneider-Ameisen, um genau zu sein. Sie beseitigen etwa ein Sechstel aller Blätter und stimulieren dabei neues Wachstum. Die toten Blätter verrotten und düngen so die Erde. Das System hier ist extrem genügsam und sorgt für einen nicht endenden Zyklus der Grundversorgung."

Sie folgten dem Ranger über ein dickes Wurzelgewirr um den Fuß eines Baumes herum. Die meisten der Auswüchse blieben nahe an der Oberfläche und gruben sich nicht tief ein, bei der instinktiven Suche nach Nährstoffen. Das war auch nicht nötig, denn der Lehm auf den obersten Schichten der Erde wurde von der verrottenden Vegetation genährt. Tiefer darunter war nur wenig Gutes zu finden.

„Kaum zu glauben, dass mehr als die Hälfte davon in den letzten 50 Jahren vernichtet wurde", sagte Cutter und blickte an den beinahe laublosen Bäumen zu den Wipfeln empor.

„Es ist ein Verbrechen und nicht weniger als das", meinte Nando vehement, als er zu ihm aufschloss. „Rund um den Erdball werden jeden einzelnen Tag 200.000 Morgen an Bäumen gerodet. Das sind 150 Morgen pro Minute oder zweieinhalb Morgen pro Sekunde, die auf alle Zeiten vom Angesicht des Planeten getilgt werden."

„Großer Gott".

„Er hat damit nur sehr wenig zu tun. Man fertigte lediglich ein Kreuz für seinen Sohn an", bemerkte Nando.

„Nicht, wenn man ganz genau darüber nachdenkt", warf

Connor ein. „Ich meine, wie viele Katholiken gibt es da draußen, die Kruzifixe an der Wand haben und …"

„Ich glaube nicht, dass wir der Religion die Schuld für die Abholzung des Amazonasgebiets geben können, Connor", mischte sich Cutter leicht amüsiert ein. „Es hat mehr damit zu tun, dass Holzkohle für die Industrieanlagen vonnöten ist und die Abholzung Platz für Rinderfarmen schafft, die dem Magenknurren, das beim Anblick des großen gelben M hochkommt, entgegenwirken. Abholzung, Abbau und andere Anforderungen unserer so genannten zivilisierten Gesellschaft."

„Ja, aber ich wollte nur sagen, dass bei genauerem Nachdenken für all diese Darstellungen doch eine Menge Holz draufgeht, nur um den armen Kerl immer wieder zu kreuzigen."

„Der Punkt geht an dich", stimmte Cutter zu.

„Nun ja, genießen Sie es besser jetzt, denn das alles hier wird weg sein, wenn Sie in den Ruhestand gehen", sagte Nando zu Connor. „Bei der derzeitigen Abholzungsrate wird es 2050 keinen Wald mehr geben. Klingt noch weit entfernt, aber das sind gerade mal 41 Jahre. Jeden Tag verlieren wir 150 Spezies – Pflanzen, Tiere und Insekten. 150. Jeden Tag."

„Mein Gott, das ist –"

„Der Genozid", unterbrach Genaro. „In Ermangelung eines besseren Wortes."

„Oh nein, ich denke, das Wort trifft es ganz gut."

„In der Zeit meiner Vorfahren lebten zehn Millionen Menschen in diesem Wald", erklärte Nando. „Und nun haben wir bei Millionen von Morgen Land weniger als 200.000 meiner Brüder, die hier noch ihr Heim haben. Die Stämme sterben aus, ebenso wie die Insekten und die Pflanzen. Schöne neue Welt. Darum bin ich auch hier her zurückgekommen und habe keinen Job in einem Zoo in England angenommen. Ich wollte etwas tun. Ich spürte einen inneren Zwang, einen Ruck in meinem Herz, der mich anspornte, mich zu engagieren."

„Das kann ich gut verstehen", meinte Connor.

„Sie schon, aber die Menschheit nicht. Sie begreift nicht, dass die Pflanzen unsere Rettung sein werden – und zwar in mehr als nur in Hinblick auf die Luft. Neue Heilmittel gegen Aids, Krebs, Diabetes, Arthritis und Alzheimer werden von pflanzlichen Quellen kommen. 25 Prozent aller Medikamente stammen von Bestandteilen des Regenwaldes ab, aber Wissenschaftler haben bisher kaum mehr als ein Prozent der Pflanzen, die unsere Industrien tagtäglich zerstören, erforscht. Die Heilmittel sind da, und um uns herum – meinem Volk war das schon immer bewusst. Aber bitte entschuldigen Sie meine kleine Predigt. Es deprimiert mich, daran zu denken, was an jedem Tag unseres Lebens für immer verloren geht."

„Es ist nicht nötig sich zu entschuldigen, Nando. Wir schulden diesen Bäumen viel und wissen das nicht zu schätzen."

Sie zogen stumm weiter, wobei jeder von ihnen seinen eigenen Gedanken nachhing. Innerhalb von ein paar Minuten jedoch standen sie alle um einige Spuren, die offensichtlich von einem Thylacosmilus stammten. Der Boden war mit ihnen bedeckt und es sah so aus, als ob die Kreatur im Kreis gelaufen war, bevor sie das, was auch immer sie zu der Lichtung angelockt hatte, gepackt und weggezerrt hatte.

„Der war nicht allein unterwegs", sagte Stephen, kniete sich nieder und deutete auf die leichten Größenunterschiede zwischen einigen Abdrücken im weichen Schlamm. Cutter lehnte sich vor, um die Abdrücke besser ansehen zu können. Mit seinem Zeigefinger inspizierte er die Spuren. Stephen hatte Recht, sie waren unterschiedlich tief, obwohl dafür auch eine Gewichtsverlagerung hätte verantwortlich sein können. Vielleicht war das Tier auf die Lichtung gerannt und dann langsamer geworden. *Auf der Jagd*, wie er bei sich dachte.

„Wie viele sind es?", wollte er von seiner rechten Hand wissen.

„Schwer zu sagen, mindestens zwei. Sieh dir das an." Stephen schob die Laubdecke abgefallener Blätter rund um ein einzelnes Paar Spuren weg. „Der Verteilung nach zu urteilen, muss ich davon ausgehen, dass eines sich schnell bewegte – sieh dir die Gruppierung der Spuren an. Aber hier drüben sind die Abdrücke nicht nur leicht größer, sondern auch deutlich tiefer."

„Könnte das nicht daher rühren, dass die Kreatur einfach nur aufgehört hat zu rennen?", fragte Abby und sprach damit Cutters ursprünglichen Gedanken aus.

„Möglich, aber ich glaub's eher nicht."

„Warum?", drängte Cutter. Er folgte den Spuren und gab sein Bestes, um Unterschiede darin zu erkennen.

„Seht hier, die Verteilung des Gewichts ist anders. Wenn wir davon ausgehen, dass zwei Tiere niemals gleich gehen, dann legt dieses hier mehr Gewicht auf die hinteren Pfoten als das andere."

„Aber nochmal, könnte das nicht daran liegen, dass das Tier gelaufen ist?"

Stephen schüttelte den Kopf.

„Nein, so funktioniert das nicht. Man hat ein Schrittmuster, eine natürliche Art der Bewegung. Ob schnell oder langsam, das ist egal, man wird das Gewicht immer auf dieselbe Art verlagern."

„Wirklich?", wollte Connor wissen. „Was, wenn ich auf Zehenspitzen gehe?"

„Dann siehst du lediglich aus wie ein Idiot", sagte Stephen. „Wenn Abby läuft, hinterlässt sie andere Spuren als du bei deinem idiotischen Marsch auf Zehenspitzen. Genauso verhält es sich bei Cutter und mir. Ich bin größer und muskulöser, darum ist mehr Gewicht auf eine kleinere Kontaktoberfläche verteilt."

„Ausgezeichnet", sagte Cutter. „Dann liegen hier also wenigstens zwei unterschiedliche Spuren vor. Ein Männchen und ein Weibchen vielleicht."

„Wie können Sie das Geschlecht bestimmen?", fragte Chaplin, der von den Soldaten und Jenny weggetreten war und sich den Wissenschaftlern genähert hatte.

„Sie haben doch gerade Stephen zugehört, Mr. Chaplin. Die Gewichtsverlagerung, die Größe, das alles spiegelt sich in der Spur wider, die das Tier zurücklässt."

„Beeindruckend", räumte Chaplin ein.

„Hier", meldete sich Stephen, „es ist einmal beim Laufen langsamer geworden." Er deutete auf eine Stelle, an der vier Abdrücke sehr nah beieinander waren, und dann auf eine Stelle, etwas weiter weg, an der das wieder der Fall war. Hier wurden vier Spuren zu zwei miteinander harmonierenden Paaren. „Die Spur bricht in eine noch größere Gangart auf."

„Und das sagt Ihnen, dass es ein Männchen war? Oder ein Weibchen?", fragte Chaplin und war noch immer verblüfft.

Stephen lachte.

„Weder noch. Es sagt mir, dass es aufhörte zu laufen und dann ging. Es hat hier auf der Lichtung gejagt. Seine Beute stand ungefähr hier, wo wir jetzt stehen."

„Na, wenn das kein angenehmer Gedanke ist", sagte Chaplin mit sichtbarem Schaudern. „Also wie bestimmen Sie das Geschlecht?"

„Die Männchen und Weibchen der meisten Spezies hinterlassen unterschiedliche Spuren. Es ist relativ leicht, den Unterschied zu erkennen, wenn man weiß, wonach man suchen muss. Ganz besonders, wenn die Spuren so gut erhalten sind wie hier."

„Ahh", machte Chaplin und war offensichtlich kein bisschen klüger geworden.

„Hey, Leute, das hier ist interessant", rief Abby. Sie stand plötzlich auf, ging über die offene Fläche zum Unterholz und kämpfte sich ihren Weg hinein in die Zweige und das Gewirr der Kletterpflanzen. „Da hinten ist was", rief sie aus dem Unterholz heraus, in dem sie kaum noch zu erkennen war.

Cutter folgte ihr als Erster. Die junge Frau vor ihm wurde langsamer und leiser.

„Hören Sie das?“ Sie flüsterte über ihre Schulter hinweg, während sie langsam näher kamen. Der Professor musste angestrengt hinhören, bemerkte aber nichts. Er brauchte einen Augenblick, um das Geräusch zu isolieren und zu bestimmen, was er hörte.

Fliegen. Fliegen, die in großen Mengen aufgeregt um etwas kreisten.

Er nickte und zückte die Machete. Schon einige Zeit, bevor sie das Objekt der Fliegenbegierde fanden, war ihm klar, was es sein würde. Cutter ging an Abby vorbei und bahnte ihnen den Weg durch das dichte Gestrüpp, das ihren Pfad versperrte. Die rasiermesserscharfe Klinge schwang durch die Luft und schlug hart in die dicken Kletterpflanzen. Er brauchte drei oder vier Hiebe, um die dickeren Ranken zu durchtrennen. Cutter arbeitete sich tiefer in das Unterholz vor, bis er schließlich vor dem Kadaver eines Faultiers stand. Das Tier schlief garantiert nicht. Sein Kopf war unversehrt, doch in seinen Augen glänzte der blanke Blick des Todes. Noch erschreckender war, wie an seinem Bauch die Haut aufgerissen worden war, damit der Mörder sich an den warmen Eingeweiden laben konnte.

Fliegen schwirrten um das tote Tier herum. Sein Kadaver erbebte durch all die weißen Maden, die in ihm ein Festmahl feierten.

Abby wich vor dem toten Tier zurück. Sie hielt sich die Hand vor den Mund, drehte sich um und übergab sich. Cutter stand einen Moment länger über der Leiche, dann kniete er sich hin, ignorierte die emsig wuselnden Leichenfledderer und studierte die Verletzung, die dem Tier zum Verhängnis geworden war. Wie man dem Tier die Eingeweide herausgerissen hatte, passte zum Jagdverhalten eines Jaguars, eines Panthers oder einer anderen ähnlich großen Raubkatze.

Und somit auch zu einem Thylacosmilus-Angriff.

FÜNFZEHN

Stephen kniete nieder und untersuchte die Spuren erneut. Er war den anderen nicht ins Unterholz gefolgt.

Nach seiner Zählung waren es sechs unterschiedliche Abdrücke, was bedeutete, dass ihnen nicht nur ein einzelnes Raubtier, sondern eine ganze Meute begegnen könnte. Die Vorstellung ließ ihn erschaudern.

Er benetzte seine Lippen. Seine Zunge kratzte wie Leder auf der aufgerissenen Haut. Seine Kehle war ausgedörrt. Er konnte die Feuchtigkeit in der Luft schmecken, aber scheinbar nichts davon für seinen Körper abschöpfen. Ächzend setzte er seinen Rucksack ab und holte eine Flasche Wasser hervor. Er öffnete sie und nahm einen großen Schluck nach dem anderen, wobei er die Grundregeln der Flüssigkeitszufuhr sträflich missachtete und seinem schrecklichen Durst einfach nachgab. Nachdem er mehr als einen halben Liter innerhalb von Sekunden getrunken hatte, wischte er sich die Lippen ab, verschloss die nun fast leere Flasche wieder und stopfte sie zurück in den Rucksack.

„Schlechte Neuigkeiten", sagte er, als er Cutter aus dem Gestrüpp hervorkommen sah.

„Lass hören", knurrte Cutter.

„Wir suchen hier nicht nach einem Raubtier."

„Sondern nach wie vielen?"

„Meiner Zählung nach sind es sechs", sagte Stephen.

„Sechs? Oh Gott."

„Ja. Was habt ihr da hinten gefunden?"

„Nichts Gutes. Den Kadaver eines Faultiers. Seine Eingeweide wurden herausgerissen."

„Das passt zu dem, was wir über das Jagdverhalten der Borhyaeniden wissen."

Cutter nickte.

„Ihr habt meine volle Unterstützung, falls ihr, äh, nach Hause wollt", bot Connor an. „Nur, damit ihr es wisst."

„Klingt nach gar keiner so schlechten Idee", meinte Stephen.

„Nando, gibt es irgendwelche Siedlungen in der Nähe?", wollte Cutter wissen. Der Gedanke war Stephen noch gar nicht gekommen, aber nun fühlte er, wie Angst in ihm hochstieg. Er sah den Peruaner an und wünschte sich nichts mehr, als dass der den Kopf schütteln würde.

„Das nächste Dorf ist vielleicht fünfzehn Minuten Luftlinie entfernt."

„Fünfzehn Minuten. Viel zu nah, um ruhig zu bleiben", stellte Cutter besorgt fest.

Stephen rechnete es im Kopf durch. Eine große Katze konnte zwischen 45 und 75 km/h erreichen. Zumindest bei kurzen Sprints. Eine Meute hungriger Raubtiere, die den Geruch frischen Fleisches aufnimmt, würde ihre Beute stundenlang verfolgen können. Keine Siedlung, die in solcher Nähe lag, war sicher.

Blaine stellte die Frage, die allen auf der Zunge brannte.

„Liegt es in derselben Richtung wie der Tempel, zu dem Sie uns bringen?"

„Ja, das tut es", bestätigte Nando.

„Das sind alles andere als gute Neuigkeiten." Cutter wischte sich den Schweiß von den Augen. Mit der Machete, die er herunterhängen ließ, sah er etwas durchgeknallt aus.

„Gott sei Dank wird der Wind durch die Bäume verlangsamt. So kann sich der Geruch nicht allzu weit verbreiten", erklärte Stephen. Cutter runzelte die Sturn.

„Wollen wir es hoffen."

Einem warnenden Blick von Jenny folgend, nahm Cutter Connor zur Seite, weg von Nando, Genaro und Chaplin. „Check den Anomalie-Detektor."

Der Ausstoß von elektrostatischem Rauschen verriet ihnen alles, was sie wissen mussten.

Der Schweiß klebte an Connor. Sein Hemd war klatschnass. Dunkle Flecken unter den Achseln reichten bis zum Bund seiner Hose. Er zuckte mit den Schultern. Die an seinem Körper klebende Kleidung bewegte sich nicht. Schweiß lief an seinen Waden hinunter. Sogar seine Socken waren nass. Es fühlte sich an, als würde er durch Wasser waten.

Er wusste, wie er aussehen musste – wie ein kleiner Möchtegern-Abenteurer, der die abgelegten Klamotten seines Bruders anhatte.

Er stapfte hinter den anderen her und versuchte, alles in sich aufzunehmen; all die Farben, die Gerüche und Geräusche. Er steckte den kleinen Detektor in die Seitentasche seiner Cargohose. Er konnte den Energieausstoß des Gerätes durch die Haut fühlen.

Nando zufolge war das Dorf einen fünfzehnminütigen Marsch entfernt, wobei der Wegverlauf ein steiles Gefälle aufwies. Als sie in Richtung ihres Weges blickten, konnten sie sehen, dass Nebel über dem Tal lag.

Der Anomalie-Detektor schwieg lange Zeit, bevor sie die Siedlung erreichten, was eines von zwei Dingen bedeuten konnte: Entweder hatte sich die ursprüngliche Anomalie wieder geschlossen oder sie waren nicht länger in ihrer Reichweite. Connor wusste, auf welche Möglichkeit er sein bescheidenes Barvermögen setzen würde. Da der maximale Radius für die Detektoren etwa anderthalb Kilometer betrug, war es wahrscheinlich, dass sie außerhalb der Gerätereichweite waren. Ohne auf die Karte zu schauen, konnte er nicht sicher sein, aber er vermutete, dass all die Messungen, die er gemacht hatte, entlang desselben Vektors lagen. Er versuchte, sich das vor seinem geistigen Auge vorzustellen, wobei er die Karte, die er bei Nando an der Wand gesehen hatte, als Referenz benutzte.

Schon seit einer ganzen Weile spielte er mit einer Idee die Anomalien betreffend, aber hatte bisher noch nicht den Mut gefunden, sie mit Cutter zu besprechen. Zumindest nicht, wenn der Professor in der Stimmung war, die ihn nunmehr erfasst hatte. Es war eine Sache, diese Phänomene zu entdecken und hinter ihnen herzujagen, aber sollten sie nicht nach Wegen suchen, um sie zu kontrollieren? Um sie offen zu halten, oder wichtiger noch, sie schnell schließen zu können? Der nächste Schritt wäre dann, sie selbst öffnen zu können, was das Risiko mindern würde, dass sich eine Anomalie ungewollt öffnete, eine x-beliebige Kreatur aus Vergangenheit oder Zukunft hindurch kommen und im Hier und Jetzt stranden würde.

Das klang alles nach Science-Fiction, aber für ihn ergab es Sinn. Und er glaubte, dass sie mehr in dieser Richtung forschen sollten. Er wusste jedoch genau, was Cutter sagen würde: Es war nicht ihre Aufgabe, Gott zu spielen. Wissenschaftler sorgen nicht dafür, dass Dinge geschehen. Sie beobachten, zeichnen auf, entdecken, aber sie bringen Dinge nicht in Bewegung. Und das war die Krux. Wenn man über die Anomalien Kontrolle erlangen konnte und wusste, wie sie auf Wunsch zu öffnen und schließen wären, was wäre dann der Preis, der dafür gezahlt werden müsste? Welcher Politiker oder welches militärische Genie würde nicht mit Freuden ein Loch in das Gefüge von Raum und Zeit reißen, um die Dinge zu berichtigen, die seiner Meinung nach schief gelaufen waren?

Die Vorstellung bescherte ihm eine Gänsehaut.

Connor wollte ein Mal – nur ein einziges Mal – daran glauben, dass etwas Gutes erschaffen werden konnte, das nicht korrumpierbar wäre.

Seine Gedankenkaskade wurde unterbrochen, als ihm schlagartig bewusst wurde, dass alles still war. Er hatte es zuerst gar nicht bemerkt, während die Anderen durch das Gestrüpp marschierten, aber je mehr er zurückfiel, desto weiter entfernt ertönten ihre schwerfälligen Schritte und das leise Geschnatter. Nun waren sie fort. Totale Stille herrschte.

Einen Augenblick lang stand er da, die Augen geweitet, und er wusste genau, was diese Stille bedeutete. Er hielt den Atem an und lauschte verzweifelt nach einem Geräusch, das hier nicht hingehörte. Ein Geräusch, das ihm verraten würde, dass er grundlos Panik schob.

Aber in den 30 Sekunden, in denen er mucksmäuschenstill dastand, hörte er nichts.

Er begann zu laufen und schrie „Cutter!“, als er sich einen Weg durch das Gestrüpp bahnte und zu den anderen aufzuschließen versuchte. „Wartet auf mich!“ Er stieß Äste und dicke Blätter zur Seite, wie wahnsinnig nach dem Raubtier Ausschau haltend, das all die anderen Tiere hier vertrieben hatte.

Er atmete schwer und rannte in seiner Panik fast Stephen über den Haufen.

„Was ist denn? Was ist passiert?“, wollte der wissen.

„Die Stille!“, keuchte Connor. Er zitterte, während das Adrenalin durch seinen Kreislauf pumpte. „Hört doch hin!“

Alle wurden still, eingebettet in das unnatürliche Schweigen der Bäume um sie herum.

Eine Minute lang gaben sie keinen Laut von sich. Noch nicht einmal das Flüstern des Windes in den hohen Baumwipfeln konnte die Stille durchbrechen. Dann drang ein tiefes Knurren durch die Bäume.

Sie waren nicht allein.

Connor hörte den Hunger, der in dem Knurren mitschwang, und versuchte verzweifelt, sich einzureden, dass das alles nur Einbildung sei.

Nur einen Moment später hörten sie das Echo dieses Knurrens vom anderen Ende ihrer gegenwärtigen Position. Connors Herz blieb stehen. Er fühlte, wie sein Puls immer schneller ging und wie sich sein Blick wegen der Hitze trübte. Er schloss seine Augen. Das Knurren wurde zu einem Gebrüll, dem ein Schrei folgte, der nur allzu menschlich klang. Ein markerschütterndes Geräusch, voller Furcht und Hoffnungslosigkeit.

Er holte den Anomalie-Detektor unbeholfen aus der Tasche und schaltete ihn ein. Es gab kein Rauschen, nichts, das die Anomalie verraten hätte.

„Cutter?"

„Was, Connor?"

„Ich möchte jetzt wirklich nach Hause."

„Wir sind nicht seine Beute, Connor", sagte Cutter und klang dabei fast ruhig.

Ein zweiter Schrei gellte, näher, aber wegen der Bäume, die ihr Blickfeld auf wenige Meter einschränkte, war es unmöglich zu sagen, aus welcher Entfernung er tatsächlich kam. Alles, woran Connor denken konnte, war, dass es gewiss nicht weit genug weg war. Und dann traf ihn die Erkenntnis, woher diese Schreie kamen, wie ein Donnerschlag und drehte ihm den Magen um.

Ohne nachzudenken, rannte Connor wieder los – diesmal jedoch in die Richtung, aus der die Schreie gekommen waren.

„Sie sind im Dorf!", schrie er über seine Schulter hinweg. „Na los!"

Er wartete nicht, um zu sehen, ob ihm die anderen folgten. Er wusste, dass sie es taten.

Die Kreaturen kamen aus dem Dschungel, in Tod und Dunkelheit gehüllt, während sie den schmalen Pfaden zwischen den

Lehmhütten folgten. Zuerst konnte man sie nicht sehen, nur hören, wie Geister, die sich aus dem Nebel schälen, und dann wurden sie zu dem Stoff, aus dem die Albträume sind. Diese großen mächtigen Bestien kamen auf allen Vieren aus dem dicken weißen Nebel, mit riesigen Kiefern, die den angsterfüllten Dorfbewohnern das Fleisch von den Knochen rissen.

Es gab Schreie.

Es gab Blut.

Es gab Tod. Wieder und wieder, nichts als den Tod.

Die Bestien brüllten und trieben die noch Lebenden zum Brunnen im Zentrum der Siedlung.

Die Menschen liefen, doch es gab keinen Ort, an den sie hätten fliehen können.

Stattdessen starben sie, als sich die Bestien auf sie stürzten, sie zerfleischten und ihre Knochen mit mächtigen Kiefern zermalmten.

Die Schreie wurden auf sonderbare Weise den Hügel hoch getragen. Es war nicht nur so, dass die Schreie näher klangen, als sie waren. Die Akustik schien auch jedes Geräusch beim Aufstieg zu verstärken. Durch den Nebel, der sich um die Wipfel legte und sich über den Talkessel ausbreitete, wurde ihnen jeder visuelle Orientierungspunkt geraubt. Geräusche wurden ihr einziger Anhaltspunkt.

Und sie führten sie in die Irre, auf eine Weise, die Cutter nie für möglich gehalten hätte.

Der Pfad hatte sie an gefällten und vom Sturm gestürzten toten Bäumen vorbeigeführt, durch dichten Ginster und Gestrüpp, beständig bergab, bis der Weg vor ihren Füßen endete. Connor stand an der Kante und starrte über sie ins Tal hinab. Cutter stellte sich neben ihn.

Die Welt unter ihnen verschwand im Nichts. Hunderte Meter tiefer konnten sie die Baumdecke und einen eisblauen, sich schlängelnden Fluss sehen. Ein spektakulärer verborgener Flecken Erde, aber er konnte den Anblick nicht genießen. Die Schreie der Sterbenden hallten bis nach hier oben. Und es gab keine Möglichkeit, schnell zu ihnen zu gelangen, wollte man sich nicht sinnlos in die Tiefe stürzen und hoffen, so wenigstens eines der Viecher zu erschlagen.

Jenseits der Kluft wurden die Hügel zu echten Bergen, mit steinernen Gesichtern, harsch und gezackt, tief ins blaue Firmament des Himmels hineinragend. Die Landschaft war rau. Von elementarer Kraft. Sie wirkte wie die typische Zeichnung eines Bergmassivs aus Kinderhand. Die Gipfel erhoben sich und fielen scharf in sich zusammen, sahen aus wie zerklüftete Zähne, grotesk lächelnd.

Die Gruppe studierte das abfallende Terrain. Die dünne Luft brannte in Cutters Lungen. Es musste einen Weg nach unten geben, das wusste er, aber die Frage lautete: Wie weit entfernt war dieser Weg? Dauerte es zu lange, würden ihre Waffen den kreischenden Menschen da unten nichts nutzen.

Plötzlich verstummte das Geschrei.

Cutter wollte verzweifelt glauben, dass es an der einzigartigen Akustik des Berges lag. Aber in seinem Herzen wusste er, was es bedeutete. Das Sterben war beendet. Dessen war er sich sicher.

Die Kante bröckelte etwas, weswegen er einen Schritt zurück treten musste.

„Connor, weg da“, schrie er auf, packte den jüngeren Mann am Arm und zog ihn zurück. „Es ist zu gefährlich.“

„Es muss einen Weg da runter geben,“ sagte Connor und riss sich von dem Professor los, wobei er fast über die Kante gestolpert wäre. Cutter wollte ihn nicht loslassen. Er fasste nach und zog Connor in Sicherheit. Das von Angst getränkte Mitgefühl in den Augen seines Schützlings brach ihm das Herz. Der Junge wusste, was sie dort unten finden würden, und dennoch wollte er mit aller Macht dort hinunter, um Menschen zu helfen, die bereits tot waren. Die Größe seines Herzens und seine Fähigkeit, das Leid anderer zu teilen, sagte viel über den Charakter des meist etwas oberflächlich wirkenden Studenten aus. Cutter drückte ihn an sich.

„Es gibt nichts, was wir noch tun können“, erklärte er und hasste sich selbst dafür, obwohl er wusste, dass es die Wahrheit war. „Du bist ein guter Mann, Connor Temple. Du hast ein gutes Herz. Aber das hier geht weit über ein gutes Herz und großen Mut hinaus. Unsere Welt wird von einer Ungerechtigkeit beherrscht, die nicht einmal vom größten Herz auf Erden besiegt werden könnte. Es tut mir leid. Es tut mir so unendlich leid.“

Connor sagte nichts.

Musste er auch nicht.

Es gab Momente, in denen Worte einfach nicht genug waren.

Nando und Genaro fanden den Weg ins Tal.

Alles wirkte so falsch.

Die bedrückende Stille blieb. Der Wald hielt den Atem an.

Alles war aus dem Gleichgewicht geraten, vom Fehlen des Vogelgezwitschers bis hin zum Plätschern des Flusses. Sie wussten, dass sie sich einem Friedhof näherten. Und Cutter war sich sicher, dass die Kreaturen noch dort waren. Der Thylacosmilus würde immer noch fressen, in der Meute um die Toten versammelt, das blutige Mahl genießend. Der Forscher trottete vorsichtig durch das Unterholz und achtete bei jedem Schritt darauf, wohin er den Fuß auf der in den Hang geschlagenen Treppe setzte. Jenseits der ausladenden und längst verwitterten steinernen Stufen befanden sich Dreck, Unkraut und lange Gräser, die nach unten hingen. Der Wind pfiff um ihn herum, als er den steinernen Weg hinunterstolperte und rutschte. Es klang, als würde der Teufel singen.

Aus den Hütten konnte er Rauch aufsteigen sehen, von Feuern, die immer noch brannten. Dann kamen die mit Reet bedeckten Dächer in Sicht, schließlich sah er auch die aus Lehm gefertigten Wände der Häuser selbst. Und schließlich sah er die dunklen, verrenkten Punkte am Boden. Leichen.

Cutter blieb stehen, als er noch einige Meter über dem Dorf am ersten verheerten Körper ankam.

Der Nebel riss auf und offenbarte einen kristallklaren Himmel. Das Licht schimmerte durch den Nebel und verlieh der Szenerie eine fast heilige Aura. Es badete das Gemetzel in einen Glanz, der auf perverse Art schön war. Cutter stand in einem güldenen Feld und blickte hinunter auf eines der schockierendsten und brutalsten Bilder, das er jemals gesehen hatte. Die Balance von Hässlichkeit und Schönheit machte ihn ganz krank.

Er konnte nicht sagen, ob der Leichnam männlich oder weiblich war, so extrem entstellt war er.

Er kniete sich neben ihn.

Wie bei dem Faultier war der Körper vom Brustbein bis zur Scham aufgerissen. Die Eingeweide waren verstreut, gerade so, als sei dies eine abscheuliche Lehrstunde in den Geheimnissen der Anatomie. Es gab keine Augen mehr, die er hätte schließen können.

Cutter sah Connor auf seinen Knien hockend, den Kopf nach unten geneigt. Er wiegte sich zwischen den langen Gräsern. Stephen stand neben ihm, aber einen Schritt weiter hinten. Abby kniete neben ihm, zog ihn zu sich heran und umarmte ihn. Sie wiegte ihn leicht und flüsterte ihm behutsam Worte zu, die ihn beruhigen sollten.

Weder Blaine noch Lucas blieben stehen. Ihr Instinkt hatte übernommen. Sie zogen ihre Waffen. Ohne Worte verständigten sie sich per Handzeichen. Lucas deutete nach rechts, nach links und ließ dann seinen Finger kreisen – *Du links, ich rechts an der Flanke des Dorfes vorbei, wir treffen uns im Zentrum*. Blaine nickte. Sie trennten sich von den anderen und liefen in Richtung des verfluchten Dorfes.

Nando und Genaro zückten ebenfalls die Waffen, folgten den beiden aber nicht. Ein seltsamer Ausdruck umspielte Nandos Gesicht. *Er fragt sich wahrscheinlich, ob das auch mit seinem Bruder Esteban geschehen ist*, schätzte Cutter. Unglücklicherweise war das verdammt wahrscheinlich.

„Das ist nicht nötig. Sie sind weg“, sagte er und meinte damit den Thylacosmilus oder jede andere Kreatur, die durch die Anomalie gekommen sein mochte, aber er hätte damit auch auf die Dorfbewohner anspielen können.

Nando nahm das Funkgerät von seinem Gürtel und sprach schnell hinein. Zuerst war nur statisches Rauschen zu hören, dann meldete sich eine Stimme, die Befehle bellte oder Fragen stellte – das zu unterscheiden war unmöglich.

Cutter nahm einen eigenartigen Geruch in der Luft wahr. Eine Note, die hier nicht hingehörte und sich von allem unterschied, was er bisher im Dschungel wahrgenommen hatte. Ein starker, betäubender Duftstoff, der sich irgendwie in seinen Lungen festzusetzen schien. Ja, das war das richtige Wort: festsetzen. Er atmete den Duft nicht nur ein, der Duft drängte wie aus eigener Kraft in ihn hinein. Er brauchte einen Moment, um zu begreifen, an was ihn das Aroma erinnerte: verbrannte Kekse. Kein Geruch, den er mitten im Amazonas erwartet hätte.

Er stieg weiter den Hang hinunter und näherte sich dem Dorf. Hier gab es keine Bäume mehr. Vor sich sah er einen Brunnen mit einer Handpumpe, über den eine weibliche Leiche hing. Ihre Beine waren von mächtigen Kiefern abgerissen worden. Ein Bild des Schreckens. Eine Blutlache schimmerte am Fuß des Brunnens. Cutter starrte auf dieses Bildnis. Es schien fast kunstvoll arrangiert zu sein, als ob es jene, die darüber stolperten, bis in die tiefste Faser ihres Seins mit Furcht erfüllen sollte. Das hier war mehr als nur eine Tötung. Es war ein Versprechen, dass noch weitere Tode folgen würden.

Jetzt konnte er noch mehr Leichen erkennen.

Zwanzig.
Dreißig.
Die genaue Anzahl war ohne Bedeutung. Wie im Blutrausch. So sinnlos.
Der Geruch nach verbranntem Biskuit war nun überwältigend.
Er hatte dem Tod natürlich schon zuvor ins Gesicht geblickt. Von der intimen Trauer um Ryan und Tom, bis hin zum abstrakten Verlust von Fremden, die das Pech hatten, zur falschen Zeit am falschen Ort zu sein. Er hatte entweihte Grabmäler besucht, war durch die Katakomben unter Wien gekrochen und hatte wahre Türme aus Knochen gesehen.
Doch das hier war anders als üblich. Das hier war eine neue Art von Tod. Er bewegte sich auf einer Skala jenseits aller Verständlichkeit. Cutter hatte sie schreien gehört. Er wusste, dass er diese gepeinigten Laute nie wieder vergessen würde.
Cutter stolperte ins Zentrum von dem, was bis vor einer Stunde noch eine blühende Dorfgemeinschaft gewesen war.
Jetzt stand er in einem Hort der Geister.
Die Männer hatten nicht einmal mehr die Zeit gehabt, sich gegen den ungestümen Angriff der Kreaturen zu verteidigen. Sie waren aus ihren Häusern gelaufen, um den mordlüsternen Raubtieren mit dem zu trotzen, was sie gerade in Händen hielten.
Das war alles so … falsch.
Er rang mit den Dingen, die er sah und versuchte, ihnen einen Sinn abzugewinnen.
Alles an diesem Gemetzel war einfach falsch. Cutter erkannte an den Laufwegen der Tiere eine unfassbare Organisiertheit. Es gab mehr als genügend Indikatoren für einen Blutrausch, aber auch Anzeichen für eine erstaunliche Zurückhaltung. Es war schwer, inmitten von soviel Blut zu stehen und das Wort „Zurückhaltung“ zu denken, während die

eigenen Augen auf dieses Schlachtfeld blickten. Aber die Beweise sprachen für sich.

Die Tiere hatten sich nicht einfach in einen Kampf gestürzt. Sie hatten sich nicht einfach an den Leichen gütlich getan und das Fleisch verschlungen. Sie hatten getötet und waren weiter gezogen, hatten getötet und waren weiter gezogen. Es war so unbarmherzig wie effizient. Und es war falsch.

Der hier umgehende Tod folgte keinem Muster, das er verstand. Es wirkte mehr wie der Amoklauf eines Massenmörders. Jenseits all des Blutes und der Gedärme war der Verlauf der Dinge auf einer psychologischen Ebene zutiefst verstörend. Er hatte das Raubtier als einen relativ vorhersehbaren Jäger-Killer eingestuft. Doch was er nun vor sich sah, veränderte seine Wahrnehmung auf beunruhigende Art und Weise.

Und dann war da der Geruch nach verbranntem Teig. Er passte nicht zu der primitiven Umgebung, den Stammesangehörigen oder den Raubtieren. Die Duftnote nagte an ihm und brandete außergewöhnlich süß in seinem Bewusstsein, als er sie inhalierte.

Es gab Überlebende. In gewisser Weise war das der schlimmste Aspekt. Zu sehen, wie sie die Körper der Toten in ihren Armen wiegten, wie sie unkontrolliert weinten, wie ihre einfache Welt in Scherben vor ihnen lag. Als er von Haus zu Haus an den Trauernden vorbeiging, konnte Cutter nicht anders, als ihre Trauer zu teilen.

Er sah, wie Jenny auf ihn zukam. Tränen rannen über ihre Wangen. Sie sah aus wie ein kleines Mädchen, als sie ihre Arme nach ihm ausstreckte und schluchzte. Cutter nahm sie ihn den Arm und hielt sie eng fest. Sie teilten ihre Emotionen miteinander. *Normale Menschen waren nicht dafür gemacht, sich solch sinnlosen Tragödien zu stellen.* Sie zitterte und einen Augenblick lang übertünchte ihr natürlicher Duft das Aroma der verbrannten Kekse.

Sie schluchzte an seiner Schulter, drückte ihn dann weg

und wischte sich die Tränen ab – so schnell und so gründlich es jedenfalls ging. Verwundbarkeit wurde ersetzt durch Sachlichkeit und Effizienz.

„Wir sollten sie begraben", schlug sie vor.

Er wusste nicht, was er darauf entgegnen sollte. Auf eine sehr pragmatische Art ergab es Sinn. Was sie nicht brauchten, waren dreißig Leichen, die ihnen Unheil brachten. Leichen bleiben nur selten verborgen. Das war eines der unumstößlichen Gesetze des Universums. Leichen stiegen an die Oberfläche des Flusses auf oder wurden von Hunden im Gestrüpp entdeckt. Aber hier draußen war es anders.

Das ganze Dorf – Häuser, Körper, Träume, Leben, Liebschaften und Hoffnungen, Ärger und Streitigkeiten – konnten einfach verschwinden, wenn sie nur tief genug vergraben wurden.

Sie hatten tags zuvor in den Schlagzeilen gesehen, wie die Alternative aussah. Mit Ausnahme der bestens gedeihenden El-Chupacabra-Industrie war durch bloße Sensationsgier niemandem geholfen. Unauffällig war das sicherlich nicht abzuwickeln.

Und Cutter konnte sich schon vorstellen, wie Lester das Memo in Empfang nahm, las, was geschehen war, und einen Herzanfall bekam. Er würde schimpfen und keifen und sich kleiner Gesten bedienen, während er eigentlich um sich schlagen wollte, es sich aber nicht erlauben konnte, die Selbstbeherrschung zu verlieren.

Sie zu begraben, war sinnvoll. Nicht zuletzt war es das einzig Richtige, das sie tun konnten.

„Das sollten wir, ja", stimmte er zu, „aber das ist nicht unsere Aufgabe. Diese Leute werden trauern und ihre Toten begraben."

Blaine kam zurück. Er hatte mit einer der Frauen gesprochen, so gut es eben ging. Sie hatte ihm von dem Angriff berichtet. Die Tiere waren aus dem Dschungel gekommen und durch das Dorf gelaufen. Sie hatten vereinzelt getötet, aber vor allem die Einwohner mit brutaler Effizienz in Richtung des Brunnens getrieben, wo das Massaker erst richtig begann. Er erzählte die Geschichte den anderen. An seinen Händen schimmerte das Blut der Leichen, die er berührt hatte.

Lucas schloss sich ihnen aus der anderen Richtung kommend an. Auch er schüttelte den Kopf. Dann fiel ihm etwas auf und er kniete sich nieder, um den Boden genauer zu untersuchen.

Die Luft war mit dem scharfen Aroma des Blutes und den traurigen Gerüchen des Todes geschwängert. Die Körper würden in der Hitze schnell faulen.

Cutter versuchte, in allem einen Sinn zu erkennen. Die Raubtiere waren nicht als primitive Jäger gekommen, sondern als eine Macht, so elementar wie der Tod, den sie brachten. Gemäß Blaines Geschichte und den Spuren im Boden, waren sie von rechts und links in das Dorf gekommen und hatten die Bewohner wie Schafe zusammengetrieben. Er konnte sich lebhaft vorstellen, wie die mächtigen Kreaturen über ihre angsterfüllte Beute herfielen, wie Panik sich breit machte.

Aber als sein Verstand versuchte, sich auszumalen, wie ein Jaguar oder Panther im Blutrausch angriff, wie die Zähne eines Säbelzahntigers oder die mächtigen Kiefer eines Thylacosmilus zuschlugen, musste er aufhören. Nicht, weil die Bilder vor seinem geistigen Auge zu abstoßend gewesen wären, sondern weil der Angriff so nicht stattgefunden hatte. Er war leidenschaftslos durchgeführt worden, beinahe berechnend, wie von einem Menschen geplant. Nur auf den ersten Blick wirkte er so instinktiv wie ein Raubtierangriff, aber etwas an der Natur der Gewalttätigkeit, an der erhöhten Aggression und doch kalten Effizienz schien ganz und gar andersartig.

Was könnte ein primitives Raubtier dazu bringen, auf solch uncharakteristische Weise zu agieren?

Er wischte sich den Schweiß vom Gesicht.

Das sonderbare Keksaroma verflüchtigte sich.

Cutter drehte den Toten den Rücken zu, aber er konnte fühlen, wie die Stammesgeister an einen Ort wichen, an dem sie sich sicher wähnten, wie die Restenergie ihrer Ängste das Massaker wieder und wieder zum Leben erweckte. Die Luft war von ihrem entsetzlichen Ableben geschwängert.

Der Professor spürte, wie sich ihm am ganzen Körper die Haare aufstellten.

Der Tag wurde älter und die Grube immer tiefer. Die Ranger hatten in den Hütten primitive Schaufeln gefunden. Genug für jeden. Und sie hatten den überlebenden Dorfbewohnern ihre Bereitschaft signalisiert, bei der traurigen Arbeit zu helfen.

Der Nebel wurde um die Spitzen wieder dichter und bedeckte langsam das ganze Tal. Sie konnten nicht länger den Himmel oder den Fluss sehen, und auch der Blick auf die Lehmsteinhütten blieb verborgen.

Als sie damit fertig waren, die Toten zu beerdigen, stand die Sonne bereits tief und die Schatten waren lang. Bald würde es dunkel sein.

Lucas gefiel der Gedanke nicht, das Lager im Dorf aufzuschlagen, aber es war unumgänglich. Es gab Gebäude und Betten, somit war es unnötig, in der Kälte der Nacht im Dschungel zu frieren. Ihre Notfallausrüstung und die Zelte waren in den Land Rovern, weswegen die einzige Alternative das Bett eines Toten oder der sehr harte und sehr kalte Boden unter freiem Himmel war. Das war eine der Eigenarten des Amazonas – der Temperaturumschwung zwischen Tag und Nacht war extremer als der zwischen Winter und Sommer.

Jetzt noch in der Dunkelheit durch den Dschungel zu stolpern, war so ziemlich das Letzte, was sie brauchten.

Lucas nahm Cutter zur Seite. Was er bei dem Brunnen gesehen hatte, beschäftigte ihn nun schon eine Weile. Jetzt hatte er verstanden.

„Professor, da ist noch etwas, das Sie sehen müssen."

Er führte Cutter zurück zu dem Brunnen und kniete sich dann hin. Er bedeutete Cutter, sich ebenfalls hinzuknien und zeigte auf einen Bluttropfen.

Die Antwort lag immer im Blut.

Cutters Blick folgte Lucas' Fingerzeig und der Forscher kniff die Augen im Dämmerlicht zusammen. Es war nun fast dunkel.

„Nach was genau soll ich denn Ausschau halten?"

„Danach", sagte Lucas und zeigte auf das scheinbar zufällige Muster der Blutspritzer, die die Erde verdunkelten.

„Und danach." Er kam wieder hoch und ging vier Schritte nach vorne, wobei er auf eine Ansammlung von Tatzenabdrücken zeigte – und auf weitere Blutspuren.

Die Spuren – und das Blut – verliefen in Richtung der Baumlinie und verschwanden dann im Unterholz. Es gab noch weitere Spuren, die keinen Sinn ergaben, aber diese blutigen Abdrücke waren in ihrer Bedeutung weit herausragender – zumindest in Anbetracht der jüngsten Ereignisse.

„Die Dorfbewohner haben eines der Tiere verletzt", stellte Cutter atemlos fest.

„Sieht ganz so aus", erwiderte Lucas.

„Nun gut", murmelte Cutter. Er stand auf und folgte der Spur direkt zu den Bäumen.

Lucas ging hinter ihm.

„Seien Sie vorsichtig, Professor. Einem Vieh, das so was anrichten kann, möchte ich nicht von Angesicht zu Angesicht gegenüberstehen", meinte er über seine Schulter hinweg. „Nur, wenn es sich nicht vermeiden lässt."

Er sah, wie Cutter die Machete aus der Scheide an seiner Hüfte zog und musste unwillkürlich lächeln. Obwohl ein Mann der Wissenschaft, war Cutter gewillt, sich selbst die Hände schmutzig zu machen. Und er hatte keine Angst davor, sich einem Kampf zu stellen. Das mochte er an dem Mann.

Lucas führte die Finger an seine Lippen und pfiff hoch, laut und schrill, wodurch sich alle anderen umdrehten und zu ihnen blickten. „Antanzen, Jungs und Mädels, der Professor hat was gefunden."

Blaine war der Erste, der zu ihnen aufschloss. Gemeinsam folgten sie Cutter, schnell und geschmeidig. Mit den Waffen im Anschlag stürzten sie sich in den Dschungel. Die anderen folgten in ihrem Windschatten.

Direkt vor sich konnten sie Cutter schwer atmen hören, der mit der Machete eine Schneise in die Vegetation schlug. Ein knackender Laut war zu hören, dann schnellte ein Ast zurück, der von Cutters Klinge nicht abgetrennt worden war. Er hätte beinahe Lucas' Gesicht getroffen, doch der Soldat reagierte instinktiv und duckte sich, bevor irgendwelche Dornen ihm ein Auge ausstechen konnten. Er schlug hart auf den Boden auf und seine Knie schabten über Fragmente von Stein und verdrehten Wurzeln. Schmerz brandete auf und zog sich durch sein Knie. Und dennoch fiel ihm das geronnene Blut gleich auf. Lucas blieb auf den Knien und sah sich die niedriger gelegenen Blätter genauer an. Sie waren mit dem Lebenssaft der verwundeten Kreatur benetzt. Hier musste sie sich durch das Unterholz gearbeitet haben.

Das Ausmaß ihrer Verwundung war unmöglich einzuschätzen, aber wenn sich etwas aus der Blutspur ablesen ließ, dann, dass die Verwundung beträchtlich war.

Lucas stand auf und versuchte, das Geräusch von Cutters Machete auszublenden. Er lauschte, ob er das Rascheln von Blättern vernehmen konnte, das die Kreatur verraten hätte. Die Luft war jetzt kühler und der kalte Schweiß kribbelte auf seiner Haut. Das Team machte einen solchen Krach, während es sich durch das Dickicht aus Dornenbüschen und Schlingpflanzen kämpfte, dass es unmöglich war, eine andere Geräuschquelle zu lokalisieren.

Dann trieb Cutter seine Klinge wieder in das Gestrüpp und Lucas sah plötzlich die dunkle Gestalt eines Tieres vor seinen Füßen liegen.

SECHZEHN

Beinahe zwei Stunden von dem Leichenhaus, das einst ein Dorf gewesen war, entfernt, klapperten die Fenster im Lesezimmer der Sommerresidenz des Botschafters plötzlich und wurden dann durch die Druckwelle von Jack Starks nicht ganz so stillem Alarm schwungvoll ins Hausinnere geknallt.

Einen Herzschlag später holte das Fauchen der Explosion die Druckwelle ein.

Stark nahm die Browning aus seinem Holster. Er ging leise durch das Zimmer und war darauf bedacht, nicht durch das Fenster gesehen werden zu können. Er wollte nicht, dass ihn ein flüchtiger Lichtreflex verriet. Jemand war dort draußen in der Dunkelheit, jenseits der Flutlichter des Innenhofs und der Scheinwerfer des Rasenplatzes. Ob der oder die Eindringlinge noch am Leben waren, stand auf einem anderen Blatt. Eine Brandbombe, die einem um die Ohren fliegt, war der Langlebigkeit nicht unbedingt zuträglich.

Er lachte leise in sich hinein, als er daran dachte. Dann ging er sachte die Treppe hinauf, wohl wissend, dass ihm vielleicht zwei oder drei Minuten blieben, bevor jemand in das Haus eindrang. Sie waren jetzt bestimmt etwas vorsichtiger, da sie nicht abschätzen konnten, wo sich Sprengfallen befanden und wo nicht. Ein bisschen Unsicherheit war gut für die Seele.

Er klopfte einmal energisch an Cam Bairstows Tür und trat dann in das Zimmer. Der junge Mann saß senkrecht im Bett, die Augen weit aufgerissen.

„Wir wussten, dass sie kommen würden“, befand Stark. Aus seinem Knöchelholster zog er eine zweite Pistole hervor und stellte sicher, dass sie entsichert war, bevor er sie Cam reichte. „Sechs Schuss. Das kleine Ding ist nicht viel mehr als eine Erbsenpistole. Also stell sicher, dass sie nah an dir dran sind, bevor du abdrückst.“

Cam legte die Pistole in seinen Schoß, fast so, als sei sie eine Schlange, die sich auch gegen ihn wenden konnte.

„Wollen wir hoffen, dass es nicht dazu kommt“, sagte er etwas furchtsam.

„Hoffnung ist nicht mein Geschäft, Junge. Es geht um Eventualitäten. Ich gehe jetzt wieder raus. Wenn du Schüsse hörst, versteck dich, so gut du kannst. Wenn sie dich nicht finden, können sie dich auch nicht umbringen.“

„Ich habe Angst, Stark“, gab Cam zu.

„Gut. Wenn du keine hättest, würde ich mir Sorgen machen. Das hier ist mein Job. Und ich werde dir keinen Mist erzählen. Ich habe keine Ahnung, wie viele es sind, aber wenn ich das Kommando hätte, würde ich zwei Teams mit jeweils zwei Männern schicken, während ein fünfter Mann die Operation koordiniert. Wenn wir davon ausgehen, dass die Handgranate einen ausgeschaltet hat, bleiben noch vier. Vier gegen Einen erscheint mir nicht allzu fair.“

„Die haben keine Chance.“ Cam lächelte schwach.

„So was in der Art, Junge“, erwiderte Stark. „Und vergiss nicht. Warte, bis du das Weiße in den Augen der Mistkerle sehen kannst.“

Cam nickte wieder. „Das Weiße in den Augen“, wiederholte er und versuchte, sich auf die Details zu konzentrieren, um die Angst, die er nun fühlte, zu verdrängen.

„Guter Junge.“

Stark schloss die Tür hinter sich. Als er leise die Treppe zur Küche hinunter schlich und dann den Arbeitsbereich durchquerte, fing das Spiel an. Er hatte sich zuvor mit dem

Areal vertraut gemacht und sich eingeprägt, wo der Verteilerkasten und das Sicherungsgehäuse waren. Er betätigte den ersten Schalter und tauchte das Haus in absolute Dunkelheit. Der zweite Schalter deaktivierte die Flutlichter, die über einen anderen Schaltkreis liefen. Der dritte Schalter legte die Scheinwerfer lahm.

Um ihn herum herrschte absolute Stille.

Bis er das leichte Kratzen eines Glasschneiders am Fenster der Veranda hörte.

Starks Lächeln gefror. Sie konnten nicht wissen, dass er bereits auf sie wartete. Der erste Stolperdraht war kaum die einfallsreichste Überraschung, die er für sie vorbereitet hatte. Sie hatten keine Ahnung, was sie treffen würde. Um Bruce Willis zu zitieren: *Ich bin nur die Fliege im Honig. Der Knüppel zwischen deinen Beinen. Der Tritt in deinen Arsch.*

Für so etwas lebte er.

„Yippee ki-yay", murmelte Stark und entsicherte die Browning.

Die Dunkelheit war sein Freund.

Stark duckte sich. Er hatte den Bediensteten schon vor Stunden befohlen, sich im Keller zu verstecken, da er sich nicht auch noch um sie kümmern müssen wollte.

Er konnte den Feind sehen. Drei Silhouetten bewegten sich vor dem schwarzen Glas der Türen. Der Diamantkopf des Glasschneiders hatte seine Arbeit getan und ein kleines Loch in der Tür hinterlassen, durch die ein Eindringling seinen Arm stecken und die Türe öffnen konnte. Alles geschah blitzschnell. Diese Männer waren Profis.

Stark zählte bis Fünf, dann legte er los. Er hielt sich tief und lief flink von seinem Versteck zu einer exquisiten Carrara-Marmor-Statue aus dem 19. Jahrhundert, die eine vollbusige Nymphe darstellte. Das Werk war lebensgroß, weswegen es perfekt in Starks Plan passte. Ein kleiner Lautsprecher war an der steinernen Maid befestigt. Und er hatte den Empfänger in seiner Hand.

Sechs weitere Lautsprecher waren an strategisch guten Stellen in Kopfhöhe in dem Raum verteilt.

Er wartete und zählte die Sekunden.

Die Verandatür öffnete sich und die drei Männer kamen herein. Zwei waren schlank. Durchschnittstypen. Der andere war bulliger, außer Form und atmete schwer, während das Adrenalin durch seinen Körper strömte. *Er wird als Erster einbrechen*, erkannte Stark. Sein Ziel war die Sorte Mann, der fürs Gewichtheben Steroide en masse einwarf. Viel zu wuchtig um die Schultern und den Nacken herum, schmale Taille, und noch mäßiger ausgestattet in einem sehr viel wichtigeren Bereich: dem Gehirn.

Solche Kerle stolzierten herum und markierten gerne den großen Macker. Sie nahmen Risiken auf sich, die man besser vermeiden sollte. Paarte man ihren Minderwertigkeitskomplex mit einem Gehirn von Erbsengröße, erhielt man das perfekte Rezept für ein Desaster.

Jeder der Angreifer hatte eine kleine Taschenlampe bei sich und ließ den Lichtkegel durch den Raum wandern.

Es hatte einen massiven Temperatursturz gegeben. Die Luft in Bodennähe war immer kälter geworden. Sie war unter der warmen Thermik gefangen, was bedeutete, dass sie sich ohne helfenden Wind nicht auflösen konnte und nicht in der Lage sein würde, aufzusteigen. Das Resultat: Die Kälte sorgte für einen leichten Nebel. Der Strahl der Taschenlampen durchbrach den Nebel und die Männer wirkten, als seien sie einem Science-Fiction-Film entschlüpft.

Stark wartete, bis der große Mann auf Höhe der Marmorstatue war. Nach viermaligem Ein- und Ausatmen flüsterte er: „Ra-Re-Rum, der Tod geht um!“

Seine Stimme erklang an sieben verschiedenen Stellen des Zimmers.

Der große Kerl reagierte überraschend schnell und gab drei Schüsse in den Torso und einen in den Hals der Nymphe ab. Der Marmor splitterte und bröckelte ab. Teile der Statue stürzten zu Boden.

„Daneben", flüsterte Stark und seine Stimme ertönte zu Füßen des Steroidkriegers. Erzürnt gab der Mann drei weitere Schüsse auf die Silhouette ab, aber die Maid weigerte sich noch immer, zu fallen.

„Bist nicht der Klügste, was?", zischte Stark und zog sich dann tiefer in die Schatten des nächsten Zimmers zurück.

Er zählte im Kopf bis Elf und drückte dann eine kleine Metallplatte nach unten. Neun Sekunden, bis sie wieder hochfahren und die Kontakte unterbrechen würde. Neun Sekunden.

„Hier drüben", rief er, immer noch in Bewegung.

Acht.

Sieben.

Sechs.

Er sah den großen Kerl in der Türöffnung stehen.

Fünf.

Stark hörte das sanfte Klicken der Platte, die sich jenseits des Punkts ohne Wiederkehr rührte.

Vier.

Einer der anderen tauchte hinter dem großen Kerl auf und flüsterte ihm etwas ins Ohr. Stark hätte es nicht besser planen können.

Drei.

„Ihr seid dran", sagte er laut.

Zwei. Sie drehten sich um und starrten ihn direkt an. Der kleine Kerl drückte auf den Lichtschalter, doch nichts geschah.

Eins.

Stark lief nach links und direkt hinter eine Trennwand, hinter der er Deckung suchte, als die zwei Drähte mit der Metallplatte in Kontakt kamen, den Schaltkreis schlossen und zur Explosion führten. Bei der Detonation verlor der große Kerl die untere Hälfte seiner Beine.

Dann brach die Hölle in dem kleinen Zimmer los, als sich Rauch und Feuer mit Schreien und dem ohrenbetäubenden Geräusch einstürzender Wände mischten und eine Tonne an Geröll auf ihre Köpfe regnete.

Als Stark aufstand, hatte er wegen der Explosion noch Ohrensausen.

Flammen leckten über die verheerten Beine des Steroidkriegers, aber das machte ihm kaum noch etwas aus. Eine zweite Leiche lag auf dem Rücken, wo ihn die Wucht der Detonation von den Füßen gerissen hatte. Die Arme und Beine verdreht. Durch das Licht des Feuers konnte Stark sehen, dass das Gesicht des Toten von der Explosion total entstellt war.

Eine dritte Leiche war nicht in Sicht.

Das musste nicht bedeuten, dass sie nicht unter all dem Schutt begraben war. Aber dennoch, er war nicht bereit, sein Leben darauf zu verwetten. Und das war es, worauf es hinauslaufen würde. Im besten Fall war noch ein Mann im Haus und einer draußen.

Über den schlechtesten Fall wollte er lieber gar nicht nachdenken.

Drei tot. Und er hatte nicht einmal seine Waffe abgefeuert. So mochte er es.

Er stand 30 Sekunden lang still da und lauschte dem Knistern des Feuers, das sich durch Gips und Holz des nun ruinierten Hauses des Botschafters fraß. Stark war beim Anbringen der Ladungen vorsichtig gewesen, damit die Detonation zwar maximalen strukturellen Schaden anrichten konnte, aber Cam Bairstow nicht im Obergeschoss stranden, oder schlimmer noch, in der Explosion sterben ließ.

Aus der offenen Wunde der Decke rieselte der Gips wie Salomons Tränen.

Stark spürte den Nervenkitzel der Vorfreude, während er sich einen Weg durch den Schutt bahnte.

„Wer hat euch geschickt?“ rief er, erwartete aber nicht wirklich eine Antwort, wusste er doch noch nicht einmal, ob sie die Frage überhaupt verstanden.

„Du bist ein toter Mann“, knurrte eine Stimme mit schwerem deutschem Akzent hinter ihm. Stark zögerte keinen Moment und warf sich nach vorne, machte eine Rolle, ging in die Hocke und hatte die Waffe im Anschlag. Er gab einen einzelnen Schuss in den Rauch ab. Dann hörte er ein Grummeln und einen Körper, der gegen eine Wand klatschte.

„Wie bitte?“, erwiderte Stark, während er plötzlich ganz ruhig wurde. Er hatte den dritten Mann getroffen, wusste aber nicht, wie gravierend. Wenn der Kerl nicht antwortete, standen die Chancen gut, dass er ausgeschaltet war. Stark wartete und lauschte auf ein verräterisches Geräusch, das seiner Waffe ein Ziel bieten konnte. Als es kam, drückte er ein zweites Mal ab. Das Mündungsfeuer der Browning war zu sehen und er spürte den Rückstoß. Diesmal gab es kein Grunzen, sondern nur das leise Platzen von Fleisch, das einer Kugel nichts entgegen zu setzen hat.

„Spuck’s aus. Wer hat euch geschickt?“

Es ergab keinen Sinn. Dann dachte er noch einmal darüber nach und es ergab Sinn, auf eine merkwürdige Art und Weise. Cutter hatte selbst gesagt, dass Peru für die falsche Art von Menschen das große Geschäft bedeutete. Wenn es nicht Drogen waren, dann waren es Tiere, die diese einst stolze Nation vergifteten. Pizzaros Erbe der Ausbeutung und des Todes dauerte an. Wer profitierte am meisten davon, wenn die Wahrheit nicht ans Licht kam?

Zuerst dachte er an die Regierung, doch dann zwang er sich, das zu ignorieren, was man ihn sehen lassen wollte, und fing an sich zu fragen, wer *wirklich* davon profitierte.

Private Anleger.

Es ging immer um private Anleger. Und oftmals um ausländische „Investoren“.

Dass ein Deutscher nun auf dem Boden lag und verblutete, war darum nicht so ungewöhnlich. Nach dem Fall der Mauer war es überaus sinnvoll, dass die Geschäfte vom Osten in den Westen verliefen, vom Norden in den Süden und umgekehrt das im Zentrum von Europa liegende Deutschland passierten. Deutschland war ein Nexus, eine Drehachse des weltweiten Handels – auch und gerade der illegalen Sorte.

Drogen oder Tiere?

Er wusste, worauf er wetten würde.

Tiere. Bei ihnen ging es um ein Multimilliardengeschäft.

Er schüttelte seinen Kopf. Die Hitze der schwindenden Flammen wärmte sein Gesicht. Und wegen des Knisterns hörte er den sanften Klang von Schritten hinter sich nicht.

„Sag Gute Nacht“, flüsterte ihm der Deutsche ins Ohr.

Stark zuckte nicht zusammen. Mit einem Messer wollte ihm der Deutsche die Halsschlagader durchtrennen, doch Stark bekam den Arm zu fassen und riss ihn nach unten. Gleichzeitig schlug er den Kopf hart nach hinten und zog den Deutschen nach vorne. Mit seinem Hinterkopf brach er die Nase des Deutschen. Dessen Blick war verschwommen.

Stark riss wieder am Arm des Angreifers, drehte ihn brutal und brach ihn dann über das eigene Knie. Der Deutsche schwankte, aber Stark ließ ihn nicht fallen. Noch nicht. Er drehte sich um, um dem Mann in die Augen zu sehen. Das Gesicht, das ihm entgegenstarrte, war blutig und blau geschlagen. Das Blut sammelte sich um die Augen des Mannes, so dass es für ihn fast unmöglich war, etwas zu sehen.

Er tat Stark nicht leid.

„Du redest zu viel“, stellte er fest und schlug dem Mann mit der Faust gegen die Kehle. Der Schlag zerschmetterte das Zungenbein des Deutschen und ließ ihn langsam ersticken, während er zu Boden fiel.

Und immer noch tat der Mann Stark nicht leid.

Der Mann war in der Absicht gekommen, ihn zu töten. Wo stand schon geschrieben, dass er Mitleid empfinden sollte, nur weil der Attentäter versagt hatte?

Er stieg über den bald toten Mann hinweg, bereit, den Letzten zu suchen. In etwa einer Minute würde es vorbei sein. Daran bestand kein Zweifel.

Und dann würde er nach Chaplin suchen. Dieser Ort war kein Safe House, sondern eine stehende Einladung für diejenigen, mit denen sich der Mistkerl eingelassen hatte. Hier konnten sie beenden, was sie begonnen hatten. Ein Ort, wunderbar isoliert, perfekt, um ein paar Leichen verschwinden zu lassen. Die Angelegenheit stank nach einer Falle.

Er musste es beenden. So sehr er auch in das Reservat wollte, um die anderen zu finden, wusste er doch, dass er das nicht konnte. Er musste sicherstellen, dass Cam nichts passieren würde. Und dafür musste er bleiben.

Er musste jemanden finden, dem er vertrauen konnte.

Gerade jetzt war es jedoch Cutter, der in größter Gefahr schwebte, dort draußen in der Dunkelheit, einer Schlange vertrauend, die sich langsam durch das Gras bewegte und sich schon nahe seinen Füßen befand.

Der letzte Mann starb einen wenig glorreichen Tod.

Stark kroch auf Ellbogen und Knien über den Boden. Er robbte durch den Dreck. Der Geruch des verbrannten Fleisches waberte hinaus in die Nacht. Der seichte, niedrig liegende Nebel stand quasi still. Es gab nicht den kleinsten Windhauch in dieser kalten Nacht.

Er hielt Kopf und Schultern im Nebel verborgen. Dieser erlaubte ihm, langsam über den Rasen zu den Bäumen zu kriechen. Erst dort richtete er sich auf, inmitten der Überreste seines Handwerks. Ein Dutzend Baumstämme ragten windschief vor ihm auf. Ihre Rinde war von Schrapnellen weitflächig abgerissen worden.

Er hatte Recht.

Der erste Mann lag mit dem Rücken an einen der zerstörten Bäume gelehnt da und hielt seine Eingeweide mit seinen Händen fest. Sein Gesicht war so bleich wie der Nebel und vollkommen blutleer. Ihn zu töten, wäre ein Gnadenakt gewesen, aber ihn am Leben zu halten, war weit nützlicher. Er konnte nicht einfach in den Dschungel aufbrechen und nach Cutter und seinen Leuten suchen. Er musste seinen Kopf benutzen. Anzahl, Koordinaten, alles, was das Gleichgewicht zu seinen Gunsten verändern konnte, wenn er seinen Ein-Mann-Krieg gegen die Wilderer und ihre Söldnerarmee führen würde.

Jenseits des sterbenden Mannes fand er den letzten Angreifer, panisch im Kreis laufend und in verzweifeltes Selbstgespräch vertieft, während er ängstlich zu den dunklen Fenstern des Hauses hinüber schielte.

„Buh!", flüsterte Stark und genoss es zuzusehen, wie der Schreck dem Mann durch Mark und Bein fuhr.

„Zurück! Bleiben Sie weg von mir! Kommen Sie nicht näher!" Der Mann schrie, drehte sich wie von Sinnen und führte die Taschenlampe, als ob sie ein Messer wäre. Der Lichtstrahl strich über Starks Kehle – und mehr auch nicht. Stark trat vor und grinste sardonisch, um das flackernde Licht der Taschenlampe zu seinem Vorteil zu nutzen.

„Wer bist du?"

„Banquo", sagte der Mann. Und als ihm klar wurde, dass er keine andere Wahl hatte, stürzte er sich auf Stark.

Einen Moment später zerriss ein Schuss den Nachthimmel von Cusco. Und dann war es vorbei.

Stark ging zurück, um dem sterbenden Mann alles zu entlocken, was er wissen musste.

SIEBZEHN

Alex Chaplin war nicht mit den anderen in den Dschungel gerannt.

Stattdessen setzte er sich verschwitzt an den Brunnen. Dabei achtete er sorgfältig darauf, sich nicht gegen Steine zu lehnen, die noch vom Blut der toten Frau feucht waren.

Er legte den Kopf in die Hände. Und wollte nur noch weinen.

Alles, woran er denken konnte – und zwar wieder und wieder – war nur: *Was habe ich getan?*

Eine Minute lang konnte er sich nicht bewegen. Jeder Muskel in seinem Körper schnürte sich zusammen und schien danach zu trachten, ihn zerquetschen zu wollen. Wenn es möglich gewesen wäre, hätte seine Lunge den Dienst versagt, jede Wette. Und sein Herz hätte ein letztes Mal geschlagen. So groß war der Kummer, der Besitz von ihm ergriffen hatte.

Der Nebel um ihn herum wurde dichter. Er wirkte fast wie eine Geistergestalt, die über den nun leeren Platz hinweg tanzte.

Es war ein Winkelzug gewesen. Nicht mehr als das Zurechstutzen einer Geschichte, um ein Bedürfnis zu stillen. Er hatte das Geld von Eberhardt genommen, ohne ein zweites Mal darüber nachzudenken, und die Geschichte des Jungen an den ersten Journalisten verkauft, der Interesse bekundete. Er wollte sich selbst davon überzeugen, dass er keine Wahl gehabt hatte. Eberhardt war ein Bastard. Man tat, was er befahl oder man endete im Amazonas.

Chaplin benetzte seine Lippen.

Wie hätte er das ahnen können?

Das war seine großartige Verteidigung? Ignoranz?

Er war ein Geschäftsmann. Es war ein einfaches Angebot. Eberhardts Mann war einen Tag, nachdem Cameron Bairstow aus dem Dschungel gekommen war, vor seiner Tür aufgetaucht und hatte ihm die sprichwörtlichen 30 Silberlinge angeboten, um aus dieser einzigartigen Gelegenheit einen Vorteil herauszuschlagen. Alles, was er tun musste, war, etwas Staub aufzuwirbeln, damit die Behörden beschäftigt waren und die Touristen aus Angst ein oder zwei Jahre dem Dschungel fernbleiben würden. Damit sie auf den ausgetretenen Pfaden von Titicaca und Machu Picchu, Lima und Trujillo blieben.

Auf diese Weise konnten Eberhardts Männer auch weiterhin die wertvollsten Güter des Regenwaldes für sich beanspruchen.

Der Mann war widerwärtig, aber deswegen nicht weniger mächtig. Er war mehr als nur ein Schmuggler. Ohnehin ein Begriff, der sich längst überholt hatte. Er ruderte nicht mit einer kleinen Nussschale in tiefster Nacht in eine kleine Bucht. Für die Außenwelt erschien Eberhardt als legitimer Geschäftsmann. Er speiste mit dem Botschafter, spielte mit den hohen Herren Polo und betrieb eine der erfolgreichsten Import-Export-Firmen in Amerika, gleich ob Süd oder Nord. Ihm gehörten Menschen. Darin lag seine Macht, in einer primitiven Welt wie dieser. Das hatte Chaplin am eigenen Leib herausgefunden.

Es war wie aus einem Roman von Fitzgerald. Die Unterschicht buckelte und kratzte den reichen weißen Männern den Rücken.

Und so wahr ihm Gott helfe, Chaplin hatte es genossen.

Zwei Seiten gegeneinander auszuspielen, war nichts Neues, und seine 30 Silberlinge waren die beträchtliche Summe von einer halben Million Dollar sowie 100.000 Dollar für jeden Mann, der für ihn tätig wurde.

Aber das ... das hier war nicht sein Werk.

Das hier war real.

Und falsch.

Und beängstigend.

Es war, als ob er durch die Heraufbeschwörung der Illusion des El Chupacabra dem Dämon Leben eingehaucht hatte. Es war eine Sache, die eigenen Bedürfnisse auf eine losgelöste, geradezu akademische Art zu bewerten, aber etwas gänzlich anderes, zu sehen, wie die eigenen Lügen blutige Realität wurden.

Zuerst hatte er gedacht, dass es einfach werden würde. Ein Junge war bereits tot, und der andere stand mit einem Bein im Grab.

Dann rief Sir Charles an und sagte, dass er Leute her schicken würde, die seinen Sohn nach Hause bringen sollten. Und plötzlich wurde alles sehr, sehr kompliziert.

Es schien, als hätte das Schicksal einen sehr bösartigen Sinn für Humor, dachte er, während er sich an den steinernen Brunnen lehnte, zitterte und auf seine Hände blickte, an denen mehr als nur metaphorisches Blut klebte.

Konnten Lügen einen Dämon heraufbeschwören?

Allein mit den Toten, inmitten der vielen tierischen Spuren und leeren Hütten, die einst Heimstätte gewesen waren, wie primitiv auch immer, fiel es ihm nur zu leicht zu glauben, dass die Götter ihn unrettbar verdammt hatten.

Chaplin erschauderte – und das nicht, weil es kalt geworden war.

Er weinte um sich selbst und um die Toten, aber vorrangig um sich selbst.

Und weil er nicht mit den anderen gegangen war, sah er die schattenhafte Gestalt, die sich entlang der Baumlinie bewegte.

Das war ganz gewiss kein Panther oder Jaguar.

Es war El Chupacabra, zum Leben erwacht.

„Oh Gott!“ Er atmete tief ein und seine Finger bohrten sich in den blutgetränkten Boden.

Das zuckersüße Aroma verbrannter Kekse drang an seine Nase.

Dann trat die Kreatur aus dem Unterholz hervor.

Er kam auf die Beine und drehte sich um, um zu laufen, schaffte jedoch nur ein paar Schritte, bevor das Gewicht des Tieres ihn zu Boden drückte. Er schrie, doch der Laut erstickte, als das Tier die Zähne in ihn schlug. Blut spritzte aus seiner Kehle und vermischte sich mit dem Blut der Einheimischen, das diese Erde getränkt hatte.

Er kämpfte, um den Kopf ein wenig anzuheben. Das Gewicht des Tieres zerquetschte sein Rückgrat. Die Welt um ihn herum roch nach verbrannten Keksen, und noch nach etwas anderem. Vanille? Der Geruch verwirrte den sterbenden Mann. Er bohrte seine Hände in den Boden, im verzweifelten Versuch, sich ein paar Zentimeter von den Zähnen zu entfernen, die seine Haut aufrissen. Als sein Gesicht ins Erdreich gedrückt wurde und Chaplin zu atmen versuchte, schmeckte er das Gras.

Nach dem ersten Biss verging der Schmerz jäh.

Sein Körper schützte sich selbst und fuhr seine Organe der Reihe nach blitzartig herunter, während Endorphine ausgeschüttet wurden. Die Kekse und die Vanille waren Blut und Fäkalien. Sie mussten es sein. Doch sein Verstand gaukelte ihm anderes vor.

Eine letzte sensorische Täuschung durch den Körper eines Lügners und Betrügers, nur um das eigene Sterben weniger traumatisch zu gestalten.

Er hob den Kopf noch einmal und sein Blick fiel auf das Antlitz von Pacha Kamaq, in der Inka-Mythologie der Schöpfer der Welt. Es musste eine Statue sein, aber sie wirkte so lebendig.

Und sie *bewegte* sich.

Er wusste, dass er ob der Agonie seinen Verstand verlor. Die Götter wandelten nicht auf Erden. So war es immer gewesen und würde es immer sein.

Einen Herzschlag später verlor er den letzten Rest dessen, was sein Leben gewesen war.

ACHTZEHN

Nick Cutter ging neben dem toten Tier in die Hocke.

Die Wunden der Kreatur waren weit schwerwiegender als erwartet. Er war davon ausgegangen, einen tiefen Schnitt von einer der Klingen eines Einheimischen vorzufinden, aber tatsächlich bot sich ihm der Anblick eines aufgerissenen Rumpfes. Das prähistorische Beuteltier war beinahe so lang, wie Cutter groß war, aber mit solchen Muskelsträngen versehen, dass es fast zweimal so breit anmutete. Einer der großen Zähne des Tieres war abgebrochen und hatte eine gezackte Kante hinterlassen.

„Ist das nicht unglaublich?“, murmelte er, als er die Hand nach dem abgebrochenen Zahn ausstreckte. Der war noch immer scharf. *Er muss beim Kampf um Leben und Tod abgebrochen sein,* dachte er. Sogar im Ableben hatte die Kreatur viel von ihrer beinahe mythischen Anmut bewahrt. Die Definition der Muskulatur war unglaublich, und die Klauen waren riesig. Es fiel ihm leicht sich vorzustellen, wie ein einziger Schlag den Kopf eines Opfers zerschmettern konnte.

„Nicht das Wort, das ich gewählt hätte“, sagte Lucas. Der SAS-Mann kauerte hinter ihm und war mehr an den Spuren neben dem Kadaver als an dem Biest selbst interessiert. Sie zeugten von einem wilden Kampf. Tiefe Furchen in der Erde machten deutlich, dass das Tier nicht ohne Gegenwehr gestorben war.

Cutter stand auf und steckte die Machete in die Scheide.

„Nun ja, so wie's aussieht, hat etwas das Vieh gut aufgemischt", sagte Blaine und gab damit das Offensichtliche zum Besten. Das perfekte Raubtier hatte seinen Meister gefunden – etwas, das noch viel tödlicher war. Cutter sah sich die Wunden genauer an. Einige klafften mit grobem Wundverlauf, andere waren beinahe klinisch sauber. Es gab Häufungen von punktierten Wunden. Etwas hatte die Haut des Tieres durchbohrt, und zwar wieder und wieder.

Aber am bizarrsten waren die Wunden in der Herzgegend des Thylacosmilus. Das dichte Fell war verfärbt. An ihm schien gezogen worden zu sein, gerade so, als hätte man mit einer Zange zugepackt und so lange gezerrt, bis das Fleisch aufbrach und das Organ offen lag. Es war undenkbar, dass die Waffe eines Dorfbewohners diese Wunden verursacht haben konnte. Manche von ihnen vielleicht, aber bestimmt nicht die schlimmsten.

Die ersten Fliegen versammelten sich bereits um die Wunden. Der Geruch des Fleisches zog sie an. In ein paar Stunden würde sich hier noch mehr Leben tummeln. Aufgeblähte weiße Maden würden in einen Futterrausch verfallen.

„Wilderer?", fragte Lucas, obwohl er es selbst nicht so recht glauben mochte.

„Keine Chance", beendete Cutter die Spekulation. Ein Mensch wäre niemals nahe genug herangekommen, um die punktierten Wunden zu verursachen. Nicht, während sein Körper von den Pranken des Tieres in Stücke gerissen wurde. Was auch immer das Tier getötet hatte, war schneller und tödlicher als diese Bestie – und das ließ nur eine kleine Liste an Jäger-Killern jeder Epoche übrig.

Ehe er noch weiter darüber nachdenken konnte, hörte er den weit entfernten Schrei eines Menschen. Cutters erster Gedanke war: *Ist die Bestie zurück, um uns zu holen?* Doch damit lag er falsch. Er drehte sich um und sah das Team an.

Keiner fehlte. Er fühlte eine Welle der Erleichterung über sich hereinbrechen, doch sie löste sich schnell in Wohlgefallen auf.

„Chaplin“, sagte er. Und der Name wog schwer wie eine Totenglocke.

Lucas und Blaine reagierten als Erste. Die zwei Männer drehten sich um und liefen zurück in die Siedlung. Sie hatten ihre Waffen in Händen, als sie durch den Dschungel stoben. Cutter und die anderen folgten ihnen und trafen auf Nando und Genaro, die sich ihnen gerade anschlossen. Gemeinsam kämpften sie sich durch das dichte Unterholz, das sie hier in dieser grünen Hölle festhalten wollte.

Die Fliegen blieben zurück, unbeeindruckt von dem hektischen Treiben um sie herum.

Etwas anderes schwirrte in der Luft. *Moskitos*, realisierte Cutter. Die Insekten waren nicht da gewesen, als sie die Gräber ausgehoben hatten, aber nun, da die Sonne unterging, begann ihr Lebenszyklus erneut. Er spürte den ersten Blutsauger auf seinem Gesicht. Neben ihm schlug sich Connor auf die Stirn und verteilte die Überreste des Moskitos in seinem Haar.

Chaplins Körper lag bei den Steinen des Brunnens. Seine Arme und Beine waren grauenhaft verdreht. Es schien fast so, als hätte er sich in die Erde graben wollen, um dem Angreifer zu entkommen.

„Oh Gott“, entfuhr es Jenny. Sie presste die Hand auf den Mund und starrte den zerstörten Leichnam an. Dann blickte sie zu Carter und Furcht stand ihr ins Gesicht geschrieben.

„Wir dürfen nicht hier bleiben“, flehte sie fast. „Sie werden uns einen nach dem anderen holen.“

„Zehn kleine Negerlein“, sagte Connor und legte dabei seinen Arm schützend um Abby. Abby starrte wortlos den Mann an, der sie in diese Wildnis gebracht hatte.

Cutter wandte sich an die Soldaten. „Verschwinden wir von hier.“

„Was ist mit Chaplin?“

„Ich glaube nicht, dass wir genug Zeit haben, ihm die letzte Ehre zu erweisen, oder?“

Lucas schüttelte den Kopf.

„Aber wir können ihn nicht einfach so hier liegen lassen“, wandte Jenny ein. Der Gedanke, Chaplin als Futter für die Vögel und die Würmer zurückzulassen, schien sie zu entsetzen.

„Zumindest ist er biologisch abbaubar“, sagte Cutter und wünschte noch im selben Moment, dass er den Mund gehalten hätte.

„Niemand wird zurückgelassen. Ist das nicht das Motto?“, protestierte sie. „Würden Sie *mich* hier zurücklassen, wenn das da mein Körper wäre?“

Cutter starrte sie an, aber dieses Mal sah er nicht Jenny. Er sah Claudia Brown, die ihn durch Jennys Augen anblickte und ihm vorwarf, genau das zu tun: Sie zurücklassen, damit sie in seiner Erinnerung verrottet. Er fühlte einen Stich im Herzen.

„Ich wollte … ich konnte nicht …“ Aber ihm fehlten die Worte, um dieser Woge der Gefühle Ausdruck zu verleihen. Sie überwältigte ihn.

„Oh Gott, Claudia. Es tut mir Leid.“

„Nennen Sie mich nicht so“, sagte Jenny, doch diesmal lag nicht wie früher diese Härte in ihrer Stimme. Er sah sich selbst in ihren Augen wieder. Er hatte so sehr versucht, es hinter sich zu lassen. Weiterzumachen. Zu tun, was sie ihm gerade vorwarf. Sie in einer anderen Zeit zurückzulassen und dazu verdammen, nur Erinnerung zu sein. Als ihm dieser Verrat klar wurde, zerbrach ihn die Erkenntnis fast.

Cutter stolperte nach vorne. Es war Stephen, der ihn davon abhielt, zu Boden zu fallen.

„So viel sinnloser Tod“, flüsterte Cutter so leise, dass nur Stephen ihn hören konnte. „Ihre Welt hätte niemals so sein sollen.“

„Genauso wenig wie unsere“, sagte Stephen, „aber sie ist es.“

Einen Moment lang sah es so aus, als würde Cutters Angst ihn lähmen, aber dieser Moment währte nicht lange. Etwas in ihm berappelte sich und der Professor richtete sich wieder auf, um der Mann zu sein, der er für sein Team sein musste.

„Ich begrabe ihn", sagte Connor. Cutter sah, dass er sich schon eine der Schaufeln geholt hatte. Er nickte.

„Guter Mann."

„Wir haben keine Zeit dafür", drängte Blaine. „Die Sonne ist fast untergegangen. Es dauert 40 Minuten, um durch den Dschungel zu den Land Rover zurückzukommen. Länger, wenn wir nicht sehen, wohin wir gehen. Und das Letzte, was wir wollen, ist im Dunkeln durch den Dschungel zu stapfen, während uns weiß Gott was jagt."

Connor fing an zu schaufeln und ignorierte ihn.

„Ich helfe dir", sagte Abby.

Jenny nickte. Die zwei Frauen holten sich Schaufeln, die bei den anderen Gräbern herumlagen.

„Wenn wir das Loch zusammen ausheben, ist das nur eine Sache von Minuten", erklärte sie und warf Blaine ein Gerät zu, das ein Mix aus Schaufel und Spitzhacke war. Der Soldat leistete keine Widerrede und trieb seine Schaufel ins Erdreich.

Eile war geboten. Jeder versuchte, mit einem Spatenstich so viel Erde wie möglich auszuheben. Innerhalb weniger Minuten standen sie vor einem leeren Grab. Blaine und Lucas nahmen Brieftasche, Papiere und Schlüssel des Toten an sich, rollten die Leiche in das dunkle Loch und schütteten es dann ganz unzeremoniell zu.

Es dauerte keine zehn Minuten, um alle physischen Spuren von Alexander Chaplins Existenz zu beseitigen. *Kaum genug Zeit, um ein Ei in die Pfanne zu hauen und es zu essen*, dachte Cutter. War das die Summe des Lebens eines Mannes? Zehn Minuten, um ein Loch auszuheben und ihn darin zu verscharren? Ein beängstigender Gedanke. Er wollte an all die anderen Dinge denken – die unzähligen Kleinigkeiten, die das

Leben ausfüllten –, aber hier und jetzt, über einem weiteren Grab stehend, war ihm das nicht möglich.

Das Leben reduzierte sich auf die grundsätzlichsten Elemente: Kohlenstoff und Verfall.

Vielleicht gab es nichts mehr, an das man glauben konnte.

„Wir müssen los", sagte er.

Und diesmal brachen sie auf.

NEUNZEHN

Sie konnten fühlen, wie sie beobachtet wurden.

Sie kamen langsam, aber stetig voran, eine Hand auf der Schulter des Vordermanns. So bildeten sie eine Schlange in der Dunkelheit. Die Nacht war gänzlich anders als die träge Hitze des Tages. Es war so kalt, dass die Erinnerung an die nur eine Stunde zurückliegende Hitze weit entfernt erschien. Die Kälte war sehr schnell aufgekommen und hatte alles andere verdrängt.

Cutter verfluchte sich selbst. Er war wie ein Tölpel in den Dschungel losgelaufen und nun war Chaplin tot. Zu viel Gemetzel und Dummheit für einen Tag. Er musste seinen Kopf klar bekommen und nachdenken. Derzeit reagierten sie nur. Er musste das Spiel umdrehen und in die Offensive gehen.

Aber zuerst musste er sie alle in Sicherheit bringen.

Sie waren etwa sechs Kilometer von den Land Rovern entfernt. Und im Dschungel würde es bald pechschwarz sein. Die Camping-Ausrüstung befand sich bei den Wagen. Sie mussten weiter, und sei es nur, um sich warm zu halten. Bewegung brachte aber auch Gefahr mit sich. Die Dunkelheit war reich an Jägern, die vom Puls unter ihrer Haut angezogen werden würden wie die Motten vom Licht.

Das Wispern der Bäume war eine kalte Vorahnung dessen, was gerade außerhalb ihres Sichtfeldes lag und hinter den Blättern und Schlingpflanzen lauerte. Immer wieder erinnerte sie das tiefe kehlige Grollen – und es konnte keinesfalls als Schnurren bezeichnet werden, egal, wie sehr die Beuteltiere auch Katzen glichen – daran, dass sie nicht alleine waren.

Aber die Kreaturen griffen nicht an, was es nur noch schlimmer machte. Anstelle der Konfrontation und des Adrenalins, das Überleben oder Versagen mit sich brachte, gab es bloß dieses konstante Gefühl der Unsicherheit, den Zweifel, der ihnen zuflüsterte, dass Dämonen und Teufel dort draußen in der Dunkelheit lauerten.

Keiner von ihnen sprach ein Wort.

Es gab nichts, was gesagt werden musste.

Der klamme Griff von Stephens Hand auf seiner Haut jagte einen Schauer durch Cutters erschöpften Körper. Nächte ohne richtigen Schlaf, die Zeitverschiebung und die Tortur der letzten Stunden gaben ihm das Gefühl, die leere Hülle seiner selbst zu sein. Bloß noch eine hilflose Spielfigur, die auf dem Brett umhergeschoben wird. Unfähig zur Eigeninitiative. Er war zu müde, um sich zu konzentrieren. Er war eine Spielfigur, Jenny war eine Spielfigur und Chaplin war nur noch eine Spielfigur. Und keiner von ihnen war der, der sie noch gestern gewesen waren, oder vor einer Woche oder vor einem Monat.

Was machte den Menschen aus? Die Seele? Das Fleisch? Der …

Er stolperte. Die Hand auf seiner Schulter war das Einzige, was ihn vor dem Sturz bewahrte. Er war wieder im Hier und Jetzt, und fest entschlossen, es auch zu bleiben. Er würde seinem Gehirn nicht erlauben, ihn abzulenken. Für eine Weile musste er noch einen klaren Kopf bewahren. Schlafen konnte er morgen.

Heute Nacht musste er am Leben bleiben.

„Kleine Verschnaufpause“, sagte er und nahm den Rucksack ab, als sie zum Stehen kamen. Er schraubte die letzte Wasserflasche auf und trank sie in drei langen Zügen aus. Danach wischte er sich mit dem Handrücken den Mund ab.

Sie waren in der Nähe.

Er konnte sie fühlen. Dass er sie nicht sehen konnte, war bedeutungslos. Er war ein Wissenschaftler. Er lebte in einer Welt voller unsichtbarer Größen, von denen er zweifelsfrei wusste, dass es sie gab.

„Was machen wir jetzt?“, fragte er.

Es war Genaro, der antwortete. Der junge Ranger fasste es nüchtern zusammen.

„Wir gehen zurück zu den Wagen.“

Das stimmte, doch die Situation war noch komplexer. Sie liefen auch vor dem davon, was sie in dem Dorf gesehen hatten. Sie stolperten in der Dunkelheit umher und waren nahe daran, sich zu verirren. Instinktiv bewegten sie sich fort von den Geräuschen, die ihre Jäger ausstießen – und das war es, was an seinem Unterbewusstsein nagte. Er wusste, wie diese Kreaturen arbeiteten. Er wusste, wie sie jagten. Der Verdacht lag auf der Hand.

Cutter und seine Gruppe wurden langsam von den Land Rovern weggelenkt. Hinein in das bevorzugte Jagdgebiet des Thylacosmilus.

„Nehmen Sie den Kompass und überprüfen Sie, ob unsere Richtung noch stimmt“, erklärte er.

Genaro griff in seine Tasche und holte das kleine Gerät hervor. Im Schein einer Taschenlampe las er das Ergebnis ab. Der Ranger kratzte sich am Kopf, dann sah er Cutter an.

„Wir sind 18 Grad vom Kurs abgekommen“, sagte er und klang so, als wollte er es selbst nicht glauben.

„Sie lotsen uns weg von unserem Ziel.“ Es war Zeit, wieder die Führung zu übernehmen. *Also los* … „Wir müssen endlich unsere Köpfe benutzen. Ich bin müde, ihr seid müde. Nach dem, was wir heute durchgemacht haben, fühle ich mich total leer. Aber das ist keine Entschuldigung für Dummheit. Wenn wir nicht nachdenken, sterben wir.“

„Was schlagen Sie vor, Professor?“, fragte Connor – oder

zumindest *dachte* er, dass es Connor gewesen sei. Wer immer auch die Frage gestellt hatte, war gerade mal drei Meter entfernt, doch die Dunkelheit verschluckte ihn fast gänzlich.

Er ließ die Taschenlampe kreisen. Der Lichtstrahl fuhr über die Blätter und ruhte schließlich auf Connor.

„Wir müssen uns auf das Grundsätzliche besinnen. Was fürchten Tiere?"

„Feuer", stellte Connor fest.

„Feuer", stimmte Cutter zu. „Keine Taschenlampen. Wir brauchen Fackeln. Etwas, mit dem wir die die Oberhand gewinnen können."

„Das einzige Problem ist, dass ich nicht glaube, dass mein Zippo gegen diese monströsen Biester da draußen viel ausrichten kann."

„Das nicht, aber es ist ein Anfang." Cutter griff in seinen Rucksack, kramte darin herum und suchte nach etwas Brennbarem. Es gab nichts, das dem entsprach, was er sich vorgestellt hatte. Darum zog er sein Hemd aus und riss es in Streifen. Mit dem Strahl der Taschenlampe suchte er den Boden nach trockenem Holz ab. Es dauerte einen Augenblick, dann fand er zwei passende Äste. Nun wickelte er die Fetzen um das Ende der Äste. „Feuerzeug?", sagte er zu Connor und streckte beide Arme aus.

„Burn, Baby, Burn", skandierte Connor und entfachte das Zippo. Er sah zu, wie die kleine blaugelbe Flamme den Stoff dunkel färbte, ihn zum Glimmen brachte und schließlich entzündete.

Cutter gab Genaro eine der Fackeln und Nando die andere. „Ihr kennt diese Gegend besser als wir. Bringt uns zu den Wagen. Wir wollen nicht die ganze Nacht hier verbringen."

„Derjenige, der sich umdreht und die Beine in die Hand nimmt, wird leben, auf dass er an einem anderen Tag kämpfen kann", witzelte Connor.

„Ganz genau. Und nun los."

Cutter sammelte seine Sachen zusammen und schulterte den Rucksack wieder. Das natürliche Licht der Fackeln war gänzlich anders als der gebündelte Strahl der Taschenlampen. Die Fackeln knisterten und warfen Schatten und Formen auf die Wand der Vegetation. Sie brachten aber auch Wärme mit sich. Alle Mann scharten sich um die Ranger.

Sie konnten fühlen, wie sich jenseits der wabernden Schatten etwas regte.

Cutter nahm ein Aroma wahr, das es hier gar nicht geben sollte. Diesmal war es kein Keksteig, aber eine durchaus artverwandte Note – es roch stark und eindeutig nach Kaffee.

Der Duft intensivierte sich noch, als er weit hinein in die Dunkelheit trat und nach vorne blickte. Die Erkenntnis genügte, um ihm die Nackenhaare aufzustellen.

Jemand war dort draußen und beobachtete sie.

Es geschah alles innerhalb von Bruchteilen einer Sekunde …

Der Thylacosmilus kam brüllend aus der Dunkelheit geschossen. Er bleckte seine Zähne.

Das Feuer verschlimmerte es noch und tauchte die Szenerie in ein albtraumhaftes Lichtspiel. Die große schwarze Bestie stieß zu und ihre riesigen Klauen zielten auf Abbys Gesicht.

Blaines Instinkt rettete sie.

Der SAS-Mann bemerkte aus dem Augenwinkel heraus eine Bewegung und reagierte ohne zu zögern. Kurz bevor die Klauen zuschlugen, stieß Blaine Abby so hart zur Seite, dass sie vornüber zu Boden fiel. Die Krallen schlitzten den dünnen Stoff seines Hemdes auf und hinterließen tiefe blutige Furchen auf seinem Unterarm und Bizeps. Er landete auf Abby, der die Luft aus den Lungen gedrückt wurde.

Eine plötzliche und mörderisch schmerzhafte Hitze entflammte auf Blaines Rücken. Er biss die Zähne zusammen. Ein zweiter böser Schnitt wurde seinem Schulterblatt beigebracht. Aus seiner Kehle wanden sich Schmerzschreie.

Er schrie sich selbst heiser und rollte sich von Abby ab, während das Tier versuchte, ihm einen tödlichen Hieb gegen den Kopf zu versetzen. Er konnte die Klauen an seinem Haar vorbeizischen fühlen, als er ihnen gerade noch auswich.

Um ihn herum explodierte die Welt mit Licht und Lärm – die Ranger kamen. Einer von ihnen – und Blaine konnte nicht erkennen, welcher – machte einen Satz nach vorne und fügte dem Thylacosmilus seitlich am Kopf eine schwere Brandwunde zu. Das Biest schrie vor Schmerz, floh aber nicht. Außer sich vor Raserei, stürzte es sich erneut auf ihn.

Die Kiefer der Bestie schnappten wild nach Blaines Gesicht. Sie waren so nah, dass er den fauligen Atem aus der Tiefe der Kehle des Ungetüms riechen konnte.

Der Einzelkämpfer hob seinen verwundeten Arm, um die Bisse abzuwehren, und griff nach dem langen Messer, das sich an seiner Hüfte befand. Bevor er es jedoch ziehen konnte, biss das Tier in seinen schon versehrten Unterarm und riss das Fleisch bis auf die Knochen auf. Das Raubtier wurde von dem üppigen Blutgeruch in der Luft und dem Geschmack von Fleisch in noch größere Raserei versetzt.

Blaines Schreie verstummten. In seiner Agonie wurde er still. Als der Schmerz ihn zu überwältigen drohte und ihm schwarz vor Augen wurde, schlug er blindlings um sich und rammte dem Tier seine Faust ein Mal, zwei Mal, drei Mal mit aller Kraft ins Gesicht, bis der Kopf des Angreifers zurückschnellte.

Die Schwärze fiel von ihm ab.

Der Schmerz nicht.

Blaine zerrte seinen Arm in Freiheit, wobei die scharfen Zähne der Bestie Muskeln und Sehnen zerfetzten.

Drei laute Schüsse vertrieben das Biest endgültig. Sie hallten donnernd durch das Herz des Dschungels.

Blaine rollte sich auf den Rücken und sah in Richtung der Baumwipfel. Die Fackel sorgte für ein gespenstisches Schattenspiel. Sein Herz schlug wie wild in seiner Brust. Er merkte, wie er das Gefühl in seinen Fingern verlor. Dann versuchte er, den Kopf zu drehen, aber es schmerzte zu sehr. Schweiß und Blut kühlten seine Haut.

„Tja“, sagte er, vor Schmerz knurrend. „Das Kätzchen ... hat ein paar ... sehr spitze ... Krallen.“

„Shh, nicht bewegen“, flüsterte eine der Frauen.

Er konnte sie sehen. Der Nebel lüftete sich. Zumindest dachte er, dass es der Nebel war. Weiße Schlieren tanzen auf seiner Brust. Dampfschwaden schienen aus seiner Brust zu kommen und geisterhafte Formen über ihm zu bilden.

Lucas stand über ihm.

Der aufsteigende Nebel ließ es so aussehen, als würden Rauchschwaden aus dem Lauf seiner SIG-Sauer P226 austreten.

Nie zuvor war Blaine so froh gewesen, eine noch rauchende Waffe zu sehen.

Er versuchte sich zu bewegen – und dann setzte der Schmerz erst richtig ein.

ZWANZIG

Ihnen lief die Zeit davon.

„Wir müssen ihn in ein Krankenhaus bringen", sagte Abby. Sie hockte neben dem verwundeten SAS-Mann und packte Mullbinden und Bandagen aus dem Erste-Hilfe-Koffer aus. Lucas stand über ihr und leuchtete mit einer Taschenlampe, damit sie sehen konnte, was sie tat.

Ihr Herz schlug sehr ungleichmäßig in ihrer Brust, so wie es das seit dem Angriff durchgehend getan hatte. Aus dem Verbandmull machte Abby eine Kompresse und drückte diese gegen die schlimmsten Wunden. Der weiße Stoff färbte sich fast schlagartig rot.

„Fest draufdrücken", instruierte sie und nahm Blaines kalte Hand. Sie drückte sie fest gegen die Wunde und hoffte, dass die Blutung so gestoppt würde.

Es machte wenig Unterschied. Blaines Hand wurde schlaff.

Neben ihr kümmerte sich auch Jenny um den Verletzten.

„Wie geht es ihm?", fragte Cutter.

„Wie sieht es denn aus?", sagte Abby brüsk, ohne den Professor überhaupt anzusehen.

Sie wollte nicht über das nachdenken, was gerade passiert war. Aber ohne die blitzschnelle Reaktion des Mannes, der nun am Waldboden lag, wären die Plätze jetzt vertauscht und das Team würde auf sie herunterblicken, wohl wissend, dass sie sterben würde. Und man würde fragen: „Wie geht es ihr?"

Ein Husten schüttelte Blaines Körper. Ihm lief Blut aus dem Mund. Seine Augen wurden glasig.

„Hier stirbt heute niemand mehr“, versichte ihm Abby, obwohl sie wusste, dass er kaum in der Lage war, sie zu verstehen. Aber ihre Worte galten auch Cutter und Stephen und all den anderen.

Und sie meinte es auch so. *Leben sollten nicht ausgelöscht werden wie eine Zigarette.* Sie drückte stärker auf die Wunde.

„Lucas?“

„Was brauchen Sie?“

„Nadel und Faden, offenes Feuer und mehr Glück als irgendein Mädchen haben sollte“, sagte sie und biss die Zähne zusammen.

„Zwei Wünsche kann ich erfüllen, vielleicht genügt das.“ Der Soldat nahm seinen Rucksack ab und holte Nähzeug heraus. „Arzt, heile dich selbst, und so“, sagte er.

„Sie sind ja ein echter Pfadfinder“, sagte sie. „Find ich gut. Einfädeln. Und erhitzen Sie die Nadel. Das ist zwar nicht unbedingt steril, aber alles, was die Gefahr einer Infektion verringert, ist gut. Stephen? Cutter? Jemand muss ihn hier raus tragen.“

„Verstanden“, erwiderte Stephen. Abby sah nicht auf und bekam nicht mit, wohin er ging oder was er vorhatte, aber sie vertraute ihm.

Sie lehnte sich näher zu Blaine und sprach leise und deutlich zu ihm. „Das wird weh tun, Andy. Es tut mir leid, aber wir holen Sie hier raus. Das verspreche ich.“

Er nickte. Oder zumindest dachte sie, dass er das tat.

Jenny hielt seine Hand, als Abby die geschwärzte Nadelspitze durch seine Haut zog. Blaine zuckte nicht einmal zusammen, als das glühende Metall in ihn eindrang.

„Komm schon, komm schon“, wiederholte Abby immer wieder. Die Worte wurden zu einem Mantra. An ihrem Gebet war nichts heilig. Es war ganz und gar eigennützig. Sie wollte nicht, dass er für sie starb. „Ich brauche etwas Wasser", sagte sie zu niemand Bestimmtem. Aus den schlimmsten Wunden trat immer noch Blut aus. Die Verletzungen waren so tief, dass sie sich nicht zu schließen schienen. Und das würden sie auch nicht, wenn man sie nicht zunähte.

Jenny nahm die Flasche und schüttete etwas Wasser auf die Wunde, um sie zu reinigen. Diesmal schrie Blaine auf, als sie die Nadel benutzte. Es war ein schwacher und mitleiderregender Laut.

„Ich werde hier nicht warten", sagte Lucas und gab Connor das Licht. „Wie weit sind die Wagen entfernt?"

„Zwei Kilometer, vielleicht ein bisschen mehr", erklärte ihm Genaro.

„Okay. Kommen Sie beide mit mir? Wir hacken einen Pfad durch die Bäume und das Gestrüpp und versuchen, die Wagen näher ran zu bringen."

„Immer noch besser als hier herumzustehen", bestätigte Nando. In seiner Stimme schwang das verbitterte Gefühl mit, verraten worden zu sein. Sie schien zu flüstern: *Wie nur konntet ihr uns hier her bringen, obwohl ihr wusstet, was hier passieren würde, und uns nicht davor warnen?*

Abby sah nicht hoch. Sie nähte weiterhin die Wunden des Soldaten zu und zog das Fleisch mit jedem Stich enger zusammen.

Ihre Hand zitterte Stich um Stich, während sie die schlimmsten Wunden schloss.

Währenddessen spürte sie den Blick hungriger Augen auf sich.

Cutter entfernte die Blätter von vier langen geraden Ästen und einem kurzen Zweig. Er benutzte Schlingpflanzen, um die Hölzer zusammenzubinden. Dabei brachte er zwei ins Lot und die anderen in die Diagonale, um eine Querstrebe zu erhalten. Der kürzere Ast lag in der Mitte, um den Rahmen zu stabilisieren.

Das Konstrukt verdiente kaum die Bezeichnung „Bahre“, aber es würde reichen.

Das musste es.

Mit Stephens Hilfe schnürte er die Äste immer fester zusammen.

„So wird es gehen müssen“, sagte er.

Wieder nahm er den schwachen Hauch eines Geruchs war, der hier nicht hergehörte.

„Riechst du das?“

Stephen hob den Kopf leicht an und atmete tief und langsam ein. Er schloss die Augen, um die Anzahl der Sinneseindrücke zu verringern, so dass sich seine Wahrnehmung auf den Geruchssinn beschränkte.

„Äpfel?“, fragte er.

„Äpfel“, stimmte Cutter zu und dachte darüber nach. Erst waren es Vanille, dann Kekse, dann Kaffee und nun Äpfel. Nicht eines davon war ein Aroma, das er in der Mitte der Wildnis erwartet hätte. „Irgendetwas hat es mit diesen Gerüchen auf sich. Etwas, das ich noch nicht verstehe. Es ist nicht fassbar, wie ein Rätsel, dessen Lösung sich immer weiter von einem entfernt, je intensiver man darüber nachdenkt.“

„Ich habe noch nie von einer Jagdtheorie gehört, die auf Gerüchen basiert“, meinte Stephen. „Weder bei einem Borhyaeniden noch bei irgend einer anderen Spezies. Das denkst du doch, nicht wahr?“

„Ich weiß nicht“, sagte Cutter. „Es ergibt einfach keinen Sinn. Mein erster Instinkt sagt mir, dass sie diese Aromen benutzen, um uns zu markieren. Als ob die Gerüche sensorische Marker darstellen. Das würde Sinn ergeben, wenn wir alle dieselben Gerüche wahrnehmen würden wie im Dorf, als der Duft von Keksen so stark war. Wenn dieser Geruch etwas damit zu tun hat, diese Tiere zum Angriff zu reizen, dann müsste es dasselbe Aroma sein, das wir jetzt riechen, nachdem der Thylacosmilus Blaine attackiert hat.“

„Und das ergibt für mich keinen Sinn. Was wäre, wenn es mit ihren Drüsen zusammenhängt? Wenn sie mit ihrem Schweiß bestimmte Gerüche absondern?“

„Durchaus denkbar“, meinte Stephen und trocknete sich die Hände an seinen Shorts ab. „Immerhin arbeiten auf diese Weise auch Hirschjäger. Sie legen Duftstoffe aus, weil sie wissen, dass der Bulle unweigerlich dem Geruch folgen wird. Die Jäger selbst tragen präparierte Kleidung, um ihren eigenen Duft zu überdecken. Und dann warten sie in Windrichtung liegend darauf, dass ihre Beute sich nähert. Was du andeutest, ist dasselbe Prinzip.“

„Gehen wir noch einen Schritt weiter“, sagte Cutter. Im Kopf spielte er die Möglichkeiten durch. „Bienenköniginnen benutzten Geruch als eine Art Verhaltenskontrolle, damit sich die Neuzugänge im Stock benehmen. Indem sie ihre aversiven Erinnerungen kontrolliert, ist sie in der Lage, einige von ihnen bei sich zu halten, um sich begatten zu lassen.“

„Du willst also andeuten, dass es nicht die Borhyaeniden sind, die den Geruch benutzen. Sondern dass etwas anderes den Geruch nutzt, um sie zu kontrollieren“, sagte Stephen. „So unwahrscheinlich das auch klingt, es würde die unterschiedlichen Gerüche, die benutzt werden, erklären.“

Cutter starrte ihn einen Moment lang an, dann begann er grimmig zu lachen. Hätten sie nicht mit den Anomalien Erfahrungen gesammelt, wäre eine solche Erklärung purer Wahnwitz gewesen. Nun war sie jedoch etwas gänzlich anderes.

„Du bist ein verdammtes Genie, Stephen. Natürlich ist es etwas anderes. Das ergibt Sinn. Denk darüber nach: Die Bienenkönigin scheidet über ihre Mandibeln ein Pheromon aus, das die Arbeiterbienen davon abhält, durch aversive Erfahrungen zu lernen. Das ist eine Art von Gedankenkontrolle. Der Geruch reduziert die Wahrscheinlichkeit, dass ihre Jungen ihre Stachel benutzen. Ein anderes Pheromon könnte jedoch ebenso dafür genutzt werden, eine andere Reaktion heraufzubeschwören, nicht wahr? Erst wenn die älteren Bienen den Stock verlassen, um Nahrung zu sammeln, sind sie nicht mehr länger der Kontrolle des Geruchs ausgesetzt und lernen, wie sie ihren Stachel nutzen können, um sich zu schützen."

„Es könnte also sein, dass jemand irgendwie diese Gerüche benutzt, um den Thylacosmilus dazu zu bringen, zu tun, was er will – genauso wie die Bienenkönigin bei ihrem Staat. Das muss die Antwort sein!"

Cutter wusste nicht, ob er lachen oder weinen sollte. Dies war kein Durchbruch, der sie der Lösung näherbrachte. Er warf lediglich ein ganzes Feld neuer Fragen auf. Stephen sprach wieder, wobei seine Stimme verwirrt und unsicher klang.

„Aber was steckt dahinter? Welche Kreatur ist in der Lage, die Beutelklingen so zu manipulieren, dass sie in ihrem Auftrag jagen?"

Cutter schwieg fürs Erste. Ein erschreckender Gedanke war ihm gekommen.

„Was, wenn es etwas aus einer anderen Anomalie ist? Etwas, das nicht zur Vergangenheit gehört?"

„Ist das möglich?"

„Fällt dir eine bessere Erklärung ein?"

Stephen und Cutter trugen Blaine zwischen sich.

Der SAS-Mann war im Delirium. Er murmelte ständig, aber seine Worte waren kaum verständlich. Abby ging neben der behelfsmäßigen Bahre und hielt seine Hand fest in ihrer. Grashalme klebten auf seinem Gesicht, wo der Schweiß getrocknet war. Sie wischte sie weg.

Plötzlich tauchten zwei Lichtstrahlen in der Dunkelheit auf und erleuchteten Zweige und Gestrüpp. Der erste Land Rover kam in ihr Blickfeld, gefolgt von dem zweiten und dritten. Ihre Lichtkegel hüpften unruhig umher und wurden immer wieder von Dunkelheit verschluckt.

Lucas stand auf dem Trittbrett der Fahrerseite und dirigierte die Kolonne. Seine Silhouette wurde von dem Lichtkegel erfasst. Zusammen mit Genaro und Nando hatte er es irgendwie geschafft, die Allradwagen über die holprige Strecke und die riesigen Wurzeln in den Dschungel zu zwingen. Die alten Fahrzeuge hatten es nicht leicht, auf dem unebenen Untergrund voranzukommen. Der Seitenspiegel der Beifahrerseite hatte dran glauben müssen und die Fahrzeugplane war weggerissen worden, als sie sich durch Baumstümpfe und Schlingpflanzen und dornige Büsche kämpften.

Ihre verzweifelten Manöver ersparten den anderen einen kilometerlangen Marsch – und viel wertvolle Zeit.

Nun mussten sie nur noch beten, dass es für Blaine noch nicht zu spät war.

Cutter legte Stephen die Hand auf die Schulter. Er hielt einen Finger an die Nase. Stephen nickte. Da war er wieder, der falsche Geruch, der in der Luft lag. Er atmete die Bösartigkeit dieses Geruchs willig ein. Dieses Mal brauchte er einen Moment, um ihn definieren zu können. Jenseits des offensichtlichen Fischmarktgeruchs war noch etwas anderes, etwas Subtileres – die salzige Note von Fischroggen. Ein Nordseegeruch, und er brachte die Erinnerungen an die Küste und schäumende Gischt mit sich.

Sie hatten ihre Theorie noch nicht mit den anderen besprochen, aber nun, da er eine Ahnung hatte, wie das Prinzip aussah, war dieses Auftauchen unerklärlicher Gerüche weit weniger verstörend, wenngleich auch nicht weniger beunruhigend.

Denn es hieß, dass sie auf zweierlei Art gejagt wurden. Die Primärbedrohung war der Thylacosmilus, die sekundäre, vielleicht noch schrecklichere, die Vorstellung, dass diese Tiere von einer unbekannten Macht kontrolliert wurden.

Dass es kein Tier in der evolutionären Kette gab, das zu solch einer Leistung imstande war, ließ Cutter erschaudern, denn bei seinem Gedankengang fehlte ein Wort.

Noch. Noch war kein Tier dazu fähig.

Er konnte nicht zulassen, dass er sich der rasch aufsteigenden Panik hingab. Das Einzige, was jetzt zählte, war es, Blaine ins Krankenhaus und den Rest des Teams in Sicherheit zu bringen. Alles andere konnte bis zum Sonnenaufgang warten.

Cutter drückte die Vorderseite der Bahre gegen die hintere Tür des Land Rovers und schob sie hinein. Dann stieg er selbst in den hinteren Bereich des Wagens und benutzte sein eigenes Gewicht als Hebel, um Blaine auf das kalte Metallbett zu hieven. Der Soldat stöhnte. Er lag zitternd da und wagte es nicht, sich zu bewegen, da er Angst hatte, seine provisorischen Nähte zu zerreißen

„Alles wird gut", sagte der Professor. Die Lüge fiel ihm nicht leicht.

Cutter kletterte aus dem hinteren Bereich heraus und sprang auf den Boden.

„Holt die Decken aus dem anderen Auto", sagte er zu Nando. „Er fällt in eine Schockstarre. Wir müssen seine Körpertemperatur hoch halten. Nehmt alles mit, was man benutzen kann, um ihn zu wärmen."

Der Geruch von Fischroggen machte keine Anstalten, sich zu verziehen, während die anderen damit beschäftigt waren, die Camping-Ausrüstung nach Dingen zu durchforsten, mit denen sie Blaine wärmen konnten.

Abby kletterte hinten in den Land Rover und legte sich neben Blaine. Sie presste sich an den Verwundeten, um ihm mit ihrer eigenen Körperwärme zu helfen. Cutter reichte Decken und Schlafsäcke ins Wageninnere, die die anderen ihm gebracht hatten. Und er half Abby, es sich einigermaßen bequem zu machen.

„Sorgen Sie nur dafür, dass Lucas vorsichtig fährt", wies Abby ihn an.

Cutter sagte nichts. „Vorsichtig" war ein Luxus, den sie

nicht hatten, nach dem immer stärker werdenden Geruch zu schließen. Er schloss die Seitentür und schrie. „Los, los, los!"

Der Wagen drehte sich so unbeholfen wie ein betrunkener Seemann in der Kneipe, und schwankte von einer Seite zur anderen, als die Reifen sich aus der Erde freikämpften.

Der zweite Wagen folgte dem ersten, während Cutter auf den Beifahrersitz des dritten kletterte und die Tür schloss. Der Knall hallte wie ein Schuss durch den stillen Wald. Und in diesem Moment kamen die Biester aus der Dunkelheit hervor.

Es waren fünf. Ihre gelben Augen leuchteten im Glanz der Scheinwerfer und wurden rot, als ihre Netzhaut auf den Lichteinfluss reagierte. Sie pirschten sich nach vorne, wobei sie ihre massigen Körper so nah wie möglich an den Boden geduckt hielten.

Nando saß neben Cutter am Steuer. Er startete den Motor und legte den Rückwärtsgang ein. Mit Vollgas setzte er zurück. Die Achse hing durch, als der Hinterreifen über eine Wurzel in eine Spurrinne geriet. Der Unterboden schabte über Steine und Wurzeln. Und dann sprang der Wagen ein Stück zurück, als er sich von dem löste, was ihn Momente zuvor noch gehalten hatte.

Cutter wandte den Blick nicht von den fünf Raubtieren ab, die sich langsam anschlichen und ein Ausbund an bedrohlicher und roher tierischer Kraft darstellten. Ihre Bewegungen hatten etwas Wunderschönes und Graziles. Das galt umso mehr, als sie ihren Kopf drehten und dem Licht folgten, während ihre Kiefer aufklappten und sie die Zähne bleckten. Er sah ihnen zu, wie sie ihre Köpfe neigten, die Nasenflügel blähten und mit den Tatzen in den feuchten Urwaldboden schlugen. Ihr Fell war glatt und zeichnete die Bewegung ihrer Muskulatur nach, als sie sich im Kreis bewegten.

Es dauerte einen Herzschlag lang, bis er begriff, was dort draußen gerade passierte.

Der erste Angreifer warf den Kopf zurück und stieß ein

urzeitliches Brüllen aus. Die anderen antworteten und der Dschungel erwachte zum Leben.

Sie warfen sich gegen den Land Rover, schlugen gegen die Seitenelemente und versetzen den ganzen Fahrzeugrahmen in Schwingung. Ein Thylacosmilus sprang auf die Haube und blickte durch die dreckige Windschutzscheibe, während Nando das Lenkrad herumriss und verzweifelt versuchte, das Biest abzuschütteln. Das holte aus und schlug mit seinen mächtigen Pranken gegen die Windschutzscheibe. Die Klauen hinterließen tiefe Rillen auf dem Glas, fünf an der Zahl.

Als das Scheinwerferlicht die Baumgruppe streifte, sah Cutter in seinem peripheren Blickfeld eine schemenhafte Bewegung. Aus dem Augenwinkel heraus war es unmöglich, genau zu bestimmen, was es war, das sich in den Schatten herumtrieb, aber er wusste genau, was es *nicht* war.

Es war auf keinen Fall, nicht einmal wenn man der Phantasie auf wildeste Art und Weise freien Lauf ließ, ein Thylacosmilus.

Die Wahrheit war, dass er so etwas nie zuvor gesehen hatte. Es erschien ungelenk und plump, beinahe wie ein Hybride aus Wolf, Vogel und Schatten. Noch bevor er seinen Blick fokussieren konnte, war es wieder verschwunden. Er glaubte, dass sich die Kreatur absichtlich gezeigt hatte, um ihn mit ihrer Anwesenheit zu reizen.

Nando riss das Lenkrad hart herum und beschleunigte den Land Rover mit Vollgas nach vorne. Die Räder drehten in der Erde durch. Die Kreatur schlug mit ihren Klauen und Pranken zu. Sie wollte in den Wagen, doch der zunehmende Schwung warf sie ab.

„Fahr“, schrie Cutter gänzlich unnötig.

Nando Estevez hatte bereits das Gaspedal bis zum Anschlag durchgedrückt.

EINUNDZWANZIG

Der gebündelte Strahl der Scheinwerfer des Land Rovers durchdrang die beklemmende Dunkelheit.

Die Kreaturen hatten sie bis zur offenen Straße gejagt. Erst dort konnte der Geländewagen sie bei voller Fahrt abhängen. Sie waren weit zurückgefallen. Und falls sie ihre Beute noch immer jagten, so konnte man sie wenigstens nicht mehr sehen.

Im Wagen herrschte Stille, alle standen unter Schock. Auf der Rückbank saß Jenny direkt hinter Cutter und sah ihn in der Dunkelheit verstohlen an. Er wippte wie der Bruder von Dustin Hoffmans „Rain Man" vor und zurück, und kämpfte ganz offenbar mit dem, was seine Gedanken heimsuchte. Sie zitterte. Schon seitdem Blaine Abbys Leben gerettet hatte.

Der Land Rover polterte über eine Spurrinne und schüttelte sie durch. Jenny drückte ihre Hände gegen die Decke, um sich etwas mehr Halt zu verschaffen, während sie hin- und hergeworfen wurde. Sie fühlte sich so unglaublich weit weg von Zuhause. Und das Handy zu nehmen, einen Anruf zu tätigen und so alles ins Reine zu bringen, stand gar nicht zur Diskussion. Das Krankenhaus lag mehr als 90 Minuten entfernt und die Straße war so mit Kratern übersät wie die Landezone in einem Kriegsgebiet. Die Dunkelheit um sie herum war mit Wahnsinn geschwängert.

Es war egal, wie viel Zeit sie in Nick Cutters Gesellschaft verbrachte. Die Welt, in der er lebte, war nicht jene, die sie kannte. Urzeitliche Würmer, Säbelzahntiger, Velociraptoren – diese Monster hatten keinen Platz in der Welt, in der sie aufgewachsen war. Sie hatten in *keiner* Welt einen Platz. Keiner modernen Welt.

Sie bemerkte, wie sie ihn wieder anstarrte. In vielerlei Hinsicht war er die Vaterfigur dieser kleinen Gruppe. Alle blickten zu ihm auf, wenn sie nach Weisheit, Schutz, Ermutigung und Unterstützung trachteten. Sie wandten sich an ihn, wenn sie nach Antworten suchten. Dafür behandelte er sie wie seine Kinder, beschützte sie und war stolz auf sie. Er war für gewöhnlich der stete Einfluss, der Ruhepol in dieser Ungeheuerlichkeit, die ihr Leben in dieser wahnsinnigen Welt der Anomalien und Wahrheiten, von denen nie jemand erfahren durfte, darstellte.

Diesmal schienen ihn die Ereignisse jedoch zu überwältigen. Die Anspannung war in seinen Augen zu sehen, wenn man wusste, wonach man suchen musste. Und das wusste sie. Sein Herz verlangte nach etwas, das er nie zurückbekommen würde. Die Claudia auf dem Foto, das er immer in seiner Brieftasche mit sich trug. Sie wusste nicht, wie sie sich deswegen fühlen sollte. Sie war das Paradoxon in dieser Welt der Gewissheiten. Er verlangte sich selbst soviel ab. Wenn sie ihn ansah, konnte sie nicht anders, als sich zu fragen, ob er immer noch nach der anderen Frau in ihr Ausschau hielt.

Versuchte er heimlich, die Vergangenheit umzuschreiben, um eine Frau zu finden, die es nie gegeben hatte?

Und was, wenn er sie fand?

Was, wen er einen Weg fand, um Claudia zurückzubringen? Was würde dann aus Jenny Lewis werden? Was würde aus ihrer Haut, ihren Knochen und ihren Gedanken, die ihre Identität ausmachten, werden?

Wäre sie dann an der Reihe, einfach damit aufzuhören zu existieren?

Immerhin hatte Aristoteles postuliert, dass die Seele in ihrer Essenz wissenschaftlich war, dass sie keine romantisierte religiöse oder spirituelle Sache darstellte, sondern Substanz besaß. Materie, die in der Biologie Gestalt annahm. Das Fleisch stellte den Wirt dar, aber die Identität, die Seele, stand auf einem ganz anderen Blatt. Aristoteles kam zu dem Schluss, dass sie Teil einer kollektiven Kraft war, die nach dem Tod der individuellen Seele zum Kollektiv zurückkehrte. Er konnte einfach nicht glauben, dass etwas aus dem Nichts heraus erschaffen worden sein sollte.

Demnach waren Claudia und Jenny Teil desselben Kollektivs, erschaffen aus derselben Substanz. Eines der Grundgesetze der Physik war, soweit sie sich erinnerte, dass zwei Dinge nicht zur selben Zeit am selben Ort existieren können – oder in diesem Fall, im selben Fleisch.

Der Gedanke kam ihr gänzlich ungebeten in den Sinn: Träumte Cutter davon, sie wieder verschwinden zu lassen? Lag er nachts wach und dachte an die Frau, die sie nicht war, sich wünschend, dass sie jene Person sein möge?

Sie erinnerte sich, wie er sie mit dem anderen Namen gerufen hatte. Er hatte so sicher geklungen, dass sie am Leben war, bis sie den Funken Hoffnung, den er in sich trug und der ihn glauben machte, dass alles doch noch ins rechte Lot kommen würde, zerschmettert hatte. Trotz allen Geredes über divergierende Evolution und Wissenschaften, war Cutter im Grunde seines Herzens doch ein Romantiker. Er wollte verzweifelt an das Happy End glauben.

Und das ging ihr nicht anders.

Jenny blickte in den dunklen Schatten, der Cutters Augen verdeckte, als er in die Nacht hinaussah. Aber sie konnte sich nicht dazu durchringen zu glauben, dass es glücklich enden konnte, denn wenn sie ihn ansah, fühlte sie etwas in sich pochen, das sie nicht verstand, sie verwirrte, obwohl sie nur zu genau wusste, was es war: Ein Verlangen, das seinem gleichkam.

Und doch wollte sie heiraten. Jemand *anderen* …

Es war eigenartig. Mehr noch als das, es war, als ob sie ihn schon seit sehr, *sehr* langer Zeit kannte.

Ein grelles Licht, das sich auf der Scheibe spiegelte, riss sie aus ihren Gedanken und brachte sie wieder ins Hier und Jetzt. Sie drehte sich um, während die Scheinwerfer eines schnell näher kommenden Geländewagens das Innere des Land Rovers erleuchteten. Jenny rutschte auf dem Sitz herum und versuchte, im blendenden Licht etwas zu erkennen. Das Licht wurde heller, während sich die Lücke zwischen den beiden Fahrzeugen schnell schloss.

Dann raste das Gefährt an ihnen vorbei. Nach 200 Metern bremste es heftig.

Jenny blickte rechtzeitig hin, um noch zu sehen, wie eine dunkle Silhouette auf die Straße trat und etwas vor den Rover warf. Ein breiter Nagelgürtel zerfetzte die Reifen, als sie darüber sausten. Die Gummierung platzte und die Luft entwich explosionsartig. Der Wagen kam auf den Felgen ins Schlingern. Im Inneren flog alles durcheinander.

Danach wusste sie nur noch, dass sie beim plötzlichen Ausbrechen des Land Rover quer über die Sitzbank geschleudert wurde. Mit dem Kopf schlug sie gegen eine Scheibe, so dass sie sich an der Seite eine Platzwunde zuzog. Ihr Blick wurde vom Blut eingetrübt. Sie schrie, Cutter rief etwas, der Motor heulte auf und die zerstörten Felgen kreischten. Es war ein Aufschrei der Gewalt und der Furcht jener, die in der klaustrophobischen Enge des Wagens gefangen waren.

Nando kämpfte mit dem Lenkrad, während der Wagen bremsend über die Straße schlitterte. Die Kontrolle über das Fahrzeug war verloren und es steuerte auf einen massiven Fels in nur wenigen Metern Entfernung zu. Der Rover prallte seitlich auf den Stein. Nando übersteuerte und der Wagen drehte sich nun nicht nur horizontal, sondern auch vertikal. Es gab einen kurzen Augenblick, in dem die Zeit still zu stehen schien und der einem den Magen umdrehte, dann vollendete der Wagen die Bewegung und überschlug sich. Der Metallrahmen stöhnte auf …

Cutter lag mit Schulter und Nacken gegen das geknickte Dach gedrückt da. Seine Brust brannte an der Stelle, wo der Gurt in die Haut geschnitten hatte. Er konnte fühlen, wie Blut sein Gesicht hinunterlief. Sein Blick war vernebelt, als er versuchte sich zu bewegen. Neben ihm stöhnte Nando.

Der Rover war auf dem Dach liegen geblieben.

Er konnte Jenny sehen. Ohne Gurt war sie heftig herumgeworfen und gegen die Decke gedrückt worden, als der Land Rover sich überschlagen hatte. Sie bewegte sich nicht mehr. Auf ihrer Wange schimmerte Blut von einem Schnitt über dem Auge.

„Alle noch am Leben?", wollte Cutter wissen, während er sich regte und versuchte, den Gurt zu öffnen. Blut schoss ihm in den Kopf. Er fühlte, wie es gegen seine Schläfen und hinter seinen Augen pulsierte.

Bevor einer von ihnen antworten konnte, drang das Licht von Taschenlampen in das Innere des Wagens und wanderte über ihre Gesichter. Jenny stöhnte, als das Licht ihre Augen traf. Ein überwältigendes Gefühl von Erleichterung erfasste Cutter. In diesen wenigen Momenten, in denen sie nicht geantwortet hatte, war Angst in seinen Eingeweiden erwacht. Er hatte sie ein Mal verloren. Aber *nicht zwei Mal.* Er weigerte sich, das zu zulassen.

Die Lichtstrahlen kreuzten sich und ruhten dann auf seinem Gesicht. Die Helligkeit tat seinen Augen weh. Er versuchte, sie mit der Hand abzuschirmen, aber jede Bewegung bereitete ihm nur neue Arten von Schmerz. Es waren wenigstens drei Angreifer. So viele Lichtstrahlen zählte er. Warum waren sie auf der Straße? Warum hatten sie den Nagelgürtel auf die Straße geworfen? Warum waren sie überhaupt hier draußen, mitten im Nirgendwo? Diese Straße führte zurück zum Zentrum des Reservats und hinaus zu allen Punkten, zu denen die Ranger fuhren, um das Wildleben, das sie schützten, zu beobachten. Dies war weder eine Einkaufsstraße noch eine Route für Sonntagsausflügler, die die schöne Landschaft genießen wollten. Und das bedeutete, wer auch immer die Männer hinter den Taschenlampen waren, sie wussten, wen sie angegriffen hatten.

All das ging Cutter durch den Kopf, in dem Moment der Stille, der von einem einzigen schockierenden und Furcht erregenden Geräusch zerrissen wurde: zerschmettertes Glas. Die Männer schlugen mit ihren Taschenlampen wieder und wieder gegen die Scheiben des Land Rovers, bis diese schließlich splitterten. Die einzelnen Stücke fielen ins Wageninnere.

Cutter ruderte wild mit den Armen und versuchte, sich aus seinem gepolsterten Gefängnis zu befreien und herauszufinden, was um ihn herum vorging. Er fühlte, wie die Splitter sein Gesicht ritzten, und erblickte dann Hände, die schwarze Handschuhe trugen und in den hinteren Bereich des Wagens griffen. Sie packten Jenny an den Fußgelenken, während die junge Frau hysterisch schrie und um sich trat.

Cutters Finger fanden den Knopf für den Gurt und lösten ihn. Einen Sekundenbruchteil lang hing er noch dort. Dann zerrte die Schwerkraft an ihm, er fiel und schlug hart auf das Dach des Wagens. Sein Kopf schluckte dabei den Großteil des Aufpralls. Sein Blick wurde diffus, als Blut in seine Augen lief und die Welt rot färbte.

Dann drehte er seinen Körper und griff hinter sich in den Wagen. Er wusste nicht, was er tat. Er dachte nicht nach, sondern griff einfach zu, wild entschlossen, Jenny festzuhalten. Seine Hände fanden sie. Sie rief wieder und wieder seinen Namen: „Nick! Nick!“, als die Fremden sie hinauszerrten.

Er klammerte sich an sie, als ginge es um sein Leben, um ihr Leben, aber sie glitt ihm durch die Finger. Er kroch in den hinteren Bereich des Wagens und auf das zerschmetterte Fenster zu. Dabei schnitt er sich die Hände und Knie an dem zerbrochenen Glas auf, spürte aber nichts. Er konnte nicht nach links oder rechts sehen. Seine Augen waren ganz und gar auf Jenny fixiert, während sie weiter und weiter weggeschleift wurde.

Nando hing bewusstlos im Fahrersitz. Er hatte keine Ahnung, wo die Kreaturen lauern mochten, so dicht war der Nebel um sie herum. Die Jäger konnten zehn Meter entfernt sein und er würde es nicht ahnen.

Cutter zerriss es förmlich. Sie flehte ihn an. Er konnte sich nichts Schlimmeres vorstellen. Ängstlich und verzweifelt bettelte sie, wieder und wieder.

„Nick! Bitte, Gott. Nick, Hilfe. *Nick!*"

Er stieß sich vor und versuchte, sich durch das Fenster zu zwängen, um ihr nachzueilen und sie zurückzuholen.

Dann traf ihn etwas hart. Eine Taschenlampe, ein Brecheisen, ein Stiefel, er wusste es nicht. Es war auch egal. Es wurde ihm über den Kopf geschlagen und die Welt um ihn herum zerfaserte, als ihm schwarz vor Augen wurde. Cutter streckte ein letztes Mal den Arm aus und versuchte verzweifelt, ihre Hand in der Dunkelheit, die seinen Geist benebelte, zu finden.

Sie war nicht da.

Das Letzte, was er vernahm, war ihre Stimme, die panisch seinen Namen rief.

ZWEIUNDZWANZIG

Jack Stark lenkte den Escalade des Botschafters durch die alles verschlingende Dunkelheit.

Er erschien wie ein Racheengel in der Nacht.

Der Motor wimmerte kränklich, als der Soldat wüst zwischen den Gängen hin und her schaltete und den Wagen über den engen Weg an bedrückend nahen Bäumen vorbei zwängte. Das Scheinwerferlicht kam kaum gegen die Dunkelheit an, da Nebel aufstieg und die Umgebung allumfassend in rätselhafte Schemen tauchte. Es war beinahe so, als ob die Luft durch eine zähe Flüssigkeit ersetzt worden wäre.

Er hatte die Koordinaten auf der Karte eingetragen und den Zielort rot umrandet.

Stark trat auf die Kupplung, während kalte Wut seinen Geist und Körper antrieb.

Chaplin hatte sie an die Wilderer verkauft. Ein Mann namens Eberhardt hatte sie für den wenig schmeichelhaften Spottpreis von 50.000 US-Dollar erstanden. Das hieß, jedes ihrer Leben war genau 6.250 Mäuse wert. Nichts auf dieser Welt würde ihn dazu bringen, Chaplin damit durchkommen zu lassen.

Er trat aufs Gas und rammte den Schaltknüppel in den nächsten Gang.

Es hatte nicht lange gedauert, bis er von dem sterbenden Mann das erhalten hatte, was er brauchte. Die meisten Zivilisten machten den Fehler zu glauben, dass Folter funktioniert, aber aber dem war nur selten so.

Im Grunde sogar so gut wie nie.

Stecke einen Finger in eine Wunde und drehe ihn herum. Alles, was du auslöst, ist eine begrenzte Dosis Schmerz. Es tut weh, keine Frage, aber der Körper kann den Schmerz verarbeiten, ihn verstehen und – noch wichtiger – ihn begrenzen. Eine Drohung jedoch ist ein weitaus mächtigeres Werkzeug.

Eine Drohung nimmt kein Ende, ist uferlos. Er hatte sich neben den sterbenden Mann gehockt und ihm eine einfache Wahl gelassen: Leben oder Tod. Die anderen waren krepiert und das Schicksal des Mannes lag in Starks Händen. Er hätte ihn jedoch nicht getötet. So leicht sollte sein Angreifer nicht davonkommen. Kein sanftes Gleiten in die endlose Winternacht. Sondern Schmerz und Leid auf jedem Zentimeter des Weges. So einfach war das.

„Ich könnte den Schmerz verschwinden lassen", sagte er und tat genau das, was er hasste, indem er den Finger in die größte Wunde des Mannes presste. „Aber das werde ich nicht. Du wirst im Leben wie im Sterben leiden – so oder so, dich erwartet der Schmerz. Das Einzige, was ich für dich tun werde, wenn du kooperierst, ist es, einen Krankenwagen zu rufen. Deine Entscheidung."

Eberhards Mann sang wie das sprichwörtliche Vögelein.

Der Deutsche betrieb ein lukratives Import- und Export-Geschäft, wobei er seine Finanzen mit kleinen Raritäten aufpolierte. Dort draußen gab es für alles einen Sammler.

Eberhardt hatte ihnen einfache Instruktionen erteilt: *Bringt den Jungen zum Schweigen. Egal was es kostet, seine Geschichte darf nicht erzählt werden.* Stark ahnte, warum. Cam Bairstow wusste, dass das Dorf von Kreaturen angegriffen worden war – und auch von was für Kreaturen. Sein Wissen hätte Wissenschaftler und, schlimmer noch, Touristen hierher gelockt, die nach exotischen Tieren Ausschau halten wollten.

Tot war Cam jedoch nur ein weiterer verschollener Forscher, den der Regenwald wohl das Leben gekostet hatte. Bedauerlich für den Jüngling, aber so war es nun mal. Forscher kamen, um die Natur und die Ruinen zu studieren, aber sie waren nur selten auf das raue Klima des Amazonas eingestellt. So wie in Kenia, Nigeria, Bolivien und an all den anderen exotischen Orten.

Dann ging Stark ein Licht auf. Die Wahrheit, die hinter allem steckte, der eine, alles erklärende Faktor, nach dem er gesucht hatte ... die Wilderer wussten *ganz genau*, was das für eine Kreatur war. Sie hatten sie gesehen. Oder waren von ihr angegriffen worden und hatten erkannt, auf was für eine wirklich exotische Gattung sie gestoßen waren. Eine, die so selten war, dass Sammler praktisch jeden Preis bezahlen würden.

Der Thylacosmilus war ihre eigene persönliche Goldmine. Und sie ahnten nichts von der Herkunft ihres vermeintlichen Segens.

Aber nun hatte die britische Regierung Cutter und sein Team geschickt, um nach Cam zu suchen. Was hatte das verändert?

Der Soldat hatte angenommen, dass die Wilderer beabsichtigten, seine Gruppe zu entführen und Lösegeld zu verlangen, so wie es auch die so genannten Freiheitskämpfer tun würden. Dass sie Forderungen stellen und Zugeständnisse einfordern würden, aber das nun noch anzunehmen, wäre extrem naiv.

Nein, eine Entführung mit anschließender Lösegeldforderung würde mehr Aufmerksamkeit auf diese Angelegenheit lenken, als diesen Leuten lieb war. Darum blieb nur eine mögliche Antwort.

Es lief letzten Endes auf Folgendes hinaus: Was die Wilderer anging, waren Cutter und sein Team ein Stachel in ihrer Ferse, den man besser entfernte. Sie wollten kein Geld. Sie wollten, dass die Eindringlinge tot waren. Eberhardt gehörte zu jenen machtgierigen Menschen, denen Mord nicht fremd war. Die finanziellen Mittel der Geldelite hielten diese gottverlassenen Bananenrepublik am Laufen. Sie finanzierten den Leuchtenden Pfad und versorgten die Gruppe mit Waffen und Munition, um das Regime zu destabilisieren. Und sie hielten die Propagandamaschine in Gang, um nach außen hin vorzutäuschen, dass die Túpac Amaru-Revolutionsbewegung an Wahrheit und Aussöhnung interessiert sei.

Eberhardt war, wenn man es auf den einfachsten Nenner brachte, ein böser Mensch.

Er hatte Büros in Lima und Cusco und Lagerhäuser im Haupthafen von Calloa. Nichts davon interessierte den SAS-Mann. Die Wilderer mussten im Regenwald selbst eine Operationsbasis haben. Daran war er interessiert. Und Stark interessierte, mit welcher Gegenwehr er rechnen musste.

Er hatte sein Telefon aus der Tasche genommen und die ersten zwei Zahlen des Notrufs gedrückt. Dann streckte er das Gerät aus und lud den blutenden Mann förmlich ein, die Nummer zu Ende zu tippen.

„Alles, was du tun musst, ist mir zu sagen, wo ich euer Lager finde."

„Die werden mich umbringen."

„Vorausgesetzt, du verblutest vorher nicht", ergänzte Stark beinahe freundlich.

„Du verstehst nicht."

„Dann hilf mir es zu verstehen."

„Euer Mann gehört ihm."

„Welcher?"

„Chaplin. Er gehört Eberhardt. Chaplin ist sein *cabron*." Starks Spanisch war schlecht, aber er kannte das Wort doch so gut, dass es ihm gefiel, wie der blutende Mann es förmlich ausspuckte. Es hatte viele schillernde Konnotationen, inklusive Ziege, Bastard und männliche Hure. Keine dieser Übersetzungen war besonders tröstlich, wenn man bedachte, dass Chaplin das Team in die Mitte von Nirgendwo geführt hatte.

Hatte er die Genehmigungen bei den Behörden eingeholt? Gab es überhaupt eine Expedition oder war dies nur eine weitere Täuschungsebene? Spielte Chaplin sein eigenes Spiel, oder das der Wilderer? Stark musste nicht groß darüber nachdenken.

Ein paar Minuten in der Gesellschaft des Mannes hatten ihm alles verraten, was er wissen musste. Der Soldat vertraute auf seinen Instinkt, wenn es um verräterischen Abschaum wie Chaplin ging. Burschen wie der mochten ein gepflegtes Auftreten und hübsche Kleidung zur Schau stellen, aber sie waren innerlich verrottet. Und früher oder später bahnte sich diese Fäulnis den Weg an die Oberfläche.

Chaplin hatte Cutter und das Team in den Dschungel gebracht, damit sie alle dort den Tod fanden.

Der Verwundete hatte nichts davon zu lügen, aber viel zu gewinnen, wenn er die Wahrheit sagte. „Die Koordinaten für das Río Huepetue-Lager lauten: 12° 45' 0“ südlicher Breitengrad, 70° 24' 0“ westlicher Längengrad.“

Stark drückte die ausstehenden Zahlen auf dem Handydisplay und erklärte dem Notruf, dass ein sterbender Mann beim Sommerhaus des Botschafters lag.

„Danke“, sagte der blutende Mann.

„Ich bin kein Monster“, erklärte Stark kühl.

„Eberhardt hat neun Männer im Lager. Der Vordereingang ist stark bewacht, aber es gibt noch einen zweiten Weg hinein, durch das Tunnelsystem eines verlassenen Tempels. Wir benutzen diese Route gelegentlich, aber sie ist in der Regel nicht bewacht. Nähere dich vorsichtig, Eberhardt hat seine Augen überall.“ Der Deutsche gestikulierte schwach nach oben und in Richtung der Bäume. Stark verstand die Warnung so, dass Eberhardt eine recht aufwändige Alarmanlage zur Verfügung hatte.

„Du hättest mich nicht warnen müssen.“

„Du hättest nicht anrufen müssen. Wir sind quitt.“

„Ja, das sind wir.“

Er ließ den Mann in der Dunkelheit zurück und suchte nach den Angestellten des Botschafteranwesens. Sein Instinkt sagte ihm, dass die meisten von ihnen sauber waren – Cam war wahrscheinlich sicher.

Er brauchte einen fahrbaren Untersatz. Die Garage war angefüllt mit unpraktischen Pseudo-Geländewagen, Sportflitzern und schicken Luxuslimousinen. Von den sieben Fahrzeugen war der Escalade das einzige, das so aussah, als könnte er es in die entlegeneren Bereiche des Regenwaldes schaffen. Er war fast versucht, den Lotus Elan zu nehmen. Einfach so. Wie manche Frauen, waren manche Autos nur auf Geschwindigkeit ausgelegt, ohne Rücksicht auf Komfort. Aber es machte höllisch Spaß, sie hart ranzunehmen.

Er griff nach dem Funkgerät, eine Hand am Steuer und ein Auge auf die Straße gerichtet. Das Funkgerät war auf den militärischen Kanal 2112 eingestellt. Er führte es zum Mund, drückte auf den Transmitter und sprach zum 16. Mal in 16 Minuten.

„Cutter? Hört mich jemand? Hier ist Stark. Cutter. Kommen. Hören Sie mich?“

Und zum 16. Mal antwortete ihm nur Stille.

Er legte das Funkgerät für eine weitere Minute zur Seite.

Das hier waren im Endeffekt Kurzdistanz-Empfänger, die vielleicht 50 Kilometer Umkreis abdeckten, bei Dunkelheit auch ein wenig mehr. Jetzt jedoch möglicherweise weniger, bedachte man die gegebenen Wetterbedingungen mit dem Nebel auf den Straßen und zwischen den Bäumen. Der Nebel war ein dreckiges Biest, das mit unendlicher Langsamkeit voran schlich, sich um Äste legte und Schlingpflanzen nach unten drückte. Worte konnten in ihm versumpfen, so dass die Reichweite nicht mehr als 15 Klicks [*Anm. des Übersetzers: militärischer Jargon für Kilometer*] entsprach.

Während er das Lenkrad mit dem Schenkel ausbalancierte, faltete Stark die Karte wieder auseinander und sah sich die

Koordinaten noch einmal in Hinblick auf den verborgenen Eingang zum Rìo Huepetue-Lager an. Er hatte die Daten in das GPS einprogrammiert, traute dem Ergebnis, das dieses zeigte, jedoch nicht ganz. Angesichts seiner Geschwindigkeit nahm er an, dass die Position deutlich weiter weg war, als es das Gerät anzeigte.

Sein Instinkt sagte ihm, dass der Satellit falsch lag.

Stark faltete die Karte mit einer Hand zusammen und hob das Funkgerät wieder an seine Lippen.

„Cutter? Hier ist Stark. Gehen Sie ans verdammte Funkgerät, Mann! Cutter, hören Sie mich?"

Als er das Gerät wieder zur Seite legen wollte, erwachte es plötzlich. Cutters schottischer Akzent war zwischen all dem Rauschen und Knistern schwer zu verstehen. Doch das war egal.

„Cutter. Wir haben ein Problem. Sie müssen sich mal kurz von den anderen entfernen. Wir müssen reden."

„Stark?" Einen Augenblick lang lag nur statisches Rauschen in der Luft, doch dann war die Stimme des Professors wieder zu verstehen. „Was zum Teufel machen Sie da draußen?"

„Planänderung, Professor. Sagen wir einfach, es passt jetzt alles zusammen. Aber wir müssen Maßnahmen einleiten, damit nicht alles den Bach runtergeht."

„Die haben Jenny, Stark. Die haben sie mir direkt aus den Händen gerissen."

Ein niedrig hängender Ast schlug gegen die Windschutzscheibe. Stark riss mit der freien Hand jäh das Steuer herum und bugsierte den Escalade gerade noch so um ein großes Hindernis herum.

Diese Straße war nicht dafür gemacht, mit nur einer Hand zu lenken. Das Lenkrad bockte in seiner Hand, als der Escalade durch Schlammlöcher und über Steine dahin ruckelte. Seine Konzentration zwischen der Straße und Cutter aufzuteilen, schrie förmlich nach einem Desaster. Er wurde langsamer, um schließlich ganz anzuhalten.

„Okay, reden Sie mit mir, Professor. Was ist passiert?"

„Wir sind in einen Hinterhalt geraten, als wir versucht haben, Blaine in ein Krankenhaus zu bringen."

„Langsam, Professor. Von Anfang an. Was ist passiert?"

„Wilderer. Militär. Der Leuchtende Pfad. Ich habe keine Ahnung."

„Von Anfang an, Cutter."

Es knisterte etwa 30 Sekunden lang.

„Wir haben eine weitere Siedlung gefunden, in der ein Massaker stattgefunden hat", fing der Professor an, wobei er nun langsamer und akzentfreier sprach. „Chaplin wurde getötet, während wir die Thylacosmili, die die Dorfbewohner getötet hatten, verfolgt haben. Als wir uns zu den Fahrzeugen zurückzogen, wurden wir angegriffen. Blaine wurde schwer verletzt, als er Abby beschützte."

„Ritterlicher Idiot", knurrte Stark. „Wie schwer verletzt ist er?"

„Schwer genug", sagte Cutter. „Wir gelangten zu den Land Rovern und fuhren in Richtung Zivilisation, als ein Wagen wie aus dem Nichts auftauchte. Er hat uns fast von der Straße gedrängt und ist dann im Nebel verschwunden. Als wir wieder aufholten, hat jemand einen Nagelgürtel auf die Straße geworfen. Wir haben die Kontrolle verloren und uns überschlagen. Nando wurde verletzt. Unsere Angreifer zeigten sich, schlugen die Scheiben ein und nahmen Jenny mit." Er atmete tief durch. „Den anderen geht es gut. Sie waren bereits fünf Meilen vorausgefahren, als sie bemerkten, dass wir nicht mehr hinter ihnen waren."

„Okay, Professor. Chaplin tot. Na ja, lassen Sie es mich so sagen, das erspart mir die Mühe, den Mistkerl kaltzumachen, wenn ich zu euch aufschließe."

„Wie meinen Sie das?"

„Er hat uns verraten und verkauft, Cutter. Sir Charles' Mann hat seine 30 Silberlinge bekommen und es sich auf dem Schoß der Wilderer gemütlich gemacht. Der Auftraggeber ist ein Mann namens Eberhardt – eine reicher Mistkerl aus Deutschland. Um's kurz zu machen: Eberhardt weiß von den Kreaturen. So muss es sein. Nur das erklärt dieses ganze Theater. Er will einen kräftigen Profit mit diesen mutmaßlich ausgestorbenen Schätzchen machen, indem er sie an gierige Sammler verkauft. Und ihr könntet ihm kräftig in die Suppe spucken."

„Sind Sie sicher, dass dieser Eberhardt Jenny hat?"

„Darauf würde ich die bescheidene Rente meiner armen Frau Mutter verwetten. Er benutzt Miss Lewis möglicherweise als Köder, um Sie zu ködern. Dann wird er Sie töten. Und alle anderen auch."

„Oh Gott. Bitte sagen Sie mir, dass Sie wissen, wo Jenny ist." In Cutters Stimme war ein Hauch von Hoffnung zu hören.

„Ich fahre direkt auf deren Position zu", erklärte Stark. „Eberhardt hat ein Lager in der Rìo Huepetue-Region. Überlassen Sie Miss Lewis mir. Ich bringe sie in einem Stück nach Hause. Sie haben mein Wort. Und Sie tun, was Sie tun müssen. Ich würde wirklich gerne schnell von hier verschwinden. Wenn ich da hineingehe, fängt die Kacke erst richtig an zu dampfen." Der Soldat konzentrierte sich kurz auf die Straße und fuhr dann fort.

„Wenn Eberhardt merkt, dass wir hinter ihm her sind, wird die Angelegenheit ratzfatz eskalieren. Ganz besonders, da ich vorhabe, da mit rauchenden Kanonen aufzutauchen. Wir sind nicht mehr in Boreham Wood, Cutter. Ein frontaler Angriff lässt die ganze Sache überkochen. Diese Komiker werden hart und schnell zurückschlagen. Wir sollten nicht mehr hier sein und denen so die Gelegenheit dazu zu geben. Vorausgesetzt, es ist noch einer von denen am Leben, wenn ich hier fertig bin."

„Es ist mir egal, wie viele Sie töten", sagte Cutter. „Bringen Sie nur Jenny zurück."

Damit war alles gesagt.

DREIUNDZWANZIG

Stark überprüfte die Koordinaten auf der Karte ein letztes Mal. Dem SAS-Mann blieb nichts anderes übrig, als auszusteigen und zu Fuß weiter zu gehen. Die Nebelsuppe war zwischenzeitlich dünner geworden und hatte sich fast aufgelöst.

Es gab einen Grund dafür, dass Sir Charles ihn für diese Mission ausgewählt hatte. Bevor er dem Regiment beigetreten war, hatte er in der Britischen Armee gedient und in Brunei sieben Jahre lang Gurkhas trainiert, wobei er sich stark in deren Kultur vertieft hatte. Dabei hatte er auch alles gelernt, was es über den Dschungelkampf zu wissen gab. Es gab niemanden sonst, der sich so gut der Umgebung anpassen konnte. Er sprach nicht oft darüber, weil er, vor allem in Kambodscha, Dinge getan hatte, die er lieber vergessen würde.

Und doch weckte das Laufen durch den nächtlichen Dschungel so manche Erinnerung. Das Knirschen des Holzes unter seinen Füßen ähnelte dem, das er gehört hatte, als er das Kloster betreten hatte, das Rascheln der Blätter entsprach dem, das er gehört hatte, als er um das Waisenhaus herumgeschlichen war. All die Geräusche, die er hier hörte, waren dieselben, wie jene, die er gehört hatte, als er sich Orten des Todes genähert hatte.

Und auch heute würde der Tod eine üppige Ernte einfahren. Das wusste er.

Er wusste es, weil er den Tod bringen würde.

Das tat er immer.

Stark bewegte sich schnell. Er rannte und atmete stoßweise, während er sich von Deckung zu Deckung fortbewegte, nie mehr als 20 Meter zwischen jeder zurücklegend. Nach jedem Vorstoß presste er den Rücken flach gegen die Baumstämme und konzentrierte sich auf die Baumlinie vor sich. Er war nicht gewillt, auch nur den kleinsten Fehler zu machen, wenn Leben auf dem Spiel standen.

Die Nacht war ruhig und die Kälte kroch in seine Knochen, während er im Gegenzug durch das dunkle Herz der Finsternis kroch. Der Boden knirschte unter seinen Füßen, als er sich seinen Weg durch dichtes Gestrüpp und Rankengewächse bahnte, die den Untergrund wie ein Spinnennetz überzogen.

Er kauerte sich am Boden zusammen und verbarg sich hinter einem imposanten Baumstumpf, während er den Kompass überprüfte. Das Lager war nicht mehr als zwei Klicks östlich von ihm, was bedeutete, dass er sehr bald auf Sicherheitseinrichtungen stoßen würde. Weit entfernte Frühwarnsysteme schlugen *früh* aus und entpuppten sich für gewöhnlich nicht als Er-ist-direkt-über-uns-Spätwarnsysteme. Stark zog seine Wärmesicht-Brille heraus und blickte lange und angestrengt auf die Schatten vor ihm. Er suchte nach Hitzesignaturen. Doch es gab keine orangen oder roten Farbbereiche, die Mensch oder Tier verraten hätten. Er setzte die Brille wieder ab und suchte erneut das Areal ab, achtete nun jedoch auf andere Dinge: Kameras, Mikrofone, Stolperdrähte.

Nur weil er sie nicht sehen konnte, hieß das nicht, dass keine da waren.

Er ärgerte sich über seine Paranoia. Er begann schon zu denken wie diese Bekloppten, die ihre idiotischen Theorien ins Internet stellten: Außerirdische, geheime Regierungsbasen, Risse in der Zeit und gentechnisch manipulierte Dinosaurier, die auf Erden wandeln.

Er konnte es immer noch kaum glauben, was Lester und Cutter ihm während der Einsatzbesprechung im ARC erzählt hatten. Das war die Art Story, die man von Irren und Kryptozoologen, aber nicht von ernsthaften Wissenschaftlern erwartete. Und doch …

Nur weil sie paranoide, wahnhafte Marionetten der Regierung waren, hieß das nicht, dass sie falsch lagen, dachte Stark, als er wieder hochkam und losrannte. Er machte sich selbst so klein wie er nur konnte und kauerte sich etwa acht Meter weiter im Schutz der Bäume zusammen. Dieselbe Prozedur wiederholte er kurz darauf erneut. Dann wieder, wobei er diesmal einen schwarzen Baumstamm, der etwa zehn Meter entfernt stand, im Visier hatte.

Als er bei dem Baum ankam, stellten sich ihm die Nackenhaare auf. Eine instinktive Sache, sein Soldatensinn schlug an. Er ließ sich auf ein Knie hinab und holte die Wärmesicht-Brille wieder heraus. Nachdem die Welt zu einem Kaleidoskop warmer und kalter Zonen geworden war, blickte er sich in einem 360-Grad-Winkel um und sah nach der Hälfte der Bewegung das phosphoreszierende Glühen eines Mannes, der durch das Unterholz direkt auf ihn zukam.

Stark leckte sich über die Lippen.

Er hatte zwei Möglichkeiten. Erstens: Der Wache aus dem Weg zu gehen, was einfach war, da er wusste, wo sich der Mann befand und um ihn selbst genügend Laubwerk war, um in Deckung zu gehen. Oder zweitens: die Wache ausschalten. Stark entschied sich für die zweite Lösung. Er hatte nicht vor, einen potenziellen Gegner hinter seinem Rücken zurückzulassen. Wenn er sich zurückziehen musste, wollte er einen klaren und ungehinderten Rückweg zum Escalade haben. Ein Wachtposten, der durch den Dschungel marschierte, passte da nicht ins Bild.

Während er sich vorpirschte, verlangsamte Stark seine Atmung. Er zog ein mit einer Sägefläche versehenes Messer aus der Scheide, die an seinem Stiefel befestigt war, und lauschte den Schritten des Wachtpostens. Der Mann war nicht mehr als zehn Meter entfernt und ließ seine Maschinenpistole nachlässig an seiner Seite nach unten baumeln. Seine Stiefel zerbrachen die toten Äste unter seinen Füßen und sorgten für so viel Lärm, dass eine kleine Gnu-Herde leiser gewesen wäre. Stark brachte sich langsam in eine stehende Position, achtete jedoch darauf, dass sich der Baumstamm zwischen ihm und der näher kommenden Wache befand.

Er zählte bis 60, unterbrochen von einem „Eintausend" zwischen jeder Zahl. *Eins, eintausend, zwei, eintausend, drei, eintausend* ... nur um sicherzugehen, dass sein Countdown nicht zu schnell ablief und er zu früh zuschlug.

Als die Wache sein Versteck passierte, trat Stark lautlos hinter dem Baum hervor und drückte dem Mann die Hand auf den Mund. Bevor er schreien konnte, zog Stark die geriffelte Seite des Messers über seine Kehle. Der Soldat wartete einen Moment, um sicherzugehen, dass sein Opfer kein Geräusch mehr von sich geben konnte und trat dann zurück, wobei er den Toten fallen ließ. Er beugte sich hinunter und nahm die Maschinenpistole an sich, eine kompakte MP5. Er kannte diesen Waffentyp sehr gut – er wurde gerne bei der Polizei und Spezialeinheiten benutzt, war aber auch beim Militär Standard.

Das war das Schlimmste an der modernen Welt. Der Tod, der große Gleichmacher, hatte seinen Weg in die Hände der bösen Buben gefunden. Es war diese Eskalation des Tötungspotenzials, die ihn mitunter fassungslos machte. Und das nicht, weil die Schurken Zugang zu Kanonen hatten. Er war mit Bildern von Dick Tracy und den Tommy-Maschinengewehren aufgewachsen. Es waren die Desert Eagles, die MP5s, CS Gas, C5 und all die anderen für das Militär entwickelten Waffen, die dafür erschaffen worden waren, den Frieden zu sichern, nun jedoch dazu genutzt wurden, ihn wieder und wieder zu zerstören. Und dann kam ihm der Gedanke, dass für den Frieden zu kämpfen ohnehin ein Widerspruch in sich war.

Der Tote trug ein kleines Kurzwellen-Walkie-Talkie an seinem Gürtel. Stark nahm es an sich und lief weiter in Richtung Lager.

Stark lag inmitten des hohen Grases.

Jenseits des Maschendrahtzauns konnte er zwei große Gebäude erkennen, die neben sechs kleineren Fertigbau-Schuppen standen. Das größere der beiden diente möglicherweise als eine Art Lager, das andere war sehr wahrscheinlich die Operationsbasis.

Er sah vier starke Scheinwerfer, die auf Pfählen errichtet worden waren. Je einer stand nördlich, südlich, westlich und östlich der Hauptgebäude. Zweifellos hatte man sie mit Bewegungsmeldern versehen. Es gab nur ein Zugangstor, ein Sicherheitsgatter an der Ostseite, das mit einer einzigen Wache besetzt war, die ihren Kopf tief in ein Buch vergraben hatte. Hier waren drei Allradfahrzeuge nahe dem zweiten Gebäude geparkt, was seine Vermutung verstärkte, dass es sich dabei um das Kommandozentrum handelte.

Stromkabel waren oberirdisch verlegt worden, ausgehend von einem Generator, der sich wohl hinter der Lagerhalle befinden musste. Als er sich die Kabel ansah, nahm ein Plan in seinem Kopf Gestalt an. *Was würde Rambo tun?*, dachte er grimmig. Dann verwarf er die Idee, da sie ein nicht eben geringes Potenzial barg, in einem Selbstmord zu gipfeln. *Nur Narren ändern einen Plan, wenn die Mission schon begonnen hat.*

Und in diesem Spiel hatten Narren die unangenehme Angewohnheit, schnell zu sterben.

Er musste den Hintereingang finden.

Also versuchte er, sich an die Richtungsangaben des Deutschen bezüglich der Tempelruinen zu erinnern, und sie mit dem, was er vor sich sah, abzugleichen. Er nutzte dabei das Tor und die Scheune, um sich zu orientieren. Der Pfad zu den Ruinen musste etwa 100 Meter zu seiner Linken liegen. Und sofern er dem Mann vertrauen konnte, kam dann ein Tunnelsystem, das unterirdisch direkt zum Lager führte.

Es gibt nur einen Weg, das herauszufinden, dachte er. Dann machte er sich auf den Weg, blieb jedoch nah am Boden und war dankbar für das dichte Blattwerk, welches das Mondlicht fernhielt und es ihm so ermöglichte, mit der Dunkelheit zu verschmelzen.

Der Deutsche hatte die Wahrheit gesagt.

Die Silhouette der Ruinen hob sich vom Wald ab, gerade so, als stamme sie aus der Sagenwelt selbst. Er konnte die Geschichte dieses Ortes spüren, fühlen, wie hier lebhafte Götterverehrung stattfand. Auch die Energien jener Seelen, die an diesem Ort zweifelsohne zu Ehren dieser oder jener Gottheit zu Tode gebracht worden waren, lagen in der Luft. Er hatte keine Ahnung, ob dieser Ort Viracocha, seinem Sohn Imaymana Viracocha, Inti, Mama Quilla oder Manco Capac gewidmet gewesen war, von denen er beim Hinflug gelesen hatte. Vielleicht hatte man hier einst allen von ihnen gehuldigt – oder keinem von ihnen. Während er den im Dunkel liegenden Tempel taxierte – und dabei etwas beim Haupteingang sah, das eine verstörende Ähnlichkeit zu Totenköpfen aufwies – dachte er an Supay, den Gott des Todes, und dessen unstillbaren Hunger.

Vor dem Angriff hatten auch die Gespräche mit Cameron erstaunliche kleine Informationsbrocken mit sich gebracht, Fakten, die ein normaler Tourist nie erfahren würde. Zum Beispiel hatten die Inka jedes Jahre Supay Hunderte von Kindern geopfert und gehofft, dass er sie verschonen würde. Doch aus irgendeinem Grund tat der Gott des Todes das nie.

Stark sprintete über das offene Gelände.

Er blickte kurz über seine Schulter, bevor er den letzten Schritt machte, der ihn in das Innere des Gebäudes trug. Die Veränderung in der Luft fiel ihm sofort auf. War sie zuvor noch klar, kalt und frisch gewesen, so war sie nun flau, abgestanden und stickig. Nach fünf Schritten hinein in den Tempel war die Finsternis allumfassend.

Er zog die Taschenlampe aus seinem Gürtel und schaltete sie ein. Das dünne Licht wanderte über die Konturen des Durchgangs, so dass er sich die Einzelheiten einprägen konnte, bevor er den Strahl der Lampe auf den Boden richtete, um einen kleinen Lichtkreis vor seinen Füßen sehen und weitergehen zu können. Der Boden des Tempels war mit dem Laub des Waldes bedeckt, in dem sich Käfer und Insekten bewegten und lebten. Auf dem Boden gab es mehr als genügend Fußabdrücke, was bedeutete, dass Eberhardts Männer diesen Weg annähernd so oft benutzten wie den durch das Haupttor. Das hieß, er musste vorsichtig sein.

Das Walkie-Talkie, das er dem Toten abgenommen hatte, knisterte laut in der Dunkelheit. Der plötzliche Geräuschausstoß erschreckte Stark und ließ ihn einen Moment lang Panik spüren.

„Jorgensen. Bericht!“, forderte die Stimme auf Deutsch. Starks Deutsch war alles andere als fließend, aber er erkannte das Wort und wusste, was der Mann wollte.

Er ging weiter, wobei er mit der Lampe den Boden vor sich beleuchtete. Spinnweben hingen von der Decke und zogen sich den ganzen, verschlungenen Korridor entlang. Er hatte aufgepasst, als man ihn über die giftigen Spinnen dieser Region unterrichtet hatte – so wie es jeder Arachnophobiker tun würde. Es gab die *Amaxonyan Rectilae*, die mit hoher Wahrscheinlichkeit giftigste Kreatur auf dieser Welt. Dann die Kammspinne, auch bekannt als brasilianische Wanderspinne, die zehnmal giftiger war als eine Schwarze Witwe. Und natürlich gab es auch die Vogelspinne. Mehr als genug Achtbeiner also, damit der Anblick der Spinnennetze ihm den Hals zuschnürte.

Die kleinen Viecher waren sein einziger Schwachpunkt. Er ließ die Wärmesicht-Brille auf seinen Kopf gleiten, suchte nach widerlich über den Boden huschenden Hitzequellen und fragte sich dann bestürzt, ob Spinnen wie Reptilien Kaltblüter waren. Er wünschte sich bei Gott – ob christlicher Himmelsboss oder Inka-Gottheit war ihm gerade schnurzegal –, dass Cutter oder jemand aus seinem Team hier wäre, um sich um die Arachniden zu kümmern.

„Jorgensen. Bericht!“, forderte der Deutsche wieder. Jorgensen war sicherlich der Mann, mit dem er vor ein paar Minuten *Sweeney Todd* gespielt hatte. Er drückte auf den Transmitter und sagte in seinem besten Deutsch: „Jawohl.“

Glücklicherweise schien das den Mann am anderen Funkgerät zu überzeugen, da er nichts mehr sagte.

Stark starrte auf die riesigen Spinnennetze und verspürte wenig Lust, sich seinen Weg dort hindurch zu bahnen. Die Taschenlampe war nett, aber was er jetzt wirklich wollte, war etwas, mit dem er sich hier hätte durchbrennen können. Einen Flammenwerfer, oder wenigstens ein Deodorant und ein Feuerzeug. Schließlich waren Spinnen kaum feuerfest.

Das Einzige, was er tun konnte, war es, sein Hemd über den Kopf zu ziehen und mitten durch die Netze zu marschieren. Er fühlte die haarige Berührung von etwas, das eine Spinne auf seiner Wange sein musste, zuckte zusammen und bewegte sich noch schneller durch die Netze hindurch. Mit der Taschenlampe zwischen den Zähnen fing er an zu laufen und hielt nicht eher an, bis er in eine Sackgasse aus herabgestürzten Steinen gelangt war.

Nichts deutete auf einen verborgenen Tunnel oder Eingang hin, der ihn zu den Grabgewölben hätte führen können – falls die Inka *überhaupt* Grabgewölbe angelegt hatten.

Seine Haut fühlte sich kalt an.

Er grub seine Fingernägel tief in die Handfläche.

Stark fühlte sein Herz donnernd schlagen. Sein Puls war unbeständig. Kalter Schweiß sammelte sich auf seinen Brauen und tropfte an seiner Wange und den Schläfen über das Stoppelfeld seines Bartes herunter. Seine Atmung war flach und seine Hände zitterten, während er ausatmete. Er schloss seine Augen und konzentrierte sich auf die flache Atmung, verlangsamte und regulierte sie.

Einatmen. Anhalten. Bis Zehn zählen. Ausatmen. Bis Zehn zählen. Einatmen. Anhalten.

Er zitterte leicht und blickte zurück auf den Weg, über den er gekommen war, hinüber zu den Schatten, die ihn zu verschlingen gedroht hatten. Stark versuchte sich daran zu erinnern, was der Deutsche gesagt hatte, aber er konnte nicht. Ihm fiel nur noch ein, dass es einen Weg durch die Tunnel zum Lager gab.

Er musste nachdenken.

Die Spuren, die in den Dschungel führten, machten klar, dass die Wilderer den verborgenen Eingang häufig benutzten. Die Spinnennetze, die sich quer durch den Tunnel zogen, widersprachen dem vehement. Die Arachniden konnten ihre komplexen Konstruktionen schnell spinnen, aber nicht *so* schnell. Rein logisch betrachtet hatte er unweigerlich den falschen Weg genommen. Er musste durch die zerstörten Spinnennetze zurück und die Stelle finden, an der sich die zwei Pfade innerhalb der Ruine voneinander trennten.

Er folgte seinen Spuren zurück und schluckte die rasch aufsteigende Gallenflüssigkeit herunter, als er die feinen Fasern des Netzes auf seiner Haut spürte. Er wagte es nicht, nach rechts oder links zu sehen. Sein Herz hämmerte in seinem Fleisch, gerade so, als wollte es durch den Brustkorb brechen.

Es war wirklich lächerlich. Ein Mann, der einem feindlichen Soldaten das Genick innerhalb einer Sekunde brechen konnte, hatte vor ein paar gruseligen Krabbeltierchen Angst.

Giftige gruselige Krabbeltierchen, korrigierte er sich.

Dann kreuzte der zwiebelförmige Körper einer riesigen Spinne seinen Pfad. Ihre haarigen Beine huschten durch den

Lichtkegel der Lampe. Stark trat mit seinem dick besohlten Stiefel auf den aufgeblähten Leib des Tieres und zerquetschte es.

Er ging weiter den Weg zurück, den er gekommen war, und fand die Abzweigung, die er beim ersten Mal übersehen hatte. Das war keineswegs überraschend. Sie war wenig mehr als ein kleiner Spalt zwischen den immensen Steinblöcken des alten Tempels.

Er zwängte sich durch die Öffnung, wobei seine Schulterblätter und die Brust an den Seiten des Steins entlang schabten. Auf der anderen Seite führte der Weg zu ein paar Stufen, die in den Fels geschlagen waren. Er folgte ihnen nach unten.

Die Luft unter der Oberfläche war abgestanden. Ihm kam der Gedanke, dass in den letzten 500 Jahren vielleicht ein Dutzend Menschen diese Luft geatmet hatten. Ein demütiger Gedanke über die Natur der Zeit und seinen eigenen kleinen Platz als Staubkorn darin.

Du hängst schon zu lange mit Cutter rum, dachte er und kicherte, als er den Strahl der Lampe in die pechschwarze Dunkelheit gleiten ließ und darauf achtete, nicht zu weit vorzudringen und sich dadurch zu verraten. Das Licht erreichte das Ende des Ganges nicht. Er schien also sehr lang zu sein, eine gerade Strecke mit flachem Gefälle. Er schaltete die Taschenlampe aus und setzte wieder die Wärmesicht-Brille auf. Es gab keine sichtbaren Hitzequellen, aber die kalten Wände zeichneten sich gut ab, so dass er sich gut durch die Dunkelheit manövrieren konnte. Er stellte noch einmal sicher, dass die MP5 gesichert und geladen war, dann ging er weiter.

Wenn Eberhardt eine Art klischeehafter paranoider Bond-Schurke war, hatte er möglicherweise ein Dutzend wärmeempfindlicher Kameras in die Wände einarbeiten lassen. Denkbar waren auch Bewegungsdetektoren und Druckkissen im Boden. Oder eine Art von tödlicher Gasfalle, die nur darauf wartete, in seinem Gesicht hochzugehen und ihn auszuschalten. Diese Gedanken waren alles andere als konstruktiv, aber nach Starks Erfahrung gab es in der echten Welt nur überschaubar viele Bond-Schurken.

Die meisten Schurken waren blasse kleine Individuen, die nach der Macht gierten, die Geld ihnen verschaffen konnte. Sie hatten keine geheimen Pläne zur Welteroberung. Vielmehr beobachteten sie die Börse, den Dow Jones und den Hang Seng. Sie spielten Golf auf St. Andrews und machten Urlaub auf den Malediven. Mit anderen Worten waren sie nicht mehr als banale langweilige Geschäftsmänner in Anzügen mit 2,4 Kindern und nur sehr wenig Gespür für Theatralik.

Das war die Natur des neuen Bösen in der Welt. Es spazierte mit höflicher Ehrbarkeit umher und war praktisch unsichtbar, weil die Waffenschmuggler, Drogenlords und Verbrecherbosse aussahen wie Buchhalter, Computerprogrammierer und Regierungswissenschaftler.

Er kam an eine verstärkte Stahltür am Ende des Tunnels, welche sehr wahrscheinlich *nicht* zu diesem Tempel gehört hatte, als er entworfen worden war. Stark presste den Rücken gegen den kalten Stein und lauschte an dem modernen Konstrukt. Nichts zu hören.

Es gab keinen Griff, also suchte er nach einem Riegel oder Druckpunkt. Irgendwie musste sich diese Tür von seiner Seite aus öffnen lassen.

Einen schmerzhaft langen Moment glaubte er fast, es sei unmöglich, doch dann fanden seine Finger eine Ritze im Stein und darin den simplen Öffnungsmechanismus der Tür. Er öffnete sie leise und erwartete, dass ein Knarzen ihn verraten würde, aber sie bewegte sich völlig lautlos. Auf der anderen Seite fand er einen Weg, der den 40 Metern, die er gerade zurückgelegt hatte, nicht unähnlich war. Es gab keine Biegungen. Dies war also ihre Fluchtroute, sollten die Behörden das Lager jemals stürmen.

Es war sinnvoll, eine Hintertür zu haben, und die Chancen, eine naturgegebene zu finden – oder der Nutznießer einer vor langer Zeit angelegten zu sein – waren normalerweise praktisch nicht existent.

Er strich mit den Händen über die glatten Wände. Immer wieder fand er raue Kanten, die von Sprengkapseln zurückgelassen worden waren, als man diese Passage geöffnet hatte. Sie war von Menschenhand gemacht – und das vor nicht allzu langer Zeit.

Er folgte dem Gang ohne Zwischenfall bis an sein Ende.

VIERUNDZWANZIG

Es dauerte ein paar Minuten, bis Abby klar wurde, dass sie einen toten Mann wärmte.

Der genaue Augenblick, in dem ein letzter Atemhauch Andy Blaines Lippen verlassen hatte, war ihr nicht aufgefallen. Jedenfalls nicht bewusst. Sie fühlte die Kälte an ihren Händen und legte eine auf seinen Hals, um nach dem Puls zu fühlen, kannte aber schon während der Bewegung die Wahrheit.

Er war gestorben, um sie zu retten.

Sie fühlte sich mit einem Mal schrecklich klein, wie erdrückt von der Bürde zu wissen, dass sie nun für zwei Menschen leben musste.

„Verdammt", presste sie heraus. Ihre Augen brannten ob der Tränen, die noch nicht vergossen waren. Sie fühlte, wie sich ihr Brustkorb zusammenschnürte.

Abby rollte sich von dem toten Mann weg. Seine Decken waren mit Blut voll gesogen. Sie blickte in sein Gesicht. Die erste Morgenröte begann sich durch das Blätterdach zu kämpfen. Er sah nicht schön aus oder wie ein Held. Ein ganz normaler Mann, aber er war ihr Held. Sie küsste ihn vorsichtig auf die Stirn und schloss seine Augen.

Dann schlug sie gegen die Trennwand zwischen Fahrerkabine und hinterem Bereich und versuchte, auf sich aufmerksam zu machen. Stephen blickte zu ihr nach hinten. Er konnte an ihrem Gesicht ablesen, was passiert war und lehnte sich hinüber, um Lucas zu sagen, dass er anhalten sollte. Der Land

Rover verlangsamte und stoppte. Abby stieg hinten aus und umarmte Lucas.

„Es tut mir so leid", brachte sie heraus. Sie wollte noch so viel mehr sagen – dass es ihr Fehler war, dass sie ihm ihr Leben schuldete – aber nichts davon konnte sie herausbringen. Und darum sagte sie, was sie sagen konnte. „Es tut mir so unsagbar leid."

Lucas drückte sie fest an sich. Er verstand.

„Soldaten sterben", sagte er so, als ob er eine große universelle Wahrheit zum Ausdruck brachte. „Er ist in Ausübung seiner Pflicht gefallen und hat eine tolle Frau gerettet. Es gibt schlimmere Arten abzutreten."

Sie zuckte wenig überzeugt mit den Schultern, wollte aber keine Diskussion vom Zaun brechen.

Nachdem sie die Decke über Blaines Gesicht gezogen hatte, schloss sie sich Connor und Genaro im anderen Land Rover an, der auch gehalten hatte. Sie setzte sich zu ihnen nach vorne, da der hintere Bereich mit Camping-Ausrüstung voll gestopft war.

„Connor? Wo ist das Funkgerät?"

Connor sah aus wie die böse Hexe des Westens. Er war total verschwitzt, sein Haar klebte am Kopf fest und er war kreidebleich. Alles, was noch fehlte, um die Illusion komplett zu machen, war sein Flehen, ihm zu helfen, weil er schmelzen würde. Er gab ihr das Funkgerät – das einzige, das den Kampf im Dschungel überlebt hatte – und erschrak, als er feststellte, dass es die ganze Zeit abgeschaltet gewesen war.

Abby stellte es an und meldete sich bei Cutter, um ihn wissen zu lassen, dass Andy schon lange, bevor sie Cusco erreichen würden, gestorben war.

Dann erfuhr sie von dem Angriff der Wilderer, Jennys Entführung und dass der Land Rover nur noch Schrott war.

„Ihr müsst uns hier abholen. Nando und ich sind nicht weit weg von der Tempelruine. Ein paar Stunden Marsch und alles wird wieder gut. Wir bringen die Thylaosmili zurück ins Plio-Pleistozän und dann kümmern wir uns um diese andere Angelegenheit, was auch immer uns da erwarten mag." Sie war nicht sicher, was er mit „dieser anderen Angelegenheit" meinte, beschloss aber, fürs Erste nicht nachzufragen.

„Wir holen euch ab, also wartet einfach dort", sagte sie. „Connor hat den Anomaliedetektor. Ohne ihn stolpert ihr nur in der Dunkelheit herum. Aber was lässt Sie glauben, dass die Anomalie in der Tempelruine ist?"

„Dort hat alles begonnen", erklärte Cutter. „Cam und Jaime wurden dort in der Nähe zuerst attackiert. Und dort hat Cam auch die schwebenden Diamanten gesehen."

„Aber die Anomalie war nicht mehr da, als sie zurückkamen, oder? Das hat Jenny doch gesagt."

„Es ist der einzige Ort, von dem wir mit Sicherheit wissen, dass es dort eine Anomalie gegeben hat. Deshalb müssen wir dort anfangen. Vielleicht hat sie ihre Position verändert. Oder sich geschlossen. Connor wird uns das sicherlich sagen können. Wenn sie sich geschlossen hat, haben wir keine andere Wahl, als die Kreaturen zu töten. Wenn sie noch offen ist, können wir sie vielleicht nach Hause schicken."

„Verstanden. Wir sind auf dem Weg."

Sie sammelten Cutter und Nando auf und fuhren zum Rendezvous-Punkt. Sowohl Cutter als auch der Ranger hatten Prellungen und Blutergüsse am Körper und im Gesicht. Nandos rechte Wange zierte ein langer hässlicher Schnitt, der sein Lachen bis zum Ohr zu verlängern schien. Cutter hatte eine unansehnliche lilafarbene angeschwollene Prellung unter dem linken Auge, außerdem eine Reihe von Schnitten im Gesicht, die daher rührten, dass ihm die Glassplitter entgegen geflogen waren.

Es gab noch andere Wunden, die Abby nicht sehen konnte, von denen sie aber wusste, dass sie da waren. Sie konnte es daran erkennen, wie die Männer sich bewegten. Der andere Land Rover wartete bereits. Stephen und Lucas lehnten an dem Gefährt. Wegen der Hitze und dem Schlafmangel sahen beide schlimmer aus, als sie es eigentlich sollten.

Cutter war bereits aus dem Wagen gestiegen und sprach mit den beiden Männern. Sie hörte, wie er Befehle gab. Mitgenommen oder nicht, es war gut zu sehen, dass er wieder Herr der Lage wurde. Sie hatte sich Sorgen um ihn gemacht. Etwas schien ihn noch immer zu beschäftigen – und das nicht weniger als der eklatante Schlafmangel. Sie hatten in den letzten Tagen alle gelitten und versucht, nur durch Adrenalin die Situation zu meistern.

Die Sonne lugte über den Bergkamm und zerriss die dünnen Nebelschwaden, als sie begann, den Schäfern der Anden Wärme zu spenden. Selbst dieses wenige Sonnenlicht war schon genug, um die Kälte des Morgens schwinden zu lassen. In weniger als einer Stunde würde es wieder unerträglich heiß sein. Solche Extreme von Tag und Nacht hatte sie noch nie zuvor erlebt.

Sie blickte auf ihre Uhr und wünschte sich sofort, das nicht getan zu haben. Jetzt war ihr klar, warum sich ihr Körper so schlapp anfühlte. Sie hatte seit mehr als 28 Stunden nicht geschlafen. Und nun machte sie sich auf, in das Unbekannte vorzustoßen, um sich Kreaturen zu stellen, die bereits so viele Menschen getötet hatten – und nicht nur gesichtslose Einheimische. Sie hatten zwei Mitglieder ihres Teams verloren. Abby streckte sich, gähnte und rieb sich den Wunsch nach der wohligen Wärme eines weichen Bettes aus den Augen. Dann sah sie in den Himmel hoch und hoffte, dass sie das etwas wacher machen würde.

Als sie bei dem anderen Land Rover ankam, erklärte Cutter der versammelten Gruppe bereits die Theorie zu den seltsamen Gerüchen, die in Beziehung zum unnatürlichen Verhalten des Thylacosmilus standen. Es erschien hanebüchen, erklärte aber so viel von dem, was passiert war.

„Was immer dieses Ding auch ist, es ist alles andere als dumm. Es hat eine dominante Persönlichkeitsstruktur. Wie bei Männern, die Hunde zur Jagd benutzen und sie auf den Duft ihrer Beute ansetzen, hat dieses Wesen der Meute an Thylacosmili seinen Willen aufgezwungen. Es steuert sie durch Gerüche. Bei der Siedlung habt ihr es alle wahrgenommen, richtig? Etwas, das nicht dorthin gehörte? Kaffee, Vanille, Fisch, all diese wirklich starken, beißenden Gerüche. Es benutzt Pheromone, um mit den Thylacosmili zu kommunizieren. Für das Wesen sind sie wie eine Rotte Hunde, die die Beute zur Strecke bringt. Und sobald wir dort hineingehen, werden wir seine Beute werden. Ich kann es nicht stärker betonen: Wenn ihr etwas riecht, das dort nicht hingehört, etwas, das unglaublich fehl am Platz ist, dann könnt ihr darauf wetten, dass unser Raubtier in der Nähe ist und sich als Herr dieser Jagd aufspielt."

„Was ist mit den Wilderern?", fragte Lucas.

„Um die machen wir uns Sorgen, wenn es nötig wird. Hoffentlich kann Stark sein Wort einlösen und wir müssen uns nicht mehr um sie kümmern. Im Moment gibt es mehr als genug, um das wir uns Sorgen machen müssen."

Abby konnte spüren, dass es einiges gab, das er verschwieg, darunter vor allem seine Sorge um Jenny, aber man musste es ihm lassen, dass er sich ganz und gar auf die vor ihnen liegende Aufgabe konzentrierte.

Sie blickte zum Gipfel empor, wo sich die Kontur des Tempels vor der aufgehenden Sonne abzeichnete. Sogar aus zehn Kilometern Entfernung war es ein atemberaubender Anblick. Sie konnte sich vorstellen, wie es vor all diesen Jahren gewesen war, als die Inka ihre Pilgerreise zu diesem heiligen Ort auf sich genommen hatten, gesehen haben, wie die Sonne durch die Wolken brach und die Steine in ihrem Licht badete.

„Cutter?", sagte sie und drehte sich zu ihm um.

„Was ist, Abby?"

„Wenn Sie von Gerüchen sprechen, die hier nicht sein sollten, meinen Sie dann auch Schwefel und Ammoniak?", fragte sie und atmete dabei so tief ein, dass sogar die leichten Rückstände, die noch in der Luft lagen, ihre Augen tränen ließen.

Cutter nickte.

„Es war vor uns hier. Ich weiß nicht, was die individuellen Duftmarken bedeuten, aber ich glaube, dass jede Präsenz von *irgendeinem* Geruch nichts Positives bedeutet, wenn wir bedenken, womit wir es hier zu tun haben."

An der Heckklappe des ersten Land Rover stand Lucas und brach die Versiegelung von einer der Stahlkisten auf. Dann öffnete er sie und holte ein Schnellfeuergewehr heraus, das so modifiziert worden war, dass es Betäubungspfeile verschießen konnte. Abby hatte die Ketamin-Lösung erhöht und sie so verstärkt, dass sie selbst einen Elefanten gefällt hätte. Er steckte ein Magazin mit drei Extrapfeilen ein und murmelte etwas vom ersten Date mit einem leibhaftigen Monster.

Connor klopfte ihm auf den Rücken und sagte: „Willkommen in meiner Welt. Nein, äh, das kam jetzt nicht so raus, wie es gemeint war. Ich meine …" Er hustete verlegen.

„Mach dir nicht ins Hemd, Junge. Los, suchen wir dir ein heißes Date, einverstanden?" Der SAS-Mann grinste trotz seines offensichtlichen Schmerzes über den Tod seines Kollegen und engen Freundes. Die Trauer würde noch kommen, da war sich Abby sicher, aber nur, wenn er es auch zuließ – und dann auf seine ganz eigene Weise.

„Sie brauchen eine größere Knarre", merkte sie an, als sie sich ihnen beim Auspacken der Ausrüstung anschloss.

Connor testete den Anomaliedetektor und hörte das leise statische Rauschen, das ihnen zu verstehen gab, dass definitiv eine Aktivität vorlag. Waren sie erst nah genug herangekommen, würde das Gerät jene verräterische Interferenz ausstoßen und erkennen lassen, dass die Anomalie innerhalb eines Radius von 100 Metern lokalisiert war. Ein lebensnotwendiger

Ausrüstungsgegenstand, und das umso mehr, da sie sich tief in den Untergrund vorwagen würden.

Sie nahm eine Betäubungspistole mit großem Griff an sich. Der Rest der Gruppe tat es ihr nach. Die Pistole konnte mit zwei Pfeilen geladen werden, die mit Gasantrieb abgeschossen wurden. Jeder Pfeil konnte über einen separaten Mechanismus abgefeuert werden und so ziemlich jede Art von Haut noch auf 30 Meter Entfernung durchdringen. Sie schnappte sich eine Wärmesicht-Brille und hängte sie sich um den Hals.

„Dann weiter", sagte Cutter zu Lucas, „geben Sie mir ein Messer. Und dann soll mir jemand zur Hand gehen, um den Ersatzreifen aus dem Wagen zu holen."

Der Soldat tat, wie man ihm befohlen hatte und gab dem Professor das Messer mit dem Griff voran, während Connor und Stephen sich mit dem Ersatzreifen abmühten. Sie hievten das schwere Teil aus der Kiste mit der Ausrüstung und rollten es zu Cutter. Der Professor kniete sich hin und trieb die Klinge des Messers bis zum Anschlag in das Gummi hinein. Dann rüttelte er an dem Messer und schnitt den Reifen in Streifen.

„Wenn wir davon ausgehen, dass das Biest Pheromone benutzt, um die Thylacosmili zu kontrollieren, müssen wir diese irgendwie blockieren. Pheromone sind im Endeffekt gesättigte Kohlenwasserstoffketten. Tiere spüren sie auf, indem sie ihr vomeronasales Organ benutzen, welches zwischen Nase und Maul liegt und die erste Stufe des erweiterten Geruchssystems darstellt. So funktioniert das auch bei uns. Und da wir wohl nicht damit rechnen können, dass unsere Besucher aus der Vergangenheit sich urplötzlich eine Grippe zuziehen, ist es für uns das Höchste der Gefühle, einen Duftstoff in die Luft zu entlassen, der ihr Atmungssystem behindert und die Wirkung der Pheromone beeinflusst." Er blickte erwartungsfroh in die Runde und stellte ernüchtert fest, dass ihn diese fragend ansah.

„Verbranntes Gummi setzt ein natürliches Isoprenoid frei. Es gibt verschiedene natürliche Isoprenoide, die auch die Grundlage für Pestizide bilden. In Nordkalifornien benutzt man ein besonders Isoprenoid, das aus dem Chlorophyl von Pflanzen entwickelt wurde und die Sexual-Pheromone von Motten blockiert. Würde man das nicht tun, würden die Motten innerhalb kürzester Zeit einige Baumarten dezimieren. Man sprüht es also rund um Obstplantagen und Wälder in die Luft und verpasst dem Liebesleben der Motten einen gehörigen Dämpfer. Wir machen hier praktisch dasselbe. Wenn wir genug Duftstoff in die Luft entlassen, wird er auf die Pheromone einwirken, mit dem das Biest die Thylacosmili kontrolliert." Zustimmendes Nicken in der Runde.

Abby nahm ein Kopftuch aus ihrer Tasche und band es sich um die Stirn, um ihr Haar zurückzuhalten. Neben ihr standen die zwei Ranger – Nando überprüfte die Batterien in den Taschenlampen, während Genaro aus einem der Land Rover Benzin abzapfte und es in kleine Plastikfläschchen füllte. Als er fertig war, gab er jedem von ihnen eines und sagte einfach: „Um das Gummi anzuzünden. Ohne einen Beschleuniger wird er sonst nur schlecht brennen."

„Was genau kann diese Kreatur tun? Ich meine das mit den Pheromonen. Wie gut kann sie kommunizieren?", fragte Abby.

„Weiß ich nicht", gestand Cutter. „Das ist keine exakte Wissenschaft. Wir wissen, dass es mindestens ein Dutzend unterschiedlicher Pheromonarten gibt: Aggregations-Pheromone, erregende Duftstoffe, die die Reaktionsweise auf bestimmte Ereignisse beeinflussen können. Sexual-Pheromone, die einen Partner anlocken. Und wieder andere, wie bei manchen Insekten, darunter Ameisen, die einen Weg markieren sollen."

„Auch welche, die zum Angriff animieren?"

„Ja, die gibt's auch", bestätigte Cutter.

Abby nahm eine Leuchtpistole und steckte sie in den Bund ihrer Shorts. Danach ließ sie ein Feuerzeug in ihrer Tasche verschwinden. Sie empfahl den anderen, es ihr gleich zu tun. Alles Benzin und Gummi dieser Welt würde nutzlos sein, wenn man nichts hatte, womit man es anzünden konnte.

FÜNFUNDZWANZIG

Stark hörte Stimmen in der Finsternis.

Sie waren tief, ein gehetztes Flüstern.

Er drückte sich gegen den kalten Stein der Wand und versuchte angestrengt, das Gesagte zu verstehen.

Leise und bedächtige Fußschritte näherten sich ihm. Das Geräusch der Schritte schwoll in dem Gang an. Zehn Meter von der Stelle entfernt, an der er stand, ging die Passage in ein hell ausgeleuchtetes Areal über. Er konnte drei verschiedene Stimmen vernehmen. Sie waren alle männlich. Sie sprachen Englisch, aber für keinen von ihnen war es die Muttersprache. Ihre Worte wirkten abgehakt, gerade so, als müssten sie ihre Gedanken ordnen, bevor sie sprachen. Eine Stimme hatte einen erkennbaren deutschen Akzent. Die anderen konnten Italiener oder Spanier sein – schwer abzuschätzen, ohne die Männer zu sehen.

Und er hatte nicht die Absicht, hinaus ins Licht zu treten.

Noch nicht.

Ihre Konversation verlief etwas gehetzt.

Einen Moment später, als er die weibliche Stimme hörte, die verlangte, den Anführer zu sprechen, wusste er auch, wieso.

„Die Regierung wird herausfinden, was hier vorgeht. Merken Sie sich das. Sie sollten sich genau überlegen, was Sie tun. Lassen Sie mich jetzt gehen und ich lege ein gutes Wort für Sie ein. Ich werde die zuständigen Behörden wissen lassen, dass Sie mir geholfen haben."

Die Männer lachten die Frau aus und er konnte ihre Arroganz verstehen. Nichts an ihrer Drohung konnte sie in irgendeiner Weise ängstigen – in dieser auf den Kopf gestellten Welt hatten sie nichts zu befürchten. Die Regierung gehörte Eberhardt.

Er bemitleidete die Kerle fast für das jähe Erwachen, das ihnen bevorstand.

Es war so typisch für diese Frau, dass sie Wort für Wort das Standard-Regelwerk für den Opfer-Geisel-Erstkontakt herunterbetete. Als Nächstes würde sie versuchen, die Kerle einzuwickeln, ihnen besondere Erleichterungen von der britischen Regierung versprechen. Stark konnte nicht anders, als Jenny Lewis zu bewundern. Sie war schon etwas Besonderes. Ihm wurde klar, was Cutter in der Nähe der schönen Frau so hilflos wie eine Motte machte, die das Licht umschwirrt. Nicht, dass der Professor das jemals zugegeben hätte. Der Mann war in ihrer Gegenwart so verklemmt, dass es fast schon amüsant war.

Das Gerede setzte sich fort. Sie schienen darum zu streiten, was sie mit ihr anfangen sollten.

Stark hatte ein paar Empfehlungen parat, hielt es aber für weise, diese vorerst für sich zu behalten.

Nachdem die Männer Jenny weggebracht hatten, setzten sie sich in Bewegung. Sie kamen in seine Richtung.

Stark duckte sich, um ein möglichst kleines Ziel abzugeben. Dann hob er die MP5, schoss aber noch nicht.

Die Maschinenpistole hatte einen wahnsinnigen Rückstoß, aber wenn man bedachte, dass sie 800 Kugeln in der Minute abfeuern konnte, war das keine Überraschung. Das Magazin fasste 30 Kugeln. Das war mehr als genug, um einen Mann in zwei Hälften zu zerteilen.

Lass sie sich aufstellen, dann feg durch sie durch, dachte er sich, während er wartete.

Er sah, wie sich die Schatten am Rande seines Sichtfelds bewegten.

Noch immer drückte er nicht den Abzug.

Seine Handflächen waren klamm von kaltem Schweiß, sein Körper pumpte Endorphin durch seine Adern. Ein Teil des Soldaten hasste sich selbst für das, was er nun tun musste, aber ein anderer Teil von ihm schwelgte darin. Das war es, was er tat. Manche bauten Monumente für die Götter, flogen zum Mond, fanden Heilmittel gegen große Krankheiten mit kleinen Namen. Andere schufen Leben. Er beendete es. Darin war er gut, das war seine Gabe.

Er beobachtete sie.

Er wartete.

Und als die Stimmen ganz nah zusammen waren, trat er aus dem Schatten hervor. Er ging langsam und leise, so dass seine Schritte ihn nicht verraten würden. Er kam um die Ecke und entleerte das Magazin innerhalb einer halben Sekunde ins Zentrum des Raumes, in dem die Wächter waren. Es war in Sekundenbruchteilen vorbei. Drei Männer, deren Namen er nicht kannte, lagen in Gestalt blutroter Fleischklumpen zu seinen Füßen. Ihre Waffen waren gegen den Sendboten des Todes machtlos.

Einen Herzschlag später schrie die Frau. Und dann hörte sie ebenso schnell damit auf, wie sie begonnen hatte.

„Bleiben Sie ruhig“, zischte er und seine Stimme durchdrang die schockierte Stille, die dem Kugelhagel folgte.

„Wer ist da?“, rief sie.

„Stark. Und nun seien Sie ruhig, falls Sie nicht vorhaben, uns beide umzubringen.“

Diesmal tat sie, wie ihr befohlen.

Er prüfte kurz, ob die drei Männer auch so tot waren wie sie aussahen. Dann checkte er die Ausgänge, um sicherzustellen, dass ihn keine unangenehmen Überraschungen erwarteten, während er nach der Frau suchte. Es gab noch zwei weitere Passagen, die in das zentrale Areal führten. Eine führte, wie er annahm, zu dem Bereich, den sie als Zelle nutzten, der andere führte hinauf zum Hauptkomplex. Beim kleinsten der drei Männer fand er einen Schlüsselbund und hob ihn auf.

„Ene, mene …“, flüsterte Stark, als er den zweiten der beiden Korridore ansteuerte. Er hatte eine fünfzigprozentige Chance, dass Jenny am Ende des Tunnels wartete, den er gewählt hatte.

Es kam nur auf die Zahlen an. Der Deutsche hatte gesagt, dass Eberhardt neun Männer in dem Lager hatte. Er hatte vier ausgeschaltet. Dann war da noch der Wächter am Tor. Das bedeutete, dass noch immer vier übrig waren. Er warf die MP5 zur Seite und zog die Browning. Dann entsicherte er sie.

Der Gang, den er entlanglief, führte zu einer Reihe von Käfigen. Offensichtlich nutzte man diesen Bereich als eine Art Lagerraum für die Tiere, die man aus dem Dschungel hierher brachte. Er fand Jenny zusammengekauert in einem der Käfige. Sie sah aus, als hätte man sie schreiend und strampelnd durch die Hölle gezerrt. Ihr für gewöhnlich adrett frisiertes Haar sah wild aus und ihr Make-up war total verschmiert. Auf einer Wange bemerkte er Schorf und Blutergüsse. Ihre Bluse war aufgerissen und entblößte eine schwer geprellte Schulter. Ihre Haut war von Schnitten und kleinen Kratzern übersät, aber keine der Verletzungen war besorgniserregend. Es war der Schmerz, der in ihren Augen lag, der ihn am meisten beunruhigte – die Wunden, die man nicht sehen konnte.

„Kommen Sie, Jenny, bringen wir Sie hier raus, ja?“, sagte Stark und kniete sich neben die Tür des Käfigs.

Er hörte den Wilderer hinter sich erst, als das eindringliche Geräusch des Sicherheitsbolzens, der zurückgeschoben wurde, erklang. In Jennys Gesicht konnte er die nackte Angst ablesen.

Stark warf sich nach links, schlug mit der Schulter hart auf dem Boden auf und rollte sich herum. Er kam hoch, als die Kugel des Wilderers ins Leere fuhr und die Luft an jener Stelle zerteilte, an der Sekundenbruchteile zuvor noch Starks Kopf gewesen war.

Er gab einen Schuss ab und traf den Mann direkt in die Brust. Dessen Augen weiteten sich vor Schock und dann erlosch in ihnen das Licht des Lebens. Er war tot, noch bevor er auf dem Boden aufschlug.

„Das nächste Mal wäre eine kleine Warnung ganz nett", sagte er zu Jenny, als er sich an dem Schloss des Käfigs zu schaffen machte und die verschiedenen Schlüssel ausprobierte. Einer passte und öffnete das mechanische Schloss.

Er zog die Tür des Stahlkäfigs auf. Jenny kroch zu ihm und er half ihr auf. Er musste sie stützen, da ihre Beine nachgaben und sie beinahe gestürzt wäre.

„Drei sind noch übrig", sagte er. „Wenn Sie etwas bemerken, zögern Sie nur ja nicht zu schreien, okay? Mittlerweile wissen die sowieso, dass ich hier bin."

Sie nickte.

„Gut. Kommen Sie. Wir gehen nach Hause."

„Was ist mit den anderen?"

Er wusste, was sie eigentlich meinte, ganz egal, mit welchen für Frauen typischen Spielchen sie das zu kaschieren gedachte. Sie wollte vor allem eines wissen: *Was ist mit Cutter?*

„Cutter stellt sicher, dass alle die Aufgabe erledigen, wegen der sie hergekommen sind. Jetzt jedoch ist meine oberste Priorität, Cam Bairstow und Sie in einem Stück zurück nach England zu bringen."

„Und die Wilderer? Lassen Sie die einfach weitermachen, wenn wir hier weg sind?"

Er schloss seine Augen.

„Was schlagen Sie denn vor, was ich tun soll? Alle zu jagen und zu töten, jeden Einzelnen von ihnen?"

„Falls nötig", erwiderte Jenny. In ihrer Stimme war eine Kälte, die ihn fast erstarren ließ.

„Das werde ich nicht tun“, sagte er. „Wir sind nicht hergekommen, um den illegalen Handel mit gefährdeten Tierarten zu unterbinden. Wir sind hergekommen, um einen Jungen zu seinem Vater zurückzubringen, und uns um das zu kümmern, was auch immer durch diesen Spalt in der … Gott, ich kann den Scheiß noch nicht mal aussprechen.“

„Ich weiß. Ich verstehe es immer noch nicht, aber ich weiß, an was ich glaube. Und ich glaube an Cutter. Der Rest ist nur das Tüpfelchen auf dem I“, sagte sie und meinte es auch so. „Ein Multi-Milliarden-Pfund-Geschäft, Stark. Das hier sind keine guten Menschen.“

„Und das bedeutet, dass sie es verdienen zu sterben? Dass wir Richter, Geschworene und Henker in einem sind?“ Es war absurd und heuchlerisch, darüber zu debattieren, während vier tote Männer zwischen ihnen und dem Ausgang lagen. „Kümmern Sie sich um Eberhardt, wenn Sie wieder zuhause sind. Frieren Sie seine Konten ein, beschlagnahmen Sie seine Besitztümer. Treiben Sie ihn in den Bankrott. Tun Sie, was immer Sie tun müssen. Sie haben die Macht der ganzen britischen Regierung hinter sich. Er hat keine Chance.“ Er starrte sie eindringlich an.

„Aber hier und jetzt müssen Sie das nicht tun, Miss Lewis. Ehrlich, das müssen Sie nicht. Sie können ihn und jeden seiner Geschäftspartner später zur Strecke bringen. Er ist am Ende, er weiß es nur noch nicht. Es gibt keinen Grund, sich nun auf sein Niveau herabzulassen. Sie sind besser als das. Das weiß ich.“

Sie zögerte. Was immer sie ihr auch angetan hatten, trat in den Hintergrund, als ihr dämmerte, dass sie nicht das Recht hatte, den Tod dieser Männer zu fordern. So ein Mensch war sie nicht. Stark hatte Recht. Und er konnte sehen, dass sie es auch wusste.

„Bringen Sie mich heim“, sagte sie dann schwach.

Er legte ihren Arm um seine Schulter und trug sie zurück in die Zivilisation.

„Sie riechen schrecklich“, stöhnte sie und bemühte sich, nicht auf die Leichen zu blicken, an denen sie vorbeikamen.

„Das nächste Mal, wenn ich Sie rette, werde ich daran denken, vorher noch zu duschen“, neckte Stark sie.

„Lassen Sie uns hoffen, dass es kein nächstes Mal geben wird.“

„Klingt nach einem Plan.“

SECHSUNDZWANZIG

Der zehn Kilometer lange Marsch unter der stechenden Sonne fühlte sich an wie eine langsame Reise durch Dantes Kreise der Hölle.

Sie stiegen den Berg mit erstaunlich wenig Wasser und Nahrung hinauf, weil der Großteil ihrer Vorräte bei dem zerstörten Land Rover zurückgeblieben war. Und doch kamen sie den Ruinen des Tempels beständig näher. Sie starrten ihn an, wie er dort am Horizont lag, gerade so, als wäre er ein Tor in Mephistopheles' Allerheiligstes.

Es gab keine Wortgeplänkel. Trockene Lippen und dehydrierte Gedanken ließen die Worte versiegen. Als das Blattwerk den Tempel vor ihrem Blick verbarg, sah Cutter häufiger zum Himmel hoch, um ihren Punkt geographisch zu fixieren, wobei er die Stelle mit dem Tempelberg und einem weiter entfernten Gipfel triangulierte.

Die Riemen seiner Tasche schnitten ihm in die Schultern. Schweiß sammelte sich auf seinem Rücken und lief an seinen Beinen hinab, während er sich einen Weg durch das Unterholz bahnte. Er kniff die Augen zusammen und hob den Blick wieder zur Sonne hinauf. In einer Stunde würde sie ihren Zenith erreichen. In einer Stunde waren sie entweder im Tempel oder lagen vom Hitzschlag gefällt am Boden.

Er blieb stehen. Einen Moment lang bewegten sich die Gräser um ihn herum noch wie von Geisterhand berührt. Stille.

Dann bewegten sie sich wieder. Das Blattwerk der Bäume, die sich parallel zu ihnen befanden, wurde leicht in Bewegung versetzt. Und das während ihres gesamten Aufstiegs.

Cutter atmete tief ein und fürchtete, einen unerwünschten Geruch wahrzunehmen.

Er inhalierte das Aroma des Regenwaldes – den Blütenstaub und die feuchte Luft. Es gab nicht den Hauch einer Spur eines beißenden Geruchs, der die Pheromone der Bestie tragen konnte.

Nichtsdestotrotz achtete Cutter auf die Bäume.

Sie waren nicht allein.

Er griff in seine Tasche und holte den Gummistreifen hervor, den er aus dem Reifen geschnitten hatte. Dann hielt er inne, als seine Finger das improvisierte Verteidigungswerkzeug umfingen. Ein unnötiger Reflex. Die Bestie benutzte Pheromone, um die Thylacosmili zu kontrollieren, doch es gab keine Duftnoten in der Luft, denen die Urzeitjäger hätten folgen können. Keine Sporen, die ihnen Befehle zutragen konnten.

Er leckte über seine ausgetrockneten Lippen und blickte angespannt in die Schatten der sie umgebenden Bäume.

Nichts. Das Rätsel blieb ungelöst.

Er konnte nichts anderes tun als weiterzugehen.

Der Berg betrog sie.

Es war die ultimative optische Täuschung. Der Tempel war nicht auf demselben Gipfel. Vielmehr klaffte hier oben jenseits der Spitze eine tiefe Schlucht, die hunderte Meter abwärts führte. Die Perspektive beim Aufstieg hatte dies vor ihnen verborgen.

Cutter stand vor einer etwa 50 Meter langen Hängebrücke, die sich über die Schlucht spannte. Die Seile waren an drei Pfählen befestigt und bildeten praktisch eine V-Form. Ein Seil war dazu da, um darauf zu stehen und darüber zu schreiten, die anderen beiden sollten dabei helfen, das Gleichgewicht zu halten, während man die Schlucht überquerte.

Er beugte sich vor, um in den Abgrund zu starren. Ganz unten konnte er die feine blaue Linie eines weit entfernten Flusses ausmachen. Das Wasser floss zweifelsohne in den Amazonas ab, wie tausende andere Nebenflüsse hier in den Anden auch. Der Anblick war nicht unbedingt ermutigend.

Der Professor wich vom Rand des Abgrunds zurück.

Die Seile waren teils schon etwas ausgefranst, aber da ihr Durchmesser beinahe fünf Zentimeter betrug, konnten sie auch das Gewicht des Schwersten in ihrer Gruppe tragen. Nein, das war es nicht, was Cutter beunruhigte. Sondern vielmehr die Tatsache, dass sie, sobald sie die Schlucht erst überwunden hatten, praktisch keinerlei Fluchtweg mehr besaßen. Sie waren isoliert zwischen kargem Stein und der Anomalie und hatten keine Möglichkeit für einen schnellen Rückzug, wenn sich die Situation verschlechterte.

Cutter sah Nando und Genaro an. „Bitte sagt mir, dass es einen anderen Weg gibt."

„Den gibt es", erklärte Nando.

„Gott sei Dank. Welchen?"

Nando zeigte direkt in die Schlucht und zog mit seinem Finger eine imaginäre Linie entlang des Flusses.

„Tja, das ist nicht unbedingt das, was ich meinte."

„Dann gibt es keinen anderen Weg. Die Brücke ist sicher. Sie hängt hier schon seit Hunderten von Jahren. Und nein, es war nicht immer dasselbe Seil", erklärte er, als er Cutters bestürztes Gesicht sah. „Wir tauschen es jedes Jahr oder so aus."

„Warum baut ihr dann nicht eine richtige Brücke?"

„Hey, gute Idee. Vielleicht könnten wir auch eine richtige Straße bauen. Oder ein Hotel." Nandos freundliche Art wich seinem Zynismus.

Cutter setzte ein reuiges Gesicht auf. Er hatte die schnippische Bemerkung verdient.

Der Professor testete das Seil und sah zu, wie es Wellen schlug. Etwa alle zehn Meter gab es Ankerseile, die von den Leitseilen nach unten zum Hauptseil führten und verhinderten, dass sich ein zu großer Abstand einstellte. Es war eine relativ simple Form des Brückenbaus. In diesem Moment hätte er für etwas mehr Stabilität getötet. Es war ganz unmöglich, dass sie all ihre Ausrüstung auf die andere Seite schaffen konnten.

„Wer tippelt da über meine Brücke?", feixte Connor und blieb neben ihm stehen. Er wurde sichtlich bleich, als er in die schwindelerregende Tiefe hinabblickte. „Ja, alles klar. Ich schätze, ich bleib dann mal einfach auf dieser Seite und gebe euch moralische Unterstützung."

„Dachte ich's mir doch", zog ihn Cutter auf.

„Ich bin kein Feigling. Ich dachte nur, na ja, vielleicht ist euch ein bisschen Verstärkung auf dieser Seite ganz recht, falls irgendwas schief läuft." Connors Gesicht spiegelte das gerade in ihm herrschende Wirrwarr aus Gedanken und Emotionen wider.

„Natürlich", meinte Cutter und sein Lächeln nahm das Schneidende aus seiner Stimme. „Okay, ich schätze, wir müssen einer nach dem anderen hinübergehen."

„Okay, ich als Erster", sagte Connor schnell.

„Ich dachte, du willst auf dieser Seite bleiben."

„Ja, äh, ich hab meine Meinung geändert", erklärte der junge Mann. Er trat auf das Hauptseil und fasste mit beiden Händen nach den Leitseilen. Dann trat er über den Abgrund. Das Tau schlingerte unter seinen Füßen, als er sich fortbewegte.

„Vorsichtig", sagte Cutter, obwohl dieser Ratschlag überflüssig war.

„Ich kann nicht gerade behaupten, dass das Spaß macht", rief Connor, nachdem er einen weiteren Meter vorausgegangen war. Zwischen ihm und dem tödlichen Sturz lagen nur gut fünf Zentimeter abgenutztes Seil. „Vielleicht war das doch keine so gute Idee."

„Geh einfach weiter. Und sieh nicht nach unten", ermutigte Cutter ihn. „Stephen, du bist der Nächste."

Stephen nickte und wartete, bis Connor beinahe die Mitte erreicht hatte. „Was denkst Du?" Stephens rechte Hand deutete zu dem Seil, das Connors unstete Schritte zum Schwingen brachten. Es bewegte sich so stark, dass es wie eine Schlange wirkte, die bereit war, zuzustoßen.

„Sollte halten", meinte Cutter.

Als Connor die andere Seite erreicht hatte, folgte ihm Stephen. Er war deutlich schneller und erreichte sein Ziel sehr rasch.

„Abby?" Sie nickte. „Nando, gehen Genaro und Sie zuletzt? Ich schätze, ihr Jungs habt diese Brücke schon das eine oder andere Mal überquert."

Beide Ranger nickten. „Mindestens einmal im Monat", bestätigte Genaro.

„Gut. Okay, Abby, du bist dran." Sie stellte sich bravourös an und brachte den Abgrund ebenfalls recht schnell hinter sich.

Cutter wartete, bis er dran war. Dann trat er auf das Seil und versuchte, seinem eigenen Rat zu folgen. Aber bei dem klaren Wind, der sein Gesicht umspielte und ihm in die Ohren flüsterte, war das unmöglich. Er sah hinunter und bereute es sofort, als das Seil unter ihm zu schlingern begann. In Panik versuchte er gegenzusteuern, aber das Bewegungsmoment gewann die Oberhand. Sein Fuß glitt ab und einen Moment lang balancierte er unsicher. Seine Fingerknöchel traten weiß hervor, während er in die Tiefe blickte.

Und dann rutschte er ab.

Sein Fuß kam vom Seil ab und sein Körper sackte weg wie ein Stein. Er schaffte es gerade noch, sich mit den Beinen im Standseil zu verhaken und eines der Führungsseile zu packen

Die Wucht kugelte ihm beinahe die Arme aus, als plötzlich sein ganzes Gewicht auf seinen Armen ruhte.

Das Standseil schnitt ihm in den Schritt.

Er hörte, wie die anderen seinen Namen riefen, aber er konnte an nichts anderes denken als an den Schmerz und daran, sich festzuhalten. Er *versuchte* zu denken. Seine Gedanken rasten. Feuer brannte in seiner Schultermuskulatur und über dem Schlüsselbein, als er darum kämpfte, nur ja nicht loszulassen.

Er konnte sich nicht hochziehen. Das war unmöglich. Die Füße hochzuziehen und auf dem Seil zu stehen, stand außer Frage. Dafür wippte und schlug es viel zu wild umher.

Er konnte nur loslassen. In einer Minute – oder weniger.

Es wurde mit jeder Sekunde unmöglicher, sich weiter festzuhalten.

Er fühlte, wie Angstschweiß seine Handflächen feucht werden ließ. Seine Schulter schrie förmlich vor Schmerz und das Kugelgelenk war kurz davor, herauszuspringen. Als er einen weiteren Meter absackte, stieß er einen Angstschrei aus. Das Standseil bockte so stark in seinen Schritt, dass es ihn beinahe gedreht und direkt in die Schlucht geworfen hätte.

Ein gigantischer Schmerz drohte, wie eine Welle über ihn hereinzubrechen, als er sich an das Führungsseil klammerte und versuchte, einen besseren Griff zu bekommen. Nach der kleinen Drehung konnte er erkennen, dass Nando sich ihm näherte. Sein alter Schüler wollte ihm helfen. Der Ranger hatte seinen Gürtel über eines der Führungsseile gespannt, aber auch das würde nur wenig helfen, wenn Cutters wahnsinnige Bewegungen das Tau unter seinen Füßen noch weiter in Aufruhr versetzten. Sein alter Lehrer musste damit aufhören.

„Mach schon! Mach schon!“, schrie Cutter sich selbst an und versuchte, seinen Körper ein paar Zentimeter nach oben zu hieven, aber der Schaden an seiner Schulter machte das unmöglich.

Er schloss seine Augen und versuchte, sich zu sammeln,

tief in sich zu gehen, um die Furcht zu verscheuchen und den Mut und die Stärke zu finden, von denen er nicht wusste, ob er sie besaß. Vor seinem geistigen Auge sah er ein Gesicht. Ihr Lächeln, das Strahlen in ihren Augen.

Es war kalt und der Wind peitschte gegen seinen Bauch, weil sein Hemd ihm um die Ohren flatterte. Und doch war es unter der nackten Sonne drückend heiß. Schweiß bildete sich auf seinen angespannten Muskeln und tropfte in seine Augen und Ohren.

Cutter biss vor Schmerz die Zähne zusammen. Sein Atem ging kurz und keuchend. Er bleckte die Zähne wie ein tollwütiger Hund, der an seiner Kette zerrte. Diese Akrobatikeinlage verlangte ihm alles ab, damit er nicht einfach aufgab und sich fallen ließ.

Er kämpfte gegen das Feuer in seiner verletzten Schulter an und brachte das linke Bein langsam hoch, wobei sich das Seil dehnte, während es versuchte, unter ihm weg zu gleiten. Seine Arme zitterten wild und schickten spürbare Schockwellen durch die Führungsseile. Er schaffte es irgendwie, seinen Fuß um das Basisseil zu wickeln und sich Halt zu verschaffen.

Gerade noch rechtzeitig.

Seine Schulter gab nach. Er fiel mit schockierender Geschwindigkeit und schwang hin und her. Alles in seinen Taschen, seine Waffe, die Taschenlampe, der Gummistreifen, das Benzin, Münzen, Schlüssel, die Brille um seinen Hals, fiel hinunter und verlor sich im Nichts, das zwischen ihm und dem Boden gähnte.

So hing er nun hier, nur gehalten von seinem verhakten Fuß, wie ein Pendel, das über die tiefste aller Gruben gespannt war.

„Halten Sie sich fest, Professor!“, schrie Nando. Irgendwie hatte er nicht das Gleichgewicht verloren, als das Seil hin und hergeschleudert wurde, während Cutter fiel. Mit dem Mut eines blinden Akrobaten huschte er über das Seil.

„Es gibt nicht mehr viel, das ich tun kann!", krächzte Cutter, als er versuchte, sich nach oben zu ziehen und dabei nicht in den Abgrund zu blicken. Er musste dagegen ankämpfen, sich zu übergeben, als sich die Welt unter seinem Kopf wie wild drehte. Alles schien sich rasant im Kreis zu drehen.

Er biss die Zähne zusammen und wippte hin und her, in der Hoffnung, genug Schwung zu bekommen, um gerade weit genug nach oben zu reichen und das Seil zu fassen zu kriegen. Er versuchte es, doch es rutschte ihm wieder aus den Fingern. Noch einmal zwang er sich zu diesem Manöver und wagte es nicht, auf etwas anderes zu blicken als auf das Stück Seil, das so nah war und doch so fern. Mit dem dritten Schwung schaffte er es endlich und hing nun mit dem am Basisseil, was sein Plan offenkundig nicht gehabt hatte: *Hand und Fuß*.

Cutters wilder Ritt hatte Nando zum Stehenbleiben gezwungen, aber nun kam wieder Bewegung in ihn und er griff mit ausgestreckter Hand nach dem älteren Mann.

„Kommen Sie, Professor", presste er zwischen zusammengebissenen Zähnen hervor.

Er konnte unmöglich komplett auf das sich bewegende Seil hochklettern. Er konnte es nur mit beiden Händen packen und auch mit dem anderen Bein umschlingen. Das würde gehen. So konnte er es überqueren, während Nando direkt hinter ihm blieb.

Er erreichte schließlich die andere Seite, kroch von der Brücke und ließ sich auf den Rücken fallen. Der Aufschlag auf den harten Boden ließ seinen Magen krampfen, als müsste er sich gleich übergeben. Cutter rollte sich auf den Bauch und fing inmitten des langen Grases zu würgen an. Dann wischte er sich den Mund mit dem Handrücken ab.

SIEBENUNDZWANZIG

Supays Tempel war nur noch eine Ruine.

Die Verheerungen, die er erlitten hatte, waren schon lange, bevor die Bairstow-Brüder oder jemand anderes hierher gekommen war, angerichtet worden und datierten zurück bis zur Zeit der Konquistadore.

„Unter den Einheimischen ist dieser Ort als das Tor nach Uca Pacha bekannt“, erklärte Nando, als sie sich dem von Witterungseinflüssen stark angegriffenen Eingang näherten.

„Warum habe ich nur das ungute Gefühl, dass das nicht ‚Tor zum Paradies‘ bedeutet?“, meinte Cutter und strich sich über die verletzte Schulter.

„Es ist das Tor in die Unterwelt der Inka, mein Freund“, erklärte Nando ihm.

„Na, das ist es doch irgendwie immer …“, erwiderte Cutter trocken.

Der Tempel ragte fünf Stockwerke in die Höhe, doch die Steine am Gipfel waren seit langem nur noch wenig mehr als Geröll. Über dem Schlussstein des Torbogens prangte ein Loch, das die Größe einer Faust besaß. Nando erklärte, was es damit auf sich hatte.

„Zur Mittagszeit der Sonnenwende scheint die Sonne direkt durch das Auge der Unterwelt in den Tempel und öffnet dem furchtlosen Reisenden den Weg nach Uca Pacha.“

„Was für ein Tag ist denn heute?“, fragte Connor.

„Nicht Sonnenwende“, versicherte ihm der meist etwas wortkarge Stephen.

Nach Cutters beinahe tödlichem Sturz stellte sich fast wieder so etwas wie Normalität ein. Die Neckereien fühlten sich zwar ein wenig gezwungen an, doch sein Team versuchte nur, den Schrecken zu vertreiben, indem alle so taten, als sei der Garten des Bösen mit Rosen gesäumt. Der Professor liebte sie dafür.

„Nun ja, es wäre wohl recht sinnlos, auf eine Einladung zu warten“, meinte Cutter. „Kommt ihr?“

„Wir sind direkt hinter Ihnen, Professor“, meldete sich Lucas.

„Besser nicht zu nahe, nur für den Fall, dass er in ein Loch fällt, oder so“, witzelte Connor. „Sie wollen doch nicht, dass er Sie mit in die Tiefe reißt.“

„Connor, halt die Klappe“, sagte Cutter und schüttelte den Kopf.

„Klappe zu, Affe tot.“

Cutter ging durch den Torbogen hindurch und in die Kühle des Tempels hinein. Das Erste, was er wahrnahm, war der Geruch. Das bittersüße Aroma von Gewürzen betörte ihn. Thymian, Rosmarin, starke Kräuter – alles Gerüche, die an einem dunklen, kalten Ort unter dem Fels nichts zu suchen hatten.

„Es ist hier“, sagte er. „Connor, wärst du so freundlich?“

„Na klar.“ Connor nahm den Anomaliedetektor zur Hand und schaltete ihn ein. Der Apparat schlug sofort mit einem hochfrequenten, statischen Heulen an. „Wir sind direkt darüber.“

„Das hatte ich befürchtet“, sagte Cutter und blickte in die Dunkelheit. Ohne seine Wärmesicht-Brille war er so gut wie blind. Er konnte jedoch schwerlich einen der anderen um dessen Exemplar erleichtern. Schnell griff er in seine Tasche, um den Gummistreifen hervorzuholen und fluchte, als er merkte, dass sie leer war. Auch der Gummistreifen lag auf dem Grund der Schlucht.

„Connor, zünde bitte die Fackel an und gib sie mir. Ihr solltet alle eure Fackeln anzünden. Vielleicht können wir genug Duftstoffe in die Luft ausstoßen, dass wir darin praktisch getarnt sind. Wer weiß schon, wie stark die Konzentration der Pheromone hier in der Luft ist?“

Sie taten, wie ihnen geheißen, tränkten die Gummistreifen in Benzin, wickelten sie um einen Holzstock und entzündeten sie. Die Luft um sie herum füllte sich schnell mit gesundheitsschädlichen Stoffen, als der Geruch des verbrannten Gummis jeden anderen Duftstoff überlagerte. Cutter nickte.

„Gut. Hier entlang.“ Er ging in Richtung des Zentrums des Tempels, in dem die Rituale abgehalten worden waren und man die Götter gepriesen hatte.

Sie konnten das alte Blut in der toten Luft beinahe schmecken. Sie war nicht nur schal, sie war unrein.

Die Korridore führten zwei verschiedene Wege hinab: den Pfad der Rechtschaffenen und den Pfad der Verderbten. Die Wände des linken Pfades waren mit Totenmasken und hässlichen Abbildern geschmückt. Sie sollten jeden Eindringling abschrecken. Der Schein der Flammen flackerte über die Masken und erweckte sie auf unheimliche Weise zum Leben. So eng, wie dieser dunkle Gang war, wurde ihre abgehackte Atmung noch durch die unheimliche Akustik verstärkt. Er hätte in diesem Moment jedem vergeben, wenn dieser geglaubt hätte, dass etwas Unnatürliches hinter diesen ins Leere starrenden Masken lauerte.

Der rechte Gang war nicht weniger verstörend, was an den Geräuschen lag, die sie vernehmen konnten. Sie stammten ganz unzweifelhaft von Schlangen.

„Supay war der Gott des Todes, nicht wahr?“, fragte Cutter.

„So ist es“, bestätigte Nando.

„Und nicht nur das. Er besaß auch eine Dämonenarmee“, führte Genaro weiter aus.

„Klingt ja sehr charmant“, entgegnete Connor trocken. „Den möchte man sich nicht zum Feind machen, was?“

„Ich denke, das haben wir bereits“, bemerkte Cutter. Dann hielt er die Hand hoch und bedeutete den anderen, still zu sein. Ein merkwürdiges, sehr hohes zwitscherndes Geräusch war zu hören und schien um sie herum anzuschwellen. Es bescherte ihm eine Gänsehaut.

„Viele unserer Tempel waren mehr als nur einer Gottheit gewidmet. Kammern innerhalb des Hauptkomplexes des Tempels waren anderen gewidmet, wie etwa Cocomama, der sicherstellen sollte, dass die Gesundheit der Gläubigen gewährleistet war. Oder Ekkeko, der Gesundheit und Wohlstand jener, die im Tempel dienten, beschützen sollte. Und Inti, ohne deren wärmende Liebe ein jeder versagen würde. Nur am Tag der Sonnenwende öffnete sich an diesem Ort das Tor in die Hölle unserer Vorfahren.“

„Das ist doch schon mal was“, sagte Connor.

Sie gingen langsam den linken Korridor hinunter und schritten immer tiefer in die sie umgebende Dunkelheit. Cutter fühlte etwas unter seinen Füßen knirschen und leuchtete mit der Fackel hinab, um zu sehen, was es war. Am Boden des Tempels wimmelte es von Insekten wie Kakerlaken und Käfern.

„Oh Gott“, jaulte Abby hinter ihm auf.

Er fühlte, wie die Insekten über seine Stiefel krochen, als er stillstand. Dann spürte er kitzelnde Bewegungen, als sich seine ungebetenen Gäste an den Schenkeln hocharbeiteten. Instinktiv griff er mit der Hand, die die Fackel hielt, nach unten, um sie abzuschütteln. Die Hitze der Flamme versengte sowohl seine Haare, an denen sich die Insekten festhielten, als auch die Leiber der Tiere selbst.

Connor murmelte einen Fluch.

„Kommt weiter", knurrte er dann und trat über die Insekten hinweg in Richtung der nächsten Kammer.

Als er die Schwelle überschritt, war Cutter überrascht, dass sich hier keine Kakerlaken und Insekten befanden. Es war ganz anders als in dem Korridor, aus dem sie gerade gekommen waren. Es war beinahe so, als ob etwas die Insekten davon abhielt, sich auch in diesem Raum auszubreiten.

„Hier ist alles sauber", rief er und drängte die anderen, ihm so schnell wie möglich zu folgen.

Als er zurückblickte, sah er, wie das flackernde Licht die wabernde Masse aus Hundert- und Tausendfüßlern, Ameisen, schwarzleibigen und gesprenkelten Käfern, Larven, enormen Grillen und vielen weiteren Insekten offenbarte. Ihm lief ein Schauer über den Rücken. Dies war der mit Abstand klaustrophobischste Ort, an dem er jemals gewesen war. Er schien beinahe zu leben.

Die neue Kammer war kreisförmig und stellte vielleicht eine Vorkammer für das Herzstück des Tempels dar. Die Wände waren mit tief eingemeißelten Gravuren von Phallussen und anderen Fruchtbarkeitssymbolen übersät. Ein bemerkenswerter Kontrast zu den Bildnissen, die entlang der Totenmasken zu sehen gewesen waren. Aber Tod und Leben waren letztendlich zyklisch. Warum sollte der Überbringer des Todes nicht auch als jemand verehrt werden, der Leben spenden konnte? Selbst ein Kalender stellt den Tod des einen Jahres und die Geburt eines ganz neuen dar.

Die Anderen versammelten sich in der Kammer und die Lichter des brennenden Gummis beschworen jene Dämonen herauf, von denen Genaro gesprochen hatte.

Die Wände waren, wie er sah, als er die Hand nach ihnen ausstreckte, mit einer feinen Schicht aus etwas, das Gold sein konnte, bedeckt. Der Verfall war so weit vorangeschritten, dass er es nicht mit Bestimmtheit sagen konnte. Es gab drei Torbögen, die aus dieser Gebetskammer herausführten. Zwei wiesen den Weg in einen größeren Raum, dessen Seiten mit Pflanzenfasern und aus Lehm geformten Sarkophagen gesäumt waren, während der dritte Weg in eine große zentrale Kammer überging, die wohl das Herz des Tempels darstellte. Der eine Raum, der ganz und gar dem Tod gewidmet war. Uca Pacha.

Cutter überquerte die Schwelle.

Ein kalter Luftzug ließ seine Haut kribbeln. Durch einen geologischen Trick war dieser Raum weit kälter als jene um ihn herum, gerade so, als hätte man ihn vor der Hitze der Außenwelt ganz und gar isoliert.

Vor sich konnte er im ölig flackernden Licht auf jeder Seite dunkle Formen sehen, die einstmals der Opferstein von Supays Altar gewesen sein mussten. Gelbe Augen starrten ihn an. Im Zentrum, ganz, als ob der Altar als Anker diente, glitzerten die Diamanten in der Luft, von denen Cam gesprochen hatte.

Die Anomalie wurde schwächer.

Eine bläuliche Nuance störte die Vollkommenheit des Lichts, das in der Luft zu Eissplittern zu gefrieren schien. Der Anblick der geometrischen Formen war schier atemberaubend. Jeder Winkel spiegelte sich und brach das Licht von Cutters Welt, genauso wie das Tageslicht von der anderen, Jahrtausende zurückreichenden Seite herüber getragen wurde.

„Ich hoffe wirklich, dass Sie einen Plan haben“, sagte Connor und stolperte einen Schritt zurück, als er die muskulösen Silhouetten von fünf Thylacosmili erkannte.

„Ich dachte, ich lasse das auf mich zukommen“, erwiderte Cutter.

„Eines sag ich Ihnen“, meinte Connor. „Irgendwann geben Sie mir eine Knarre und dann werden wir uns alle viel glücklicher fühlen.“

„Aber nicht heute“, sagte Cutter, wobei sein lakonischer schottischer Akzent seine Amüsiertheit noch unterstrich.

„Und was machen wir jetzt, Professor?“, wollte Lucas wissen. Er hatte das Schnellfeuergewehr mit den Betäubungspfeilen geschultert und nahm es langsam in die Hand, wobei er auf die Beutelklinge in der Mitte anlegte. Cutter hatte keinen Zweifel daran, dass der SAS-Mann dem Tier innerhalb eines Herzschlags zwischen die Augen schießen konnte. Lucas war rohe, explosive Gewalt in Menschengestalt, die nur darauf wartete, entfesselt zu werden.

„Riecht ihr etwas?“

„Nur Gummi.“

„Gut.“

„Sie scheinen nichts zu machen. Es ist fast so, als warten sie auf den Angriffsbefehl.“

„Das ist genau das, was gerade passiert“, erklärte Cutter. „Nur dass es kein Befehl ist, sondern ein bestimmtes Pheromon. Abby, Stephen, auf mein Zeichen hin will ich, dass Lucas und und ihr auf sie schießt. Abby den links, Stephen den rechts und Lucas den in der Mitte.“

„Direkt zwischen die Augen“, versprach der SAS-Mann. Ein schneidendes Geräusch von komprimiertem Gas war zu hören, als der Ketaminpfeil geladen wurde.

„Bleiben immer noch zwei übrig. Seid ihr bereit, Nando und Genaro?“ Sie nickten. „Ein Schuss. Und dann schleift ihre Körper durch die Anomalie, bevor sie sich schließt.“

„Verstanden“, erwiderte Nando.

Cutter warf die Fackel mit dem verschmorten Gummi ins Zentrum der Herzkammer, so dass die Schatten über die Wände tanzten. „Errichten wir einen Scheiterhaufen“, rief er. Einer nach dem anderen warfen sie ihre Fackeln auf das Feuer, bis es zur kleinen Feuersbrunst angewachsen war, deren toxische Dämpfe die feuchte Luft schwängerten und ihre Augen tränen ließen. Die Augen der Kreaturen glühten im Schein der Flammen und inmitten der Dämpfe. Sie waren ganz auf die Menschen konzentriert.

„Wer sagt, dass wir gegen das Pheromon immun sind?", wollte Lucas wissen.

„Niemand", meinte Cutter. „Darum sollten wir besser sicherstellen, dass der Hemmstoff funktioniert."

„Jesus, das hätten Sie auch vorher mal erwähnen können."

„Hätte es geholfen?"

„Nein", gab der SAS-Mann zu.

„Dachte ich's mir doch."

„Aber vielleicht hätten wir mehr Gummistreifen mitnehmen können."

„Und hätten meilenweit ohne Wasser und Verpflegung durch den Regenwald zurückgehen müssen? Nicht unbedingt die beste Idee."

„Wo bleibt der Geruch, Professor?", fragte Connor und sprach damit aus, was Cutter schon überlegte, seitdem sie die Herzkammer betreten hatten.

Dann wunderte Cutter sich nicht mehr.

Aus der Dunkelheit heraus kam die Verkörperung des hakenköpfigen Gottes Pacha Kamaq, des Schöpfers der Welt.

Und dann sprangen die Thylacosmili vorwärts. Die Zähne gebleckt, drang ein Knurren aus ihren Kehlen, als sie dem unausgesprochenen, nicht zu beseitigenden Tötungsbefehl Folge leisten wollten.

Lucas schoss als Erster. Der gelbe Pfeil pfiff durch die Luft und fuhr direkt in das Maul der Beutelklinge, die gerade auf ihn zukam.

Zwei weitere Pfeile wurden simultan abgeschossen, wobei einer sein beabsichtigtes Ziel nur knapp verfehlte. Der andere flog weit daneben und prallte gegen die Tempelwand.

Ein großer Thylacosmilus sprang über das Feuer. Die Dämpfe zogen über sein Gesicht und in seine Lungen.

Lucas musste nicht fragen. Er schoss ein zweites Mal und brachte den Ketaminpfeil ins Ziel, direkt über dem Herz des

Beuteltiers. Es fiel über das schmorende Gummi und löschte so, was noch von den Flammen übrig war, wodurch es schlagartig dunkel wurde.

Die übrigen Bestien sprangen direkt auf Connor und Abby zu. Ihre zwölf Zentimeter langen Reißzähne waren bereit, weiches Fleisch zu zerfetzen. Lucas warf das Betäubungsgewehr weg, sank auf ein Knie und zog seine SIG-Sauer aus dem Holster an seinem Knöchel. Innerhalb eines Sekundenbruchteils gab er sechs Schüsse ab. Das Mündungsfeuer blitzte in der Kammer auf. Er hatte nicht die Zeit, sich um die Feinheiten der Evolution Gedanken zu machen. Die Kugeln schlugen seitlich in den Kopf des ersten Thylacosmilus ein. Sie durchdrangen Gewebe und Knochen des primitiven Gehirns des Tieres. Es war schon tot, noch bevor es aufgehört hatte, über den Boden des mit Erde bedeckten Tempels zu schlittern.

Es wurde heller, als die Mitglieder der Gruppe einer nach dem anderen ihre Taschenlampen einschalteten.

Lucas sah das hakenköpfige Biest erst, als es zu spät war.

Der Schnabel des Angreifers öffnete sich und ein aufgeblähtes rotes Etwas wand sich daraus hervor. Ein Wurm. Die ölige Zunge wand sich und schloss sich immer fester um Lucas' Gesicht. Die Millionen von kleinen Zähnen an der Spitze des Rüssels schnitten in die Haut des Soldaten und gruben sich tief in sie hinein. Blut schoss aus zahlreichen kleinen Wunden, während der Schmerz in seinem Kopf explodierte.

Sein Finger krümmte sich reflexartig um den Abzug der Waffe. Lucas feuerte blind neun Kugeln ab, während der Wurm sich an ihm labte.

Die Kugeln prallten von den Wänden ab, noch während Lucas zu Boden fiel. Der SAS-Mann war tot, aber das hielt die Bestie nicht davon ab, sich weiter an ihm zu verköstigen. Die Geschosse drangen in den weichen Stein ein und brachten ein leichtes Rumoren in den Torbogen, als sich das Gewicht um die gebrochenen Steine herum neu verlagerte.

Cutter sah sich schnell nach etwas um, mit dem er die Bewegung aufhalten konnte. Ihm blieb nichts anderes übrig, als mit dem Strahl der Taschenlampe in langen Sekunden nach etwas zu suchen, während der Kampf zum Schlachtfest geriet. Schreie hallten in der Dunkelheit. Weitere Schüsse. Eine der Taschenlampen rollte über den Boden.

Cutter stand nun im Mittelpunkt des Geschehens. Er war wie erstarrt.

Die Hemmstoffe hatten versagt. Die Bestie hatte die Kontrolle über ihre wilden Hunde nie verloren. Aber es hätte funktionieren müssen. *Das hätte es.* Aber es gab so viele verschiedene Konstruktionen entlang der Karbonketten, so viele verschiedene Bausteine des Lebens, die neu kombinierbar waren. Er konnte einfach nicht wissen, welche Kombination die Pheromone, die das Biest benutzte, zu blocken vermochte. Es war zu willkürlich.

Zufall.

„Cutter!", schrie Abby. Sie war jetzt unbewaffnet. Die Betäubungspistole war ihr durch einen Schlag der Beutelklinge aus der Hand gefegt worden. Stephen war an ihrer Seite und versuchte verzweifelt, das wilde Raubtier mit dem nun leeren Gewehr als Schlagstock abzuwehren.

Wir werden hier sterben, dachte Cutter.

Nando und Genaro liefen zusammen und direkt nebeneinander auf die Kreatur zu, die Abby und Stephen in Schach hielt. Ihre Schreie wurden zu Kriegsgeheul, als sie voranpreschten und mit ihren Lampen die Dunkelheit durchschnitten. Nando schlug auf den Rücken des Thylacosmilus ein und brachte das Tier dazu, sich wild umzudrehen, wobei es seine Fänge entblößte.

Connor schwang seine Taschenlampe so, als ob er dem Tier damit den Schädel einschlagen konnte. Er stand gegen eine Wand – *Rücken an Rücken mit den Sarkophagen in der anderen Kammer*, dachte Cutter und versuchte, Tod und Verderben aus seinen Gedanken zu verdrängen.

Er musste nachdenken.

Es war alles da. Er schüttelte seinen Kopf und versuchte, einen klaren Gedanken zu fassen.

Nein, das war es nicht, realisierte Cutter. *Es ist nicht willkürlich. Es ist nicht Zufall. Es sind die Bausteine des Lebens!* Und der Gedanke empörte ihn. Er versuchte zu rationalisieren, was er nun tun musste und sagte sich selbst, dass dies die einzige Möglichkeit war. Lucas hatte bereits sein Leben für sie gegeben. Er war ein Soldat gewesen und er würde frohen Mutes auch sein Fleisch geben, wenn es bedeutete, dass sie überleben würden.

Eine der Kreaturen war tot und zwei kämpften gegen den halluzinatorischen Effekt des Betäubungsmittels an, während die anderen beiden knurrend und schnappend voller Wildheit um sich schlugen und das Team zurücktrieben.

Als sich der Thylacosmilus ihm zuwandte, feuerte Nando einen Pfeil ab, verfehlte das Ziel jedoch.

Alles um ihn herum geschah mit solch atemberaubend erschreckender Geschwindigkeit. Cutter konnte kaum nachdenken oder reagieren, bevor sich die Muster des Todes wieder änderten, aber er durfte nun nicht länger zögern.

Dies waren seine Freunde. Er war für sie verantwortlich.

Er durfte nicht versagen. Nicht jetzt, nicht noch einmal.

„Abby!“, schrie er und wusste, dass es getan werden musste. *Guter Gott, vergib mir*, dachte er. Sie drehte sich zu ihm um.

„Die Leuchtpistole!“, rief er und streckte die Hand aus. Sie warf sie ihm zu. Er fing sie und drehte sich zu der schnabelköpfigen Kreatur, die immer noch Lucas’ Fleisch verzehrte. Er zielte, aber nicht auf die Kreatur.

Er wollte ihr die Leuchtmunition direkt ins Gesicht schießen, aber er tat es nicht.

Stattdessen zielte er tief auf den Leichnam, und betete zu Gott, dass er die Tasche treffen möge, in der Lucas die kleine Flasche mit dem Benzin verstaut hatte. *Rechts*, dachte Cutter. Lucas war Rechtshänder. *Er muss sie in die rechte Tasche gesteckt haben. Das war seine dominante Seite*.

Bevor er es sich noch einmal anders überlegen konnte, feuerte er die phosphoreszierende Kugel auch schon auf die rechte Seite des toten Mannes ab.

Einen Moment lang war die Tempelkammer mit tödlicher Stille gefüllt, die den einen Sekundenbruchteil zu lange anhielt, als dass Cutter noch glauben mochte, dass es funktionieren würde. Und dann hörte er, wie die leichte Leuchtgranate auf das Glas traf, es schmolz und das Benzin freisetzte. Als sich die entflammbare Flüssigkeit über die Kleidung verteilte, fing sie Feuer und brannte sofort lichterloh.

Innerhalb weniger Sekunden war Lucas' Körper ein Leuchtfeuer in der Dunkelheit.

Das Feuer trieb die Thylacosmili zurück, aber noch wichtiger war, dass von dem Feuer der Kohlenstoff in Lucas' Körper freigesetzt wurde und die Dämpfe der Hemmstoffe, die sich in den sterblichen Überresten des Mannes befanden, durch die Luft trugen. Der Geruch füllte die Lungen von jedem, der in dieser Kammer gefangen war.

Die Intensität der Flammen verband sich mit der schieren Menge an Chemikalien, die freigesetzt worden waren und nahm der schnabelbewehrten Kreatur jede Kontrolle über die prähistorischen Tiere. Der natürliche Instinkt, die Furcht vor Feuer und dem Verbrennen, übernahm wieder. Die Tiere drehten sich um und suchten nach einem Ort, an den sie fliehen konnten.

Der einzige Ausweg war die Öffnung, die innerhalb der glitzernden Scherben der Anomalie existierte und in eine andere Zeit führte. Die Schnabelkreatur wartete nicht. Sie zog ihre wurmartige Zunge ein und hastete in Richtung des einstürzenden Portals.

Cutter sah, wie sie floh, während er die Hände auf die Knie gestützt hatte und der beißende Rauch seine Augen tränen ließ.

Alles, woran er gerade denken konnte, war, dass sie sich einem Gott der Inka gestellt hatten: Pacha Kamaq, dem Schöpfer der Welt.

„War das …?", fragte Connor und dachte offenbar dasselbe.

„Ich verstehe nicht, was hier passiert ist", gab Abby zu. Sie vermied es, auf die Überreste des brennenden Mannes zu blicken, wie Cutter bemerkte. Der Schock würde sie noch einholen, ebenso wie die Trauer, die sie bislang in den Hintergrund gerückt hatte. Nach allem, was sie an diesem Tag erlebt hatte, nach so viel Tod und Leid um sie herum, musste das einfach so sein.

Später.

„Isoprenoiden", sagte Connor. „Ich hab zugehört, auch wenn Du es nicht hast. Gesättigte Karbonketten. Was sind wir schon anderes als Kohlenstoff?"

Sie nickte, sah aber unsicher aus.

„Kommt. Helft mir mit denen hier, bevor die Anomalie kollabiert", sagte Cutter und kämpfte mit seiner schmerzenden Schulter, während er begann, das erste der großen schwarzen Beuteltiere in Richtung der Anomalie zu zerren.

„Glauben Sie, dass noch mehr da draußen sind?"

Er schüttelte seinen Kopf.

„Nein. Die Kreatur hat sie dominiert und sie wie Hunde gehalten, die ihrem Willen folgen müssen. Sie waren alle hier, um dieses Wesen zu beschützen."

„Und nun sind sie weg."

„Und die Kreatur auch."

„Aber woher kam sie? Ich meine, *was* ist sie?"

Cutter zuckte mit den Achseln, wobei ihn seine Schulter sofort daran erinnerte, dies doch tunlichst zu unterlassen. Er hatte keine Antwort auf diese Frage.

„Die Zukunft der Evolution? Vielleicht war es eine Art Vogel, der Pheromone nutzt, um geistig schwächere Tiere zu kontrollieren. Wer weiß? Es ist nicht wichtig, woher das Wesen gekommen ist. Wichtig ist nur, wohin es gegangen ist."

„Aber das wissen wir. In die Vergangenheit. Oder nicht?"

Cutter antwortete nicht. Stattdessen stellte er eine weitere Frage.

„Wie sah es für Sie aus, Nando? Genaro?"

Die zwei Männer starrten einander an. Sie waren beide sichtlich mitgenommen von dem, was gerade passiert war.

„Pacha Kamaq", antwortete Nando. „Aber das kann nicht sein, oder? Ich meine, diese alten Geschichten sind doch nur … Geschichten. Die Götter sind niemals auf Erden gewandelt."

„Aber vielleicht werden sie es eines Tages", sagte Cutter.

Es war die einzige Antwort, die er hatte.

ACHTUNDZWANZIG

Lester saß in dem, was Dunkelheit in seinem Büro am Nächsten kam. Sogar mit dem gebändigten Licht war es beinahe taghell, was an den intensiven Scheinwerfern lag, von denen die Frachtzone entlang der Rampe beleuchtet wurde.

Er schloss seine Augen und rieb sich den Nasenrücken. Das Leben war niemals so einfach oder geradeheraus, wie er es gerne gehabt hätte. Wie er es gerne gemacht hätte. Nur dieses eine Mal wäre es nett gewesen, sagen zu können: „Halten Sie den Ball flach." Und Cutter und sein Team hätten es geschafft, das umzusetzen.

Der Mann war ein Eigenbrötler, unvorhersehbar und stets so nervtötend selbstgerecht, wenn er mal wieder glaubte, im Recht zu sein. „Stur wie ein Esel", war die Phrase, die ihm dazu einfiel. Aber zumindest hatte Cutter die Angewohnheit, seine Aufgaben stets zu erledigen. Er war ein Macher.

Lester verschränkte die Hände hinter seinem Kopf.

„Lassen Sie mich das noch einmal rekapitulieren. Sie haben einer Kreatur aus der Zukunft erlaubt, in die Vergangenheit zu fliehen? Ist das nicht genau das, was wir jetzt seit ich weiß nicht wie vielen Jahren zu verhindern versuchen?"

„Es ließ sich nicht ändern", sagte Cutter. Kein *Es tut mir leid, Lester, ich hab's vermasselt.* Kein *Ich verspreche Ihnen, Lester, dass das nicht wieder vorkommt.*

„Also was haben wir zu erwarten? Im schlimmsten Fall."

„Im schlimmsten Fall“, begann Cutter und lehnte sich zurück, „haben wir den Verlauf der Evolution irreparabel verändert. Haben das Zeitalter der Menschen bis jenseits jedes Wiedererkennens verändert, haben große Geister und all ihre Errungenschaften ausgelöscht, das Immunsystem von Mensch und Tier verändert und vielleicht einen Gott erschaffen.“

„Was?“ Lester riss die Augen auf und bebte in seinem Stuhl.

„Bitte sagen Sie mir, dass Sie scherzen. Sehr witzig, Cutter. Das muss ich Ihnen schon lassen. Viel besser als sich etwas auszudenken und so zu tun, als sei eines unserer Teammitglieder verschwunden.“

„Es ist kein Witz“, sagte Cutter. Seine Augen blickten Lester kalt an.

„Bitte erklären Sie es mir in Worten mit zwei Silben oder weniger, wenn möglich.“

„Es ist eigentlich recht simpel“, meinte Cutter. „Das Raubtier aus der Zukunft weist eine erstaunliche Ähnlichkeit zur mythischen Figur Pacha Kamaq auf, dem Gott, den die Inka den Schöpfer der Welt nannten.“

Lester lehnte sich vor, stützte seine Ellenbogen auf dem Schreibtisch ab und legte seinen Kopf in die Hände. Einen Moment lang schwieg er. Er saß einfach nur da. Dann blickte er auf.

„Und was ließ Sie glauben, dass das Erschaffen eines Gottes eine gute Idee sei, Cutter?“

„Es war nicht unbedingt Teil des Plans, Lester.“

Immer noch kein *Tut mir leid*. Lester atmete langsam ein. Sein Atemzug war das einzige Geräusch im Zimmer. Dann schüttelte er den Kopf.

„Wir haben zwei gute Männer verloren. Und das in einer Situation, die ganz klar rücksichtslose Gefährdung war. Und jetzt das? Sie erlauben einer unbekannten Kreatur, ins Plio-Pleistozän zu fliehen. ‚Nicht unbedingt Teil des Plans’ ist da ehrlich gesagt nicht gut genug. Was haben Sie zu Ihrer Verteidigung vorzubringen, Professor?“

„Machen Sie sich nicht lächerlich. Sehen Sie sich nur an, was wir herausgefunden haben“, protestierte Cutter mit tadelndem Unterton. „Wir können unsere Augen nicht davor verschließen. In nur wenigen Tagen hat sich alles verändert. Bei allem, von dem wir *glaubten*, dass wir es wüssten, wissen wir nicht mehr, ob es richtig ist. Anomalien öffnen sich in Übersee, Lester, Sie könnten sich jederzeit an jedem Ort der Welt öffnen. An Orten, die außerhalb unserer Scanner-Reichweite liegen. Wir sind die Einzigen ...“

Lester schnitt ihm das Wort ab.

„Ja, vielen Dank. Wir sind die Einzigen. Das habe ich schon gehört. Was haben Sie zu der ganzen Sache zu sagen, Jenny? Sie waren gerade erstaunlich still.“

Sie sah die Gesichter um sich herum an, erst Abby und Connor, dann Stephen und Cutter. Sie alle waren nicht mehr dieselben Menschen, an deren Seite sie nach Peru gereist war. Die Erfahrung hatte sie alle verändert. Sie konnte nicht unbedingt sagen, dass es sie näher zusammengeschweißt hätte, aber es hatte sie auch nicht voneinander entfernt. Sie hatten gemeinsam Schlimmes durchgemacht.

Abby hatte einen Mann in ihren Armen gehalten, als dieser starb. Das war nichts, das man einfach vergessen konnte. Cutter war gezwungen gewesen, die Leiche eines Mannes zu verbrennen, der ihr Freund geworden war. Auch wenn er dadurch ihrer aller Leben gerettet hatte, war es doch ausgeschlossen, dass etwas wie das keine Spuren hinterlassen würde.

Sie selbst war schreiend durch ein zerbrochenes Fenster in den Nebel hinausgeschleift und wie ein Tier, das auf den Schlachter wartete, in einen Käfig gesperrt worden. Connor, Stephen, sie alle hatten das Tal des Todes im bedrohlichen Schatten des Thylacosmilus durchschritten. So etwas verändert einen Menschen. Es nahm ihrem Job ein wenig den spielerischen Reiz und machte ihn zu etwas Schrecklichem und Tödlichem.

Wie viel mehr Menschen würden wegen der Anomalien und der Korruption, der sie dort begegnet waren, noch sterben müssen?

Sie glaubte nicht für eine Sekunde daran, dass das Sterben vorbei war. Es würde solange andauern, wie die Anomalien Risse in Raum und Zeit öffneten und diese Kreaturen hindurch kamen. Und eines Tages *würde* es einer von ihnen sein, der den Tod fand – nicht nur Soldaten, die flugs dem Team zugeteilt worden waren. Das wussten sie alle. Peru hatte das ohne jeden Zweifel bewiesen.

Und das war der Grund, warum sie schwieg. Warum sie alle schwiegen.

„Cutter hat Recht."

„Na, *das* ist ja mal eine Überraschung", bemerkte Lester mit einem beißenden Unterton. „Sagen Sie es mir. Das würde ich zu gerne hören. Dafür lebe ich doch. Erzählen Sie mir mehr davon, wie brillant unser guter Professor ist. Bitte. Ich werde es mir ganz bestimmt merken und in meinen Memoiren verewigen."

„Wir wissen jetzt, dass das Phänomen nicht auf die britischen Inseln begrenzt ist. Das verändert alles. Geht man von der Menge an korrupten Offiziellen aus, denen wir begegnet sind, die uns am liebsten im tiefsten Dschungel von Peru tot und begraben sehen wollten, dann eröffnet das ein ein viel größeres Potenzial für künftige politische Desaster."

„Sie sind wirklich mein kleiner Sonnenschein." Allein der Gedanke an die diplomatischen Albträume, die vor seinem geistigen Auge entbrannten, und die Tatsache, dass er sich auf Cutter und die anderen verlassen musste, um sie abzuwenden, versetzte ihn nicht gerade in Hochstimmung. „Ich glaube, ich brauche ein paar Kopfschmerztabletten. Ich spüre einen Migräneanfall nahen. Raus, alle. Gehen Sie!" Er ließ sie wegtreten.

Der Tür entfuhr eine Art Seufzen, als Jenny, Cutter und die anderen sie hinter sich schlossen.

Das Geräusch hätte ebenso gut von Lesters Herz stammen können.

ENDE

DANKSAGUNGEN

Nichts kann im Vakuum existieren. Und wie es der Song so schön ausdrückt, kann auch niemand alleine existieren. Dieses Buch hätte ohne die Mithilfe einiger ganz besonderer Männer und Frauen nicht geschrieben werden können. Mein Dank gilt Dan Abnett – er weiß, wofür –, Cath Trechman, die auch weiß, wofür (aber für alle anderen sei gesagt, dass es etwas mit Geduld und Erkenntnis zu tun hat. Jedes gute Buch braucht einen noch besseren Lektor). Ich danke Adrian Hodges und Tim Haines (kommt schon, es kann sich ja jeder ausrechnen, warum sie den dankbaren Klaps auf den Rücken bekommen – sie haben die Serie erschaffen. Und ohne sie würden Dinos nicht länger auf Erden wandeln. Und wo wäre da der Spaß?). Ich danke Marie für Kaffee und Streicheleinheiten und dass sie in der Lage ist, mit schlaflosen Nächten auszukommen, was öfter mal der Fall ist, wenn man einen Autor in seinem Leben hat. Dank gebührt auch Roddy Frame für Musik, die ich während des Schreibens hörte. Und ich danke jedem einzelnen, der sich hinter den Kulissen wie ein Pferd für dieses Buch abgeschunden hat, um den Roman überhaupt möglich zu machen: ganz besonders gilt dies für Designer Martin Stiff, die Lektoren, die Verkaufsrepräsentanten, die Leute vom Marketing und der Publicity-Abteilung, all die Jungs und Mädels, an die man sonst nie denkt, wenn man sich hinsetzt, um das erste Wort zu schreiben, und die man vergisst, wenn man das fertig gedruckte Buch aufschlägt und die erste Seite liest. Diesen unbesungenen Helden, die einen Großteil der Produktion eines Romans möglich machen, gilt mein herzlicher Dank. Aber am meisten von allen danke ich Ihnen, dass sie dieses Buch zur Hand genommen haben. Ohne Sie wäre das alles schließlich ziemlich sinnlos.

Steven Savile

Steven Savile

»ICH BIN EIN CAFÉ-AUTOR.«

Christian Humberg
im Gespräch mit Steven Savile

Er lebt im Venedig des Nordens, schreibt in englischer Sprache – und erobert mit seinen Geschichten die Welt. Schriftsteller Steven Savile, 1969 im britischen Newcastle geboren, ist ein bekennender Fan von TV-Serien mit phantastischem Einschlag. Nicht zuletzt deswegen war er der ideale Autor für den ersten Roman, der auf PRIMEVAL basiert. Anlässlich der deutschen Veröffentlichung von „Im Schatten des Jaguars“ hatte ich Gelegenheit, mich mit Steven zu unterhalten.

Steven, Du bist recht neu auf dem deutschen Buchmarkt. Dein Debut fand 2008 mit dem ersten deiner WARHAMMER-Romane, „Blutige Erbschaften“, statt. 2009 werden zwei weitere Romane dieser Vampirserie folgen, sowie natürlich Dein PRIMEVAL-Roman hier bei CrossCult. Also: Willkommen.

Wir möchten Dich ein wenig kennenlernen und dem Autor hinter den Büchern begegnen. Mir scheint, als hättest Du schon ein interessantes Leben hinter dir. So lebst Du beispielsweise im schwedischen Stockholm, schreibst aber auf Englisch, und der Großteil Deiner Arbeiten wird (zunächst) in England publiziert. Kannst Du uns etwas über Dich und Dein Leben im Allgemeinen verraten? Wer bist Du, sozusagen, abgesehen von dem Schriftsteller Steven Savile.

Danke. „Blutige Erbschaften" war tatsächlich meine erste Veröffentlichung in Deutschland. Es war schon interessant, als das Belegexemplar auf meiner Türschwelle landete. Es war etwa 500 Seiten dick. Einen Monat zuvor war die spanische Ausgabe bei mir eingetroffen, schlank und mit weniger beeindruckenden 300 Seiten. Meine Frau und ich scherzten daraufhin, dass ich auf Spanisch scheinbar sehr prägnant schriebe, wohingegen ich auf Deutsch sehr weitschweifig sei. Wer hätte das gedacht, hm?

Jetzt, da ich darüber nachdenke: Ich bin sogar so neu auf dem deutschen Markt, dass dies hier mein erstes Interview für eine deutsche Publikation ist! Schon witzig, dass es ausgerechnet in einem meiner eigenen Bücher veröffentlicht wird. Aber wenn ich mal alt und senil bin, werde ich immer noch wissen, mit wem ich dieses erste deutsche Interview geführt habe und wo es erschien!

Es ist faszinierend, meine eigenen Texte zu sehen und sie nicht wiederzuerkennen – das lehrt Demut. Als bildender Künstler übersteigt das Gemälde, das du erarbeitet hast, die Sprachgrenzen und kann mehr oder weniger überall verstanden oder zumindest interpretiert werden, unabhängig von der dortigen Muttersprache. Als Autor bist du mehr durch Konstrukte wie Geographie und Sprache eingeschränkt. Doch der Gedanke, dass jemand in genau diesem Moment eine meiner Geschichten in einer Sprache liest, die ich nicht verstehe (abgesehen von ein paar Sätzen, die ich in der Schule aufgeschnappt habe, zum Beispiel „Wieviel kostet es für eine Nacht?" Der Lehrer brachte uns auch Sachen bei, wie „Ich möchte ein Zimmer mit einem Doppelbett und einer Wiege fürs Baby" … und wir waren 14. Denk da mal einen Moment drüber nach!) ist – unter uns beiden gesagt – großartig. Wenn du das dem 14jährigen Ich erzählt hättest, hätte er dich niedergeschlagen angesehen und gesagt: „Dann werde ich kein Fußballspieler?" Schon witzig, welche Bögen das Leben so schlägt.

Ich bin vor mehr als einem Jahrzehnt nach Schweden ausgewandert. Ich kam hierher um Urlaub zu machen und verliebte mich in die gotische Architektur der Altstadt. Dann, und ziemlich genau in der Woche, in der ich nach England zurückkehren sollte, lernte ich eine Frau kennen … Eine gaaanz alte Geschichte, richtig? Junge trifft Mädchen, Junge verliebt sich in Mädchen, Mädchen wohnt auf der anderen Seite der Welt. Und wer ich bin? Na, wenn das mal keine „leichte" Frage ist … Angenommen, der Mensch ist die Summe seiner Erfahrungen, dann bin ich ein ehemaliger Lehrer, ein ehemaliger Marine-Berater des Verteidigungsministeriums, ein ehemaliger Vertreter für Alarmanlagen, Doppelverglasung, Versicherungen, Hypotheken und so weiter (Es war normal für mich, schlechte Jobs nach einem Tag, oder sogar weniger, wieder aufzugeben. Ich habe mal etwa vier Stunden lang in einer Fischfabrik gearbeitet. Drei Tage in einem Schlachthof. Ich zog einfach umher und sammelte Lebenserfahrungen, und irgendwo auf dem Weg erkannte ich, dass ich es genoss, Geschichten zu erfinden.)

Auf deiner Website schreibst Du halb scherzhaft, dass Du die letzten Jahre über hart daran gearbeitet hast, ein plötzlicher Überraschungserfolg zu werden. Wie bist Du Autor geworden, und wie kamst Du zu TV-Romanen?

Not macht erfinderisch. Gibt es dieses Sprichwort in Deutschland? Was ich damit sagen will, ist im Grunde, dass ich als Lehrer vor mich hin starb und einfach aufhören musste. Es war hart. Tagein, tagaus machte ich Sachen, die mir die Seele zerbrachen. Ich arbeitete an einer Kreativschule für Tänzer, Sänger, Maler, Fotografen und Schauspieler, und Englischunterricht war für sie alle so ziemlich das Letzte, woran sie Interesse hatten. Von einem zwanzigköpfigen Seminar tauchten vielleicht vier Leute zum Unterricht auf, und in der nächsten Stunde vier ganz andere. So konnte man einfach nicht konstruktiv arbeiten, und ich merkte, dass es mir irgendwann egal wurde. Ein Lehrer, dem alles egal ist – so etwas braucht niemand. Ein Freund von mir, Stel Pavlou, besuchte mich mal übers Wochenende, und ich redete mir bei ihm all meine Frustration von der Seele. Daraufhin sagte er: „Warum kündigst Du nicht?" Ist ziemlich offensichtlich, oder? Am nächsten Montagmorgen ging ich also ins Büro und reichte meine fristlose Kündigung ein. Dann schrieb ich einem Freund eine Mail. Der Ehemann einer Kollegin von ihm schrieb nämlich für White Wolf und Black Library[1]. Ich schrieb: „Ich brauche ein Buch, das ich schreiben kann."

Zum Teil war es also Kühnheit: Ich bat einfach, und mir wurde

[1] Spielverlage aus USA bzw. dem Vereinigten Königreich.

gegeben. Zum Teil war es Synchronizität. Schicksal. Schlichtweg Glück. Der Typ, den Black Wolf angeheuert hatte, um „Die Vampire" zu schreiben, verschwand von der Oberfläche des Planeten, und sie brauchten binnen zehn Tagen einen Vertrag für das Projekt, sonst war es zu spät und diese große, geplante Veröffentlichung käme nie zustande. Als am nächsten Tag die Mail ankam, in der mir die Serie angeboten wurde, sagte ich natürlich „Ich schaffe das." Das ist das Mantra des Tie-In[2] Autors.

„Im Schatten des Jaguars" ist der erste Roman, der auf ITVs beliebter SF-Serie PRIMEVAL basiert, die hierzulande von PRO7 ausgestrahlt wird. Wie kam es zu diesem Buch?

Dan Abnett – der, wie Du sehen kannst, auch einen PRIMEVAL-Roman im Anflug hat – empfahl mich der Lektorin bei Titan, dem Originalverlag der Romanserie. Dan und ich hatten bei den TORCHWOOD-Audiobooks und bei WARHAMMER zusammengearbeitet, waren uns ein paar Mal begegnet, verstanden uns gut und haben die gleiche Arbeitseinstellung. Cath Trechman, die Lektorin, hörte auf Dans Empfehlung. Wir verstanden uns blendend, und bevor ich mich versah, hatte ich ein Dutzend Ideen für einen Roman im Universum von PRIMEVAL. Cath wählte drei aus, die ihr am besten gefielen, darunter einen cthulhuesken Kraken, der eine Ölplattform angriff, ein Geisterschiff, dass durch eine Anomalie reiste und anderen Wahnsinn – und „Jaguar". Letzten Endes entschied das Setting von „Jaguar" über den Zuschlag, der Dschungel von Peru. Die Abkehr vom Vereinigten Königreich als Schauplatz, wodurch es „größer" wurde, als die Show auf dem Bildschirm sein konnte.

Ich verfolge die Serie selbst und muss gestehen, dass ich dein Buch wirklich genossen habe. „Im Schatten des Jaguars" verlagert die Handlung weg von den britischen Inseln und erschafft somit ein ganz neues Level für PRIMEVAL-Geschichten. Dennoch triffst Du den Stil der Serie und die Figuren sehr gut. Wie hast Du Dich auf diese Arbeit vorbereitet? Und wie schwer war es, wenn überhaupt, ein Abenteuer außerhalb des Vereinigten Königreiches zu pitchen?

[2] Tie In: engl. Bezeichnung für Romane, die auf Lizenzthemen basieren.

Lass mich dir zunächst einmal danken. Das Ziel eines Buches wie „Jaguar“ ist für mich, das Feeling der Serie einzufangen, die Figuren, den Stil. Ich will ein Buch erschaffen, das ein Fan der Serie mögen würde. Daraus ergeben sich mitunter gewisse Annahmen: etwa, dass die Leute, die das Buch lesen, die Show bereits kennen. Und es bedeutet, dass beispielsweise Cutter, falls er die Angewohnheit zur eigenartigen, selbstdarstellerischen Redeweise hat, diese auch im Buch zeigen muss … Ich habe die Folgen natürlich mehrfach gesehen und hatte die Drehbücher der nächsten Staffel vorliegen, doch darüber hinaus telefonierte ich auch mehrfach mit Adrian und Tim (den Jungs hinter Impossible Pictures[3]). Mit Adrian sprach ich über den ganzen Charakterkram: Ist Stephen ein Sportfan, was treiben die Figuren jenseits des Bildschirms so, usw. Mit Tim sprach ich über die Dinosaurier und überlegte, welches Viech wohl interessant für das Projekt wäre.

Was die Ansiedlung in Übersee angeht, glaube ich, dass sie allen gefiel. Es war also nicht schwer, die Idee zu verkaufen.

Gibt es Figuren im PRIMEVAL-Ensemble, für die Du besonders gerne geschrieben hast? Und wenn ja, für wen und warum?

Lester, Lester und Lester … ha. Der Kerl ist der Traum eines Schriftstellers. Er ist wie dein innerer, sarkastischer Schweinehund, der einfach ausspricht, was in deinem Kopf vorgeht, während Du diesen ganzen „Helden“-Kram liest. Natürlich war auch Cutter interessant, der Star des Ensembles; insbesondere wegen des Zeitpunktes, an dem das Buch spielt. Er hat jemanden verloren, von dessen Existenz sonst niemand weiß. Das wollte ich unbedingt verwenden, denn ich wusste, dass es (und Stephens Betrug) im Drehbuch mit ein paar Zeilen abgehandelt und nicht auf den menschlichen Aspekt heruntergebrochen worden war … Ich hoffe, ich habe etwas dazu beigetragen, dass die Fans Cutters emotionales Chaos besser verstehen.

Reden wir einmal über das Schreiben an und für sich. Kannst Du uns deine tägliche Routine aufzeigen? Ich weiß, dass Du Vollzeit schreibst, wie also sieht dein Arbeitstag aus?

[3] Produktionsstudio der Serie.

Ich bin ein Café-Autor. Ich stehe am späteren Morgen auf, streife auf der Suche nach dem Frühstück durch die Wohnung und widme mich dann dem geschäftlichen Teil des Tages. Ich lese Mails, beantworte den Kram, der eine Antwort bedarf, surfe durchs Netz nach den aktuellen Nachrichten und dem Sport (ich bin Fan von Tottenham Hotspur), und dann starte ich die Textverarbeitung und lese meine Arbeit des Vortages durch. Ich schreibe einige Stunden, mit dem Ziel von 1000 Wörtern, dann mache ich Mittagspause. Die besteht aus einem Spaziergang zum Café Brasco nach Stockholm oder zu JavaSavi, was näher bei meinem Haus in Årsta liegt. Dort bestelle ich einen Latte oder Mokka und etwas Süßes, bevor ich mich hinsetze und schreibe, bis meine Frau Feierabend hat. Sie ist Krankenschwester. Sie kommt zu mir, wir plaudern über die Leiden der Welt, und dann hocke ich mich wieder ein paar Stunden lang an die Tastatur, bis ich schließlich nach Hause gehe, wo ich koche und ein wenig fernsehe. Höchstwahrscheinlich schreibe ich danach noch weiter, zwischen Mitternacht und zwei oder drei Uhr morgens. Mein Ziel sind mindestens 1000 Wörter pro Tag, doch kommt mir der Tag vergeudet vor, wenn ich einem Manuskript nicht 2500 oder 3000 Wörter hinzugefügt habe.

Wie gehst Du vor, wenn Du an einem Roman arbeitest? Benutzt Du ein Exposé, oder arbeitest Du lieber frei, ohne die Beschränkungen einer vorherbestimmten Handlung?

Das unterscheidet sich von Buch zu Buch. Bei PRIMEVAL hatte ich ein bemerkenswert lockeres Exposé, nicht mehr als zwei Seiten lang. Bei WARHAMMER hatte ich manchmal dreißigseitige Beschreibungen aller Szenen. Bei meinen eigenständigen Romanen bin ich, sagen wir mal, weniger streng in Bezug auf Exposés, mag aber die Struktur, die diese mit sich bringen. Ich mag es, wenn ich schon bevor ich mich an den Schreibtisch setze, weiß, was ich an dem Tag machen werde. Das raubt mir einen Großteil meiner natürlichen Veranlagung zur Zeitverschwendung ... Der einzige Aspekt, der immer für mich gilt, ist wohl dieser: Ich brauche mehr als einen Platz zum Arbeiten. Ich sitze zunächst im Büro, ziehe nach einigen Stunden weiter ins Café, dann wieder zurück ins Büro. Dadurch übertölpele ich mein Aufmerksamkeitsdefizit-Hirn und gaukele ihm vor, ich würde eigentlich nicht arbeiten, sondern etwas ganz anderes tun. Außerdem, und das treibt meine Testleser in den Wahnsinn, höre ich mitten im Satz zu schreiben auf. So fällt es mir morgens leichter, wieder anzufangen. Derartige Tricks machen mir den Job einfacher. Es kann schon einschüchternd sein, sich einem weißen Blatt zu stellen.

Verfolgt man Deine Karriere, sieht man schnell, dass Du neben deinen eigenen Stoffen auch schon für einige Franchises geschrieben hast. Etwa für DOCTOR WHO und TORCHWOOD (letztere Serie kommt dieses Frühjahr auch ins deutsche Fernsehen). Was reizt Dich an diesen Stoffen, bei denen die Rechte doch nicht bei dir liegen.

Ich habe da eine Regel: Ich nehme einen Auftrag an, wenn ich glaube, dass er SPASS macht. Das Letzte, was ich möchte, ist ein halbes Jahr einer Sache zu widmen, die ich hassen werde. Bei DOCTOR WHO, TORCHWOOD, STARGATE und sogar den kommenden GUILD WARS-Romanen geht es mir also darum, interessante und unterhaltsame Welten auszuwählen. Bei TORCHWOOD kam beispielsweise die BBC auf mich zu, weil ich einige klassische DOCTOR WHO-Geschichten geschrieben hatte, die ihnen gefielen. Bei GUILD WARS mochte der Lektor meinen zweiten Slaine-Roman.

Du schreibst TV-Romane und eigene Stoffe und kennst demnach den Unterschied zwischen, sagen wir mal, eigenen Sandkästen und denen anderer Leute. Doch musst Du Dich als Franchise-Autor den Regeln einer Lizenz unterordnen. Schränkt das deine Kreativität nicht ein? Und hast Du schon Ideen gehabt, die aufgrund der Regeln des jeweiligen Franchises abgelehnt wurden?

Manchmal ist es unglaublich herausfordernd (und beachte, dass ich nicht „einschränkend“ gesagt habe). Bei „Jaguar“ gibt es etwa diese Stelle mit Stephen und den SAS-Typen. Man könnte jetzt fragen, warum die SASler überhaupt da sind. Immerhin ist Stephen für die

Action zuständig, die klauen also seine Rolle ... und die Frage wäre bis zu einem gewissen Grad gerechtfertigt. Genau das machen sie. Aber Stephen ist im Rahmen der Serie so definiert, dass ich ihn niemanden töten lassen darf. Das passt nicht zu seinem Charakter. Also brauche ich jemanden, der es tun kann ... Natürlich ist dieser Jemand dann automatisch zu vielem von dem in der Lage, was Stephen eigentlich macht, und so kommt es zu Kompromissen. Für so etwas muss man flexibel sein und improvisieren können. Was Ablehnungen anbetrifft: Oh ja, jede Menge. Diese Bücher gehören mir nicht, sie gehören der TV-Serie, dem PC-Spiel oder dem Rollenspielverlag, daher gibt man diesen, was sie haben wollen. Alles durchläuft Genehmigungsprozesse, daher kann man beispielsweise bei DOCTOR WHO nichts machen, was nicht zu den Figuren passt. So wird der Doctor nie in einen Faustkampf verwickelt, und WARHAMMER-Vampire unterliegen stets der Historie der WARHAMMER-Vampire. Auch wenn das bedeutet, dass man im Rahmen einer 300.000 Wörter langen Serie eine tausendjährige Geschichte berücksichtigen muss. Und einige wirklich blöde Entscheidungen.

Die bedeutsamsten Änderungen fanden alle bei [meinem] WARHAMMER-Material statt, und die größte war der Tod einer Hauptfigur. Ich hatte die Trilogie im Grunde fertig, als man mir sagte, dass meine beiden Hauptfiguren die Bücher nicht überleben durften. Einer oder beide mussten sterben ... Hintergedanke des Ganzen war, dass sie Vampire waren und man sie ja jederzeit wieder zurückholen konnte, sofern man das wollte. Aber genau das ließ mich kreativ werden. Was nun den Tod des armen Blutsaugers betrifft, lass es mich so ausdrücken: Es bedürfte schon eines Wunders, *den* wieder zurückzubringen.

Mit all dem will ich sagen, dass die Beschränkungen eines Franchises dabei helfen, ein besserer Autor zu werden. Sie veranlassen dich dazu, in Wegen zu denken, die du normalerweise nicht angehen würdest, um den Figuren und Welten so treu wie möglich zu sein. Das fordert dich, zerrt dich aus deiner Kuschelecke und macht dich, so hoffe ich, mit jedem neuen Buch zu einem besseren Autor.

Bei meinen eigenen Stoffen bin ich mein eigener Herr – alle schlechten Entscheidungen sind meine. Da ist der Druck größer, denn sie sind weniger eine Teamarbeit. Ich ringe mit jedem Wort.

Momentan arbeite ich an einem Roman, Silver, und für vier Kapitel habe ich genauso lange gebraucht, wie für das gesamte Buch, dass Du gerade in der Hand hältst. Auch dahinter steckt eine Geschichte, wohlgemerkt: Aus verschiedenen Gründen hatte ich nur sechs Wochen, um den Roman zu schreiben und zu bearbeiten – inklusive der Genehmigungsphasen für Impossible. Es gab viele schlaflose Nächte und 24-Stunden-Schreibsessions, bis die Bearbeitungen erledigt waren!

Würdest Du sagen, dass Autoren von Tie Ins, also von Büchern zu Lizenzprodukten, eine bestimmte Entwicklung gemeinsam haben? Gibt es einen gemeinsamen Werdegang für diese Art des Schriftstellers?

Die einzige Voraussetzung für diesen Job, so finde ich, ist es, ein Fan zu sein. Man muss die Serien lieben, über die man schreibt, ansonsten merkt es der wahre Fan schnell. Was unsere Hintergründe und Werdegänge angeht, sind wir ein recht vielfältiger Haufen. Ich bin mit Leuten befreundet, die für STAR WARS geschrieben haben, für TREK, SUPERNATURAL, CSI, MONK – was immer Du willst –, und wir sind etwa so verschieden wie die Welten, in denen wir schreiben. Was mich betrifft, schrieb und veröffentlichte ich einige eigene Stoffe, bevor ich meinen Quereinstieg in die Tie Ins machte. Für meine Novelle über die letzten Tage im Leben von Harry Houdini hatte ich den Writers of the Future Award gewonnen und war für die British Fantasy Awards nominiert worden. In Publikationen wie „Year's Best Fantasy“ war ich etwa ein Dutzend Mal lobend erwähnt worden. Andererseits kenne ich aber auch Kollegen, die mit einem Beitrag zu einem Franchise wie WARHAMMER buchstäblich ihre erste Arbeit abgeliefert haben, für sie ist das ihre Ausbildung. Ich selbst freue mich einfach, einen Job zu haben, der es mir erlaubt, all diese wilden Abenteuer und verschachtelten Geschichten zu erträumen. Und hin und wieder erreicht mich die Rückmeldung eines Fans, die alles rechtfertigt. Für PRIMEVAL habe ich zum Beispiel einiges bekommen. Ein junges Mädchen schrieb mir, dass sie das Buch zwölf Mal gelesen habe; außerdem hatte sie mir Bilder von Monstern gemalt. Dann schrieb mir jemand, dessen Mutter an dem Tag gestorben war, an welchem er das Buch gekauft hatte, dass es ihm durch die Woche bis zu ihrer Beerdigung geholfen hatte. Bei dieser Art von Feedback merkt man erst, was man hier eigentlich macht und welche Rolle man in all diesen verschiedenen Leben spielt. Wenn Leute also sagen, so ein Buch sei „nur" ein Tie In, kratze ich mich verwundert am Kopf. Wie sollte man, nach so einer Mail, *nicht* versuchen, das bestmögliche Buch abzuliefern, zu dem man im Stande ist?! Es ist doch ganz egal, ob es PRIMEVAL ist, STARGATE, DOCTOR WHO oder ein eigener Stoff. Man weiß nie, wer es lesen wird, wann, wie es auf den Leser wirkt. Also muss man immer sein Bestes geben.

Wenn ich nicht irre, arbeitest Du aktuell an einer Romantrilogie zu MGMs STARGATE SG-1, das auch in Deutschland sehr beliebt ist. Wenn Du die Arbeit an „Im Schatten des Jaguars" mit der an anderen Tie Ins vergleichst, findest Du dann Unterschiede? War es besonders leicht, etwa für PRIMEVAL zu schreiben? Oder besonders schwer?

Ich habe gerade „Shadows" beendet, den ersten der drei STARGATE-Romane ... und ich gebe offen zu, dass er der schwierigste Roman meiner Karriere war. Das lag zum Teil an der Thematik, zum Teil am Franchise. Das Buch handelt von divergierender Evolution auf einem fremden Planeten, eine Spezies unterdrückt die andere, will sie ausmerzen und so weiter. Und es war schwer, beim Schreiben nicht unbarmherzig zu klingen oder zum Prediger zu mutieren, die Abenteuer-Stimmung beizubehalten, die flotten Sprüche ... PRIMEVAL war da bedeutend einfacher, zumal es dort auch weniger Ausgangsmaterial gab, auf dem ich aufbauen musste. Ich hatte sechs Episoden zu sehen, sieben weitere Drehbücher zu lesen. Der Rest meiner Leinwand war leer, und ich konnte malen, was ich wollte. Bei STARGATE gab es aber über 200 Episoden! Ich musste genau wissen, was [zum Zeitpunkt des Abenteuers] bekannt war, was nicht, was bekannt werden würde, wann, wie etc. Die Geschichte zu entwickeln, war ein wahrer Balanceakt zwischen Franchise und Fantasie. Im Moment bastele ich an den letzten Korrekturen, um dem Werk gerecht zu werden.

Und wenn ich darüber nachdenke, war meine erste DOCTOR WHO-Geschichte, „Falling From Xi'an", ein Albtraum. Ich hatte monatelang Zeit, sie zu schreiben, freute mich riesig darauf ... und kam auf keinen brauchbaren Einfall. Ich schlug meinen Schädel gegen jede Wand im Haus, und noch immer kam nichts heraus. Schließlich saß ich an Weihnachten mit einer Freundin in einem Hotel mitten in Stockholm. (Meine Frau musste arbeiten, Leid einer Krankenschwester, und die Freundin war an Weihnachten allein, ihre Tochter war beim Vater.) Auf einmal erwähnte sie die Terracotta Armee, und ich hatte meine Idee gefunden. Zum Glück blieben mir noch ein paar Tage, um daraus eine Geschichte zu spinnen ... Bei DOCTOR WHO setzte ich mich schlicht selbst zu sehr unter Druck. Mit dieser Show bin ich immerhin aufgewachsen. Selbst meine Mutter kannte sie! Natürlich wurde der Schreibprozess dadurch zu einer Art Inferno.

Wie nicht zuletzt Deine Website und einige Interviewaussagen belegen, kennst Du Dich mit Genre- und Kultserien aus, hast sogar ein Buch darüber geschrieben, womit wir etwas gemeinsam hätten. Also, Hand aufs Herz, was sind Deine liebsten Kultserien aller Zeiten, und warum gerade diese?

Wie ich schon sagte, bin ich ein Fan. In Serien, die ich mag, knie ich mich richtig rein. Dank der DVD ist das sogar noch besser (lies: noch besessener) geworden, da ich nun ganze Staffeln kaufen und am Stück sehen kann, ein wahrhaft allumfassendes Vergnügen. Meine Allzeit-Lieblingsserien sind ZURÜCK IN DIE VERGANGENHEIT (QUANTUM LEAP) und DOCTOR WHO. Beide haben den gleichen Kern: den einsamen Wanderer, den Mann, der durch die Zeit reist, von Situation zu Situation, dort aushilft und dann weiterzieht. In diesem Ansatz liegt etwas, das bei mir anschlägt. Ich glaube, ich verstehe mich als Schriftsteller in gewisser Weise ähnlich. Ich beobachte, mische mich aber nicht unbedingt ein. Außerdem liefen die beiden Serien natürlich zu prägenden Zeiten meines Lebens; eine während meiner Kindheit, die andere, als ich ein junger Mann war und zum Schriftsteller wurde ... Vielleicht spielt also auch das mit hinein.

Und was hältst Du vom aktuellen Boom britischer Genreserien? Etwa von PRIMEVAL, SURVIVORS, den DOCTOR WHO-Serien?

Fürs britische Fernsehen ist das fantastisch. SURVIVORS ist echt gut gemacht, DOCTOR WHO hat abermals die Herzen der ganzen Nation für sich gewonnen. Auch Serien wie APPARITIONS von Joe Aherne (der STRANGE, ULTRAVIOLET und andere Genreshows für die BBC gemacht hat) mit Martin Shaw sind es wirklich wert, angesehen zu werden. ITV macht seine eigenen Inhalte und strebt danach, in die gleiche Richtung einzuschlagen: familienfreundliches Programm für den frühen Abend. Etwa mit PRIMEVAL und nun mit DEMONS, wo Philip Glenister aus LIFE ON MARS mitspielt! Diese Serien laufen auch in den USA gut, was großartig ist. Ich glaube, britische Dramen haben eine Düsternis, wie sie in Shows wie DIE FÜCHSE (THE SWEENEY) und DIE PROFIS (THE PROFESSIONALS) existierte, und die der SF der heutigen Zeit immer gefehlt hat. Mittlerweile sind die Qualität der Drehbücher und das Budget der Spezialeffekte auch hoch genug, dass das Phantastische wieder phantastisch sein kann. Endlich!

„Im Schatten des Jaguars" ist der erste Roman, der auf PRIMEVAL basiert, andere Autoren sind seitdem in deine Fußstapfen getreten. Planst Du selbst eine Rückkehr in dieses Franchise? Hast Du noch weitere Dino-Geschichten im Kopf, die herauswollen, und werden die Anomalien, welche Nick Cutter und sein Team erforschen, in diesen vielleicht auch mal in Stockholm auftreten?

Ich würde sehr gerne zurückkehren und habe auch schon eine Idee für einen weiteren Roman, der ich gerne nachgehen möchte. Allerdings muss ich zugeben, dass mir nie der Gedanke kam, das Team hierher ins Venedig des Nordens zu bringen!

Gibt es Franchises (alt oder neu), für die Du noch gerne schreiben würdest, aber nie die Gelegenheit hattest?

Bei den Alten sind das ZURÜCK IN DIE VERGANGENHEIT und ANGEL – JÄGER DER FINSTERNIS. Ich würde töten, um eine Chance bei diesen beiden zu bekommen. Und was neue Serien angeht, gefallen mir so manche: CHUCK, SUPERNATURAL, HEROES, SURVIVORS, APPARITIONS, REAPER – spontan aufgezählt. Wenn ich darüber nachdenke, müsste ich LEVERAGE und einige Krimiserien hinzufügen. Ein Teil von mir würde sogar gerne mal eines dieser Mack-Bolan[4]-Bücher schreiben, kennst Du die noch?

Oha. Na, dann sind wir mal gespannt, in welchen Universen wir dir in Zukunft begegnen werden. Bis dahin danke ich Dir für das Interview, Steve – und natürlich für „Im Schatten des Jaguars“.

[4] Actionheld der engl. Trivialliteratur.

Die neue Romanserie!
STAR TREK®
TITAN
Die zweite große STAR TREK-Saga bei Cross Cult:
STAR TREK – TITAN!
Nach fast einem Jahrzehnt voller Kämpfe gegen solche Feinde wie die Borg und das Dominion, befindet sich die Vereinigte Föderation der Planeten am Beginn einer neuen Ära. Die Sternenflotte nimmt ihre ursprüngliche Mission der friedlichen Erforschung des Weltraums wieder auf. Mit dabei ist auch die U.S.S. Titan, unter dem Kommando von Captain William T. Riker!
EXTRA: Band 1 enthält Ausklappseiten mit einer Übersicht der U.S.S. Titan!
TITAN 1
»Eine neue Ära«
M. A. Martin & A. Mangels
ISBN: 978-3-941248-01-4
TITAN 2
»Der rote König«
A. Mangels & M. A. Martin
ISBN: 978-3-941248-02-1
TITAN 3
»Die Hunde des Orion«
Christopher L. Bennett
ISBN: 978-3-941248-03-8 | 05/09
TITAN 4
»Schwert des Damokles«
Geoffrey Thorne
ISBN: 978-3-941248-04-5 | 08/09
EBENFALLS ERHÄLTLICH:
STAR TREK – VANGUARD, spielt zeitgleich mit der ersten Fünfjahresmission von Captain Kirk. Die ideale Ergänzung zum neuen Kinofilm!
VANGUARD 1
»Der Vorbote«
David Mack
ISBN: 978-3-936480-91-7
VANGUARD 2
»Rufe den Donner«
Dayton Ward & Kevin Dilmore
ISBN: 978-3-936480-92-4
VANGUARD 3
»Ernte den Sturm«
David Mack
ISBN: 978-3-936480-93-1
VANGUARD 4
»Offene Geheimnisse«
Dayton Ward & Kevin Dilmore
ISBN: 978-3-941248-08-3 | 05/09
cross cult
www.cross-cult.de
www.startrekromane.de
STAR TREK TM & © by CBS Studios Inc, All rights reserved.

UND SO GEHT ES WEITER:

ISBN: 978-3-941248-12-0

Auf der Insel der Monster

Ein Fischkutter wird vor der irischen Küste von einer geheimnisvollen Kreatur angegriffen und vollkommen zerstört; währenddessen schrillen bei Connors Anomalie-Detektor die Alarmglocken: Ein halbes Dutzend Zeitportale sind entstanden ... alle auf einer einzigen verlassenen Insel!

Das Team muss sich durch einen tödlichen Sturm kämpfen, um die Insel zu erreichen. Nur um dann zu erkennen, dass sie machtlos sind, angesichts der erschreckenden Kreaturen, die sich überall auf der Insel frei bewegen. Um ihr Überleben kämpfend, suchen sie in einer sonnenbeschienenen Anomalie Schutz – doch sie schließt sich hinter ihnen und lässt sie in der Vergangenheit stranden. In der Gegenwart müssen Lester und Jenny derweil alles geben, um eine politische Katastrophe zu verhindern, denn die britische, die irische und die französische Regierung versuchen die Kontrolle über die Insel zu erlangen ...

PRIMEVAL 2
»Die Insel jenseits der Zeit«
von Paul Kearney

August 2009

PRIMEVAL 3 »Tag des jüngsten Gerichts«
Februar 2010

PRIMEVAL 4 »Feuer und Wasser«
August 2010